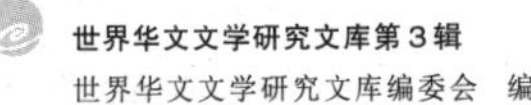

世界华文文学研究文库第3辑

世界华文文学研究文库编委会　编

多元异质的文学再现

蒲若茜选集

蒲若茜　著

Research Library of Global Chinese Literature

SPM

南方出版传媒

花城出版社

中国·广州

图书在版编目（CIP）数据

多元异质的文学再现 ：蒲若茜选集 / 蒲若茜著. -- 广州 ：花城出版社，2016.10（2021.7重印）
（世界华文文学研究文库. 第3辑）
ISBN 978-7-5360-8017-1

Ⅰ. ①多… Ⅱ. ①蒲… Ⅲ. ①华文文学－文学研究－世界－文集 Ⅳ. ①I106-53

中国版本图书馆CIP数据核字(2016)第241240号

出 版 人：肖延兵
责任编辑：李　谓　李加联　杜小烨
技术编辑：薛伟民　凌春梅
装帧设计：林露茜

书　　名　多元异质的文学再现：蒲若茜选集
DUOYUAN YIZHI DE WENXUE ZAIXIAN：PU RUOXI XUANJI
出版发行　花城出版社
（广州市环市东路水荫路11号）
经　　销　全国新华书店
印　　刷　北京一鑫印务有限责任公司
（北京市顺义区北务镇政府西200米）
开　　本　880毫米×1230毫米　32开
印　　张　10.25　2插页
字　　数　290,000字
版　　次　2016年10月第1版　2021年7月第2次印刷
定　　价　49.80元

如发现印装质量问题，请直接与印刷厂联系调换。
购书热线：020－37604658　37602954
花城出版社网站：http://www.fcph.com.cn

出版说明

有海水的地方就有华人，有华人的地方就有中华文化的流播，也就伴随有华文文学在世界各地绽放奇葩，并由此构成一道趋异与共生的独特风景线。当今世界，中华文化对全球的影响力不断扩大，无疑为我们寻找华文文学创作与研究的世界性坐标，提供了有利的条件和新的机遇。

改革开放三十多年来，中国大陆华文文学研究界的老中青学人，回应历经沧桑的世界华文文学创作，孜孜矻矻地进行了由浅入深、由少到多的观察与探悉，取得了相当丰硕的研究成果。为了汇集这一学科领域的创获，为了增进世界格局中中华文化和不同文化之间的交流与对话，为了加强以汉语为载体的华文文学在世界文坛的地位，也为了给予持续发展中的世界华文文学以学理与学术的有力支持，中国世界华文文学学会与花城出版社联手合作，决定编辑出版“世界华文文学研究文库”。

这套“文库”，计划用大约五年的时间出版约50种系列图书。

“文库”拟分为四个系列：自选集系列、编选集系列、优秀专著系列，博士论文系列。分辑出版，每辑推出8至10种。其中包括：自选集——当代著名学者选集，入选学者的代表作；编选集——已故学人的精选集，由编委会整理集纳其主要研究成果辑录成册；优秀专著——世界华文文学研究领域的最新学术专著，由编委会评选推出；博士论文——世界华文文学研究的博士论文，由编委会遴选胜出。

“世界华文文学研究文库”将以系统性、权威性的编选形式，成就华文文学研究领域的大典。其意义，一是展示中国世界华文文学研究的整体性学术成果；二是抢救已故学人的研究力作；三是弥补此一研究领域的空缺，以新视界做出新的开拓；四是凸显典藏性，有较高的历史价值与人文价值。

“文库”在编辑过程中，参考并选用了前贤及今人的不少研究成果，在此谨向众多方家深表谢忱。由于时间仓促，遗珠之憾和疏漏错差定然不免，尚祈广大读者多加赐教。

花城出版社

2012年10月

目　录

第一辑　文本聚焦

第二辑　诗学寻踪

第三辑　“新移民”书写探微

第一辑　文本聚焦

对性别、种族、文化对立的消解

——从解构的视角看汤亭亭的《女勇士》

随着20世纪60年代晚期泛亚运动的崛起，近三十年中亚裔美国文学在美国文学中获得了自己的席位并逐渐以引人注目的活力闪耀于美国文坛。在亚裔文学中，华裔文学遥遥领先，“它在美国当代文坛的影响大大超过了本土的印第安文学，目前虽不能和黑人文学或犹太文学并驾齐驱，但在个别领域（如小说）和它们相比则毫无愧色”。①

历史的机遇把20世纪40、50年代出生的华裔美国作家推上了文坛。在这批优秀的华裔作家群中，汤亭亭（Maxine Hong Kingston，1940—）堪称其先锋和楷模：她的处女作《女勇士》（*The Woman Warrior*，1976）一出版就引起了社会轰动，并荣获当年国家图书评论家奖；第二部作品《中国佬》（*China Men*，1980）获国家图书奖和国家书评界奖；第三部作品《孙行者》（*Tripmaster Monkey*，1989）获西部国际笔会奖。而由《女勇士》和《中国佬》的情节融合而成的戏剧《女勇士》1994年在美国东、西部的演出更获得了巨大成功，使汤亭亭在美国的知名度更高。虽然成名已在中年，而且汤亭亭也并非多产作家，从成名到现在只完成了上述的三部长篇和一部短篇小说集（《夏威夷一个夏天》，1987），但正如美国文学专家张子清先生所言：“这三本总共不过是857页的小说，却艺术地建立了华裔美国文学的

① 张子清：《美国华裔文学（总序）》，《女勇士》，李剑波、陆承毅译，张子清校，漓江出版社1998年版，第1页。

新传统”;[①] “可以毫不夸张地说，华裔文学近年来在美国声誉日隆，与汤亭亭取得的文学成就密不可分。”[②]

但广大读者和评论家对《女勇士》的解读和阐释有着太多的分歧。杰夫（Jeff Twitcher）先生在《女勇士》译序中就说：“毫无疑问，美国普通读者对该书兴趣大部分原因是他们把它当作‘中国’书来看的，因而发现它具有异国情调，十分动人。不过，汤亭亭本人强调一个明显的事实：她是美国人，因此这是本美国书。”[③] 张子清先生认为汤亭亭是最有实力的“女性主义作家”，她“不单为消音了的无名女子争得发言权，而且使女子成为道德的楷模、冲锋陷阵无往而不胜的勇士和英雄”。[④] 日裔美国诗人加勒特·洪果（Garret Hongo）也认为该小说副标题《生活在“鬼”中的少女时期的回忆》（*Memoirs of a Girlhood Among Ghosts*）“激起了大家对在美国的一个亚裔女子个人经历的关注……它似乎能给我们的文化的任何消音了的‘他者’以力量”。[⑤] 而亚裔美国文学家和文学评论家赵健秀（Frank Chin，1940—）却把汤亭亭作为已被白人同化了的华裔作家而痛加斥责，认为汤亭亭一类作家已失去了华裔族性，误读误用中国经典和传说，曲意取悦白人读者，歪曲华裔美国人的本来面目。

这些评论都涉及到性别、种族和文化，但其结论却大相径庭。鉴于此，本文将立足于这三方面，运用解构主义的观点对《女勇士》文本进行解读和阐释，进而去发掘汤亭亭在这部作品中对自己的性

---

① 张子清：《与亚裔美国文学共生共荣的华裔美国文学（总序）》，《外国文学评论》，2000年第1期，第93页。

② 张子清：《美国华裔文学（总序）》，《女勇士》，李剑波、陆承毅译，张子清校，漓江出版社1998年版，第4页。

③ 杰夫：《〈女勇士〉译序》，《女勇士》，李剑波、陆承毅译，张子清校，漓江出版社1998年版，第8页。

④ 张子清：《与亚裔美国文学共生共荣的华裔美国文学（总序）》，《外国文学评论》，2000年第1期，第11页。

⑤ Carret Hongo，ed. *The Open Boat*:*Poems from Asian America*，p. 24.

别、种族和文化的思想和质疑。

一、花木兰传说的移植和变形——对性别二元对立和父权中心的消解

如汤亭亭在其作品中引用的许多中国经典、神话和传说一样，《女勇士》中“白虎山学道”（White Tigers）一章中关于花木兰的故事并非“原版”，而是在其母亲（故事中的“勇兰”）讲述的基础上加上了自己的想象和变形的版本：

> ……一晚又一晚，母亲总要讲到我们睡着为止。我搞不清故事在何处结束，梦从何时开始。母亲的声音变成了我梦中女英雄的声音……
>
> ……最后，我感到在听母亲讲故事的时候，自己也有了非凡的力量……母亲也许不知道这首歌对于我的意义：她说我长大了也会成为别人的主妇和用人，但她把女中豪杰花木兰的歌教给了我。我长大了一定要当女中豪杰。

民间传说中的花木兰的故事是强调维护家族的光荣：“无论谁伤害了她的家庭，女剑客绝不会善罢甘休。”“她是位替父从军的姑娘……从前方光荣凯旋后就隐退乡下。”正如卡罗·米歇尔（Carol Michelle）所言：“花木兰是为了使年老的父亲免于劳役之苦，是出于孝顺而不是个人的光荣去战斗，是传统上妇女可以接受的角色模式。”① 因此民间传说中花木兰的使命与普通妇女的使命是一样的——孝顺父母，服从男性家长制，维护家族的光荣。民间传说中的花木兰还效忠于君王，她舍生杀敌、英勇奋斗都是为了皇上，为了维护封建统治制度。

① Carol Mitchell, “*Talking Story*” *in The Woman Warrior*: *An Analysis of the Use of Folklore*, *Kentucky Folklore Record*, 27, 1981, p. 8.

而汤亭亭则在民间传说和母亲讲述的基础上发出了自己的声音：女勇士还是一个七岁的小女孩时，就在形状像“人”字的鸟的带领下进入深山，她拜师学艺一方面是为了“跟强盗和外族野蛮人战斗”，为了“可以为村里人复仇”，使自己的“忠义行为永远被汉人牢记在心”，另一方面是为了“不必挖山芋”和“不必在鸡粪中跋涉”。从这一点上看，女勇士深山修炼及替父出征更大程度上是为了自我实现，为了摆脱每天琐碎的家务和劳作，为了摆脱听由父母摆布的命运。而履行孝道——这一父权制的道德，则成了一个附带的话题。不仅如此，汤亭亭故事中的女勇士不仅不效忠皇上，反而是与皇帝的军队作战，赶走了皇太子，还砍下了皇帝的脑袋，彻底否决了封建专制——父权制的极端体现。

故事中的小女孩为了自己辉煌的未来，七岁就独自离家，在另一个替代的家庭（老汉与老太太的家庭）找到了温暖和安慰。这个新的家庭中没有父权中心和性别对立，作为永恒和自然的化身的老汉和老太太总是在不断变化，但又总是和谐一体：

> 我的眼前出现了一地金人儿，在那里跳着大地之舞。他俩旋舞得很美，简直就像地球旋转的轴心。他们是光，是熔化的金子在流变——一忽儿是中国狮子舞，一忽儿又跳起非洲狮子舞。金钟在我眼前离析为黄金丝缕，经风一吹，飘飘洒洒，编织成两件龙袍，龙袍旋即又化为狮子身上的毛，毛长长的，成了闪光的羽毛——成了光芒……

这一幻象表现出汤亭亭对于性别对立的质疑：老汉与老太太之间显然没有主次和尊卑之分，他们之间没有对立和冲突，而是处于永恒的互补、互变、互动之中。这与父权制所维护的男尊女卑、男主女次是背道而驰的。正如莱斯利·W. 雷宾（Leslie·W·Rabine）所言：“这对夫妇（老汉与老太太）使人联想起道家太极图里的‘阴’（代表女性）和‘阳’（代表男性），处于永恒的相互变化之中，而这变化又引起一系列的变化。”① 太极图犹如两条头尾互含的鱼，一方的尾在完结时马上就化入另一方的头，不能说哪一方是主，哪一方是次，二者相互包含，互为显隐。道家的太极图显然不是为了消解性别对立这一话题，而汤亭亭的上述幻象似乎是得到了道家太极图的启示。这一幻象象征着汤亭亭对男女二元对立的否定和对父权中心的消解，同时也表现出作者在消解男女二元对立和父权中心之后对男女两性关系的一种理想：二者相互融合、相互补充，成为平等的、互动的“一体”。故事中的老汉与老太太是那么和谐、默契：像恋人、像朋友、像兄弟姐妹，相亲相爱而又平等独立。他们可以说是汤亭亭理想中的“异性同一体”的一种原型模式。

如果说亦人亦仙的老汉和老太太是一个比较模糊而抽象的“同一体”的话，女勇士则是这个“异性同一体”现实而具体的版本：“我穿上男装，披挂上甲胄，头发绾成男式……我跃身上马，不觉为自己的强劲和高大而暗暗称奇。”女勇士本为女儿身，但“白虎山学道”和女扮男装之后却获得了强劲高大的男性特质，成为一个奇妙的“异性同一体”。在战争中女勇士的丈夫出现在她的面前，但他并不是作为一家之长意义上的“丈夫”而出现的，而是作为“同一体”丢失的那一部分——“童年的朋友终于重逢了”。这不禁使人想到希腊神话中的始原人：始原人并没有男女性别之分，而是圆形的一体——“它有四只手，四只脚，一个脑袋，一个脖子上有两张一模一样的脸，其他的身体部件也是这样成双的。”② 后来由于始原人激怒了众神，宙斯才把始原人劈成了两半，形成了现在的人类。由此可见，汤亭亭建立“异性同一体”的理想与人类的原型模式是完全一致的，是要让人类回到始原的、完整的自然状态，而不是男女二元对

---

① Leslie W. Rabine, *No Lost Paradise*: *Social and Symbolic Gender in the Writings of Maxine Hong Kingston*, *Signs*12, 1987, p. 475.

② Plato, *The Two Symoposium Myth*, *The Myth of Plato*, J. A. Stewart Trans., G. R. Levy Intro., London: Centaur Press LTD, 1960, p. 359.

立，一方压迫另一方。在她看来，性别的二元对立是一定历史阶段对人类本性的扭曲和异化，而一体和完整才是人的本真。

在女勇士怀孕的时候，其性别的混淆和复杂达到了顶峰：她挺着肚子冲锋陷阵，在星光照着她腹部的那一瞬间分娩。当她带着孩子催马杀敌的时候，她更像一个蕴藏着无限能量的男子，背上刻着家族的仇恨，怀里却兜着自己的婴儿。女勇士可以在报家仇国恨的同时生儿育女，体现了汤亭亭对父权制社会男主外女主内分工的挑战，也体现了她对于理想中的"异性同一体"所寄予的厚望。

在汤亭亭的故事中，女勇士不仅为遭受冤屈和苦难的父老乡亲复仇，而且为遭受性别歧视的女性同胞复仇：她杀死了村里的财主，一方面是由于他抓走她的弟弟去当兵，更重要的却是因为财主说出了她最痛恨的歧视女子的谚语："女娃好比饭里蛆""宁养呆鹅不养女仔"。汤亭亭有意把一个在华人社区厌恶女子、歧视女子的传统中长大的华裔女孩子的经历融进了女勇士的故事，从而把一个看似缥缈的故事的现实意义体现出来。

女孩子的父母经常说："洪水里捞财宝，小心别捞上个女仔。"镇上的华侨邻居也常说："养女好比养牛鹂鸟。""养女等于白填。"最典型的是女孩那当过江洋大盗的大伯，当他星期六早上要上街购物叫"孩子们来呀，快来快来"，而如果是女孩子争着要去的时候，他会转身大吼一声："女孩子不行！"而弟弟们总是能满载而归：糖果和新玩具。

正是女孩子所生活的华人家庭和社区对于女性的极度歧视使女孩日夜梦想自己成为一名女勇士："如果我不吃不喝，也许能使自己成为梦里的女勇士。"成为女勇士就不会做"人家（男人）的累赘"，可以摆脱附庸和被歧视的命运；更重要的是做女勇士既可以"干女人该干的活儿"，还可以"再干点别的"——可以推翻千百年来女子所遵循的清规戒律，实现个人的价值，体现自己生命的意义。

难怪很多评论家把《女勇士》看作女性主义的力作。汤亭亭用消解性别二元对立的方式去消解父权中心，是对人类历史形成的两性间对立、冲突、压迫与反压迫关系的反驳；而塑造出“女勇士”这样一个“异性同一体”则寄托着她对两性间互补、融合、平等的关系的渴求。从这一点上看，《女勇士》堪称女性主义的杰作。

但《女勇士》并不仅仅是一部狭义上的女性主义的杰作，它还深刻地触及了种族、文化等话题。

二、“羌笛野曲”——对种族、文化对立的消解

有人把《女勇士》看作一本超脱于种族和文化，抽象谈论女性自我的书。比如苏珊·朱安斯（Suzanne Juhase）就在其评论文章中指出：“《女勇士》是典型的女性自传，通过幻象和想象的生活塑造女性身份。”[①] 这一说法显然是没有抓住要点。

毫无疑问，移民经验是书中不可分割的一部分。作为美籍华人的一员，汤亭亭对“美籍华人”的非人定义相当敏感，对美籍华人所遭受的歧视和灾难有着切肤之痛：“城市改建的时候，父母的洗衣作坊被推倒了，这一片贫民窟被夷为平地，改成了停车场。”“我想复仇的对象不只是几个愚不可及的种族主义分子，还有那些莫名其妙就剥夺了我们一家饭碗的家伙”。小女孩发现了自己与故事里的女勇士的共同之处：“我和女勇士的相同之处就在于我们背上的字。”“背上的字”指的是仇恨和复仇的誓言。

但汤亭亭并非种族主义者和文化沙文主义者：她作为弱势种族和边缘文化的一员发出了自己的声音，但其发声的目的并不是为了颠倒弱势和强势、边缘和中心的位置，正如她塑造女勇士并不是为了把男女的等级关系颠倒一下一样。因为正是这种有破坏性的二元逻辑导致了男性与女性、自我与他者、白种人与非白种人的分别。在这一点

① Suzanne Juhase, *Toward a Theory of Form in Feminist Autobiography: Kate Miller's Flying and Sita: Maxine Hong Kingston's The Woman Warrior*, *International Journal of Women's Studies* 2, 1979, p. 63.

上，汤亭亭的观点与美国著名批评家，《东方主义》一书的作者爱德华·萨义德的观点不谋而合：在其论著中，爱德华·萨义德指出并且雄辩地论证了这种等级制度导致人们把“东方”定义为被动地丧失了自然属性的“他者”。[①] 在《女勇士》中，汤亭亭试图消解的，正是这种使种族对立成为可能的二元对立。

小说中故事叙述者的身份使她成为质疑种族对抗和文化冲突的最佳人选：她是中国移民的女儿，美国是她的漂泊地，中国才是她的家，但她却留在了美国；她唯一的现实是美国，但却处在美国的“边缘”；她既上中文学校也上英文学校。她自身所处的难以定义的位置正是她的族性难以定义的一个隐喻：

> 宇宙广袤无边，我也学会了使自己的心灵博大，能容纳各种各样的悖论。龙生存于天空、海洋、沼泽和大山之中，而大山却又是龙的脑袋。龙的声音如雷声隆隆，却也叮当作响，宛如铜盘。龙的呼吸是水也是火。有时龙独一无二，有时却又为数众多。

从表面上看，汤亭亭似乎是在自己的文本中刻意建立种族、文化的对立。在她的笔下，美国生活有逻辑性、具体、自由并能保证个人的快乐；而中国生活则没有逻辑性、充满了迷信色彩，受到性别角色的限制并且承受着族群内外的压力。美国学校的老师告诉她，“月食只是地球走到太阳和月亮之间投向月亮的影子”，毕业于医学专科学校的中国妈妈却把“月食”叫“蟾蜍吞月”，说“下次再来月食的话，我们就一起敲锅盖，把吞食月亮的蟾蜍吓跑”。美国文化使她确信只要不断得“A”就可以出人头地，同时也可以自愿去俄勒冈当伐木工人；在中国女孩子则整天担心被当作女佣给卖掉，在美国华人社

---

① Edward Said, *Orientalism*, New York: Random House, 1978, p. 308 ~ 310.

区的女孩子也免不了被嫁给刚下船的新移民的命运。

然而，汤亭亭建立这些对立的目的不仅仅是为了破坏、消解这些对立："为了使我不做梦的时候过得正常些，我总是在幻影出现之前把灯打开。我把那扭曲变形的一切都关进梦里。这些梦都是用汉语做的，汉语是一种拥有千奇百怪的故事的语言。"读到这里，美国读者会怡然自得，会在头脑中形成一个"正常的美国——扭曲的中国"这样一个二元对立模式。而汤亭亭却对此发起了挑战："夏天的下午，当洗衣房的温度计升到 111 华氏度的时候，母亲或父亲就会说，该讲个鬼怪故事了，让大家脖颈子后面都冒点冷气。""正常"的美国的现实是如此恶劣以致要靠讲中国的鬼故事来加以缓解。同样，在中国由于连年不断的政治运动，"姑姑姨姨不断失踪，叔叔伯伯不断地被折磨被打死"；在美国斯托克顿、在加利福尼亚也时时处处发生着梦魇一般的暴力："我也见过一些像垃圾一样被拖着扔掉，短小肮脏的尸体，用警察的黄毯子盖着。"在中国有因不守妇道投水自尽的姑姑，有被石头砸死的疯女人（发生在中国国民党统治时期）；在美国也有千里寻夫却遭遗弃的小姨，在其居住地附近的几个街区，有十几个疯女人和疯姑娘。

其实，小说的副标题"生活在'鬼'中的少女时期的回忆"就暗示着汤亭亭对于文化对立的质疑和消解。按汤亭亭的解释，"鬼"或许是"来自过去的幽灵"，或许是"关于华人、华裔和白人许多无法解释的行为的质疑"。① 换言之，"鬼"适用于一切无法清楚定义的概念。通过阅读文本，我们不难发现"鬼"这个字所蕴含的跨文化意义：来自中国的母亲是位"打鬼英雄"，她讲千奇百怪的鬼故事，有"坐凳鬼""压身鬼""油炸鬼"；在美国也有各式各样的"鬼"——"的士鬼""公车鬼""警察鬼""开枪鬼""查电表鬼""剪树鬼""流浪鬼""卖杂货鬼"，还有"报童鬼"和"垃圾鬼"。

---

① Elain H. Kim, *Asian American Literature: An Introduction to the Writings and Their Social Context*, Philadelphia: Temple Press, 1982, p. 96 ~ 97.

在汤亭亭的笔下，在故事里的小女孩的眼中，无论是中国还是美国都有许许多多无法理解、无法清楚定义的东西，她把这一切都叫作“鬼”。

由此可见，汤亭亭是从不定义种族和文化属性的角度来消解种族文化对立的。作为美籍华裔，汤亭亭处于一种两难境地，“很难精确地区分在中国和美国中，谁是他们，谁是我们，很难确定自己的真正身份”。[①] 以至于她写的书在外国人看来是“中国书”，在中国人看来却是“美国书”。无论中国文化还是美国文化对汤亭亭而言都是“他者”，都是许多相互矛盾因子的聚合物，是不可以用单一属性予以定义的。采取这样的态度和方法去质疑和抗拒文化对立，可以说是一个身份尚处于边缘的美籍华人作家赖以生存的策略，也是她的政治策略。

而消解似乎只是一种手段而并不是汤亭亭的终极目标。在小说的最后，在“羌笛野曲”那一章，我们读到了“汤亭亭版”的蔡琰的故事，这与中国民间传说中蔡琰的故事存在着巨大的分歧，最大的分歧在于没有像“原版”那样刻意宣扬大汉族主义：

> 20 岁那年，在一次袭击中，她（蔡琰）被南匈奴的一个首领擒获……在与蛮人共处的 12 年间，她生了两个孩子，他们不会说汉语。他们的父亲不在帐篷的时候，她就对他们说汉语，他们只会像唱歌一样跟着模仿和嬉笑。
>
> 一天夜里，她听到了乐曲声，像沙漠里的风一样忽高忽低……这乐曲搅动了蔡琰的心绪，那尖细凌厉的声音使她感到痛苦。蔡琰被搅得心神不宁……使她不能入睡。终于，从与其他帐篷分开的蔡琰的帐篷里，蛮人们听到了女人的歌声，似乎是唱给孩子们听的，那么清脆，那么高亢恰与笛声相和。……她的歌词

---

① 胡亚敏：《谈〈女勇士〉中两种文化的冲突与交融》，《外国文学评论》2000 年第 1 期，第 72 页。

似乎是汉语的，可野蛮人听得出里面的伤感和怨愤。有时他们觉得歌里有几句匈奴词语，唱的是他们永远漂泊不定的生活。她的孩子们没有笑，当她离开帐篷坐到围满蛮人的篝火旁的时候，她的孩子也随她唱了起来。

在匈奴堆里生活了12年之后，蔡琰被赎了回来……她把歌从蛮人那里带了回来，其中三分之一是《胡笳十八拍》，流传至今，中国人用自己的乐器伴奏，仍然演唱这首歌。

从这个汤亭亭版的蔡琰的故事我们不难看到汤亭亭的理想：要消解“他者”与“自我”的对立，要民族沟通、文化融合而不是种族对抗和文化冲突。这种和平主义思想汤亭亭在大学时期就形成了，并随着时间的推移愈来愈浓：她的在中国尚未面世的第四部长篇小说就取名为《第五和平书》，她说这本书写的是和平。在这一点上，汤亭亭的观点很适合当前文化界和学术界十分感兴趣的文化相对主义和文化多元主义的语境和氛围。文化相对主义早在20世纪40年代便在露丝·贝尼迪克特（Ruth Benedict）所著的《文化的范型》（*Patterns of Culture*）一书中被论及，文化多元主义也早在欧文·奥尔德里奇（Owen Aldridge）的论著《世界文学的再度出现》（*The Reemergence of World Literature*，1968）中被定义，但直到今天才被更多的人广泛接受。究其原因，这与近几年来国际化的文化转型和文化变革的大气候不无关系。文化相对主义提倡对话与共存，反对对立与冲突；文化多元主义则指的是在一个由众多民族组成的社群里，既有着作为一种带有政治色彩的“国家”的文化，同时又可以见到民族文化共融共生的态势。[①] 二者均强调协调的精神、宽容的态度、宽松的语境。

许多人对汤亭亭的创作立场很迷惑：她是一个女性作家，但却消解了性别概念；她是一个美籍华人，但却质疑种族定义。似乎她没有

① 王宁：《比较文学与当代文学批评》，人民文学出版社2000年版，第45—49页。

站在任何一个立场讲话，既不关心政治也不关心其作品的社会意义。殊不知，这种挑战传统的不确定的讲话角度正是汤亭亭所追求的。在汤亭亭的世界里，不仅没有男性与女性、自我与他者、强势与弱势文化的二元对立和冲突，而且她从根本上就拒绝任何单一的由强势文化强制性给予的定义和分类。

然而，汤亭亭并非一个单纯的"解构者"：她在消解性别、种族、文化对立之后并不是无所作为，而是重建了对立概念间的互动和融合并评价这些互动和融合对于人类的伟大意义。从这一点上看，汤亭亭可以说是文化相对主义和文化多元主义的实践者。在其文本中她做出了多元文化融合共生的大胆尝试，表现出对文化全球化的渴求。在《女勇士》中，汤亭亭通过女主人公明确地表达了这一点："现在我们属于整个地球了……不管我们站在什么地方，这块地方就属于我们，和属于其他任何人一样。"

近几年来，随着后结构主义理论对结构主义的二元对立模式的消解以及后现代主义对整体化模式的冲击，世界已经变得越来越趋向多元化了。整个世界处于一种多元的、无序的状态之中。在当今这个多元共生的时代，多级角逐、多元共生、相互对话、相互交融已成了一个不可抗拒的历史趋势。在文化界和学术界，尤其是比较文学学者，已越来越对一种"文化多元主义"（cultural pluralism）和"地球村"（the globalvillage）的境界发生兴趣。正如王宁先生在《比较文学与当代文化批评》中所言：

> 当今我们显然已真正进入了一个文化多元主义的时代，这既是一种语境，也是一种氛围，在这一语境之下，人为的时空差别大大缩小了……我们仿佛感到身处一个硕大无垠的"地球村"中，在"地球村"里，我们有众多的民族，众多的文化和文明，大家彼此都意识到各自的以及对方文化的优劣长短及差异，因此

能够通过对话达到彼此间的沟通。①

这是20世纪末有识之士的共识，汤亭亭在25年前就在其文本中表现了这样的思想并成为实践的先锋，仅在这一点上我们就不得不佩服其独具的洞察力和认识的超前性，这当然也与她美籍华人的身份及其所处的多元文化环境有着密切的关系。

作为美籍华人，汤亭亭已经成为当代美国的主要作家，成为当今在世的美国作家之中作品被各种文选收录率最高、大学讲坛讲授得最多、大学生阅读得最多的作家之一。她的《女勇士》还被节选为中学和大学的教材。这个事实本身就显示出民族、文化对立的淡化、消解，并逐步走向对话和融合的趋势，也进一步阐释了其文本中体现的思想。

---

① 王宁：《比较文学与当代文学批评》，人民文学出版社2000年版，第45—49页。

“越界”与“回归”

——20世纪末华裔美国文学的主题演变

在“全球化”呼声越来越高的20世纪末，由于后殖民理论的崛起，迁徙、越界已然成为一种世界潮流：爱德华·萨义德在1978年出版的《东方学》中转引了奥尔巴赫引自圣维克多的雨果（Hugo of Saint-Victor，1096—1141）在《世俗百科》中的一段话来评述世界与家园的关系：“发现世上认为只有家乡好的人只是一个未曾长大的雏儿；发现所有地方都像自己的家乡一样好的人已经长大；但只有当认识到整个世界都不属于自己时一个人才最终走向成熟。”① 在萨义德的心目中，家乡可泛指世界，世界就是一个大的家园。人人共有一个世界，家乡也是异乡，异乡也是家乡——这就是后殖民理论家们所倡扬的“世界主义”。1983年，美国学者班奈迪克特·安德森（Benedict Anderson）出版了《想象社群：反思国族主义之缘起与传播》（*Imagined Communities: Reflections on the Origin and Spread of Nationalism*，1983）一书，提出“国家、民族乃人类历史特定时空政治现实所发展出来的想象建构”，指出国家、民族的时代性、虚构性，而个人的

① ［美］爱德华·萨义德：《东方学》，王宇根译，生活·读书·新知三联书店1999年版，第331—332页。

国族归属也并非与生俱来、亘古不变。[1] 1990 年霍米·巴巴（Homi Bhabha）主编《国族与叙述》（*Nation and Narration*，1990）一书，更是集众家之精粹，以后现代的诸种理论去解构国族神话，说明国族构成乃人为叙述，指出国族归属具有流动可变性。

在这种“越界”呼声越来越高的“大气候”影响下，20 世纪 90 年代，华裔美国新老作家先后推出新作，引起美国文坛的巨大轰动，而华裔美国文学的主题内容也开始展现出崭新的诉求，形成了众声喧哗、多元共存的热闹景象。在这一片杂音中，有一个声音是最响亮的——“越界”。这里的“越界”可以从三个层面去把握：华裔美国文学主题所涉及的族裔、文化身份的“越界”，题材范围的“越界”，以及由于“新移民”的影响日盛引起的国家认同和创作语言的“越界”。

一

早在 1976 年出版的《女勇士》中，汤亭亭通过女主人公之口曲折地表达出自己对于“地球人”身份的渴求：“现在我们属于整个地球了，妈妈。如果我们和某一块土地切断了联系，我们就只属于整个地球了……不管我们站在什么地方，这块地方就属于我们，和属于其他任何人一样。”[2] 在《中国佬》中，她又再次质疑：“你为什么只想要一个国家?”[3] 由此我们不难看到汤亭亭的理想：要消解“他者”与“自我”的对立，要打破文化、种族的边界，要民族沟通、文化

---

① Benedict Anderson, *Imagined Communities: Reflections on the Origin and Spread of Nationalism*, 1983. Rev. ed., London and New York: Verso, 1991, p. 6.

② Maxine Hong Kingston, *The Woman Warrior——Memoirs of a Girlhood Among Ghosts*, 1976, New York: Vintage International, 1989, p. 107.

③ Maxine Hong Kingston, *China Men*, New York: Vintage International, 1980, p. 258.

融合而不是种族对抗和文化冲突。从这一点上看，汤亭亭可以说是发出了后来的后殖民主义批评家孜孜以求的“世界主义”的先声。而到了“全球化”进程不断加快的20世纪90年代，汤亭亭表露出的这种对“地球人”身份的向往被新崛起的华裔女作家任璧莲发挥到了极致，甚至走向了对自己族裔身份的摒弃。

任璧莲的《典型美国人》（*Typical American*，1991）和《梦娜在向往之乡》（*Mona in the Promised Land*，1996）被广泛认为超越了长期以来缠绕华裔作家们“文化认同”的主题，不再期待美国白人的承认，而是认为每个人的身份都可以自由转换，可以变成自己想要的任何属性。

《典型美国人》写的是拉尔夫·张一家在美国追寻“美国梦”的特殊经历。虽然这是一个地地道道关于中国移民家庭的故事，作者却一开始就宣称：“这是一个美国人的故事。”① 不仅如此，与以前的华裔文学作品完全不同的是，该篇小说的行文中不再出现大量的中国语符，而是刻意淡化中国文化背景，文中的主人公到美国后都取了英文名，拉尔夫·张、海伦、特蕾萨等都在不知不觉中进入了美国生活的潮流之中，成了“典型美国人”。在美国，拉尔夫遭受了诸多苦难，诸如签证的麻烦、得到终身教职的极端困难等。经过千辛万苦，他的“美国梦”终于实现了，住进了自己梦寐以求的花园别墅，但曾经相亲相爱的家庭却出现了分崩离析的局面：与他感情深厚的妻子成了别人的情妇，与他们一家同甘共苦的姐姐也搬出去独自居住。

虽然任璧莲的小说文本中反映出华裔所经受的与“典型美国人”截然不同的痛苦和“非白人”的经历，但在各种访谈中她却一再强调：“我最终要质疑‘典型美国人’的表面意义，提出张家不比任何

① ［美］任璧莲：《典型美国人》，王光林译，译林出版社2000年版，第1页。

人更少美国性……他们是美国人。"[①] 由于憎恶被贴上"亚裔作家"的标签，她在第二部小说《梦娜在向往之乡》中更塑造出了梦娜这样一个"地球人"形象：作为新一代的华裔，梦娜不会写汉字，只会讲几个汉语单字，但她的英语流利而地道，一点都不带中国口音，所以常常有资格嘲笑同班的日本裔男友蹩脚的"日本英语"。更为"典型"的是，梦娜认为"成为美国人意味着你想成为什么就可以成为什么"，而她"碰巧想成为犹太人"[②]，所需要做的仅仅是"改变信仰"（convert）或"转换"（switch）身份，"一切都随自己的心意"。[③] 不仅梦娜如此，她的朋友依洛易斯·英格尔和巴巴拉·古格斯丹也由犹太人皈依新教，然后又返回犹太身份，身份和文化属性可以是他们的自由选择。最终，梦娜与犹太青年结婚，生下了混血的女儿，达到了通过血统的混杂跨越种族边界的目的。任璧莲短篇小说《谁是爱尔兰人》（*Who is Irish*?，1999）继续致力"消解族裔边界"：故事中的华人移民母亲与爱尔兰女婿的母亲一家住在了一起，生活习惯、文化观念都渐渐"爱尔兰化"了，她不再执着于族裔身份的认同，最后甚至分不清自己到底是华人还是爱尔兰人。

任璧莲的创作，表明了华裔美国人不再是"站在边缘"（at the margin），而是"跨越"（go beyond）了边缘，成为自由自在地游走于多重世界的"越界者"，而这种把族裔文化身份看作可以变化的动态结构并不是她的创造：早在十几年以前，美国学者沃纳·索乐思（Werner Sollors）在其具有路标意义的论著《超越种族身份：美国文化中的自我认同和血统世系》（*Beyond Ethnicity*: *Consent and Descent in American Culture*，1986）中就已经谈到美国文化身份的形成过程中

---

① 松川幽芳著，张子清译：《任璧莲访谈录》，《典型美国人》，译林出版社2000年版，第312页。

② Gish Jen, *Mona in the Promised Land*, NewYork: Vintage Contemporaries, 1996, p. 49.

③ Ibid., p. 21.

"自我认同"与"血统世系"的相互作用,[1] 认为"种族属性是持续创新的"。[2] 从某种程度上讲,任璧莲的文本实践是对沃纳·索乐思观点的呼应和确认,但她更走向了一个极端:自我的选择和认同在种族、文化身份形成的过程中起到了决定性的作用,而血统世系似乎成了一种可有可无的"配料",少一点多一点都没什么关系。

联系20世纪末"全球化"呼声的日益高涨,我们不难理解华裔美国作家们何以突然热衷于寻找一种霍米·巴巴所谓的"第三空间":作为处于"世界之间"(in-between worlds)的人,"既不是……也不是"心态的长期挤压,在"全球化"的风口浪尖终于找到了发泄和补偿,形成了一种"既是……也是"的"越界"(border-crossing)心态。任璧莲等华裔美国作家的崛起代表了这一新动向。

二

20世纪末期的华裔美国文学不仅存在族裔、文化身份认同上面的"越界"现象,在题材范围的选择上也越来越走向杂化和多元,超越了"华裔美国"的范畴,走向更加广阔的发展空间。在这方面,雷祖威的《爱的痛苦》(*Pangs of Love*,1991)、伍美琴(Mei Ng,1967—)的《裸体吃中餐》(*Eating Chinese Food Naked*,1998)和梁志英(Russell Leong,1950—)的《凤眼及其他故事》(*Phoenix Eyes and Other Stories*,2000)堪称其代表。

《爱的痛苦》是一个短篇小说集。11个中、短篇故事里有4篇的人物不是华裔美国人,这可以说是华裔美国小说在20世纪90年代的

① Jewish Andrew Furman, *Immigrant Dreams and Civic Promise: Testing Identity in Early American Literature and Gish Jen's Mona in the Promised Land*, *MELUS*, Vol. 25, Spr., 2000, p. 214.

② Werner Sollors, *Beyond Ethnicity: Consent and Descent in American Culture*, New York: Oxford UP, 1986, p. 245.

一个新变化：淡化华裔美国属性，开始关注美国人的普遍生存状态。相对而言，小说集中的《情感错位》《爱的痛苦》《遗产》三篇故事比较具有华裔美国文学的特色，突出表现了移民父母与子女之间的差异和代沟。虽然如此，白人批评家还是从其文本中发现了雷祖威对美国主流文化的疏离感："即使雷祖威在他的小说里不写中国人的名字，他的字里行间还是透露了作为纽约市郊长岛一个华人洗衣店主之子的作者所感到的疏离。"① 而雷祖威自己也说："写这些短篇小说时，我想象自己是第一人称的亚裔美国人。我相信，在这些族裔性'弱化'或'淡化'的短篇小说里贯穿着中美文化差异和亚裔异化的主题。"②

《裸体吃中餐》描写的是一位在纽约唐人街洗衣店长大的华裔女孩罗碧（Ruby）的故事：罗碧从哥伦比亚大学获得"女性研究"学士学位之后，回到了皇后街开洗衣店的华人父母家里，为自己工作、生活寻找暂时的庇护所，与母亲、男友之间的情感故事。与黄玉雪《华女阿五》中勤劳、上进、为华裔父母争光的女主人公相比，罗碧的"另类"是显而易见的：在与白人男友的交往中，罗碧处处处于主导地位，而且在与固定的男友交往的同时，罗碧还不时与陌生男子发生"一夜情"，经常梦想着女性同性爱，她对于母亲的依恋之中就隐含了同性爱的成分。这一切似乎意味着罗碧已经成为一个完全"美国化"的女孩。然而，就是这样一个反叛的女子，在多年离家之后，依然回到了位于唐人街的洗衣店后面只有四间房子的家中小憩，与这个家存在着一种"剪不断、理还乱"的情感关系。与此同时，吃汉堡包、牛排长大的罗碧在羞于承认自己对中餐的偏爱的同时，却一次又一次抑制不住亲自烹饪、享受中餐的欲望，在学校忍不住半夜

① Janice C. Simpson, *Fresh Voice Above the Noisy Din*, *Time*, June 3, 1991.

② 张子清：《华裔美国文学中的族裔性——雷祖威访谈录》，《文艺报》2002年1月8日第4版。

起来做中餐；她与男友的性爱也与饮食联系在一起，“裸体”时也要吃中餐。在美国评论家看来，《裸体吃中餐》对美国华裔“模范少数民族”的刻板印象进行了有力的消解，这不仅体现在罗碧的“另类”形象，还体现在罗碧的哥哥不是“一个负责任的守家男人”，姐姐也“自私而且发育不良”。[①] 通过塑造这些有着真正缺陷、错误和问题的个体，伍美琴确实达到了消解新的华裔刻板印象的目的。但从罗碧对唐人街做洗衣店主的父亲、母亲艰难的日常生活的描述，我们依然能够感受到伍美琴作为边缘少数族裔的抗议之声。

梁志英小说中的人物不再局限于来自中国大陆，还有中国香港、中国台湾、东南亚等地的华人移民，涉及了日裔、越南裔、菲律宾裔美国人的生活；与此同时，梁志英特别关注处于社会边缘的“弱势群体”——妓女、同性恋、难民等。比如在其短篇小说集《凤眼》的《女儿们》一篇中，梁志英聚焦于20世纪90年代的圣加夫列尔山谷——中国大陆、台湾和香港移民的聚居地，女主人公是一位叫海珊的妓女，她回忆了1970至1980年她在中国台湾和美国受苦受难的经历，她的英文不好，找不到工作，只好以出卖肉体为生，在孤寂中消耗着自己的生命：“严酷的妓女生涯吸干了海珊的精力，她的生命像一根两头燃烧的蜡烛，从内里消耗着她……她的一头浓发渐渐变得干枯，发脆了。她洗澡时时常在澡盆里掉落一缕青丝，头发堵塞了排水孔。”[②]

梁志英自称：“我本人试图创作的人物和形象也跨越东西方、跨

---

① Katherine Forestier, *Rev. of Chinese Food Naked. Saturday Review*, March 14, 1998, p. 8, qtd. from Sarah Catlin Barnhart, “Mei Ng”, *Asian American Novelists: A Bio-Bibliographical Critical Sourcebook*, Ed., Emmanual S. Nelson, Greenwood Press, 2000, p. 19.

② 梁志英：《海珊》，张子清译，《当代外国文学》2001年第3期，第18页。

越国界、跨越文化，有时甚至跨越性别。我们都是文化边界的闯入者。”① 与其他华裔美国作家相比，梁志英在创作题材的选择上实现了巨大的突破，大大扩展了华裔美国文学的表现空间。

而在20世纪末，华裔美国文学除了以上论及的族裔、文化、题材范围的“越界”之外，更有“新移民”文学的声誉日隆引起的华裔美国语言边界和国家边界的“跨越”：

20世纪80年代以来，中国在经历几十年的政治动荡之后终于进入了政治、经济的和平发展时期；随着“改革开放”政策的实施，国门打开，出现了一波波的“留学热”“移民热”，由此产生了庞大的“新移民”族群。“新移民”族群的出现，催生了繁华茂盛、绚丽多姿的海外新移民文学，这是世界华文文学的新增长点，也是新世纪我们拓展海外华文文学研究的一个新的视点。

与前几代的海外移民相比，“新移民”移居海外的动机、生存状态、文化态度和文化立场都有很大的不同：如果说前者是由于饥荒、战乱、政治迫害或贫穷等原因被迫离乡背井，后者则可以说是一种自我放逐。不仅如此，前几代的移民体力劳动者居多，大多经历的是生存的艰难，而新移民大多数是由“留学”变成“学留”，文化程度较高，其中不乏国内急需的人才，所以他们的苦难，多是精神的苦难，其自我放逐的过程历经千辛万苦、精神的磨炼大大多于寻根的感伤和物质生活的艰难。这群作家在东西文化碰撞、交融的语境中思考、写作，既反思东方文化传统，也不忘考量西方文化传统；既关注双重边缘语境中海外华裔的生存与抗争，也关心在种族、文化的宏大叙事之中个人的欲望和追求。而且，他们的某些作品，虽然用汉语创作，但丝毫不缺乏赵健秀所说的“亚裔感性”，比如严歌苓的《扶桑》，当论及唐人街，论及早期华裔移民经历，论及美国文学中的中国形象时，我们必须关注《扶桑》及严歌苓的其他一些短篇小说。

---

① 张子清、梁志英：《我们是文化边界的闯入者》，《文艺报》，2002年6月25日第4版。

从90年代开始，“新移民”作家在美国、中国大陆和中国台湾的影响日甚：严歌苓多次在国内外获奖，多部作品被拍成了电影，而哈金（Jin Ha）的《等待》（*Waiting*，1999）则获1999年美国国家图书奖和2000年“美国笔会/福克纳小说奖”。这一切，大大增强了华裔美国作家的声音，开拓了华裔美国文学的版图。作为华裔美国文学研究者，我们不能对这些新的文学现象视而不见。

在这一群“新移民”作家中，有许多是直接用英文创作的，如闵安祺（Anchee Min）、蒋吉莉（Ji Li Jiang）等；有的主要用汉语创作，如严歌苓；有的则是用双语，如哈金。他们的文学创作对于华裔美国文学研究的贡献首先在于提供了一个“跨语言”的参照系，因为同为华人或华人的后裔，其作品深层的文化底蕴自有可以探讨的共同性和差异性，在跨文化、跨语言视角的观照下、华裔美国文学的研究将具有更加丰富的内涵。其次，由于有些华裔作家的国籍身份的动态性或主题内容的“跨越国界”，也为华裔美国文学的“跨国族”研究提供了很合适的对象。以严歌苓《扶桑》和哈金（Jin Ha）的《等待》（*Waiting*，1999）为例：《扶桑》是用汉语创作的，描写的却是19世纪北美“淘金热”之后，一个中国的乡间女子扶桑，被拐骗到旧金山唐人街后变成一个妓女的故事；通过扶桑与白人男子克里斯纠缠着种族仇恨的失败的爱，严歌苓揭示了美国白人主流社会对于华人的歧视和偏见，她关注的是美国社会迄今依然存在的现实问题。而哈金的《等待》虽然用英语创作，却把我们引进了一个弥漫着菊香、有柿子饼和山楂糖葫芦的世界，叙述的是具有浓厚乡土气息、漫天飞雪的中国北方的风物人情：善良、软弱却又有责任感的孔林，温柔、木讷却又不乏坚韧的淑玉，大方、泼辣、敢爱敢恨的吴曼娜，他们或是夫妻，或是情人或情敌，但他们之间并没有刻骨的仇恨，而是弥漫着一种脉脉温情，正是这一线温情，使一桩离婚官司等了十八年才有结果，而等待的结果并非皆大欢喜，而是陷入了一片虚无。由此我们可以看出《等待》的潜文本对中国文化的儒家传统和道家传统的独到体认和领悟。

在倡扬民族主义的学者看来，要执着于某种文化，必须使用承载本族文化的本族语言，如果华裔用英文或其他文字写作，就根本谈不上对华裔族性的坚守和文化中国的弘扬，所以应该像那些身处真正的后殖民国家的作家那样，放弃殖民者的语言（英语），用自己的民族语言进行创作，以抵制殖民语言中所隐藏的殖民文化承载。而20世纪末的华裔美国作家的英语、汉语或双语创作实践却表明：对于族性和文化的书写，并不一定随着作家所使用语言的不同而截然不同。严歌苓用汉语书写美国19世纪的唐人街，哈金用英语书写“文革”中的中国，无疑对我们既定的许多“刻板印象”进行了有力的消解。

三

值得注意的是，虽然1990年以来的华裔美国文学在多方面展示出以上所述的各种“越界”趋向，但也不乏表现华裔美国文学“传统主题”的作品。比如谭恩美的《灶神之妻》《灵感女孩》和《接骨师之女》，还有赵健秀的《唐老鸭》和《甘加丁之路》，徐宗雄的《美国人》（*American Knees*，1996）等，都是发表在1990年之后，而这些作品关注的焦点依然是种族、文化和性别身份的书写，延续了华裔美国文学的传统。除了这些著名的“老”作家写传统题材之外，还出现了一批写“老”题材的“新”作家：

李健孙分别在1991年和1994年出版了《支那崽》（*China Boy*，1991）和《荣誉与责任》（*Honor and Duty*，1994），作为姊妹篇发表的自传体小说，这两本书写的是一个生长在“白化”的父亲和白人继母的暴虐之下的华裔小男孩丁凯的成长过程。为了躲避继母的折磨和面对黑人小孩的街头打斗，丁凯在“基督教青年会”学会了拳术，后来还进入了西点军校。丁凯的世界充满了阳刚之气：健硕的体格、黑人教练的强悍、街头打斗、父子关系、男性之间的友谊、西点军校的硬汉；在丁凯的世界中，母亲是缺席的，因为她早就去世了，虽然有三个漂亮的姐姐，但对他的成长和发展几乎没有产生任何影响。由此我们可以看到李健孙对赵健秀、徐宗雄提出的建立华裔男性英雄传统的呼应。

伍慧明（Fae Myenne Ng）的《骨》（*Bone*，1993）关注的是旧金山的唐人街一个华人移民家庭：在唐人街做车衣女工的妈妈与做海员的爸爸关系紧张，二女儿安娜由于恋爱与父母产生矛盾，跳楼自杀，三女儿尼娜离家出走，逃到了纽约，只有大女儿莱娜奔走于父母、姊妹之间，成为弥合家庭创伤的纽带。《骨》同样关注的是华裔美国人在美国强势文化俯视之下第一代与第二代之间的代沟、矛盾与痛苦，但故事叙述者、大女儿莱娜回避了在中国和美国二者之间选其一（either…or）的立场，而是对二者都采取了包容、理解的态度。对饱受美国强势文化歧视的父亲、母亲、祖父体现出关怀和同情。在华裔美国学者们看来，《骨》塑造了华裔美国第二代的新形象，她不同于汤亭亭的“女勇士”、赵健秀的“华埠牛仔”和任璧莲的“典型美国人”，是一个“善于进行跨文化对话、富有同情心、办事能干的正面华裔典型——一个新的华美文学典型”。[①] 正因为如此，虽然伍慧明迄今只写了一本小说，却成为国内外华裔美国文学研究的关注点之一。

华裔美国文学的“新生代”作家张岚（Lan Samantha Chang，1965—）在1998年出版了处女短篇小说集《渴望》（*Hunger*:*A Novella and Stories*，1998），在美国批评界却引起了很大的反响。与以前华裔美国叙事不同的是，张岚没有选择华裔第二代（儿子或女儿）作为叙事者，而是选择了第一代移民母亲作为故事的叙述者。“沉默”“失声”的母亲终于开始讲述自己在美国的爱情、婚姻、家庭与工作。虽然谭恩美的《喜福会》也有四位母亲轮番叙事，但讲述的大都是中国的故事，而《渴望》中的母亲讲的却是自己亲身经历的美国生活：对英语语言、美国文化的抗拒，对华族文化的依恋，对做小

---

① 张子清：《与亚裔美国文学共荣共生的华裔美国文学》（总序），《骨》（伍慧明著，陆薇译），译林出版社2004年版，第35页。

提琴手的永远不得志的丈夫的热爱和怜惜，对丈夫强迫女儿学习小提琴、争取出人头地的不满，对女儿叛逆、离家出走的无奈。张岚的叙述笔调沉静而细腻，貌似波澜不惊却又动人心魄，被评论家认为具有“中国水墨画”的气韵。

由此看来，20 世纪 90 年代末期的华裔美国文学的另一个主题似乎是新的“回归之旅”。曾经疏离、鄙弃唐人街的华裔儿女似乎意识到了“寻根”的必要。这正如人们经常所说的，“你可以把一个小女孩带离唐人街，却不能把唐人街从女孩的心中删除”，《骨》《渴望》《裸体吃中餐》不约而同、或明或暗地表达出这一主旨。而在伍慧明的《骨》中，这一主旨表达得尤其深刻：逃离唐人街、做了空中小姐的尼娜并没有获得自己渴望的自由，反而陷入了无尽的空虚和煎熬：“飞行切碎了你的生活，在节假日尤其让人难受，那种时候我非常敏感。当我觉得自己丢失了什么东西，人们都在做着重要的事情，而我却飘在空中，飞过不同的时区。”① 对此，黄秀玲是如此评价的：

> ……飞行可能是挑战的行为，也可以意味着逃离……三女儿选择了飞行……成了泛美航空公司的空中乘务员。她的行为似乎是最奢侈的，然而，与鸟儿们真正自由自在的飞行相比，她处处可去却又无处可去，被迫永久地留在了这段航程，把她从少数族裔的社群中割裂出来……没有人类社群的“重力”给她安全感，给她一个可以去发现和实行真正的奢侈的征程的“基地/家园”。②

在此，我们看到了华裔美国人生存的悖论：若说唐人街的生活是不可承受之“重”的话，逃离之旅就是“生命中不可承受之轻”。从

---

① Fae Myenne Ng, *The Red Sweater*, *The American Voice* 4, p. 33.

② Sau-ling CynthiaWong, *Reading Asian American Literature*: *From Necessity to Extravagance*, New Jersey: Princeton UP, 1993, p. 157.

下面这段莱娜的自述，我们不难看出唐人街在她心中的地位：

> 我听到了从老巷中发出的所有声音——有老林先生隔墙传来的咳嗽声，有林太太为他找药的声音——时间一定已经早过两点了。这些昔日的声音让我平静了许多。它们使鲑鱼巷又恢复了往日所带给人们的那种轻松感。这些熟悉的声音像蚕茧一样把我包裹住，使我有了安全感，让我感到像是待在温暖的家里，时间也静止了……周围四面薄薄的墙围起来的是一个充满温情的世界。①

可见，家、社群、族群不仅与沉重的责任、义务、忠诚相连，同样给人以安全感、给人以温馨的关爱与温情。从20世纪末期“越界”合唱中飞跃出的“回归”之音，我们看到了华裔美国文学作为一种族裔文学的“原生”特性。由此，我们或许不必对20世纪末华裔美国文学的“越界”书写怀有过多焦虑；其多元化的种族、文化身份诉求，其“超越”国界、语言的写作实践或许会暂时导致族裔文化特性的稀释，但却不会永久地消弭这种特性，20世纪末华裔美国文学主题或母题的“回归”，使我们有理由坚持这样的信念。

① Fae Myenne Ng, *Bone* (1993), New York: Harper Perennial 1994, p. 129.

华裔美国女性的母性谱系追寻与身份建构悖论

母女关系是当代华裔美国女作家们的热门话题，从1976年汤亭亭的《女勇士》开始，到谭恩美1989年以来发表的以《喜福会》为代表的系列小说，以及新一代华裔女作家伍慧明、伍美琴的作品中，“在场”的只有祖母、母亲、姐妹等母系成员，而祖父、父亲、儿子等父系成员几乎是“缺席”的，即使“在场”，也是“沉默”的、“失声”的。她们似乎要重建西方女性主义理论家伊瑞格瑞、克里斯蒂娃、西苏、乔多诺所描述的“前俄狄浦斯”阶段的“母性谱系”，给处于弱势的华裔女性寻找力量的源泉。母女之间的冲突、交流与和解表现出种族、性别、文化、阶级的合力对华裔美国写作的综合作用。但由于这些“母与女”关系的言说者都是生长于美国的女儿们，母亲是被动的“被言说者”，考虑到“叙事权威”，“母与女”母题的背后其实涉及权力话语的运作和冲突，蕴含着相当的复杂性。与此同时，华裔美国女性的身份建构在种族、性别、文化、阶级的纠结中也举步维艰。

本文在西方女性主义、后殖民批评理论观照下去分析华裔美国女性在种族、性别夹缝中所面临的两难处境和艰难抉择；分析小说文本中“母亲”与“女儿”所包含的文化隐喻意义，并揭示“母女”之间误解、疏离及扭曲的关系背后的政治、文化斗争。

一

汤亭亭发表于1976年的《女勇士》，集梦幻、想象、中国经典、神话和传说于一体，开启了华裔美国女性通过追寻母性谱系构建华裔美国女性身份的传统。

《女勇士》分五章，每一章都聚焦于一个女性："无名"姑姑、"女勇士"花木兰、母亲勇兰、姨妈月兰、女诗人蔡琰（蔡文姬）。这些女性中，姑姑、勇兰、月兰与叙述者有着血缘关系，可以称为"血缘之母"；而花木兰、蔡琰却是中国历史和传说中的杰出女性，她们可以说是汤亭亭心目中大写的母亲形象，是华裔美国女性引以为豪的"精神之母"。无论是在讲述"血缘之母"的故事，还是追寻"精神之母"的英雄传奇时，故事叙述者（女儿）都在回忆母亲"讲古"（talking story）的同时，加入了自己的声音。勇兰和勇兰的女儿，通过"讲古"和抒写，倾诉着异域生活的悲哀和艰难，杂糅了中国文化传统和西方女性主义精神。正如温迪·何（Wendy Ho）所言：

> 跟蔡琰一样，在变化多端的野蛮人的土地上，汤亭亭唱出了她和她的母亲的悲哀和愤怒。作为女性，她们唱出了自己族群在被错置的时空中的渴望，在一个被消音和非人化的社会生活的孤独和哀伤……她的歌，和着野蛮人的曲子，通过艺术的力量获得了意义。①

与汤亭亭一样，谭恩美也是一个"女儿作家"（daughter-writer），总是围绕着母亲们的故事展开自己的文学想象，即使是讲述女儿自己的故事，也是在"母系坐标"的参照之下进行的：谭恩美的《喜福

---

① Wendy Ho, *In Her Mother's House*: *The Politics of Asian American Mother-Daughter Writing*, Walnut Creek and Oxford: Alta Mira Press, 1999, p. 144.

会》专注于四对华裔母女，在作品中，每对母女轮番出场，讲述自己在中国、美国的人生故事，其中既有让人心动的母女深情、姊妹之爱，也有由于各种各样的原因造成的母女反目和亲人疏离而造成的伤痛。

《喜福会》中的母亲们都经历过旧中国的贫穷、战乱以及封建父权制带来的种种灾难和痛苦：吴素云在战乱中不仅失去了丈夫，还不得不忍痛放弃了自己的一对孪生女儿。许安梅是一个商人的姨太太与前夫生的女儿，曾亲眼看见母亲不堪压制和屈辱，吞服鸦片自杀，从母亲的死学会了坚强，学会了反抗。龚琳达则在两岁时就由父母之命、媒妁之言与比自己小的富家男孩订了婚，十二岁嫁到夫家，忍受着婆婆的折磨和小弟弟丈夫的捉弄，经过一番谋划，终于脱离婆家去了美国。映映·圣克莱尔本是无锡首富与正房夫人生的女儿，有着人人艳羡的幸福童年，却嫁了一个好色荒淫的丈夫。痛苦之际，她杀死了尚在子宫里的孩子，成为心中永远的痛……

由于这样的精神伤痛，这些“逃离”旧中国，投奔美国“自由世界”的母亲们对自己的女儿寄予厚望：

> 到了美国，我就要生个女儿，她会很像我。但在美国，她却无须仰承丈夫鼻息度日。在美国，不会有人歧视她，因为，我会让她讲一口流利漂亮的美式英语。她将应有尽有，不会烦恼不会忧愁。她会领略我的一番苦心，我要她成为一只比期望中还要好上一百倍的漂亮的天鹅！①

母亲们似乎更愿意独自吞咽自己人生的失败和苦痛，在女儿成长

---

① ［美］谭恩美：《喜福会》，程乃珊、严映薇译，浙江文艺出版社1999年版，第1页。本论文对于《喜福会》（*The Joy Luck Club*）的引用来自英文原版和中文译本两种。笔者译出即标注英文原文页码，引自中文译本则标注中文译本中的页码。

的过程中，她们对自己过去在中国的一切从来不曾提起。她们鼓励女儿讲英文不讲汉语，鼓励女儿独立、自强，出人头地，向美国主流社会靠近。所以吴素云强迫并没有音乐天赋的吴精美学习钢琴，龚琳达为薇弗莱获得了围棋冠军而到处炫耀、沾沾自喜。由于自己的失落，她们在女儿身上寄托了超出常态的希望。殊不知，正是由于过分的压力，造成了女儿们的逆反心理：从少女时代的叛逆开始，故事中的女儿们与母亲们开始了一段长长的疏离期。正如映映·圣克莱尔所言："尽管我爱我的女儿，一度她与我共有一个身体，但她出生了，就像一条鱼一样从我身上滑出去了。从此，我与女儿隔着一条河，我永远只能站在岸的这边观望她。"① 女儿对她似乎是视而不见。由于隔膜和疏离，女儿们从来没有真正了解自己的母亲。

然而，尽管母女之间有着种种隔膜和冲突，在谭恩美看来，母女之间天然的情感纽带终会跨越一切的鸿沟和障碍，最终可以回归到类似于伊利格瑞、乔多罗所说的"前俄狄浦斯"阶段的母女关系，恢复一种新型的母女认同。母亲们认为，"我必须把我过去经历的一切告诉她，这是我能渗透她的皮肤，挽救她于危难的唯一办法"。② 而女儿们在经历了中美文化夹缝中的种种尴尬之后，在经历了为人妻、为人母的沧桑人生之后，纷纷转头回望自己的母亲，从母亲的苦难故事中吸取了无尽的精神力量。吴精美，许露丝、薇弗莱·龚、丽娜·圣克莱尔都在往事追忆中修复了跟母亲的情感关系，并在母亲的精神鼓励下坚强地面对自己的风雨人生。这正好证明了玛丽安娜·赫奇在《女人的诞生》中提出的论断："一个女人为另一个女人能做的最重要的事就是启发她、扩展她把握实际可能的感觉……一个母亲的人

---

① Amy Tan, *The Joy Luck Club*, New York: Ballantine Books, 1989, p. 236.

② Ibid., p. 241.

生——不管是严阵以待还是毫无防备——都是给自己女儿首要的遗赠。”①

不过，从《喜福会》母女关系发生新变的过程，我们不难看到谭恩美母女传承的血缘性和生物性的强调。故事中的许安梅说：“尽管我教女儿相反的东西，她最终还是跟我一样！或许这是因为她是我生的，而且是女儿身。我是我妈妈生的，而我也是女儿身。我们就像一级接着一级的台阶，上上下下，但方向却是一样的。”② 吴精美能够认同与自己从来没有接触的中国姐姐，也完全是由于血缘的关系，她在姐姐那里，看到了母亲的影子，意识到了自己与她们割不断的血缘纽带：“我们都很像妈妈：一样的眉目，一样的嘴唇，我们看见妈妈了，正惊喜地注视着她的梦幻成真……”③ 至此，母女的认同超越了时间和空间，国界和文化，成了《喜福会》主题表达的最强音。而正是在这种急转直下的母女认同态度中，我们看到了谭恩美面对种族、文化认同时的理想主义色彩，看到了西方女性主义对她的巨大影响。

对于处于种族、文化夹缝中的华裔美国母女而言，她们之间对立、冲突或融合、认同的关系绝不仅仅是血缘上的，她们所要建构的也绝不仅仅是性别身份，更有自己的族裔和文化身份。由此，我们有理由质疑汤亭亭、谭恩美等华裔女作家“母性谱系”追寻中的理想主义倾向，我们有理由追问：在美国的生活现实中，华裔美国母亲和女儿们是否真的获得了独立、自由的主体性呢？

---

① Adrinne Rich, *Of Woman Born* (1976), 10th Ed., New York: W. W. Norton and Co., 1986, p. 246 ~ 247.

② Amy Tan, *The Joy Luck Club*, New York: Ballantine Books, 1989, p. 274.

③ Ibid., p. 332.

二

《女勇士》的故事叙述者——一个在唐人街长大的小女孩，在梦想中与花木兰融为一体，武艺高强，南征北战，不仅宰杀了皇帝，还为遭受冤屈和苦难的父老乡亲和遭受性别歧视的女同胞复仇，俨然是一个女英雄。但一转入美国的生活现实，她的语调就变了："我在美国的生活真令人失望。"她的父母经常说："洪水里捞财宝，小心别捞上个女仔。"镇上的华侨邻居也常说："养女好比养牛鹂鸟。""养女等于白填。"[①] 最典型的是女孩那当过江洋大盗的大伯，当他在星期六早上要上街购物叫"孩子们来呀，快来快来"，而如果是女孩子争着要去的时候，他会转身大吼一声："女孩子不行!"[②] 而弟弟们总是能满载而归：糖果和新玩具。

正是女孩子所生活的华人家庭和社区对于女性的极度歧视使女孩日夜梦想自己成为一名女勇士："如果我不吃不喝，也许能使自己成为梦里的女勇士。"成为女勇士就不会做"人家（男人）的累赘"，[③] 可以摆脱附庸和被歧视的命运。但遗憾的是，女孩子的"自我之路"在父权压制及种族歧视之下却陷入了迷途。在此，女孩子主体性的迷失体现在两个方面：一是性别主体性的迷失，二是族裔、文化主体性的迷失：

小女孩努力用功地学习，只是为了能变成"男孩"，能像男孩那样出人头地。由于有着这样的目标，她甚至在外形上也偏执地追求男性化：她想拥有一条粗壮的脖子，希望自己的牙齿长得又大又黄又结

---

① ［美］汤亭亭：《女勇士》，李剑波、陆承毅译，漓江出版社1998年版，第41—42页。

② ［美］汤亭亭：《女勇士》，李剑波、陆承毅译，漓江出版社1998年版，第41—42页。

③ 同上书，第43页。

实。不仅如此，她对自己未来的职业选择在传统上也是属于男性的——到俄勒冈去做伐木工人。在女性主义的先驱者波伏娃看来，“（女人）不承认她的性别也同样是一种不健全。男人是有性征的人，女人只有也是一个有性征的人，才能够成为一个健全的、和男性平等的人。否认她的女性气质就等于部分否认她的人性”。[①] 而女权主义理论家玛丽·戴利也大声疾呼：“破除偶像的根本行动将从内化了男性优越性的偶像入手，把它们从滋生了男性优越感的意识形态和文化体制中驱除出去。”[②] 偶像破坏必须从内部入手，女人必须排斥并驱除她们已经内化的他性意识。而汤亭亭笔下的女主人公显然是“内化”了父权制社会赋予女性的“他者”地位，其效仿男性的种种言行，其实就是复制而不是“驱除”了“男性优越感的意识形态”。

另一方面，故事中的小女孩也内化了美国种族主义对华人的“他者”凝视，接受了自己的“客体”地位，所以才那么不顾一切地要做“美国女性”。为了成为“地道”的“美国女性”，她故意压低自己的声音，因为“正常华人妇女的声音粗壮有威。我们华裔美国女孩子只好低声细气，显出我们的美国女性气。很显然，我们比美国人还要低声细气”。[③] 这种情形，与托尼·莫里森《最蓝的眼睛》中黑人女孩佩科拉梦想拥有一双最蓝的眼睛有着异曲同工之妙。可见，在美国充满了种族偏见和歧视的话语体系中，华裔美国人要建构自己族裔、文化的主体性是多么困难。我们不难看出，小女孩其实已经被种族主义的“内部殖民”话语俘虏了，成了美国种族主义的牺牲品。

在《女勇士》中，无论是坚强的勇兰，还是脆弱的月兰，她们的命运，代表了大多数华裔美国移民妇女的命运，要么就是永远做劳

---

① ［美］西蒙娜·德·波伏娃：《第二性》，陶铁柱译，中国书籍出版社 1998 年版，第 774 页。

② 约瑟芬·多诺万：《女权主义的知识分子传统》，赵育春译，江苏人民出版社 2003 年版，第 178 页。

③ ［美］汤亭亭：《女勇士》，李剑波、陆承毅译，漓江出版社 1998 年版，第 44 页。

役的奴隶，要么就是遭人抛弃。就连在美国土生土长的华裔女性新一代，她们比老一代多一些选择，但直到故事的末尾，叙述者也似乎并没有找到自己真正的家园："现在我们属于整个地球了，妈妈。如果我们和某一块土地切断了联系，我们就只属于整个地球了。"① 这种"处处无家处处家"的"乌托邦"幻想，谁能说不是面对现实的无奈而不得不做出的逃避性选择呢？

在《关于流亡的反思》（*Reflections on Exile*，2000）一文中，萨义德以"局内人"的口吻对流亡者和离散者表达了深切的同情："流亡生活想来引人入胜，经历起来却非常可怕：它是人类与故土、自我与真正的家园之间永远不可修复的裂痕。其悲哀是不可超越的。"② 从《女勇士》中勇兰、月兰以及她们的华裔美国女儿的人生际遇，我们不仅看到了华人女性离家去国后异乡谋生的悲哀与艰难，还有父权制、种族主义俯视下保持独立主体性的不易。正如全敏合（Trinh T. Minh-ha）在《妇女·本土·他者》中所言："亚裔女性移民在美国不但是父权社会自然的被压迫者，她同时又是第三世界的本土人，因而也是自动的他者，这三层的偏见与歧视困扰着她。"③

不仅是在《女勇士》中，在谭恩美的《喜福会》《灶神之妻》《接骨师之女》等"母性谱系"小说以及伍慧明的《骨》、伍美琴的《裸体吃中餐》和张岚的《渴望》之中，华裔美国女性生存的艰难和自我的迷失都是其中最为显性的主题。

---

① ［美］汤亭亭：《女勇士》，李剑波、陆承毅译，漓江出版社 1998 年版，第 98 页。

② Said Edward W.，*Reflections on Exile and Other Essays*，Cambridge，Massachusetts：Harvard University Press，2000，p. 173.

③ Trinh T. Minh-ha，*Woman*，*Native*，*Other*，Bloomington and Indianapolis：Indianna University Press，1989，p. 6.

三

从华裔美国女作家的小说文本可以看出：女儿们和“血缘之母”是合作又相互对抗的传承关系。但对于华裔美国女性而言，其精神传承或冲突的背后其实是文化的传承和对抗。从某种意义上说，母亲形象就是华族文化的隐喻，而女儿则是美国文化的缩影。骆里山（Lisa Lowe）是这样评论《喜福会》的：

> 我们可以不把《喜福会》仅仅当成描述华裔美国几代人“母/女联系神秘”的小说文本来读，而是把它当成一个隐喻的文本来读，读它如何用母女关系的隐喻来象征亚美文化的主题。也就是说，我们可以在亚裔美国的话语框架之中，通过把这种结构放到差异的语境中……把这本小说当成有关母女关系的民族公共美学评论。①

由此，我们这里所讲的“文化之母”，其实是对中国和中国文化的语符化，是一个大写的“母亲”形象，她既是中国的具象，也是中国文化的象征。从这个意义上讲，华裔美国小说文本中的母亲和女儿，包括文本外的华裔美国女作家们，都是这个大写“母亲”的女儿，是有着华族文化血脉的海外游子。由于其栖身海外的特殊位置，身处美国强势文化的熏陶和俯视之下，这些“女儿”对自己华族文化之母的凝望与审视自然就复杂、矛盾得多。

在汤亭亭、谭恩美的小说文本中，中国被定格在一段处于“前工业社会”的落后时空之中，是饥荒和灾害肆虐，充满战争伤痛的苦难国度。可以肯定的是，战争是移民母亲们难以愈合的伤痛，但在

① Lisa Lowe, *Immigrant Acts: On Asian American Cultural Politics*, Durham: Duke University Press, 1996, p. 79.

土生女儿们一次又一次的浪漫化想象和叙事之中，就形成了一种关于中国的刻板印象，似乎中国永远就滞留在那样一个时代，那样一种低级、落后的生存状态。这其实是一种“时间性拉远距离”（temporal distancing）的叙事方式，是被广泛采用的建构他者的一种方式。① 在黄秀玲看来，这种二元对立——“传统的对现代的，迷信的对俗世的……正是《喜福会》和《灶神之妻》所着力探究的”，通过这种二元对立，“进步的”“第一世界”俯视“落后的”“第三世界”的文化霸权优势得以确立。② 无论是在汤亭亭的《女勇士》中，还是谭恩美的四部小说中，美国的时间是处于20世纪七八十年代的“现在”，而中国的时间却总是20世纪初到40年代的“过去”，这就为其“他者化”中国的东方主义叙事奠定了基调。

汤亭亭的《女勇士》以“无名女人”作为开场：旧中国犯了通奸罪的姑姑在生孩子的那天晚上受到了村民的袭击，当晚姑姑就抱着刚刚生下的婴儿，投井自杀。这样的故事，历史上或许有过，但并不具有普遍性，更不是当今中国社会的现实；而对于主流美国读者而言，他们不会质疑故事的真实性，这不仅仅因为《女勇士》是以“非小说”出版的，而是这种对中国的“揭丑”行为正好迎合了美国白人读者对中国的东方主义想象。正如黄秀玲在评价谭恩美故事中大量“东方化”细节时所评述的：“谭以某种方式反复地铺陈细节和‘非细节’的能力，让具有文化倾向性的读者——也就是大部分的美国读者——辨认出这种文学类型并做出相应的反应，他们热情购买这些书，伴随着尊重与窥淫欲、欣赏与屈尊俯就、卑谦与自我庆幸的复

① Johanne Fabian, *Time and Other: How Anthropology Makes Its Object*, New York: Columbia University Press, 1983, p. 23.

② Sau-ling Cynthia Wong, "*Sugar Sisterhood*": *Situating the Amy Tan Phenomenon*, *The Ethnic Canon: Theories, Institutions, and Interventions*, ed., David Palumbo-liu, Minneapolis: University of Minnesota Press, 1995, p. 185.

杂情感”。[1]

汤亭亭和谭恩美不仅是用“时间性拉远距离”的叙事方式“东方化”中国，在描述中国人的体态、举止、打扮甚至脸色、眼神方面也都竭尽细腻白描之能事，“他者化”中国人，以示自己与“他们”的不同。在其小说文本中，中国人走路的姿势、喂孩子的方式、说话的声音、穿着打扮都成为她们嘲弄、奚落的对象。在霍米·巴巴看来，“殖民话语的重要特征就在于对于他者的意识形态构建的固定性”。[2] 汤亭亭、谭恩美对于中国人的“他者化”有其深刻的意识形态渊源，与美国主流的殖民话语几乎构成了一种“同谋”关系，这与新移民穿什么、说什么几乎没有什么关系，因为“刻板印象”是一种先在的“固定性”意识，并不受现实的干扰。这种细节描述，大大强化了已经先在的华人“刻板印象”。

不仅是在中国和中国人的形象上，在对中国文化的再现上，上述两位作家也没能脱离其“东方主义”视角：对于中国文化，汤亭亭、谭恩美看到更多的是其野蛮、愚昧、落后的一面。在《女勇士》中，母亲勇兰不仅是个“打鬼英雄”，打死过“坐凳鬼”“压身鬼”，而且什么都吃：浣熊、黄鼠狼、老鹰、鸽子、野鸭、猫头鹰……孩子们“常常躲到床底下，不想听到鸡鸭被宰杀时发出的尖叫和乌龟被放进锅里咚咚的撞锅声”。[3] 而母亲所讲的“活吃猴脑”的故事，更加让人毛骨悚然。

而在谭恩美的小说文本中，这种关于中国文化的细节描写更是数不胜数：在《喜福会》中，许安梅亲眼目睹自己的母亲为了给外婆

---

① Sau-ling Cynthia Wong, “*Sugar Sisterhood*”: *Situating the Amy Tan Phenomenon*, *The Ethnic Canon*: *Theories*, *Institutions*, *and Interventions*, ed., David Palumbo-liu, Minneapolis: University of Minnesota Press, 1995, p. 184 ~ 185.

② Homi K. Bhabha, *The Location of Culture* (1994), New York: Routledge, 2004, p. 94.

③ [美] 汤亭亭：《女勇士》，李剑波、陆承毅译，漓江出版社 1998 年版，第 82 页。

履行孝道，用小刀割下胳膊上的肉，熬药给外婆喝。在《灶神之妻》中，胡兰的姐姐爱上了一个飞行员，大着肚子去找飞行员，要他娶自己，而飞行员竟然当众打了她，孩子就在此时出生并且难产，导致了母子的当场死亡。这样的故事情节，稍具理性的中国读者都会觉得匪夷所思，太具戏剧性，但不了解中国的历史语境的西方读者，基于自己关于东方愚昧、落后的先入之见，会以一种俯视的态度唏嘘感叹。

这些细节描写，由于有着叙事者的亲眼见证，所以被许多白人读者称赞为“可信的细节（convincing details）”。而黄秀玲把这种细节称为“真实性记号（markers of authenticity）”，认为其功能就是通过表明特定的作品与美国的东方主义先入之见的紧密联系，从而“产生一种东方主义效果（oriental effect）”。[1] 在《逼真效果》一文中，罗兰·巴特考察了现实主义小说中“无用的”描述性细节的功能，认为这种细节对小说结构没什么作用，却可以营造一种有特点的氛围，就现代的“似真”美学而言，明显多余的细节等于宣称“我们是真的”，由此造成了一种“似真效果”。因此，汤亭亭、谭恩美小说文本中诸多没有结构性作用的细节等于在对美国主流的读者说：“我们是东方的。”这些细节，被认为是“可信的”，赢得了西方主流社会的交口称赞，殊不知这些细节根本无力揭示真正的中国文化。

由此，我们看到了以汤亭亭、谭恩美为代表的华裔美国“女儿们”对自己的“文化之母”——中国和中国文化的“东方主义”再现。而我们需要进一步探讨的是，她们为何要如此“他者化”或“东方化”中国呢？是什么样的现实生存语境使她们做出了这样的选择？

---

① Sau-ling Cynthia Wong, “*Sugar Sisterhood*”: *Situating the Amy Tan Phenomenon*, *The Ethnic Canon*: *Theories*, *Institutions*, *and Interventions*, ed., David Palumbo-liu, Minneapolis: University of Minnesota Press, 1995, p. 187.

四

在《亚裔美国及亚裔离散文学中的移民主体》（*Immigrant Subjectivities in Asian American and Asian Diaspora Literatures*, 1998）一书中，马圣美（Sheng-mei Ma）引用乔治·利普斯次（George Lipsitz）的话，描述"白色"在美国社会中的强权地位：

> 在美国文化中，白色无处不在，但却很难看见。正如理查德·戴尔（Richard Dyer）所言："白色强权似乎不用任何特别的东西保护自己的优势地位。"如建构差异时的无记号范畴一样，白色永远不必给自己命名，永远不必承认自己在社会和文化中的组织性原则。①

在美国20世纪60年代的"民权运动"以后，有色人种的地位虽然有了极大的改善，但"白色"的优越性地位依然是不容置疑的："白色不必承认自己在社会和文化中的组织性原则"，因为它就是社会和文化的组织性原则，是判定其他一切"颜色"的标准。由于长期以来美国"斩草除根"的"同化"文化政策的实施，华裔美国人接受的都是美国的强势文化的熏陶。林英敏坦言："我是受鹅妈妈（Mother Goose）童谣和欧洲童话的滋养长大的，我一直渴望自己能变成一个金发碧眼的公主。"② 所以尽管有着双重的文化传统，这些土生土长的华裔美国后代从小所认同的还是西方文化模式和"白色"

---

① GeorgeLipsitz, qtd. from Sheng-mei Ma, *Immigrant Subjectivities in Asian American and Asian Diaspora Literatures*, New York: State University of New York Press, 1998, p. 2.

② AmyLing, *Whose America Is It*?, *Transformations*, Vol. 9, No. 2, Sept. 9, 1998, p. 6.

的社会组织原则。

这种向往被“白色”吸收和“同化”的思想在《喜福会》的女儿一代表现得非常突出：女儿们都毫无例外地找了白人男性做丈夫，究其原因，还是在于“白色”强势文化的吸引。如许露丝在反省自己选择白人丈夫特德时所说：

> 我不讳言，特德最初能引起我的注意的，恰恰就是那些与我的哥哥和相识的中国男孩子的不同之处。他的鲁莽，他的执着，他的自信与固执己见；他的瘦削的轮廓鲜明的脸庞和颀长的身材，他的壮实的手臂；还有，他的父母是来自纽约太兰城而不是中国的天津。①

由于对自己的白人丈夫怀有一种感恩的心理，许露丝在婚后的生活处处都很被动：“好几年过去了，总是特德来决定，我们去哪里度假，他决定添哪些家具，他决定我们暂时不要小孩，直到搬到一个更高尚的社区。”② 但遗憾的是，这样的迁就和退让并没有换来幸福的婚姻，反而遭到了特德的厌倦，使他们的婚姻走到了崩溃的边缘。

在伍美琴的《裸体吃中餐》中，女主角罗碧与白人男友尼克的关系总是忽好忽坏，究其根本，还是在于种族的差异，肤色的不同。无论罗碧自视多么不同于自己的家人，在她的男友尼克的眼里，她依然是一个“中国女人”：在一次琐碎的争斗之后，尼克对罗碧说：“当你疏远我的时候，我就在想，那个站在我房间里的丑陋的中国女人是谁呢？现在你来到我的面前，这么漂亮，我竟然都注意不到你的

---

① ［美］谭恩美：《喜福会》，程乃珊、严映薇译，浙江文艺出版社1999年版，第107页。

② ［美］谭恩美：《喜福会》，程乃珊、严映薇译，浙江文艺出版社1999年版，第110页。

中国性了。你就是我爱的罗碧。”① 尼克无意识中把“漂亮”与“中国性”视为对立的二元，罗碧与之疏远时，就成了“丑陋的中国女人”，而与之亲近时，就变漂亮了，其“中国性”就隐而不显了，在此，尼克显然是把“丑陋”与“中国性”画上了等号。

由此可见土生华裔美国“女儿们”生存的尴尬处境，她们其实是处于被双重“他者化”的境地：首先是白人主流社会的“他者”凝视，如乔顿太太对许安梅的俯视和轻贱，尼克对罗碧的中国性的贬低和排斥；其次是在美国的“同质化”（homogenizing）或“同化”（assimilationist）种族文化策略之下华裔美国新一代对自己“中国的那一半”（the Chinese Other）的“他者化”，正如前文所述的汤亭亭、谭恩美对于中国和中国文化的东方主义再现，显然是视中国为“他者”的文化立场决定的。

在许多华裔美国批评家看来，华裔美国作家不应该迎合美国白人主流的强势话语，远离或“他者化”构成“自我”的另一半的母国文化，这样只能导致自我身份的迷失或分裂。其实，亚裔美国人不应该为了证明自己的美国性而对自己的祖先文化避之唯恐不及。为了成为美国人而反对被刻板化的亚洲的一切，实际上是强化了主流文化所设定的标准。正如张敬珏所言，“对于白人凝视的超敏感性——不管是内化这种凝视还是有意识地逆转这种强制的定义——都只能使自我陷入困境”。②

在《喜福会》中，通过龚琳达母女的对话，我们可以体察到在中、美文化传统的挤压之下，华裔美国人主体性的分裂：“我想着镜中我们的两张脸，怎么也弄不明白：哪一张脸是美国的，哪一张是中国的，到底哪一个好一些？而如果你展示这一张脸/这一面，就必须

---

① Mei Ng, *Eating Chinese Food Naked*, New York: Washington Square Press, 1998, p. 236.

② King-kok Cheung, *Articulate Silences: Hisaye Yamamoto, Maxine Hong Kingston, Joy Kogawa*, Ithaca: Cornell University Press, 1993, p. 19.

牺牲另一张脸/另一面（If you show one，you must always sacrifice the other）。"①

早在1982年，汤亭亭在《美国评论家的文化误读》一文中就指出，华裔美国人有着不可调和的"双重公民身份"（double citizenship）。② 而她本人以及后来的谭恩美、伍美琴等的小说主人公们都处于"过去与现在、中国与美国、传统与反叛、母亲与女儿的分离"的"双重身份"状态。③ 对于这种"双重身份"，人们或许可以理解为一种"既是……也是"的"同时拥有"，但又何尝不是一种"既不是……也不是"的"分裂"状态呢？正如《喜福会》中的龚琳达所亲身体会的，虽然她一直认同自己的"中国人"身份，但回到大陆人们却不把她当"自己人"："尽管我取下一切珠宝首饰，也不穿颜色过分鲜艳的衣服，我用他们的货币，讲他们的语言，但他们仍能认出我不是纯粹的中国人，他们还是要我支付比一般价格高几倍的外国人标准的价钱。"④

由此可见，华裔美国人不仅是美国主流眼中的"他者"，也是中国人眼中的"他者"，在两种强势文化的双重边缘化之下，其身份认同陷入窘境。

于是，与出身于"第三世界"却在"第一世界"谋求发展的后殖民理论家一样，在20世纪末，美国土生华裔作家们也对流亡、迁徙、越界、杂交等话语情有独钟。这与他们的被双重边缘化的现实生

---

① Amy Tan, *The Joy Luck Club*, New York: Ballantine Books, 1989, p. 266.

② Maxine Hong Kingston, *Cultural Misreadings by Chinese American Reviewers*, *Asian and Western Writers in Dialogue*: *New Cultural Identities*, ed., Guy Amirthanayagam. London: The Macmillan Press LTD, p. 60.

③ E. Shelly Reid, "'Our Two Faces': Balancing Mothers and Daughters in *The Joy Luck Club* and *The Kitchen God's Wife*", *Paintbrush XXII*, Vol. 22, p. 21.

④ ［美］谭恩美：《喜福会》，程乃珊、严映薇译，浙江文艺出版社1999年版，第261页。

存语境密切相关，是双重强势文化的凝视、宰制之下的弱势群体的一种文化生存策略。从汤亭亭对“多元文化主义”的倡扬，任璧莲对“普遍主义”的追寻，我们不难看出华裔美国作家们与后殖民理论家文化身份诉求的异曲同工之处。在与单德兴的访谈中，任璧莲声称：

> 我的立场——如果称得上是立场的话——是很反本质论式的。我对中国很感兴趣……但是，我拒绝被人公开地以那种方式定义我，原因是：就美国的脉络来看，每个所谓“族裔集团”的族裔都是由每个人自由选择的，其中存在着自由……除了以族裔分类之外，性别的影响也同样重大……以我目前的情况来说，身为母亲所面对的障碍大于任何形式的种族歧视。许多人认为族裔是最重要的一部分，我认为事实并非如此……①

华裔美国女性身份的建构涉及民族、国家、种族，更加涉及性别——对女人来说最为根本的身份。她们面临的不仅仅是美国社会种族的不平等，更有当今父权制社会中身为女性必须面对的性别的不平等，这就导致了她们追求种族身份与性别身份的矛盾。

然而，是否真的存在一个超越一切的女性范畴呢？艾蒂安·巴里巴尔（Etienne Balibar）指出，“普遍主义”的内部其实暗含着种族主义和族裔中心主义，因为它忽略了女性在不同文化历史中的特殊生存语境。而黑人女性主义理论家贝尔·胡克斯（Bell Hooks）就曾经质疑女性主义者所提出的“姐妹情谊”的正确性：“女性解放主义者提出的姐妹情谊的说法，其基础是妇女受着一样的压迫。这是一个错误的、已经过时的基础，掩盖了妇女属于多样、复杂的社会现实这一真

① 单德兴：《对话与交流》，王德威主编，麦田出版社2001年版，第142页。

正特质。"① 在许多"第三世界"女性主义批评家看来，离开了族裔或种族关系，便无法分析性别之间的权力关系，反之亦然。

毫无疑问，任何身份建构都是以抹杀差异为代价的。但就当前的形势来看，种族、国家的界限是一种客观存在，在社会、政治、经济领域，男性与女性、女性与女性之间都存在着极大的差异。这就是华裔美国女性身份建构必须面临的悖论性语境，这就是全敏合所说的"彼"（族裔）与"此"（性别）之间的选择，而这是一种无法做出的选择，因为对华裔美国女性而言，"彼"与"此"本来就是一体的。处于双重文化边缘的华裔美国女作家们试图做出一种普遍的"女性主义"的选择，但从其文本的"罅隙"中我们看到了这种超越族裔界限的徒劳无功，无论她们如何以"美国人""美国性"自居，在白人的强势话语框架中依然找不到她们的立锥之地，所以在以上我们所分析的华裔美国母亲和女儿形象中，我们看不到一个真正获得了性别、种族、文化平等的自由主体，无论是汤亭亭笔下的"女勇士"们，还是《喜福会》中的母亲和女儿们，她们都在迷惘和矛盾中挣扎，在漫漫人生中找寻着自我，其中不无伤痛、不无迷失。究其原因，这种伤痛、迷失的主要原因还是在于她们把国家、种族与性别的认同分而视之。

尤其值得指出的是，在构建具有"普遍性"的女性身份的时候，以汤亭亭、谭恩美为代表的华裔美国女作家放任了对华族族裔文化的"东方主义"再现，使华裔美国文化元素的呈现处于一种不平等的状态，华族文化被再现为晦暗的、落后的，而美国文化却是明朗的、先进的。我们不难理解这些女作家的女性主义情感、不难理解故事叙述者对移民社会轻视女子所表现出来的愤怒，但这种女性主义的愤怒却掩盖了美国主流文化所灌输的强烈的种族自憎，而正是在这一点上，华裔美国女性的性别政治显得不得人心，成为华裔美国族裔政治的对

① 陈顺馨、戴锦华：《妇女、民族与女性主义》，中央编译出版社2004年版，第56页。

立面。实际上，作为美国少数族裔的一分子，华裔美国女性的身份建构离不开族裔、文化身份的认同，三者之间是相互依存、互为影响的关系，抛弃任何一方，其主体性必将是不完整的、分裂的。我们以上所提及的小说文本已经充分证明了这一点。而近来的华裔美国评论家们也竭力主张华裔美国文学应该以对族裔、性别、文化的共同关注为己任，不应该为了某一种身份诉求而放逐华裔美国主体的其他方面，这对于发展中的华裔美国女性文学，无疑有着一种警醒的意义。

论《家乡》与《唐老鸭》中的“父与子”母题

由于历史的原因，以“父慈子孝”“父为子纲”为核心内容的父子伦理观念统治中国达几千年之久，对中国社会发展产生了深远的影响，父子关系更多地体现为一种家庭伦理关系。随着宗法制度的“国家化”，父权与君权结合，君王成为政治化的父亲，“父与子”的关系就生发出“君父”与“臣子”的政治关系。所以，中国的父子关系强调的是父亲的绝对权威，儿子对父亲的无条件服从。在历代的文化、文学典籍中也有诸多的反映：从《论语》《孟子》到《史记》《汉书》《三国志》，无不贯穿着儒家思想控制下父对子的绝对处置权和子对父的遵从与维护。这种“父与子”关系强调的是血缘的维系、宗族的发展和君臣上下尊卑的礼仪。而在西方，“父与子”代表了一种具有原生质意义的对立关系，从《圣经》、希腊罗马神话到各个时期的文学艺术作品都有集中的体现，继而生发成具有恒定形式的文学、文化母题。在奥林匹斯众神诞生的神话中，从乌拉诺斯——克洛诺斯——宙斯的权力嬗变展示了父与子对权势、地位的争夺；父亲的权威建立在权力的拥有之上，儿子要走父亲的路，就必须打倒他取而代之。[①] 这种“父与子”的对立冲突在西方文学经典中得到了一贯的、戏剧化的展示：从索福克勒斯的《俄狄浦斯王》到莎士比亚的《哈姆雷特》和陀斯妥耶夫斯基的《卡拉马佐夫兄弟》都谈到了同一

① ［美］托马斯·布尔凡奇：《希腊罗马神话》，李贞娇译，作家出版社2004年版。

个主题：弑父。在《图腾与禁忌》和《陀斯妥耶夫斯基与弑父者》两篇论文中，弗洛伊德通过分析“俄狄浦斯情结”，指出“弑父（patricide）是人类，也是个人的原始的基本罪恶倾向，在任何情况下都是犯罪感的主要根源”。①

由此可见，中国与西方的“父与子”关系的内涵存在巨大的差异。中国的父子关系庄严而神圣，与家庭、宗族、国家的传承和发展紧密相连；而西方的父子关系充满了人的原欲的冲突，充满了暴力和争斗。

那么，作为深受中国、美国双重文化传统影响的华裔美国作家们，又是如何展示“父与子”的深刻内涵的呢？那些漂泊、流浪或自我放逐的华人男性，是如何在“离散”之地树立自己的“父/子”传承的呢？下面，我们将通过华裔美国男作家徐宗雄（Shawn Wong）小说《家乡》（*Homebase*，1979）② 和赵健秀（Frank Chin）的《唐老鸭》（*Donald Duck*，1991）的文本分析，探索“父与子”母题在华裔美国文学中的呈现，其对中、西方文化传统的吸收及其变异，以及诸种变化中所蕴含的族裔政治、文化政治内涵。

一、寻找精神之父：华裔美国父系英雄传统的构建

美国长期以来对华人移民的排斥和歧视，使现实中的华人父亲们只能在美国主流社会之外找寻自己的发展空间，从事着洗衣、烹饪等“女性化”的职业。陈耀光、赵健秀、徐宗雄等就把亚裔移民美国的历史称作“阉割”（emasculation）和“女性化”（effeminate）的历

① 弗洛伊德：《陀斯妥耶夫斯基与弑父者》，《弗洛伊德文集》第7卷（车文博主编），长春出版社2004年版，第149页。

② 《家乡》（*Homebase*，1979）的中文译名出自台湾华裔美国文学学者何文敬的译本，何在2001年曾将此书名译为《天堂树》，国内有学者将其译为《本垒》。

史。而在《男人与男人之间：重建华裔美国男性气质》（*Of Men and Men: Reconstructing Chinese American Masculinity*，2001）一文中，张敬珏从历史、文化诸方面分析了美国主流社会对华裔男子所施行的“阉割”：

> “阉割”一词确实唤起亚裔美国人遭受多重伤害的族裔经验，满含一种特殊的辛酸和愤怒。由于19世纪来到美国的中国劳工被禁止携带妻子，也不准与白人妇女结婚，历史环境使许许多多早期华裔移民成为事实上的单身汉。因此父子关系自然也被拒绝。由于不平等的就业机会，这些华人男性被迫成为厨师、侍者、洗衣工人以及其他一些传统上被认为是“女人活儿”的工作。
>
> 文化和政治因素进一步导致了华裔男性的女性化。由于华人尊敬权威和谨言慎行的文化传统，许多亚裔血统的人在非亚裔的人看来似乎既顺从又被动。这种文化差异由于种族歧视的政策而深化。……近来，凭着对主流意识形态的顺从和同化，亚裔美国人更形成了模范少数民族的刻板印象，这更进一步加强了亚裔美国人的驯服形象。①

在这样的历史、政治和文化语境中，美国主流文学及大众文化中频频出现凶险的亚洲人、被阉割的太监、引诱人的“龙女”以及服从于白人男性的控制的顺服的女奴就不足为奇了。对此，金惠经曾经雄辩地指出，在美国主流文化对华裔的再现中，“亚裔男性被描写为没有任何性能力，而亚裔女性除了性能力以外什么也没有，其目的都

---

① King-kok Cheung, *Of Men and Men: Reconstructing Chinese American Masculinity*, ed., Lucie Bernier, *Aspects of Diaspora: Studies on North American Chinese Writers*, New York: Peter Lang, 2001, p. 121 ~ 122.

是为了证明白人男子的阳刚之气”。[1] 正如非洲裔男性被再现为具有动物般的性能力和性暴力倾向一样，为了从生理上维护白人与有色人种之间的一种权利关系，亚裔男性被无情地“阉割了”。这两种极端的再现，与美国白人所占据的优势地位密切相关。

不仅是在美国主流文学和大众文化中，在屡屡获得大奖的华裔美国女作家汤亭亭、谭恩美等人的小说文本中，华裔父亲形象要么是“缺席”，要么就是“沉默”或“失声”的。这也许可以被解读为女性写作颠覆和解构“男权”的一种写作策略，但也从一个侧面反映了华裔父亲在美国土地上被去势、被“女性化”的生活现实。

对现实中被“阉割”“白化”的血缘父亲的失望，使儿子们成了帕特丽夏·朱所谓的“自己做自己的父亲”（self-fathering）的儿子。[2] 徐宗雄、赵健秀小说里的男主人公，无一不是在中国文化和美国文化的夹缝中艰难地找寻自己的“精神之父”。由于缺乏现实的土壤，他们只好在历史的烟尘中，在中国的文学文化典籍中去发掘、搜寻充满阳刚之气的华裔英雄：

徐宗雄的《家乡》中，故事一开始，叙述者陈雨津（Rainsford Chan）的父亲就已经离开人世了，叙述者通过说故事、书信、想象、梦境和灵视再现华裔美国现实，追寻着父亲、祖父、曾祖父在美国奋斗的英雄历史：

陈雨津的曾祖父是参与建造穿越内华达山脉（the Sierra Navada）的铁路工人，不仅要承受酷暑的煎熬，还要在严寒的冬天与风雪斗争，同时要坚强面对失去同伴的悲哀：许多铁路工人由于冬天的严寒被冻死在铁路沿线，要等到春天来临，冰雪融化的时候，这些华裔劳工才可以顺着铁路线，“从一个营地走到另一个营地，收拾在冬夜里

---

① Elaine H. Kim, “*Such Opposite Creatures*”: *Men and Women in Asian American Literature*, *Michigan Quarterly Review*, Vol. 29, No. 1, 1990, p. 69.

② Patricia P. Chu, *Assimilating Asians*: *Gendered Strategies of Authorship in Asian America*, Durham and London: Duke University Press, 2000, p. 71 ~ 79.

死去的朋友们冰冻的尸体”。①

但牺牲并没有换来相应的回报，华人劳工的英勇和勤奋遭到了白人的嫉恨，横贯铁路完成后，工作队被解散了，数以千计的中国男子没有工作，不得不在西部流浪。随着排华法案的通过，华工遭到白人的排斥和袭击，有的被拘捕之后，带回唐人街，拒捕者则遭到活埋。陈雨津的曾祖父被迫回到旧金山的唐人街，过着没有爱人、没有家人的孤苦生活。个性坚强的曾祖母虽然历经千辛万苦来到美国与爱人团聚，但为生计所迫，夫妻俩并没有真正在一起。曾祖母不适应喧嚣、嘈杂的美国生活，终于郁郁寡欢地死去。曾祖父对美国失去了信心，他把自己唯一的儿子——陈雨津的祖父送回中国去抚养。

由于曾祖父去世，陈雨津的祖父的入境又成了一个问题。他不得不冒用别人的名字，以便合法地进入美国。作为“纸儿子”（paper son）的祖父在天使岛经历了种种非人的待遇，差点在那里丧命，最后终于渡过重重难关，成为一名农场工。他参加过美国横贯公路的建造，凭着自己的毅力和勇气学会了骑马，成为“华裔放马人”（Chinese Vaquero）。“放马人”的职业表现了祖父英勇、彪悍的男子雄风，颠覆了华裔美国女作家笔下华裔父亲只能从事“女性化”职业的“刻板印象”。

而陈雨津的父亲也继承了父亲的英雄传统，他是一位海军工程师，“二战”时曾经在日本关岛服役，同时还是一位强壮的田径运动员和游泳健将。父亲有着一种“独特的种族傲慢……他的传统和历史像伤痕般根深蒂固，他只记得他父亲和祖父的悲痛，并从那些孤独男子的生命中养育自己的感性”。② 不仅如此，父亲纵容陈雨津对飞机、汽车、火车、牛仔、英雄的迷恋和幻想，而这也是当时所有美国男孩子精神食粮的最关键部分。虽然父亲早早去世，陈雨津并没有任何的自卑自怜，他从父亲那里继承对英雄主义的痴迷和热爱，最后他

---

① ［美］徐宗雄：《家乡》，何文敬译，麦田出版社2001版，第96页。

② ［美］徐宗雄：《家乡》，何文敬译，麦田出版社2001版，第84页。

终于成了游泳健将和水球高手，还被选为“最有价值球员”。

陈雨津在追寻其父系英雄传统时，时时迷失在现实与梦幻之间。在梦中，他变成了建造铁路穿过内华达山脉的曾祖父，变成了在天使岛遭囚禁的祖父，混杂着自己小时候在关岛、在伯克利与父亲在一起的种种记忆，他说：“我才知道为什么孤儿的标签对我毫无意义。我曾祖父在这个国家开启了无父无母的孤儿传统，现在我明白自己是那个无父无母的原始移民的直系子孙，从第一代到第四代一脉相承。”① 陈雨津认同自己的父系祖先的目的是为了宣称美国是自己的家：“我要用我以前去过的地方来命名我生命的重要时刻，加以分类，以便从记忆中挖出，找出我生命的稳定脉搏，然后把我的生命扎根于这些地名中。”② “我们老得足以在这块土地上神出鬼没，像原住民躺下休息，他的躯体变成地平线的轮廓。这是我父亲的峡谷。看他横卧着！那山峰是他的鼻，那悬崖是他的下巴，而他交叠的手臂则是山岭。”③

通过土生华裔对于父系先辈伤痛历史经历的记忆和缅怀，徐宗雄创造出一种独特的族裔感性，这种感性是充满阳刚之气的，是感伤的，是与美国的高山、大地血脉相连的，是土生土长于美国的陈雨津的父亲以及陈雨津引以为傲的特性。

从陈雨津的先人们从事铁路工人、放马人、海军工程师等“男性化”的职业，以及陈雨津本人对于运动和力量的热爱，我们不难看出徐宗雄颠覆华裔美国男性柔弱、女性化、温驯的“刻板形象”的努力。但另一个反讽却是：他依然无法摆脱白人的意识形态，只是把英勇、强悍作为唯一标准，来界定华裔男性的男儿本色。

如果说徐宗雄对曾祖父、祖父、父亲英雄足迹的追寻是一种理想主义的话，赵健秀以中国文学文化经典《三国演义》《水浒传》中的关公、李逵等英勇、好战的男子形象作为重振华裔父系雄风的努力则

① ［美］徐宗雄：《家乡》，何文敬译，麦田出版社2001版，第83页。

② 同上书，第23页。

③ 同上书，第98页。

显示出一种虚无主义的倾向，而这种虚无主义是因为对现实的极度失望造成的。

赵健秀的小说《唐老鸭》可以说是对华人男性“女性化”“刻板印象”（stereotype）的一种“拨乱反正”：他将华人移民父亲们在美国修建铁路的光荣历史与中国古典小说的英雄故事结合起来。在唐老鸭的梦境中关公的英雄形象与铁路工人修建铁路的历史熔为一炉。梦境中的关姓汉子不仅骁勇无比，而且在与白人的谈判中主动出击，处处占上风，梦中的唐老鸭观察着关姓汉子的双眼，觉得“像父亲的眼睛，但更胜于父亲的眼睛”，终于，他认定这是京剧中关公那双“可以杀人的眼睛”，关姓汉子就是关公的化身！醒来以后，唐老鸭注视着壁炉架上的关公像：“关公……他有一双与梦中的铁路工人领班一模一样的眼睛。”①

在此，我们不难发现唐老鸭把关公——关姓汉子作为父亲形象的认同。虽然唐老鸭自己的父亲唐金（King Duk）是唐人街一名乐善好施的厨师，但在唐老鸭的眼里，他还不够具有阳刚之气。不仅唐老鸭这样认为，连他父亲与伯父也不认为自己足以给唐老鸭树立好榜样，所以才求助于《水浒传》中的英雄故事来激发唐老鸭的族裔自豪感。在唐老鸭偷偷放飞李逵形象的烟花时，伯父趁机给他讲了梁山好汉李逵的故事。但为了塑造华裔的父系英雄传统，赵健秀不惜把李逵塑造成了一个“嗜血的、杀气腾腾的疯子”（one bloodthirsty homicidal maniac）②：“当他非常愤怒的时候，他会脱光所有的衣服。他赤裸着冲进战场，两手各拿一把三十多磅重的战斧。他热爱战斗，喜欢杀人。当他从战场的另一头杀过来，他的身体上沾满了厚厚几层别人的

---

① Frank Chin, *Donald Duk*, Minneapolis: Coffe House Press, 1991, p. 78,

② Frank Chin, *Donald Duk*, Minneapolis: Coffe House Press, 1991, p. 22.

鲜血。”①

从上面的文本分析不难看出，故事中的儿子所追随的精神父亲都是充满阳刚之气的男子形象，与现实中从事饭店业、洗衣业等“女性化”职业的血缘之父有着天壤之别。究其原因，这与西方崇尚力量的文化传统大有关系，与美国强大的“内部殖民”话语密切相关。

二、内部殖民的阴影：华裔美国男作家追寻力量型精神之父的迷失

在《黑皮肤、白面具》中，范侬（Fanon）揭示了长期接受法国殖民文化的马提尼克岛（Martinique）黑人对自己的憎恶：由于“内化”了殖民者的种族歧视观念，他们“承认自己一无是处，绝对一无是处——为了想象自己和其他‘动物’的不同，他必须结束他赖以生存的自爱自恋”。② 这里所说的“动物”，其实泛指一切被殖民的黑人。

1993年诺贝尔文学奖获得者、美国黑人女作家托尼·莫里森（Toni Morrison）的代表作《最蓝的眼睛》（*The Bluest Eye*，1970）也揭示了美国白人主流对黑人的“内部殖民”话语给黑人所造成的心灵扭曲与伤害。故事中的黑人小女孩佩科拉做梦都想拥有一双最蓝的眼睛，她想，只要有了一双蓝眼睛，父母就不会在她面前打架，同学们就不会奚落她，成年人就不会那么冷漠，会对她充满了热情，可她对上帝的祈祷并不管用，亲生父亲强暴了她，她在早产下一个死婴之后精神失常了，在疯狂状态中，她觉得自己终于拥有了一双无与伦比的“最蓝的眼睛”。美国的种族主义偏见已经扭曲了小女孩的心灵，使她在美国社会的镜子里找不到自我，最终导致了她对自己的厌恶、鄙弃和否定。与范侬笔下马提尼克岛（Martinique）的黑人一样，佩

---

① Ibid.，p. 23.

② Frantz Fanon，*Black Skin*，*White Masks*，Trans.，Charles Lam Markmann. New York：Grove Pr.，1967，p. 22.

科拉、佩科拉的家人以及黑人社区的黑人都认为黑人是丑陋的：

> 那丑陋来自于一种确信。他们自己的确信。仿佛一个神秘的、无事不晓的主人已给他们每人发放了一件丑陋的外衣来穿，他们一个个都毫无异议地接受了下来。那主人说："你们是些丑人。"他们四处张望，找不到任何东西能反驳这说法。事实上，他们从倾覆而来的每一张广告牌上，每一部电影上，每一道目光上找到了支持这一说法的证据。"是的，"他们讲，"您说得对。"他们把丑陋握在手里，把它像件衣服似的搭在身上，走到哪里都寸步不离。①

同为有色人种，华人在美国的地位与美国黑人有很多相似之处，同样受到美国殖民话语的扭曲和排斥，只不过华人与黑人在白人眼中的"刻板印象"正好形成了两个极端：美国的黑人文化被认为是狂躁而充满暴力的；而华人则被认为"胆怯、内向"，充满了阴柔之气。正如在赵健秀的《唐老鸭》中那位白人历史教师所说的：

> 美国的中国人几世纪以来被儒家思想与禅宗神秘主义搞得被动软弱。他们全然缺乏防备，无法面对极端个人主义与民族的美国人。从他们踏上美国领土的第一步到20世纪中叶，面对侵略成性、竞争激烈的美国人的无情迫害，胆怯、内向的中国人总是束手无策。②

这样的"内部殖民"教育在唐老鸭幼小的心灵笼罩上了阴影。跟马提尼克岛（Martinique）黑人和《最蓝的眼睛》中的佩科拉一

---

① Toni Morrison, *The Bluest Eye*, New York: Washington Square Press, 1970, p. 34.

② Frank Chin, *Donald Duk*, Minneapolis: Coffe House Press, 1991, p. 2.

样，他变得非常排斥、厌恶与中国有关的一切，他甚至憎恨自己的中国名字和黄色面孔："他的名字让他疯狂！长得像中国人让他疯狂！"中国新年是他感到"最倒霉的日子"。[①] 对中国事物的排斥及其急于内化美国主流价值的心态其实是一体两面的。在此，唐老鸭复制、内化了美国白人社会对中国人的刻板印象，深以自己的种族、历史、文化为耻。整个内化的过程部分显然受制于白人种族主义所支配的教学活动及其所主宰的社会文化氛围。

早在20世纪70年代，赵健秀就对美国白人社会对华人男性的扭曲提出了抗议：

> 我们能享受美国社会的接纳、友爱和好名声，并不是基于我们做出了什么实际的成绩或贡献，恰恰是因为我们所没有做的一切。我们不是黑人，我们没有惹麻烦，我们不是男人……他们认为我们所保留的亚洲文化是没有男性气质的；我们被定型彻底缺乏男子气概、女性化、柔弱、没有胆识与创意、不够积极、缺乏自信与活力。在大众意识形态中我们所拥有的文化是被动的。[②]

为了纠正白人主流对华人"缺乏男子气概、女性化、柔弱、没有胆识与创意、不够积极、缺乏自信与活力"的刻板印象，赵健秀、徐宗雄等作家开始挖掘华裔男性的英雄传统，在其小说文本中展现华裔男儿的阳刚之气、强悍之风。为了追随以力量为核心的男性气质，他们甚至不惜以扭曲中国儒家文化传统为代价，宣称儒家思想的精华是战斗："我们生来就是为了维护个人的正义而战，所有的艺术都是尚

① Ibid.，p. 2～3.

② Frank Chin，*Back Talk*，Ed.，Emma Gee，*Counterpoint*：*Perspectives on Asian America*，Los Angeles：Asian American Center，1976，p. 556.

武的艺术。写作就是战斗……生活就是战斗，就是斗争。”[①] 但是，如张敬珏所言，这与其说是对儒家思想的反思，不如说是对美国“通过暴力建立再生的神话”的“民族性格”的反思。[②]

以赵健秀、徐宗雄为代表的华裔男作家们塑造强悍、好战的华裔男性英雄本来是为了反击美国白人主流带有种族偏见的“凝视”，颠覆其对华裔男性的刻板印象。殊不知这种矫枉过正的行为恰恰陷入了西方文化“内部殖民”的话语体系：张敬珏在《女勇士对太平洋中国佬：华裔美国批评家必须在女性主义和英雄主义之间做出选择吗?》（*The Woman Warrior versus the Chinaman Pacific*:*Must a Chinese American Critic Choose between Feminism and Heroism*?，1990）一文中就曾经尖锐地指出：“如果华裔美国男性用亚裔英雄去倡导男性的进攻性，他们就会冒以压迫者（白人主流）的形象重塑自己的危险——虽然穿着亚裔的全副盔甲。”[③] 十年以后，在《男人与男人之间：重建华裔美国男性气质》（*Of Men and Men*:*Reconstructing Chinese American Masculinity*，2001）一文中，张敬珏再次指出：“赵健秀对东方主义的构建所进行的反击欲望，产生了一种同样独特的对中国文化的阐释。尽管他公开宣称要抗击白人至上论，他对中国的精神特性进行的

---

① Eds.，Chan Jeffrey Paul，et al.，*Introduction*，*in The Big Aiiieeeee*! *An Anthology of Chinese American and Japanese American Literature*，New York:Meridian，1991，p.35.

② King-kok Cheung，*Of Men and Men*:*Reconstructing Chinese American Masculinity*，Ed.，Lucie Bernier，*Aspects of Diaspora*:*Studies on North American Chinese Writers*，New York:Peter Lang，2001，p.125.

③ King-kok Cheung，*The Woman Warrior versus the Chinaman Pacific*:*Must a Chinese American Critic Choose between Feminism and Heroism*?，Eds.，Marianne Hirsch and Evelyn Fox Keller，*Conflicts in Feminism*，New York:Routledge，1990，p.244.

有选择、有倾向性的运用重复了欧美人的男性意识形态。"①

赵健秀利用中国神话、传说重建华裔男性英雄传统的做法其实是"内化"了美国主流文化中对男性气质的定义；他在反抗美国霸权男性话语分配给亚裔美国男子的弱势地位的时候，却没有挑战主流话语对于男性气质的定义，因此无法建构出一个可供替代的男性气质。不仅如此，赵健秀、徐宗雄的理想男性气质标记是英勇、好战、有进攻性，这显然是把丰富的中国文化过分简单化了，没有表现出中国文化的丰富性，从而既没有体现华裔美国身份的多元性，也没有考虑到华裔美国经历的复杂性。

由此观之，赵健秀、徐宗雄等对英勇、好战的"力量型"精神之父的追寻其实是跟随了美国"内部殖民"的话语；他们在对抗种族刻板印象的同时，已经认同了美国白人主流的意识形态。就男子气质而言，他们认同的是西方好战的、极具进攻性的英雄传统，所以在他们的笔下，关公、李逵的忠和义——中国人普遍认同的美德，并没有得到展示，仅仅是他们的神勇、好战的品性得到了浓墨重彩的书写。这正好验证了阿尔都塞（Althusser）对人们的告诫：当统治者的意识形态作为常识被整合进了被统治者的意识之中后，会在被统治阶级继续盛行。② 米歇尔·华莱士（Michele Wallace）在评论美国的"同化"文化政策对美国黑人的危害的时候也指出：

> 黑人已经被系统地剥脱了其非洲文化的延续性，不仅仅是因为奴隶制……也因为一体化和同化，一体化与同化否认了他们奋斗的历史，否认了他们自治的文化实践。在同化、一体化和文化

① King-kok Cheung, *Of Men and Men: Reconstructing Chinese American Masculinity*, Ed., Lucie Bernier, *Aspects of Diaspora: Studies on North American Chinese Writers*, New York: Peter Lang, 2001, p. 121 ~ 122.

② Althusser, *Lenin and Philosophy and Other Essays*, New York: Monthly Review Press, 1971, p. 177.

协调的过程中，黑人在性和性别诸方面都接受了白人的文化和价值观。①

与黑人的情况一样，华裔美国人在美国“同化”“一体化”的文化政策攻势下，已经接受了白人关于性与性别的种种观念。所以，尽管赵健秀等被称为“文化民族主义者”，他们所追寻的“精神父亲”，也只不过是徒具“中国”的外形，其精神实质还是美国的，其好战的“关公”形象、嗜血的“李逵”形象，大大扭曲、背离了其在中国文化传统的内涵，与中国文化所认同的忠义男子形象判然有别。

三、中国“书生”对建构华裔男性气质的启示

在《男人与男人之间：重建华裔美国男性气质》一文中，张敬珏对华裔美国男性形象的重塑提出了自己的见解：

> 我在香港长大，从小就处于不可抗拒的华裔男性形象的影响之下——那就是书生形象（*Shusheng* or poet-scholar）。这种理想的书生存在于大量的中国浪漫爱情故事和戏曲中，比如《牡丹亭》《西厢记》《梁祝》《唐伯虎点秋香》等。中国书生绝不粗鲁，绝不是非性的（asexual）；由于其文雅的风度、超人的智慧、优雅的感性，他们非常具有诱惑力。他们为自己蔑视财富和强权而骄傲，与跟自己一样聪明、正直的女性和男性精英为伍……
>
> ……当我想到书生的时候，我并不在乎他实际上是一个诗人还是一个学者，而是与他相关的种种特征：殷勤、礼貌、幽默、正直的人格、对物质和政治利益的蔑视、对暴力的厌恶。对我而

① Michele Wallace, *Black Macho and the Myth of the Superwoman* (1978), London: Verso, 1990, p. xix.

言，这些就是造就男性的重要品质。[①]

确实如此，从古到今，中国的典型男子形象除了赵健秀等华裔作家挖掘的“侠义英雄”一脉之外，更有饱读诗书，儒雅、飘逸、痴情、浪漫而又不乏血性的“书生”型男性——从《牡丹亭》里的柳梦梅、《西厢记》里的张生，到《梁祝》里的梁山伯、《唐伯虎点秋香》里的唐伯虎，以至《红楼梦》里的贾宝玉，几百年来，这些具有浓郁的浪漫主义风格和理想主义情调的男性形象，折服了无数的读者和观众。从其文化内涵上看，中国“书生”不仅是痴情才子，也是血性男儿：以《牡丹亭》里的柳梦梅为例，他与杜丽娘人鬼相恋，与杜丽娘盟誓：“生同室，死同穴。口不心齐，寿随香灭。”[②] 他谨遵丽娘的嘱咐，不顾“开棺验尸，不分首从皆斩”的条令，[③] 冒着生命危险，请求石道姑帮助，掘坟救丽娘回生；他还冒险赴前线代妻探望父母，不避干戈，吃尽苦头；他不惧权势、敢作敢为，说自己是“书生剑气吐长虹”“人雄气雄”。[④]

由此可见，中国“书生”不仅满腹经纶、文质彬彬，而且蔑视礼法、不畏强权，敢爱敢恨、敢作敢为，是糅合了儒雅与阳刚之气的男性形象。遗憾的是，由于美国文化的“话语霸权”，由于其强大的“殖民话语”的“内化”作用，这样的中国“书生”形象被湮没了。以赵健秀经常引用、借鉴的《三国演义》为例，“把诗书马上，笑驱

① King-kok Cheung, *Of Men and Men: Reconstructing Chinese American Masculinity*, Ed., Lucie Bernier, *Aspects of Diaspora: Studies on North American Chinese Writers*, New York: Peter Lang, 2001, p. 141.

② 汤显祖：《牡丹亭》之《冥誓》，人民文学出版社1978年版，第160页。

③ 同上书，第172页。

④ 同上书，第253页。

锋镝"[1] 的诸葛亮、"雄姿英发，羽扇纶巾，谈笑间，樯橹灰飞烟灭"[2] 的周瑜都没有进入其"华裔男性英雄"的谱系，未免给任何一个了解中国父系文化传统的人带来深深的不安：在批评黄玉雪、汤亭亭、谭恩美等华裔美国女作家时，赵健秀挥舞着"道地"（authentic）与"权威"（authority）的标尺，把她们统统划归"假的（the fake）华裔美国作家"，而在构建"华裔男性英雄"谱系的时候，他自己却如此以偏概全，如此违背"道地"的原则，这不能不使人感叹美国内部殖民话语力量的强大，以至于号称"文化民族主义者"的赵健秀等华裔男性作家深陷其中而浑然不觉。

如果我们仔细搜寻某些华裔美国小说文本，其实也能找出一些具有中国"书生"型男性特质的人物形象，只不过他们从来就不是华裔作家们着力书写的部分：

在汤亭亭的《中国佬》中，故事叙述者的父亲埃德是一个清朝末科秀才，在去美国之前以在乡村教书为生，教学生们背诗、写字、对对联，虽然清苦，但也乐在其中。到美国之初，他与他的朋友们还可以在洗衣房里吟诵诗歌、思念家乡、向往爱情。但美国的残酷生活现实磨灭了他们的诗情画意：埃德与朋友合伙开洗衣店，却被合伙人骗走了洗衣店的所有权，帮华人朋友看赌场，赌场却又被"洋鬼子警察"查封了，彻底断了埃德的生路。于是"他变成了一个垂头丧气的人，整天待在家里。他坐在椅子上发愣，或者坐在地上发愣"。[3] 李健孙的《支那崽》中的辛成功伯伯无疑也是具有"书生"气质的华裔男性形象：他不仅与丁凯才貌双全的生母共论诗画，还教丁凯写中国字。虽然身在美国，但他保留着对中国和中国文化的挚爱，与一

① 辛弃疾：《满江红·笳鼓归来》，《全宋词——广选新注集评》（第3卷），辽宁人民出版社2004年版，第440页。

② 苏轼：《念奴娇·大江东去》，《东坡词注》，吕观仁注，岳麓书社2005年版，第21页。

③ ［美］汤亭亭：《中国佬》，肖锁章译，译林出版社2000年版，第254页。

批文人朋友经常在唐人街聚会。与所有的中国“书生”一样，辛成功非常厌恶暴力。他教育丁凯：“你父亲是个骄傲的斗士！机枪，飞机！那么多的死亡！它给你的父亲带来的却是一无所有！”他坚信“控制世界的是道德能量，而不是拳头”。[①] 辛成功这类中国“书生”不仅满腹经纶，还有着非常的社会良知和道德感，但他们在美国的现实生活却非常黯然：辛成功只不过是一个酒店的小伙计，没有老婆，也没有孩子。

虽然中国“书生”在历史潮流的冲击下已经非常不合时宜，但这种“诗人、学者”的男性模式却证明了西方关于华人男性种种“刻板印象”的谬误，为我们提供了性感、非暴力的男性气质的典范，这种刚柔相济的男性形象颠覆了西方固有的关于男性气质的二元对立，对于建构华裔男性形象，甚至世界性的男性形象都具有启示意义。

当然，以“诗人、学者”形象重构华裔男性形象绝不可能只是一种单纯的复制，我们只是期望在重构华裔男性形象时，能融合某些中国“书生”的传统精神特质，比如博学、儒雅、反暴力、有道德感和社会责任感……相信这样的建构，不仅对于华裔自身形象在全球的崛起有利，对整个人类社会的和平和进步也是有利的。看到近来“新儒学”在全球的复兴，我们更加有理由相信这一点。

① ［美］李健孙：《支那崽》，王光林译，译林出版社2004年版，第278页。

华裔美国小说中的“唐人街”叙事

“唐人街”是诸多华裔美国小说文本中频繁出现的母题，并由此形成了华裔文学作品中挥之不去的感伤主义传统。由于美国政府“排华法案”的实施，许多华人移民是通过非法手段入境的，一个个看来波澜不惊的华裔家庭却是秘密重重。唐人街内部的帮派纠葛、权力倾轧加深了唐人街的晦暗和神秘。与此同时，唐人街可以说是中国传统文化的微缩盆景，保留了许多中国大陆的古老习俗，甚至非常落后的文化传统。因此生活在唐人社区的华裔后代，处于族群、家庭的压力之下，时时有着要“逃出唐人街”的冲动，要到唐人街之外去找寻自己的“希望之乡”。华裔后代们成长的过程就成了叛逆的过程、出逃的过程。这样的主题，在雷霆超的《吃碗茶》（*Eat a Bowl of Tea*，1961）、汤亭亭的《女勇士》、赵健秀的《唐老鸭》（*Donald Duck*，1991）、《甘加丁之路》（*Ginga Din Highway*，1994）以及新一代华裔作家伍慧明（Fae Myenne Ng）的《骨》（*Bone*，1993）、伍美琴的《裸体吃中餐》（*Eating Chinese Food Naked*，1998）中体现得非常明显。

本文将在分析华裔美国小说“唐人街”叙事的基础上，发掘唐人街家庭隐秘故事背后的历史、文化和心理的渊源，探讨华裔作家再现唐人街、华裔新一代“逃离”唐人街的原因和意义之所在。

一

1943 年美国废除《排华法》之后，美国主流对于华人的看法大大改观，中国人被当作“忠诚的少数民族”（loyal minority）或“模范少数民族”（model minority）大加赞扬，其本分、勤劳的民族性格得到肯定。于是不少华裔美国作家开始描写唐人街，向主流社会展示唐人街的民俗、文化、风土人情，以及唐人街家庭的种种问题，比如刘裔昌（Pardee Lowe）的《父亲与光荣的后代》（*Father and Glorious Descendant*，1943）、黄玉雪（Jade Snow Wong）的《华女阿五》（*Fifth Chinese Daughter*，1945 and 1950）、林语堂（Lin Yu Tang）的《唐人街一家人》（*Chinatown Family*，1948）、黎锦扬（Chin Yang Lee）的《花鼓歌》（*Flower Drum Song*，1957）等。

虽然这几部作品在美国主流社会引起了不同程度的轰动，但在众多的亚裔美国学者看来，这些作品并没有触及美国华人的现实生存语境，用赵健秀的话来说，是不具备“亚裔感性”（Asian American Sensitivity），[①] 林英敏则认为这种叙事是“他者导向”（other-directed）的。[②] 总而言之，上述作家是以一种局外人的“他者”眼光来解读、展示唐人街的：比如在刘裔昌的笔下，唐人街如同一个“蜂窝”（beehive），里面的居民就像“工蜂”（drones），他们是“没有感情

① Frank Chin, *Come All Ye Asian American Writers of the Real and the Fake*, *The Big Aiiieeeee! An Anthology of Chinese American and Japanese American Literature*, ed., Jefferey Paul Chan et al., New York: Meridian, 1991, p. 1 ~ 92.

② Amy Ling, *Chinese American Women Writers: The Tradition behind Maxine Hong Kingston*, Ed., Sau-ling Cynthia Wong, *Maxine Hong Kingston's The Woman Warrior: A Case Book.* New York: Oxford University Press Inc., 1999, p. 142.

的机器";① 黄玉雪虽然没有这么极端，但她对于唐人街"粉饰太平"的种种描述，其实不利于美国的少数民族，因为美国主流会把少数民族的不成功归因于他们自己的种种"毛病"，而不是归因于美国的种族歧视或在政治、经济政策上对少数民族的不公平。对于林语堂和黎锦扬，金惠经教授在其论著中评价说，由于阶级的差异，他们根本不配代表真正的唐人街华人。而赵健秀等也认为，他们的创作是为了迎合美国主流社会，是为了美元和畅销而羞辱、扭曲华裔美国人。

而雷霆超的《吃碗茶》(*Eat a Bowl of Tea*, 1961) 则以现实主义的态度审视历史留给唐人街的问题，从唐人街的麻将馆、洗衣店主、侍者及帮工琐碎的日常生活中，展示了一幅40年代唐人街"感性"的历史画卷，击碎了凭着苦干就可以发迹的"美国梦"，颠覆了华裔美国人"模范少数民族"的神话。因此，《吃碗茶》被陈耀光、赵健秀等奉为具有"亚裔感性"的经典之作，认为它"从一个华裔美国人的角度而不是从中国人或白化的中国人的角度真实而准确地描绘了华裔美国人的经历",② 是"第一部以不具异国情调的以唐人街为背景的华裔美国小说，所描绘的唐人街颇具代表性"。③ 如果说《父亲与光荣的后代》《华女阿五》《唐人街一家人》与《花鼓歌》一方面强调儒家文化的优越，一边又迎合了白人对于华人的"刻板印象"的话，《吃碗茶》则第一次真实地"描绘了非基督教的美国华裔社会，以前后一致的语言和敏感度，精确而生动地刻画了美国华裔移民

---

① Pardee Lowe, *Father and Glorious Descendant*, Boston: Little, Brown & Co., 1943, qtd. from Elaine H. Kim, *Asian American Literature: An Introduction and Their Social Context* Philadelphia: Temple University Press, 1982, p. 108.

② Jeffrey PaulChan, et al. *An Introduction to Chinese American and Japanese American Literatures*, *Three American Literatures*. Ed., Houston A. Baker, New York: The Modern Language Association of America, 1982, p. 198.

③ Frank Chin, et al., Eds., Aiiieeeee! *An Anthology of Asian American Writers*, New York: Anchor Books, 1975, p. 15.

的生活与时代”。因而金惠经定位其为“华裔美国文学传统的基石”。[1] 自1970年以来，《吃碗茶》已经再版两次，并且被搬上了舞台，1989年还被拍成了电影，影响越来越大。

在雷霆超的笔下，40年代的纽约唐人街依然是基于宗法伦理制度的“父权家长制”社会，这主要体现在唐人街的社会结构、夫妻关系、父母与儿女之间的关系上：唐人街的民众是以姓氏、宗室为基本单位结合在一起的，小说中的王氏宗族在势力强大的“平安堂”占据了重要的地位，而王氏宗族的族长王昌庭则连任过好几任“平安堂”的主席，虽然他已经74岁，但在处理宗室及平安堂的内外事务上依然有着至高无上的发言权。不仅如此，从王华基、李刚等老一代移民与妻子、儿女的关系上看，依然体现出典型的封建家长制作风：他们只在娶妻子那一年回过家乡，妻子怀上孩子之后，又返回美国。二十多年来，丈夫一次又一次地拖延归期，而“尽职尽忠的妻子年复一年地等待着，期望着，她每个星期天依然虔诚地去祈祷丈夫的归来”。[2] 丈夫可以在外面嫖妓纳妾，妻子却只能在家乡尽忠守节，等待一生。对此，妻子没有任何怨言，男人们没有感到丝毫的愧疚。由此可见封建父权制的流毒。

对于自己的子女，这些“金山”父亲除了寄钱，并没有履行更多的责任。但当子女来到身边的时候，他们依然是威严、独断的父辈。以宾来为例，从他17岁被父亲“办来”美国，仅仅才上一年学就去饭店做侍者，从部队退伍之后继续做侍者，24岁应母亲和父亲的要求回国去新会相亲，连新娘美爱都是父亲事先选定的……可以说，宾来人生的每一步都是父亲决定、安排的，他没有丝毫的自主

---

① Elaine H. Kim, *Defining Asian American Realities Through Literature*, *The Nature and Context of Minority Discourse*. Ed., Abdul R. Jan Mohamed and David Lloyd, Now York and Oxford: Oxford UP, 1990, p. 155.

② Louis Chu, *Eat a Bowl of Tea* (1961), Rpt., Seattle: University of Washington Press, 1979, p. 45.

性。最具有讽刺意义的是，由于宾来的性无能，美爱“红杏出墙”的时候，王华基不问缘由就把宾来大骂一通，认为美爱的丑闻不仅是丢了宾来的脸，更是丢了他王华基和整个王氏宗族的脸。整个唐人街也流言四起，为宾来被戴上“绿帽子”深感不平。王华基情急之下，再次为儿子“出头”，深夜潜入儿媳妇的公寓外面监视，亲自割下了乔阿松的耳朵，然后卖掉苦心经营多年的麻将馆远走他乡。

离开了中国封建父权家长制的传统，我们无法解释王华基行为的动机。从美爱与乔阿松私通引出的唐人街宗室、堂的庄严集会到理发店、茶馆、咖啡馆的种种流言，还有随后发生的令人啼笑皆非的闹剧，如果没有故事背景的介绍，我们会认为这过时而落后的一切是发生在旧社会的中国农村，怎么样也无法与摩登的国际大都市纽约联系在一起。正如李淑言（Li Shu-yan）在其评论文章中所言：“我们在书中看到的是一个几乎没有被更大的社会环境所改变的封闭的世界，它是通过移植旧中国过时的行为、习俗和传统而存在，由唐人街的社会组织操纵的。”①

然而，我们也应该看到，《吃碗茶》中的封建父权制其实已经失去了昔日在中国的雄风，最多只算得上父权制的畸形变体。

在当时的美国，中国男性的地位是非常低下的，他们从事的是白人男性所不齿的“女人干的活儿”——开洗衣店或餐馆，终身被囿于孤岛一样的唐人街，进入不了美国主流社会。这也许是唐人街的堂或帮非常兴盛的原因：这些中国男子在主流社会是被羞辱、被“阉割”的对象，其男子雄风只有在唐人街的宗室、堂或帮的事务中得到些微的展示，勉强维护其男性的自尊。中国男性在美国所遭受的一切，是任何健康的父权制社会都无法容忍的，唐人街所“移植”的中国父权制，其实也是美国种族歧视的牺牲品。王华基、李刚等老一代男性移民多年以来之所以没有妻子、家人的陪伴，在唐人街的帮会

---

① Li Shu-yan, *Otherness and Transformation in Eat a Bowl of Tea and Crossing*, *MELUS*, Vol. 18, No. 4, Winter, 1993, p. 100.

馆中、麻将桌上消磨时光，日渐衰老，其根本的原因还是美国长达六十多年的《排华法》（1882—1943）的实施，使他们既不能拥有健康的家庭生活，又被排除在主流社会之外，无从实现自己的理想和价值。

在唐人街，华裔后代们不仅仅处于其父亲的掌控之下，还处于宗族、堂的严密控制之下。整个华人社区就是一个密不透风的“格托”(getto)，不存在任何个人隐私，个人的事成为整个华人社区的事情。

> 唐人街是一个紧密结合的社区，人人都对周围的人和事了如指掌。如果某人不认识你，那一定有别的人认识你……在唐人街这样一个同类相聚的单一的社区，人们把大部分的闲暇时间花在街边的这些小店里，喝着茶或咖啡，谈论着他们的朋友。每个人都有他们喜欢的去处，咖啡店、街角的点心铺子、理发店、中文学校外面的阶梯……①

在唐人街这样一个狭小、逼仄的空间里，宾来与美爱的私生活成为公众的话题。从某种意义上讲，宾来似乎不仅仅是王华基的儿子，而是成了整个唐人街的“儿子”。正如华裔评论家鲁思·Y. 肖(Ruth Y. Hsiao）所言：“宾来的无所作为由于华人社区对于所有‘儿子’的掌控而更加恶化。他不仅是他父亲的儿子，而且成了唐人街的儿子。社区的闲话和流言使没有孩子的宾来夫妇陷入更加紧张的状态。随着关于美爱偷情的流言的扩散，宾来变得更加无为，更加受到老一辈的操纵。”②

---

① Louis Chu, *Eat a Bowl of Tea* (1961), Rpt., Seattle: University of Washington Press, 1979, p. 113.

② Ruth Y. Hsiao, *Facing the Incurable: Patriarchy in Eat a Bowl of Tea*, *Reading the Literatures of Asian America*, Ed., Shirley Geok-lin Lim, Philadelphia: Temple University Press, 1992, p. 159.

可以说，唐人街畸形的父权社会的威压，从某种程度上“阉割”了宾来的活力与男子气概，他的“性无能”可以看成是这种被“阉割”的象征。从小说的结尾可以看出，宾来的成熟是在离开父亲和唐人街的宗族社会的控制之后开始的：他在旧金山找到了崭新的自己，在餐馆里由跑堂升到了厨师助理；与此同时，他开诚布公地与妻子美爱谈起自己的生理疾病，美爱也感到了丈夫对自己的需要，她开始真心地关心他，积极地支持、配合宾来治病。最后终于恢复了男子的阳刚之气，与美爱过上了幸福的夫妻生活。

从《吃碗茶》开始，在后面的华裔美国文学中，我们可以看到许多像宾来这样的“唐人街儿子”：比如赵健秀的《献给亡灵的食物》中的约翰尼、《鸡笼中国佬》里面的谭·林，以及陈耀光的《海法的中国人》里的比尔·王等。他们都深受唐人街父权家长制的束缚而生活怠惰，寸步难行，有的甚至以死来寻求解脱。这样的“唐人街儿子”，在赵健秀的作品中尤其典型。

二

在汤亭亭的《女勇士》中，故事叙述者把自己从小生活的华人社区描写为“一个群鬼环绕的世界”：华裔第二代不仅要面对“洋鬼子”的俯视和压迫，还要遭遇“中国鬼”不散阴魂的折磨：由于中国文化的禁忌，讲到在中国农村与人通奸，带着刚刚生下的婴儿跳井自杀的姑姑时，妈妈的第一句话就是：“你不能把我要给你讲的话告诉任何人。”① 对于中国的文化传统，孩子们也只能遵循，不能发问。而在小姑娘的多年的幻想中，由于家人、族人对于姑姑“沉默”的惩罚，她成了无人祭拜的孤魂野鬼：“她老是忍饥挨饿，老是少这缺那，就会被迫向其他的鬼乞讨食物，抢劫或偷窃那些收到阳间子孙礼

---

① ［美］汤亭亭：《女勇士》，李剑波、陆承毅译，漓江出版社 1998 年版，第 1 页。

物的鬼的东西。她不得不在十字路口与聚集在那里的野鬼为获得馒头而争斗……”①

处于文化对立、冲突的最前沿，华裔美国新一代生存的压力可想而知，于是他们渴望超越、渴望逃离，在《女勇士》中，“生活在群鬼”中的少女长大了，离开了唐人街的“鬼”世界，她直言不讳地对她的母亲说：“离开家，我就不会生病，不会每个假日都去医院。我不会患肺炎，X光片上没有黑斑。呼吸的时候胸口也不疼。我呼吸自如……我不用站在窗前看看外面有什么动静，在黑暗中看看有什么动静。”②

而这种“唐人街”的“逃离者”形象不仅仅出现在《女勇士》中。在与汤亭亭同时代的赵健秀笔下，没有一个年轻的主人公能安于唐人街封闭、压抑的生活。赵健秀笔下的唐人街，是“贫瘠、肮脏、堕落的地方”，在那里父亲和母亲们因为痨病奄奄待毙，孩子们因为厌倦无聊而备感伤痛、乏味和压抑。华人被描写为爬虫、蜘蛛、青蛙……在干燥的土地上喘息着的滑溜溜的鱼。整个社区就像殡仪馆，一个破败不堪的展览会，或如一场滑稽说唱表演。③ 作品中的主人公大多生活在父母奄奄一息、等待死亡的阴影之中。从早期的《献给亡灵的食物》（*Food for All His Dead*，1962）中的约翰尼（Johnny）、《中国女人死了》（*A Chinese Lady Dies*，1970）中的迪利吉伯尔（Dirigible）到后来《甘加丁之路》（*Gunga Din Highway*，1994）中的尤利西斯（Ulysses），都面对年老的垂死的父亲和母亲。在《中国女人死了》中，终日坐在轮椅上的父母，父亲像幽灵一样存在着，迪利吉伯尔每晚不得不去打开他蜷曲的身体，把他平放在床上；母亲则“庄

---

① ［美］汤亭亭：《女勇士》，李剑波、陆承毅译，漓江出版社1998年版，第14页。

② 同上书，第99页。

③ Elaine H. Kim, *Defining Asian American Realities Through Literature*, *The Nature and Context of Minority Discourse*. ed., Abdul R. Jan Mohamed and David Lloyd. Now York and Oxford: Oxford UP, 1990, p. 182.

严地对待死亡的每一刻”“像欣赏美丽的交响乐一样沉醉于无聊的、缓慢的、微不足道的死亡”。[1]《献给亡灵的食物》中，步履蹒跚、吐血不止的父亲已经不能去舞狮；在《铁路标准时间》中，又是一个瘫痪的父亲需要儿子花时间去照料。年轻的华裔后代，在万般不情愿中履行着子女的义务，迫不及待地想要离开唐人街，到外面的世界去呼吸新鲜空气，所以约翰尼焦虑不安地诉说：“我真想尽快离开这儿！我希望有事可做！我在这里干什么呢？这里所有的人都在干什么呢？我烦透了！”[2] 而迪利吉伯尔面对充满死亡气息的唐人街也非常无奈：“他站在那里……紧张地无事可做，什么事也不发生是没有意义的。他站在那里，看见死灰色变暖的早晨，无视标牌与飘扬着的招徕人的旗帜，让这里的一切都死了。”[3] 在黄秀玲看来，正是唐人街这种封闭和停滞不前造成了唐人街新一代的厌倦和逃离：

> 唐人街，对他（赵健秀）而言是一个封闭的、停滞不前的少数民族“飞地”（enclave），那里充满了垂死的男人和女人，被囚禁在一块狭窄的空间。家就是这样一个他不想待的地方，是其先祖否认，而不是追寻向往的地方。他的世界里全是老弱病残者……当然，这样的状况也有其种族的原因……一个有自觉意识的亚裔读者自然能读懂：比如种族迫害、对少数民族的隔离聚居、东方主义、受限制的就业机会……赵健秀笔下的唐人街给人的主导印象是：这是一种永恒的（应该受到谴责的）定居，一

---

① Frank Chin, *A Chinese Lady Dies*, *The Chinaman Pacific & Frisco R. R. Co.*, Minnesota: Coffee House Press, 1988, p. 114.

② Frank Chin, *Food for All His Dead*, *Asian American Authors*, eds., Kai-yu Hsu and Helen Palubinskas, Boston: Houghton Mifflin Co., 1972, p. 58.

③ Frank Chin, *A Chinese Lady Dies*, *The Chinaman Pacific & Frisco R. R. Co.*, Minnesota: Coffee House Press, 1988, p. 111.

种华裔美国人无法改变的存在，年轻人必须奋力挣脱以求得自由。[1]

由此我们可以看到唐人街第二代与其父母辈在“家”的认同上的差异。在黎锦扬的《花鼓歌》中，大陆来的老王最喜欢做的事就是傍晚在唐人街漫步，因为这里是他“心中接近家乡的地方”，[2] 是一个安全的、自我的世界。而对赵健秀及其笔下的主人公而言，唐人街已经成为他们沉重的负担，成为他们精神压抑、寻求突破的根源，生活在唐人街不是他们的自愿选择，而是政治、历史与文化隔离的结果。所以，如果离开了美国的种族歧视和种族隔离政策，我们无法理解唐人街令人压抑的沉沉暮气、微不足道的芸芸众生苟且、猥琐的生活，更无法理解华裔年轻人要努力摆脱唐人街阴影，力争获得“自由”的迫切愿望。

在这样的观照之下，我们就不难理解赵健秀作品中公路和铁路意象的突出了。“路”预示着禁锢的结束和“出逃”的可能，预示着自由和解放。在《龙年》中，生活在唐人街、整天为唐人街猎奇的游客当导游的弗雷德·恩万分厌倦自己的工作，但由于父亲的期望，由于在唐人街之外找不到更加适合的工作，长期被禁锢在唐人街中，只能以高速公路上的飞驰来实现心理上的暂时逃离；而弗雷德的弟弟乔尼，同样沉醉于与一帮移民青年的逃亡冒险，在“逃离”的过程中获得了暂时解脱的快感。

弗雷德、乔尼这样的土生华裔对唐人街的厌弃，对唐人街以外的“新生活”的向往，从一个侧面反映了作为弱势少数族裔的华人在美

① Sau-ling Cynthia Wong, *Chinese American Literature*, *An Interrethnic Companion to Asian American Literature*, Ed., King-kok Cheung. New York: Cambridge University Press, 1997, p. 147.

② 胡勇：《文化的乡愁：美国华裔文学的文化认同》，中国戏剧出版社2003年版，第154页。

国强势文化的“俯视”之下所承担的精神重负。但“逃离者”能否在唐人街之外找到自己的“希望之乡”，能否获得真正的心灵自由和解放呢？这正是汤亭亭、赵健秀之后新一代华裔美国作家们继续探索的问题。

三

1993 年，华裔美国“新生代”作家伍慧明（Fae Myenne Ng）的成名作《骨》（*Bone*，1993）出版，作者以一个唐人街“局内人”的口吻，为我们讲述了旧金山唐人街一个华裔家庭所面临的种族、生存压力、亲人之间情感疏离造成的痛苦和不幸；同样，这部典型反映唐人街华人生存状况的小说也涉及三个女儿逃离唐人街的心理冲突与矛盾，以及迫于压力不得不做出的妥协和抉择。故事叙述者是大女儿莱娜，她的叙述一开始就把人带到了一种抑郁、伤感的氛围之中。

二女儿安娜的自杀，使傅家的家族历史曝光，展示出傅家祖父、父亲和母亲的辛酸岁月。父亲利昂本来姓傅，但 15 岁时以“纸儿子”的身份入境，不仅花了重金，而且还改名换姓，成为梁家的儿子，梁爷爷对“纸儿子”的要求是要把自己的骨灰送回故乡，但利昂多年来却没有实现“纸父亲”的遗愿。母亲杜尔西在移民美国之后便被前夫抛弃，为了一张绿卡，带着大女儿莱娜嫁给了利昂，随后生下了二女儿安娜和三女儿尼娜。由于遭受主流社会的排斥，文化程度又不高，利昂和杜尔西都凭着做苦力谋生：利昂总是找不到合适的工作，只好长期在远洋轮上工作，与妻子、女儿聚少离多。杜尔西在唐人街的“血汗工厂”（sweat shop）做车衣工，一年到头辛勤工作，血汗工厂的艰苦工作使本来漂亮的她“脖子变得松软了。肩膀垂了下来”。[①] 但就是这样的艰辛劳作，他们的生活依然捉襟见肘，所以就少不了相互埋怨。三个女儿在他们的冲突、吵闹声中，备感压抑和痛苦。

---

① Fae Myenne Ng，*Bone*（1993），New York：Harper Perennial，1994. p. 34.

于是，二女儿安娜选择了自杀，逃离了唐人街恼人的一切，三女儿尼娜去纽约做了空中小姐，试图以天马行空的“飞翔”来摆脱过去的阴影；她甚至用“我现在几乎不用筷子了……我现在只用筷子插头发”[①] 这样极端的宣言来表示自己对华裔世界的脱离和对华族文化的摒弃。大女儿莱娜虽然暂时留在唐人街，但她说：“我讨厌排队，社会保险局、残疾人救济会、移民局。我最讨厌是替妈妈和利昂说话……我经历过一个讨厌一切的时期。”[②] 在困顿之中，莱娜跟华人男友梅森一起吸食大麻海洛因、做爱、开快车，以求减轻精神压力、获得暂时的逃离。不仅是这些女儿，母亲杜尔西也不堪生活的重负，委身于“血汗工厂”的老板，以求得暂时的精神麻痹，甚至父亲利昂，他之所以选择远洋轮上的工作，谁能说这不是一种逃离呢？

但是，他们的逃离却并不成功，正如伍慧明自己在一次访谈中所讲的：“在唐人街内部，对向外看的居住者来说，就像住在一个玻璃球里面，想要飞，想要出去，总想突破……但总有某种东西阻碍着我们。”[③] 利昂、杜尔西终身的劳苦换不来永久的解脱，女儿们尽管从空间上离开了唐人街，但“心却永远没有离去”（The heart never travels）。[④]

做了空中小姐的尼娜并没有获得自己渴望的自由，反而陷入了无尽的空虚和煎熬：“飞行切碎了你的生活，在节假日尤其让人难受，那种时候我非常敏感。当我觉得自己丢失了什么东西，人们都在做着重要的事情，而我却飘在空中，飞过不同的时区。”[⑤] 对此，黄秀玲是如此评价的：

---

① Ibid., p. 27.

② Ibid., p. 17.

③ AlvinLu, *Bone Machine*, *San Francisco Bay Guardian*, Vol. 27, No. 21, 1993, p. 4.

④ Fae Myenne Ng, *Bone* (1993), New York: Harper Perennial, 1994. p. 193.

⑤ Fae Myenne Ng, *The Red Sweater*, *The American Voice* 4, 1993, p. 33.

……飞行可能是挑战的行为，也可以意味着逃离……三女儿选择了飞行……成了泛美航空公司的空中乘务员。她的行为似乎是最奢侈的，然而她空中的航行很像火车制动员在火车上的迁徙一样：被监禁在一个可移动的监狱里，与鸟儿们真正自由自在的飞行相比，她处处可去却又无处可去，被迫永久地留在了这段航程，把她从少数族裔的社群中割裂出来……在这里，没有人类社群的“重力”给她安全感，给她一个可以去发现和实行真正的奢侈的征程的“基地/家园”。①

这里，我们看到了华裔美国人生存的悖论。如果说唐人街的生活是不可承受之“重”的话，逃离之旅就是“生命中不可承受之轻”。从下面这段莱娜的自叙，我们不难看出唐人街在她心中的地位。

我听到了从老巷中发出的所有声音——有老林先生隔墙传来的咳嗽声，有林太太为他找药的声音——时间一定已经早过两点了。这些昔日的声音让我平静了许多。它们使鲑鱼巷又恢复了往日所带给人们的那种轻松感。这些熟悉的声音像蚕茧一样把我包裹住，使我有了安全感，让我感到像是待在温暖的家里，时间也静止了。我想起了我们三个人曾经在这间屋子里一起嬉笑、哭喊、打闹，然后又和好的情景。周围四面薄薄的墙围起来的是一个充满温情的世界。②

是的，族群、社群、家不仅与沉重的责任、义务、忠诚相连，同样给人以安全感、给人以温馨的关爱与温情。不仅如此，作为弱势少

---

① Sau-ling Cynthia Wong, *Reading Asian American Literature*: *From Necessity to Extravagance*. New Jersey: Princeton UP, 1993, p. 157.

② Fae Myenne Ng, *Bone* (1993), New York: Harper Perennial, 1994. p. 129.

数民族，华裔在唐人街外面将要面对的压迫、排斥和打击有时也会让勇敢的冒险者们无功而返，甚至望而却步。虽然美国极力鼓吹“大熔炉”的种族、文化政策，但作为弱势种族的华裔真的要被主流社会接纳非常困难。所以，唐人街叛逆的新一代华裔总是试图突破唐人街的局限，把自己的“希望之乡”假设在唐人街之外，但由于外部世界对有色人种挥之不去的歧视、排斥和敌意，他们像故事中的利昂一样，很难在外面的世界找到自己合适的位置，有的或许可以像尼娜一样暂时地拥有“飞翔”的奢侈感觉，但没有人类社群的“重力”给她安全感，她就无法实现真正的奢侈。“飞行”之后，“下落”过程中的“失重”状态更加让人难以忍受；与此同时，种族歧视如同坚硬的“玻璃天花板”，使华裔青年永远无法真正出逃，真正获得自由和解放。

以华裔美国文学的传统而言，华裔美国主体性的发展经常植根于与唐人街之间剪不断、理还乱的情感关系之上。唐人街既是华人记忆滋生依附之所，也往往是蒙受种族歧视、陋巷区隔之污辱的地方，因此有人选择固守，有人选择逃离，而对于唐人街之再现也因此不同。

从我们本文所论来看，唐人街的再现随着时代、社会的变化而不同，但有一点是共同的，那就是对历史的书写，对华裔移民“过去”的重现。华裔作家们如此执着于唐人街的再现，除了唐人街是其记忆滋生之所外，恐怕还包含了一种弱势族裔的书写策略。如文化理论家霍尔所指出的：“再现的实践总是隐含我们说话或书写的位置——发言的位置。”[①] 对族裔历史被歪曲、破坏、摧毁的华裔美国人而言，重新发掘、找回被湮灭或歪曲的历史，就是他们“发言的位置”。由此，我们可以看出华裔美国作家执着于再现唐人街的原因和意义。

① Stuart Hall, *Cultural Identity and Cinematic Representation*, *Ex-Iles*, ed., Mbye B. Cham. Trenton, New Jersey: Africa World Press, 1992, p. 220.

“他者导向” 与 “内在导向” 的叙事

——对读“水仙花”与严歌苓笔下的“唐人街”

世界各大城市的唐人街，历来都给人一种神秘、保守而又充满暴力的印象，许多中外电影都围绕着这个印象制作出一幕幕血腥的帮会仇杀场面。在外面的人（outsider）看来，唐人街代表着保守、落后、肮脏与罪恶。在许许多多有关唐人街的历史记载中，这种“刻板印象”（stereotype）得到了一次又一次的强调：

> 旧唐人街虽然位置优越，但外观显得陈旧，声誉也不好。这个街区几乎都是些快要倒塌的房屋和贫民窟。这些房屋少则两层，多达四五层，分布在狭窄的巷道之间，巷道不分昼夜，到处人满为患。这些楼房的底层被变成仓库、餐馆、商店之类，楼上则用于住房、出租公寓或旅店。多数楼房都有暗室或地下室，那里有鸦片烟馆、赌场，以及其他不可告人的犯罪场所。①
>
> ……杜邦街是唐人街的起点，一度曾居住着大批美国妓女，据一位卫生官员说，她们属于“最低贱的人。②
>
> ……罗斯巷一度被称作“谋财害命”巷，因为那里的白人

① B. Wilson, *Old Chinatown*, *Overland*, 1911, p. 230 ~ 232，载吴景超：《共生与同化：唐人街》，筑生译，天津人民出版社1991年版，第142页。

② 同上书，第149页。

妓女占有的财产比华人还多。而且那里发生过凶杀。①

值得注意的是，这些记载，都来自白人史学家的著作，因为早期的华人移民多是商人或“苦力”出身，根本没有“书写”历史的能力和机会。在这样的情况下，文学作品或许可以为窥知真相打开一扇窗户。于是，“水仙花”（伊迪丝·伊顿）创作于19、20世纪之交的《春郁太太及其他作品》（*Mrs. Spring Fragrance and Other Writings*, 1912）首先进入了我们的视野。

一、“水仙花”：“美德不是白人的专利”

同为欧华混血儿，出生于同样的家庭，伊顿姐妹对自己族裔性的认同却截然不同，甚至是完全对立的：伊迪丝·伊顿用广东话取笔名为“水仙花”（Sui Sin Far），尽其一生把笔锋指向种族、性别歧视，在为中国人争斗的同时也为妇女尤其是工人阶级妇女说话。温妮弗瑞德·伊顿却起了个日本笔名 Onoto Watanna，编造了一套日本家史，创作了“灰姑娘”系列的发生在日本的浪漫故事，十分迎合当时的西方读者。

由于种族、文化的偏见，19世纪以亚洲人为主题的英美文学中，充斥着亚洲人的漫画式形象，华人被描写为“古怪”的、“难以理解”的、“不可教化”的“异教徒”，唐人街因此被看作肮脏污秽的罪恶渊薮。但“水仙花”的态度却迥然不同。在她的笔下，华人的形象是有血有肉的、丰满的，他们的情感是真挚的、细腻的；而唐人街也充满了邻里、亲戚间互帮互助的温暖亲情。

在《春郁太太及其他作品》中，有《一个嫁给中国男人的白人妇女》这样一篇动人的故事：

---

① B. Wilson, *Old Chinatown*, *Overland*, 1911, p. 230—232, 载吴景超：《共生与同化：唐人街》，筑生译，天津人民出版社1991年版，第654页。

故事的女主人公米尼（Minnie）是白人妇女，她与白人丈夫詹姆斯（James）的婚姻很不幸福，因为詹姆斯自私、自大、没有家庭责任感却热衷于政治和“妇女投票权”（women suffrege）。具有讽刺意味的是，这样一个在外争取“妇女投票权”的人，在家却有“虐妻”的暴力倾向，最后迫使米尼与他离了婚。米尼本来是个速写员，离婚之后，由于带着几个月大的孩子，无法找到工作，而孩子偏偏又生病了。走投无路之际，米尼抱着孩子，企图跳水自杀。在紧要关头，华人商人刘康希（Liu Kanghi）救了她。刘康希把米尼带到了唐人街自己的亲戚家居住。刘家过的是华人大家庭的生活，他们对米尼和孩子的照顾非常细心周到，让米尼感受到了华人大家庭的温暖。更难得的是，在米尼四处找工作却没有着落的时候，刘康希再次伸出援手，让米尼给自己的商店做绣花的工作，使她过上了独立自主的生活。这时，前夫詹姆斯巧遇米尼，看她比原来漂亮、精神很多，又想复婚。尽管詹姆斯以要夺回孩子相威胁，米尼勇敢地与之斗争，坚决拒绝了詹姆斯的要求。与此同时，米尼答应了刘康希的求婚，与刘结为夫妻，过上了幸福的生活，并生了一个混血的孩子。然而，故事的结局是悲剧的：作为华人商会改进会的成员，作为娶了一名白人妇女的思想开放的华人，刘康希总是想要变革华人社区的一些旧习俗和规章制度，遭到“反对进步者”的仇恨和突然袭击，不幸被枪杀了。

在这个故事中，唐人街的华人家庭成员之间互帮互助，充满了人与人之间的关爱之情：

> 他（刘康希）把我带进了亲戚家里，这是一个华人大家庭，他们都是友善、单纯的人。刘家父亲（刘家松，刘康希的叔叔）在美国已经生活了二十年，他是一个加工珠宝的工人，由于在一场事故中废了一只手，不能胜任工作……作为刘家最能干的侄

子，刘康希基本上承担了刘家的日常开销。①

生活在华人家庭之中，女主人公米尼不仅品尝到了家庭的快乐，人生的快乐，更认识到了一向遭受白人歧视的华人的品格和价值：

> 我与刘家松一家生活在一起，继续为刘康希工作（绣花），一天天、一周周、一月月和平而快乐地过去了。艺术绣花成为我最喜欢干的活儿。这项工作既有报酬又愉快，我第一次感觉到了活着的价值。看着我的孩子与华人孩子一起长大，我感到由衷的安心和满足。我的人生经历告诉我，美德不是白人的专利，我对刘家的一切都非常感兴趣，跟他们所有的朋友都熟悉了。我曾经对外国人的偏见也消失得无影无踪。②

在这个故事中，唐人街的华人家庭充满了爱意和温暖，没有让米尼感到任何种族差异带来的隔膜，而刘康希对她的爱也来得那么自然、含蓄，丝毫不带进攻性。在挽救了米尼的生命之后，刘康希并没有急于追问她的过去，也没有向她求爱，先是安排她进入自己的亲戚家居住，然后又解决了她的工作，使她成为一个独立自主的人。在近两年之后，在米尼向他坦露了一切心迹之后，他才慎重地向米尼求婚并娶她为妻。

从下面这一段米尼与其前夫詹姆斯的对话，我们可以看到米尼对刘康希的倾心和满意，看到刘康希作为一个男人的魅力：

> “啊！你堕落了”——他（詹姆斯）的表情是邪恶的——“那个油滑的小个子中国佬已经赢得了你的心！”

---

① Sui Sin Far, *Mrs. Spring Fragrance and Other Writings*, ed., Amy Ling and Annette White-Parks，山西教育出版社 &University of Illinois Press，2002，p. 113.

② Ibid.，p. 114.

"赢得了我的心!"我叫道，也不管别人会不会听到，"是的，他像一个男人一样光荣地赢得了我的心。你凭什么嘲笑他那么优秀的男人? 你虽然有六英尺高，但你卑微的灵魂却不能与他伟大的灵魂媲美。他不仅挽救了一个陌生的女子，还把她当成女人温柔地呵护，尊敬她、爱护她，还给了她的孩子一个温暖的家。他使我们不仅不靠别人的施舍过活，也不靠他的施舍过活。现在，听着你背后这样诋毁他，我终于知道了我以前还不明白的一点——我是爱他的。这就是我要对你说的，滚吧!"①

因为爱，米尼嫁给了刘康希，她知道这样做会招来许多美国人的歧视，但她从来没有后悔过自己的选择：

爱我的人给我的幸福远远胜过了那些人的赞同或者反对，那些说三道四的人在我困难的时候只想看着我像狗一样地死去。我的中国丈夫虽然也有缺点，有点脾气急躁，有时也有些武断，但他是个真正的男人，他从来没有试图剥夺我做女人的特权。我总是能依靠他，信任他。我觉得他就在我的身后，保护我，关心我。这一切，对于一个普通如我的女人来说，胜过其他的一切。

米尼的真情告白让我们看到了一个有血有肉、有情有义的中国男子形象，看到了唐人街人与人之间的温情与关爱，中国人的宽容、厚道，看到了华族文化对于其他种族的巨大吸引力。同时我们也看到了其中的不和谐音：刘康希最终被枪杀了，是被自己的华人同胞杀死的。文中说，刘康希是因为太"进步"被谋杀的，娶一个白人做妻子，当然也在"进步"的"罪名"之列，在19世纪的美国，这不仅

---

① Sui Sin Far, *Mrs. Spring Fragrance and Other Writings*, ed. , Amy Ling and Annette White-Parks, 山西教育出版社 &University of Illinois Press, 2002, p. 117.

是美国不能容忍的事，也是华人社会所不能容忍的事。在此，“水仙花”表现出对于华人及华人社会的客观态度，她意识到了种族问题的复杂和种族沟通的困难，她既没有夸大其词，也没有粉饰太平，她笔下的华人世界就是19世纪美国华人世界的现实反映。

而在19世纪白人主流作家的笔下，华人是鸦片烟鬼、妓女、骗子、杀人者或狡猾的恶棍。即便是“同情”华人的白人作家“也把华人看成低于人类的动物，除非被教化成基督徒，否则没有道德感”。① 最能体现传教士们这种“拯救异教徒中国佬”呼声的是海伦·克拉克（Helen Clark）的《三寸金莲的小姐与其他唐人街故事》（*The Lady of the Lily Feet and Other Tales of Chinatown*，1900）。这本比《春郁太太》早出版12年的书关注的尽是唐人街的华人妇女被迫缠脚、被打和被拍卖的残暴行径，中国妇女处于男人的束缚之下，等待着基督教的救赎。这样，美国普通读者对中国文化的印象无疑会越来越糟糕，中美文化的裂痕会越来越大。而作为欧华混血儿的“水仙花”，可以说是华族文化的局内人（insider），其对中国文化的了解和深厚情感使她的表现唐人街的方式完全不同，她的故事都是关于普通家庭生活的，讲的是胜利的或者受挫的爱，她的华人人物形象都是立体的，有个性的，而不是克拉克笔下那样平板、单一如木偶人的刻板形象。

把《春郁太太及其他作品》放回到在19世纪末、20世纪初这样的语境中，我们更加能够理解“水仙花”创作的巨大意义。对于这一点，林英敏和怀特·帕克思在为重新辑集的《春郁太太及其他作品》的序言中特别指出：

水仙花的故事在许多方面都是很有意义的：第一，这些故事

① William F. Wu, *The Yellow Peril——Chinese Americans in American Fictino* 1850—1940, Archon Books, 1982. Qtd. From Amy Ling, *Between World: Women Writers of Chinese Ancestry*, New York: Pergamon Press, 1990, p. 48.

> 展现了19、20世纪之交的北美唐人街画卷，故事的创作既不是她那个时代的“黄祸”文学形式，也不是传教士文学的形式，而是充满善意、富有真诚的同情心的作品。第二，这些故事传达了中国人和北美华人妇女与儿童的心声，打破了华人沉默、隐形的刻板印象，突破了只讲述“光棍社会”而忽视为数不多的华人妇女的文学程式。第三，在美国社会中异族通婚被当作非法的历史时期，“水仙花”的小说首次介绍了亚洲人与白人结合所生的混血儿童的困境。①

而“水仙花”创作的意义，还不仅仅是这些。如果我们认真审视迄今为止的华裔美国文学作品，不难发现其难能可贵之处：其“存在主义”式的终极追问精神，其面对真理、为弱势群体讲话的勇气，其敢为天下先的先锋精神，是我们今天一些华裔美国文学文本所缺乏的。从“水仙花”的创作，我们了解到了有别于白人历史学家笔下的华人与唐人街。在她的笔下，美德不是白人的专利，白人主流视为污秽、肮脏的唐人街是一个充满人类美好情感的社区，白人视为不可理解的“异教徒”同样充满了仁慈之心。《春郁太太及其他作品》中塑造了各种各样的华人形象，有像刘康希一样的见义勇为的华人男性，有春郁太太那样亲近四邻、对美国有着独立见解的华人女性。当然，我们同时应该看到，“水仙花”对于华人与唐人街的描述有一种理想主义的倾向，她是为了维护自己的信念，是为华人伸张正义而写作，所以对于华人及唐人街的描述大多是从肯定的立场出发的。与之形成鲜明对比的是，“水仙花”笔下的白人形象大多不讨人喜欢，比如《一个嫁给中国男人的白人妇女》中的白人前夫，以及伊迪丝从小到大亲眼所见、亲身经历的歧视华人的白人们。可见，从源头开始，华裔美国文学就是一种身份政治，一种“立场的政治”

① Amy Ling and Annette White-Parks, *Introduction*, *Mrs Spring Frangance and Other Writings*, 山西教育出版社 &University of Illinois Press, 2002, p. 46.

（the politics of position），而这种传统，一直延续至今。

二、严歌苓笔下的唐人街："顽韧生物"的聚居地

严歌苓的《扶桑》1995年获得台湾"联合报文学奖"的长篇小说奖之后，于1996年由台湾"联经出版公司"出版，同时由香港"天地出版公司"以及北京"华侨出版社"出版，在美国、中国大陆、中国台湾引起轰动，好评如潮。

小说描写的是19世纪北美"淘金热"之后，一个中国的乡间女子扶桑，被拐骗、流落到旧金山唐人街后变成一个妓女的故事。扶桑的魅力吸引了白人少年克里斯。克里斯在12岁那年第一次见到扶桑，就深深迷恋上了她。而扶桑也爱上了克里斯，视他为"唯一不同的一个男子"，并在心底"暗暗等候他的长大"。但横亘在扶桑与克里斯之间的种族、文化、阶级、年龄的差异注定了这段异国情恋结局的悲凉：在一场唐人街暴动中，白人纵火烧毁了华人的店铺、房屋，奸淫了唐人街的华人妇女，名妓扶桑当然没能幸免，她在一辆破旧的马车里遭到了包括克里斯在内的白人暴动者的轮奸。对于这次"意外"，扶桑默默地承受了，她所做的唯一的事就是咬掉每个强奸者的一颗纽扣，特地把属于克里斯的那颗金色纽扣永远地藏在自己的发髻里。而克里斯则从此背上了一生的良心债务：他无法摆脱灵魂的拷打，于是想到了救赎和偿还。他参加了华人女性拯救会的活动，帮助拯救和教育华人妓女；他甚至在激烈的思想斗争之后提出要娶扶桑为妻。但扶桑并没有接受克里斯"献身"般的爱情，而是选择与华人大勇在刑场上结婚，成为就要上绞刑架的大勇的新娘。扶桑"慷慨的布施、宽容和悲悯"彻底地征服了克里斯，以至于克里斯用一生的思恋去偿还扶桑，并且终生反对迫害华人，反对华人间的相互迫害。

在19世纪的西方文学、艺术经典中，东方女性总是被定型为

"脆弱的、美丽的、悲剧的"形象,[①] 其典型就是普契尼(Giacomo Puccini)歌剧中的蝴蝶夫人，那个被美国白人军官抛弃而自杀的日本女子。自1904年以来，《蝴蝶夫人》成为世界上最常演出的十大歌剧之一，受到白人、尤其是白人男子的无限青睐，因为剧中的蝴蝶夫人满足了他们"东方主义"的窥视欲，证明了西方的强盛和成熟，东方的柔弱和幼稚。[②] 而在《扶桑》中，我们看到的是一个美丽、健壮、温和却不乏坚韧的东方女性形象，她如同从人类的洪荒中走来的地母，浑身散发出"古老的母性、早期文明中所含有的母性"，她"健壮、自由、无懈可击"。[③] 正是这样无私、宽容的母性吸引了年轻的白人男孩克里斯，成为他永生永世逃不出去的爱的天罗地网。由此，我们看到了严歌苓要颠覆西方主流文学中东方女性柔弱、被动的"刻板印象"的努力。在那场东西方遭遇的异国情爱中，扶桑一直占据着主动的、控制性的地位，而克里斯则是被动的、从属的；从扶桑的身上，我们看到了东方文化潜在的富饶和美丽，东方的成熟和坚韧。扶桑是一个全然不同于以往的东方妇女的形象，那么让人耳目一新，那么具有颠覆意义。扶桑的塑造，是严歌苓创作成功的主要因素。

不仅是扶桑，严歌苓塑造大勇这个人物形象的颠覆意图也是相当明显的。在欧美主流文学作品中，黄种男人总是被定型为女性化而难以捉摸的异类，他们"彻底缺乏男子气概、女性化、柔弱、没有胆识

---

① Edgar Allen Poe, *The Philosophy of Composition*, *The Portable*, Edgar Allen Poe, ed., Philip Van Doren Stern. New York: Viking Press, 1945, p. 557.

② 林英敏:《蝴蝶图像的起源》，单德兴译，《再现政治与华裔美国文学》，何文敬、单德兴编，"中央研究院"欧美研究所1996年版，第186—200页。

③ 严歌苓:《扶桑》，上海文艺出版社2002年版，第216页。

与创意、不够积极、缺乏自信与活力”。[①] 早在1871年，美国神父倪维尔士（John L. Nevius）就在其书中写道：“与欧洲国家相比，中国人是性情冷漠、身体较少活力的种族……他们典型的胆小、温顺。”[②]而老一代移民海外的中国男人大都从事洗衣或做厨师等女性化职业的事实，更加加深了西方人的这一“刻板印象”。但《扶桑》中的大勇却是个充满了男性阳刚之气的华埠英雄，他果敢、刚毅且身怀绝技，无数次在白人警察的刀枪之下死里逃生；他凶狠残忍，杀人不眨眼，但同时又嫉恶如仇，充满了侠骨柔情，处处为华人出头、打抱不平，可谓中国武侠传奇中典型的男性英雄形象。

如果说严歌苓在主人公的塑造方面彻底打破了西方主流社会对于华人的“刻板印象”，那么，在对“唐人街”的艺术再现上，严歌苓则没能摆脱美国主流历史叙事的局限，显示出对西方主流话语的因袭和模仿。

严歌苓笔下19世纪的唐人街，是一个白人难以理解、无法触及的肮脏、污秽、罪恶的世界：“他们（华人们）在这个初生的城市形成一个不可渗透的小小区域，那里藏污纳垢，产生和消化一切罪孽，自生再自食，沿一种不可理喻的规律循环。”[③]

而严歌苓塑造的华人形象中，除了扶桑和大勇，其他华人形象给人的总体感觉是猥琐而厚颜，心怀叵测且残酷无情，通过克里斯的“他者”眼光，这些远道而来的东方移民成为“谜”一样难以理解的“生物”：

不管人们怎么吼叫，把拳头竖成林子；怎样把“中国佬滚

① Frank Chin, *Back Talk*, Counterpoint: Perspective on Asian America. Ed., Emma Gee, Los Angeles: UCLA Asian American Studies Center, 1976, p. 556.

② Frank Chin & Jeffery Paul Chan, *Racist Love*, *Seeing Through Shuck*, Ed., Richard Kostelanetz, New York: Ballantine Books, 1972, p. 68.

③ 严歌苓：《扶桑》，上海文艺出版社2002年版，第43—44页。

出去”写得粗暴，他们（华人）仍然是源源不断地从大洋对面过来了。

他们不声不响，缓缓漫上海岸，沉默无语地看着你；你挡着他右边的路，他便从你左边通过，你把路全挡完，他便低下头，耐心温和地等待你走开。如此的耐心与温和，使你最终会走开。

他们如此柔软、绵延不断地蔓延，睁着一双双平直温和的黑眼睛。

从未见过如此温和顽韧的生物。

拖着辫子的矮小身影一望无际地从海岸爬上来，以那忍让一切的黑眼睛逼你屈服。

他们的温和与乖顺中，成百上千的年轻女奴被运载来了。他们温和地处置一路上死去的女奴，安详地将无数尸体抛进海洋。他们的温和使残忍与邪恶变成了不可理解的、缺定义的东西。残忍和邪恶在那样永恒的温和中也像女人似是而非的脚一样带有谜的色彩，成为鸦片般的奇幻。

他们和谐地自相奴役；相互戮杀中，他们的人数膨胀壮大。

……

他们的生命形式是个谜。

一切好恶准则被他们弄成了困惑。

这里的人们（白人）从未面临如此巨大的对于一种生命形式的困惑。一切道德文明的准则不再能衡量这个生命形式。

这里的人们感到了恐惧。对于温和与残忍间晦涩含义的恐惧。①

而唐人街就是这些“顽韧的生物”聚居的地方，他们在那里吸鸦片、打麻将赌博、嫖娼、贩卖妓女、行骗、杀人，无恶不作。大勇就是这样一个无恶不作的典型：他多次行骗、作恶、杀人，多次改名

---

① 严歌苓：《扶桑》，上海文艺出版社2002年版，第43—44页。

换姓，以躲避白人警探的追查。他一开始叫大雄，后来叫阿丁，再后来又变成了大勇。正如文中所言，阿丁是唐人街冒犯不得的人，他的手下有二十多个“不好男儿”，“只要阿丁一个呼哨，就会有提着板斧的人出来”。阿丁不光在唐人街区有名声，洋人对他的神鬼故事也有传闻。阿丁众多的生意包括“放高利贷、开春药厂、运送成吨的脏衣服回大陆去洗熨——善恶兼备，但不包括投机倒卖女色。偷扒贩运窑姐，是他的娱乐，是他顽心未泯的消遣”。① 就是这样一个“恶棍”，却成了唐人街的“英雄”，因为“他那得罪天下的气概使这个充满邪恶的海湾至少多了一味相匹敌的邪恶”，于是窑姐们把阿丁的相片当一种邪咒买来，以邪避邪：“这城里云集了全人类的强盗、凶手、骗子，他们听说这是无法无天的好地方，便成饼成团地游来了。一种邪恶屈服于更高明更强盛的邪恶，没有正义，胜了的邪恶便是正义。于是一个奇特的食物环链形成了。”②

在那样的历史语境中，大勇这样以“更高明更强盛的邪恶”去战胜邪恶是必要的：在大勇/阿丁“出事”离开唐人街的几年里，洋人便敢在光天化日之下进入唐人街的水果店、珠宝店和修脚店，大模大样地叫账房把钱给他们；敢大张旗鼓地走进华人开的中药店，把成堆的草根树皮点上火烧掉。正如文中所言：“没了明里暗里造孽的阿丁，便有了大模大样逛进铺了，舒舒服服抢钱的洋人。”③ 那场对唐人街造成浩劫的大火、抢劫和奸淫也是在大勇临时离开唐人街的时候发生的。由此可见，唐人街内部滋生的种种邪恶并不全出于华人的自愿，而是迫于外部的压力，不得已做出的“以毒攻毒”的选择。

在严歌苓的笔下，唐人街永远是华人与白人冲突、战斗的场所，种族之间的疏离与仇恨，在那场白人纵火、掠夺、奸淫唐人街的浩劫中得到了集中的体现：一群白人组成的乌合之众，臂上拴着政治家们

① 严歌苓：《扶桑》，上海文艺出版社2002年版，第20页。

② 严歌苓：《扶桑》，上海文艺出版社2002年版，第25页。

③ 严歌苓：《扶桑》，上海文艺出版社2002年版，第26页。

提出的口号，“中国人必须走”；他们砸了唐人街，“唐人街被滚滚的浓烟包围了”“火将海蛎的肉山肉海点燃时，事情更坏了：腥气变得尖锐，人们眼也睁不开，鼻子给窒息住，脑浆也像胃液一样暴烈涌动”“浓腥在半空中不肯散去，遍地海蛎蠕动着，每个细小肉体发出吱吱尖叫”。[①] 大火还烧掉了唐人街的洗衣店，“人们烧这个抢那个，在整个城翻箱倒柜的时候，所有被弃的脏乱内衣都浮上大街表层，连后来赶到治乱的警察们的马蹄子也踏得有一声无一声”“纠缠不清的脏内衣使人的仇恨又高涨一层……唐人街永远是这样脏乱”。[②]

由此，我们看到了严歌苓笔下的“唐人街”与伊迪丝·伊顿笔下“唐人街”的巨大差异。既然都是表现19世纪的唐人街，何以出现如此的反差呢？在下面一节，我们将考察、追问这种差异性表述的缘由。

三、“他者导向”与“内在导向”的叙事

林玉玲在1982年MLA（Modem Language Association）举办的年会上称伊顿姐妹的创作范式为“异国情调”式（exotic）和“存在主义”式（existential）。林英敏认为，“异国情调”范式是“他者导向”（other-directed）的，其创作是对当时的政治、经济、社会风气的迎合，比如温妮弗瑞德·伊顿，她的作品就很顺从或赞成当时流行的刻板形象。“存在主义”式则是“内在导向”（inner-directed）的，关注的是自我定位和存在的意义，比如“水仙花”（伊迪丝·伊顿）。他者导向往往为了获得物质利益和社会认同，自我导向则追求真相以保

① 严歌苓：《扶桑》，上海文艺出版社2002年版，第162页。
② 严歌苓：《扶桑》，上海文艺出版社2002年版，第16页。

持精神的纯洁与健康。[①] 可以说，华裔美国文学的创作发展，一直都没有脱离林玉玲所界定的这两种"范式"，在对19世纪"唐人街"的艺术再现上，"水仙花"和严歌苓的态度就体现出这两种书写范式的差异。

以这两种书写范式来衡量，严歌苓的《扶桑》可以说是"他者导向"与"内部导向"的混合。失去这两个视点中的任何一个，《扶桑》不可能如此"好看"，严歌苓也不可能获得中国大陆、中国台湾和美国的同时青睐，正如王德威在《短评〈扶桑〉》中所言："作者这两年积极参与台湾各大报文学奖，屡有斩获；对评审及预期读者口味的拿捏，亦颇具心得。"[②]

《扶桑》中的"他者"视点是通过白人男主人公克里斯来实现的，克里斯对于扶桑、对于华人和唐人街，从头到尾都充满了一种"东方主义"的窥视欲，充满了一种"优势"种族的"俯视"：如故事叙述者所言：

> 对于你（扶桑）的迷恋使他（克里斯）无暇旁顾。这迷恋类似符咒……他梦想中的自己比他本身高大得多，持一把长剑。一个勇敢多情的骑侠。那昏暗牢笼中囚着一位奇异的东方女子在等待他搭救。那女子以花汁染红指甲，以绫罗为肌肤；将血浸的西瓜子一粒粒填进嘴唇，用残缺的足尖走出疼痛和婀娜的步子……那囿于罪恶和苦难中的女子在吹呜咽的洞箫，等着他去营救。这个男孩满心忧郁；在他醒时的梦中，一个半是黑色长发、半是金黄色肉体的女子，就是你。[③]

---

① Amy Ling, *Chinese American Women Writers: The Tradition behind Maxine Hong Kingston*, ed., Sau-ling Cynthia Wong, *Maxine Hong Kingston's The Woman Warrior: A Case Book*, New York: Oxford University Press Inc., 1999, p. 142.

② 严歌苓：《扶桑》，上海文艺出版社2002年版，第8页。

③ 同上书，第15页。

与其说克里斯是迷恋扶桑，不如说是迷恋扶桑的“三寸金莲”、扶桑嗑瓜子的万种风情，扶桑作为妹子标记的红色绫罗，以及扶桑身处的唐人街那种“异国情调”的氛围。第一次见到扶桑“三寸金莲”的真模样，克里斯惊叹：世上真有如此残颓而俏丽的东西！——

这哪里是人类的足？克里斯想。他走近它们。这是一种在退化和进化之间的肢体。

这是种似是而非的肢体。他不自觉跪在床边，手伸去触碰它们，它们看上去更像是鱼的尾部；最敏感、最易受伤的生命根梢。这哪里是脚？他手指极轻，恐怕它们会融化殆尽。①

这一段细腻的描写，大大迎合了西方读者对中国女人的刻板印象和神秘想象，充分地满足了“他们”的窥视欲和好奇心，同时也保证了西方文明“高人一等”的地位。

值得注意的是，克里斯只迷恋穿着破旧的染着血污的红衫子的扶桑。当白人教堂的“拯救会”救了扶桑的命，要教育扶桑“从良”的那段时间，扶桑穿上了“拯救会”发的白麻布袍，披散的长发也梳成了整齐的辫子，克里斯发现他对她鬼迷心窍般的感觉不在了：“他没有一点走近她的欲望”“白麻布袍的粗糙和朴素使一种可能性从她身上显露出来，那就是她作为一个极平凡的、暗淡（如他母亲一样）的女人的可能性。白麻布给了她一种规范，抹去一切魔一般的东方痕迹”。② 与此同时，扶桑的笑容对克里斯而言也失去了意味：“在她对一切痛楚和罪孽全身心接受时，她温暖的笑是那样的安慰，人在这笑中感到羞愧同时明白自己被宽恕了。而宽松无形的白麻布里，那笑是舒适，无所用心，仅仅是微笑本身！”③ 如此看来，克里斯爱的只是在唐人街做妓女的、受难的扶桑，若离开了唐人街那样污秽残酷的背景，扶桑就失去了吸引克里斯的魔力。而扶桑似乎也意识

① 严歌苓：《扶桑》，上海文艺出版社 2002 年版，第 11 页。

② 同上书，第 109 页。

③ 同上。

到了这一点，她主动重新穿上红衫子，主动跟着大勇离开“拯救所”，回到了唐人街的妓院，心甘情愿地继续去接受一个又一个熟悉的或陌生的男人。

至此，扶桑的形象落入了西方男子幻想东方女性的俗套。对比一下《东方学》中萨义德描述的福楼拜对其东方情人库楚克·哈内姆的迷恋，我们不难发现二者惊人的相似：

> 在19世纪中叶，这一称号（Almehs）被用来指那些既当舞女又当妓女的人。库楚克正是这样的人，福楼拜在看完她跳的“蜂舞”后就和她上了床。她无疑是福楼拜好几部小说中的原型。她满含风情，感觉细腻，并且（根据福楼拜的看法）粗俗得可爱。令福楼拜特别喜欢的是，他似乎对她没有什么过分的要求，她床上的虱子，令人恶心的臭气，与她身上散发出的檀香，混杂在一起，令他如痴如醉。旅行结束后，他在写给路易斯·柯（Luoise Colet）的信中说，“东方女人不过是一部机器；她可以跟一个又一个男人上床，不加选择”。库楚克的麻木和放荡激发了福楼拜无尽的遐想，久久萦绕在其心头……①

由此，我们可以看到严歌苓艺术创作中“他者导向”的一面，虽然扶桑突破了“蝴蝶夫人”的“刻板印象”，却又形成了新的“刻板印象”，同样是“东方主义”欲望的牺牲品。在这样的思路下去看严歌苓笔下肮脏、污秽、罪恶的唐人街，自然是“合符逻辑”的。因为这是西方读者喜欢看到的，是符合西方读者思维定式的，当然，也是白人的“一百六十本书”里所反复强调的。据说，《扶桑》是严歌苓在旧金山图书馆“钻故纸堆”“掘地三尺”，在“一百六十本”

① ［美］爱德华·萨义德：《东方学》，王宇根译，生活·读书·新知三联书店1999年版，第241—242页。

中国早期移民史料的基础上创作出来的。① 而关于早期中国移民的叙述，大部分是白人史学家完成的。由此，我们可以理解严歌苓“再现唐人街”的局限所在。

然而，如果仅凭对西方读者的迎合，《扶桑》不可能同时获得大陆和台湾的青睐。这就有赖于严歌苓艺术创作中“自我导向”的一面。可以说，严歌苓的每一篇小说，都充满了对国家、民族和自我的“自省”，《扶桑》也不例外。严歌苓在《扶桑》大陆版的序言中这样写道：

> 这样一个特定环境：一群瘦小的东方人，从泊于19世纪的美国西海岸的一艘艘木船上走下来，不远万里，只因为听说这片陌生国土藏有金子，他们拖着长辫，戴着斗笠，一根扁担肩起全部家当……这是两种文化谁吞没谁、谁消化谁的特定环境。任何人物、任何故事放进这个环境中绝不可能仅仅是故事正身。②

因为这样的历史场域，《扶桑》就“不再是好听的故事了”，③ 严歌苓在挖掘历史的悲愤中沉思，她采取了福柯式的历史观去解构主流的历史话语，仔细去聆听被传统历史的宏大叙事所忽略、所压抑、所习焉不察的边缘的声音，于是我们的面前浮现出了扶桑、克里斯、大勇这样鲜活的人物形象，从那片灰蒙蒙的历史背景中突现出来，演绎着跨越国家、民族、时空界限的恩怨情仇。

在严歌苓的笔下，种族之间的仇恨不仅在扶桑的时代泛滥，在一百多年后的美国依然存在。《扶桑》的故事叙述者是一个20世纪80年代由中国大陆去的华人新移民，她说：

---

① 严歌苓：《主流与边缘》（代序），《扶桑》，上海文艺出版社2002年版，第4页。

② 同上书，第2页。

③ 同上书，第4页。

偶然打开电视，偶然撞上一场仇恨座谈会。一群青年人大约二十到三十岁，头剃得极端彻底，泛着铁青色。他们面目煞白，透着庄严。他们中也有四五个女性，眼神同样寒冷。那些露出的四肢上刺有法西斯图案，他们非常慎重地宣布了对亚洲人、黑人和所有非白种人的不共戴天的仇恨。我被这仇恨的分量和仇恨震撼了。①

面对日常那个生活中种族主义者的种种仇视，严歌苓不可能熟视无睹。所以在《扶桑》中，扶桑与克里斯的爱情没有结果，最终嫁给了将被处死的大勇。在与笔者的访谈中，严歌苓说：

扶桑也是很聪明的，她其实看清了一切现实，尤其是在唐人街发生大屠杀之后，她意识到西方人与东方之间的隔膜和仇恨无法解决。虽然克里斯一心想拯救她，但在大勇面前，克里斯居然将刀塞到扶桑手中，让她自己解决大勇，这也是西方人自私心态的一种表现。最终扶桑选择大勇。我在小说里写到“她从此有了一个死去的、不再能干涉她的大勇的保护，以免她再被爱情侵扰、伤害”，这是宿命的结局也是扶桑理智的选择。这里面其实也表明我的一种文化的反批判，我觉得门当户对还是有相当多的可取之处，不同民族的思想、主观意识都是有差距的，更何况不同文化之间的差别。②

由此可见严歌苓对不同种族、文化的对话、交融所持的消极态度，这与一百多年前的“水仙花”有着天壤之别：“水仙花”父母的结合，说明了异族交流、融合的可能，作为欧亚混血儿，“水仙花”

① 严歌苓：《扶桑》，上海文艺出版社2002年版，第165页。

② 李亚萍、蒲若茜：《严歌苓访谈录》，在2004年9月21日—24日山东威海的“第十三届世界华文文学国际学术研讨会”上，李亚萍和笔者与严歌苓进行了约两个小时的访谈，访谈录在美国《中外论坛》发表。

就是异族交融的明证。所以，在她的笔下，我们看到更多的是人的“普遍属性”，比如人与人之间的爱与关怀，人的本性中的怯懦与邪恶，无论他是白人还是有色人种，都一样具有这些属性。由此去看她笔下温馨的唐人街，自然可以理解她为什么执着于表现华人家庭的和睦与关爱。

同时，在种族歧视高涨的年代，混血儿的生存面临着巨大的压力，正如“水仙花”（伊迪丝·伊顿）在其“回忆书笺”中说，“欧亚裔的十字架沉甸甸地压在我年幼的肩膀上”，有一次，当六岁的她与七岁的哥哥出门时，一群白人大孩子跟在后面嚷：“中国佬，中国佬，小眼睛，黄面孔，猪尾巴，吃老鼠。”伊迪丝的小哥哥气得大叫：“中国佬比你们好！”伊迪丝也大声嚷：“我宁愿做中国人！”结果遭到那群比他们大得多的白人小孩的袭击：“他们扯我的头发，抓我的脸，把我哥哥的腿都打瘸了……一切结束之后，我们精疲力竭，浑身在地上拖得好脏，我们爬回家去，对妈妈说，‘我们赢了’。”① 正是在这样的巨大压力之下，从小“水仙花”就练就了为中国人说话的决心和勇气，终其一生为反对种族主义、促进种族间的理解和交流而斗争。作为欧亚混血儿，作为“世界之间”的人，她非常清楚自己作为“两个世界”的“桥梁”的责任。她用自己的战斗之笔，写出一篇篇文章，为自己血液中被忽略、被歧视、处于弱势的一半奔走呼号，以求争得平等相待的权利。

对于“水仙花”作品的政治意义，伊丽莎白·阿蒙斯（elizabeth Ammons）是这样评价的：“‘水仙花’冲破了万马齐喑的死寂和有系统的种族压迫，发现了她自己——创造了她自己的声音——这是本世

---

① Sui Sin Far, *Leaves from the Mental Portfolio of an Eurasian*, *Mrs. Spring Fragrance and Other Writings*, Ed., Amy Ling and Annette White-Parks, 山西教育出版社 & University of Illinois Press, 2002, p. 260.

纪（20 世纪）初美国文学史的胜利之一。”① 不仅如此，阿蒙斯还把汤亭亭称作“水仙花的精神孙女”，认为以汤亭亭为代表的许多华裔女作家从“水仙花”身上吸取了精神力量和创作灵感，从而掀起了20 世纪一波又一波华裔美国文学的高潮。难怪有着华裔美国文学“教父”之称的赵健秀也对“水仙花”推崇备至：在《真假亚美作家一起来吧》一文中，赵健秀是这样评价她的：

> 在华裔美国文学中，唯一没有遭受阉割和性别排斥的华人男性形象只在水仙花、戴安娜·张、韩素音这三位欧亚裔作家的作品中才找得到……
>
> 她是为华裔美国真实而战的孤独的战士，终其一生为反对猖獗的种族刻板印象和反黄色人种种族主义而战……水仙花的短篇小说和自传体散文是迄今为止我们所知道的当时关于美国华人富有同情心的作品，也是其同时代唯一描绘从多伦多到西雅图唐人街画卷的、具有亚裔感性的作品。在她的时代，华人把伊迪丝·伊顿当作一个女英雄，一个在美国为华人的正义而战的女战士。②

在赵健秀看来，“水仙花”、戴安娜·张、韩素音这三位欧亚裔作家之所以与黄玉雪、刘裔昌、汤亭亭等土生华裔美国作家完全不同，原因在于三位欧亚裔作家没有出生和生长在美国，没有从美国的法律、白人文学、科学、肥皂剧和收音机等的传播中形成刻板印象。既然没有接受白人主流对于华人的刻板印象，她们就会以自己的心灵

---

① Elisabeth Ammons, *Audacious Words: Sui Sin Far's Mrs. Spring Fragrance*, *Conflicting Stories: American Women Writers at the Turning to the Twentieth Century*, New York: Oxford University Press, 1992, p. 105 ~ 120.

② Frank Chin, *Come All Ye Asian American Writers*, *The Big Aiiieeeee! An Anthology of Chinese American and Japanese American Literature*, ed., Jeffery Paul Chan et al., New York: Meridian, 1991, p. 12.

为导向（inner-directed），在其作品中反映社会的真实和心灵的真实。

而“水仙花”反映的不仅仅是心灵的真实，更有她对未来的理想。在一篇散文中，她说：“只有当整个世界变成一个大家庭的时候，人们才能彼此看得清楚，听得清楚。我相信有一天欧亚裔将会成为世界人口中的一大部分，我为我是欧亚裔的先驱者而欢呼。先驱者应该因为受难而光荣于后世。”① 可见，“水仙花”对于自己先驱者的地位非常清楚，对于自己作品的意义也非常明了。但这段话也使我们看到了“水仙花”写作中的理想主义色彩，她渴望着世界能成为一个大家庭，不同肤色种族的人彼此能够相亲相爱，就像她笔下的白人妇女米尼所生活的唐人街家庭一样。可是，那位娶了白人做妻子的刘康希最终被杀了，“水仙花”却没有在其作品中追问他被杀的原因，草草结束了那篇唐人街的温情故事。在这一点上，“水仙花”写作中的理想主义色彩清晰可见。

一百多年过去了，“水仙花”所企望的“世界大家庭”在哪里呢？人们经历了两次世界大战，经历了“9·11”的浓烟，经历了伊拉克、阿富汗、以色列与巴勒斯坦延绵不绝的战火，经历了种族间永无休止的误解和仇恨，不可能还像伊迪丝·伊顿那么乐观。所以，一百多年后，严歌苓的《扶桑》中的唐人街迥异于伊迪丝·伊顿笔下的唐人街。原因在于，看惯了一百年来所发生的一切，看惯了眼前的一切，严歌苓成了一个完全的悲观主义者，而“水仙花”，将永远作为一个乐观的理想主义者，在历史中被定格。

---

① Sui Sin Far, *Leaves from the Mental Portfolio of an Eurasian*, *Mrs. Spring Fragrance and Other Writings*, Ed., Amy Ling and Annette White Parks，山西教育出版社 & University of Illinois Press, 2002, p. 260.

族裔性的追寻与消解：当代华裔美国作家的身份政治

美国民权运动所弘扬的多元文化主义（multiculturalism）不仅唤醒了美国非洲裔、墨西哥裔等少数民族的族性意识，同时催生了华裔美国人作为华裔的族性意识，间接引发了以族裔认同和文化书写为中心诉求的华裔美国文学。从民权运动之后的20世纪70年代开始，以汤亭亭（Maxine Hong Kingston）、赵健秀（Frank Chin）、徐宗雄（Shawn Wong）、谭恩美（Amy Tan）、任璧莲（Gish Jen）等为主的华裔美国作家，在书写华裔美国人的族裔身份及文化认同方面发出了自己独特的声音，推动了华裔美国文学的持续发展。

华裔美国文学的命名本身就暗含了一种"特殊性"的诉求，研究者们总是渴望找寻到更多作为华裔美国人在文学书写中的共性，诸如对中华文化传统的继承，对中、西文化冲突的表现，对于亚裔美国人的"亚裔感性"的追寻，等等。① 但随着华裔美国文学的逐渐发展，随着20世纪末人们所津津乐道的"全球化"语境的形成，华裔美国文学的发展越来越远离了华裔美国文学研究者们的"期待视野"，背离了一般读者的阅读定式，走向提倡普适性的"世界主义"追寻。

一方面，华裔美国文学诞生之初就打上了具有浓厚政治意识形态

① Frank Chin, *Come All Ye Asian American Writers of the Real and the Fake*, *The Big Aiiieeeee! An Anthology of Chinese American and Japanese American Literature*, Ed., Jeffery Paul Chan et al., New York: Meridian, 1991, P. 8.

的种族、文化烙印；另一方面，到了一定阶段，作家们总是渴望突破种族、国家的藩篱，摆脱政治意识形态的束缚，走向“普遍的人的文学”。二者的矛盾可能导致华裔美国文学的裂变甚至消亡：如果华裔美国作家作品中的华裔族性消失殆尽，我们还能冠之以“华裔美国文学”之名吗？如果弱势群体的声音得不到特殊的展现，美国的族性和文化认同是否又重新落入了同质化的“大熔炉”之中？本文要探讨的，正是当前华裔美国文学发展的这种悖论性处境。

一

在《根与美国华人变化的身份》（*Roots and Changing Identity of Chinese in the United States*）一文中，华裔美国历史学家、加州大学伯克利分校亚裔研究系主任王灵智（L. Ling-chi Wang）教授回顾了1960到1970年亚裔美国人在民权运动中为催生亚/华裔美国文学所做出的贡献：

> 参加这次运动的大学生受到激发，开始研究和理解华裔美国人的历史和文化遗产，重新认同曾经被其父母辈所抗拒和忘怀的唐人街，学生们给大学施加压力，使不少大学建立了亚裔研究机构……有人拿起了笔，开始用文学和艺术的创造去表达他们的情感和观点，一批新的华人作家蓬勃成长起来……①

由此我们可以清晰地看到华裔美国文学的命名跟民权运动的密切关联、同时也显出华裔美国文学与华裔美国人的生存和发展，情感和精神归属血肉相连的关系。

---

① L. Ling-chi Wang, *Roots and Changing Identity of Chinese in the United States*, *The Living Tree: The Changing Meaning of Being Chinese Today*, Ed., Tu Wei-ming. California: Stanford University Press, 1994, p. 207.

华裔美国作家中，以赵健秀、徐宗雄等为首的华裔男性作家群率先开始钩沉、展现华裔美国人在美国长期被消音的历史，把以往湮没的华裔美国作家、作品挖掘出土，建立亚裔美国文学传统，先后编辑出版了《哎咦！亚裔美国作家选集》（*Aiiieeeee! An Anthology of Asian-American Writers*，1974）和《大哎咦！华裔与日裔美国文学选集》（*The Big Aiiieeeee! An Anthology of Chinese American and Japanese American Literature*，1991）。

在弘扬亚裔感性方面，赵健秀、徐宗雄等人不仅在其评论和编辑文献方面不遗余力，而且做出了身体力行的实践：徐宗雄在1979年出版的《家乡》（*Homebase*，1979）① 中塑造了一个坚定的华裔美籍孤儿，通过追寻先祖们在美国农场养马、参加横贯公路的建造、父亲作为美国海军的工程师为美国所做出的贡献，通过铭刻先人们在美国留下的轨迹，建构出华裔自我的独特感性。而赵健秀则经常通过自己作品中的人物表达其族裔和文化理念：如在《唐老鸭》（*Donald Duck*，1991）中借唐老鸭父亲之口明确道出："如果我们不写我们的历史，为何他们（白人）就该写？""历史是战争，不是运动。"②

而赵健秀要矫正的不仅仅是亚裔被美国主流社会"消音""灭迹"的历史，还有亚裔在白人眼中的"刻板印象"，尤其是亚裔男性在白人眼中的刻板印象。在欧美主流文学作品中，黄种男人总是被定型为女性化而难以捉摸的异类，为了彻底颠覆这样的刻板印象，赵健秀致力在中国的神话、民间传说和传奇故事中找寻华人的男性英雄传统，比如《水浒传》中的一百零八将，《西游记》中的孙悟空，《三国演义》中的关公，等等。他从中国文学经典中吸取了无尽的营养，

---

① 《家乡》（*Homebase*，1979）的中文译名出自台湾华裔美国文学学者何文敬的译本，何在2001年曾将此书名译为《天堂树》，国内有学者将其译为《本垒》。

② Frank Chin, *Donald Duck*. Minneapolis: Coffee House Press, 1991, p. 123.

树立了具有进攻性的、好战的、梁山好汉式的华裔男性英雄传统。

不仅如此，赵健秀还提倡亚裔作家们在作品的语言、风格、文类等方面体现“亚裔感性”：不注重语法的纯正、标准，而是刻意使用可以传达“亚裔美国感性”的亚裔式美国英语，推崇用特殊的语言风格表达出族裔特色。在其作品中，“掺杂了一般英文、黑人英文、华人英文、广东话……生动地呈现出语言与文化的混杂（hybridity）现象”。[①] 在文类方面，赵健秀很排斥华裔文学中的自传书写传统，认为写自传不是东方文学传统，而是西方基督教的文学传统；认为“华裔作家中只有基督教徒才写自传，这些自传通过作者黄色的声音和经历，使白人对亚裔的刻板印象更加显得可信”[②]。另外，为了树立独一无二的“亚裔感性”，赵健秀特别提倡敌我意识及战斗的态度，这从他对汤亭亭、谭恩美等的战斗态度可见一斑。

所以，有研究者把赵健秀等称为“文化民族主义者”。美国学者骆里山（Lisa Lowe）在其著作《移民场景》（*Immigrant Acts: On Asian American Cultural Politics*, 1996）一书中用“文化民族主义策略”指涉赵健秀等人的文艺观点，认为其所弘扬的是一种以“亚裔文化本质”为基础的本质主义观点。[③] 而国内学者王光林也认为“跟黑人文学一样，赵健秀等人强调了文化民族主义的几个关键点：要求得到民族文化特性和自主决定性的权利；要突出文学艺术在形成和表现共同体感觉中的重要性；挖掘遭到压制的历史，重建文化传统；在民族政

---

① 单德兴：《书写亚裔美国文学史——赵健秀的个案研究》，《铭刻与再现——华裔美国文学与文化论集》，王德威主编，麦田出版社 2000 年版，第 224 页。

② Frank Chin, *Come All Ye Asian American Writers of the Real and the Fake*, *The Big Aiiieeeee! An Anthology of Chinese American and Japanese American Literature*, Ed., Jeffery Paul Chan et al., New York: Meridian, 1991, p. 8, 11 ~ 12.

③ Lisa Lowe, *Immigrant Acts: On Asian American Cultural Politics*. Durham, N. C.: Duke University Press, 1996. P. 75.

治话语中，要以男子为隐含的主题”。①

但是，赵健秀等人以建立亚裔男性英雄传统为中心的本质主义立场遭到了以汤亭亭、谭恩美、任璧莲等华裔女作家的质疑。她们纷纷持多元文化主义、女性主义、世界主义等反本质主义的文化立场向赵健秀等具有极端排他性的本质主义族裔观发起了挑战。

二

20 世纪 70 年代华裔文学的先锋汤亭亭被赵健秀指控为“数典忘祖”的叛徒：其作品中对于中国神话的移植和改写被斥为对亚裔族性的背叛和对白人主流的迎合。实际上，作为美籍华裔的一员，汤亭亭并非失去了亚裔感性：在《女勇士》（*The Woman Warrior*，1976）中，叙述故事的华裔小女孩义愤地诉说着华裔美国人的不平遭遇；在《中国佬》中，汤亭亭更是追寻其曾祖父辈在美国种甘蔗、修铁路、开洗衣房的辛酸历史，通过华裔在美国的奋斗史宣称（claim）美国也是属于华裔移民的。

但汤亭亭并非文化民族主义者，这是她与赵健秀的根本分歧之所在：她作为弱势种族和边缘文化的一员发出了自己的声音，但其发声的目的并不是为了颠倒弱势和强势、边缘和中心的位置，她想要表达的是对于多元文化融合共生的向往。通过大量移植、改写中国神话，建构出多元文化的互动和融合。汤亭亭这种对异质文化互动、融合、共生的文本实践，是对文化杂交性的试验和对多元文化共存的追求。她对于中国神话、民间传说的改写使中国文化因子在新的文化土壤中获得了嫁接和再生的机遇，在与异质文化碰撞、交融的过程中产生了一种色彩斑斓的艺术魅力，体现出不同文化、无论其强弱，可以平等对话、互为滋养的和平态势。

---

① 王光林：《文化民族主义的斗士——论华裔美国作家赵健秀的思想与创作》，《当代外国文学》2001 年第 3 期，第 96 页。

如果说汤亭亭是用“多元文化主义”的书写策略质疑了赵健秀等以建立亚裔感性为核心的文化民族主义思想，谭恩美则通过增加性别、阶级的维度来解构看似铁板一块的“亚裔感性”。与赵健秀、徐宗雄致力建构单一“父性谱系”的努力相反，谭恩美试图在其文本中建一种“母性谱系”：在《喜福会》中，虽然母女之间不乏时间、空间和异质文化传统造成的隔膜和冲突，但母亲的情感、人生经验最终成为帮助女儿们摆脱婚姻、生活困境的宝贵借鉴：正如母亲之一映映·圣克莱尔所言：“这就是我要做的。多年的磨难和痛苦，令我对一切预兆更加敏感和灵验。我得用我痛苦的尖角去戳痛我的女儿，让她醒悟过来。”① 故事中无论是旧中国吞食鸦片自杀的做姨太太的许安梅的母亲，还是在美国土地上为女儿的学习、生活唠唠叨叨、担惊受怕的吴精美的母亲，她们都用自己的牺牲，换来了女儿们的觉醒和理解，激励着女儿们更加坚定地面对自己的人生。

谭恩美随后出版的三本长篇小说《灶神之妻》（*The Kitchen God's Wife*，1991）、《灵感女孩》（*One Hundred Secret Senses*，1995）、《接骨师之女》（*The Bonesetter's Daughter*，2001）依然以女性及女性之间、尤其是母女、姊妹的关系为关注的焦点，在叙述来自中国的母亲一代与出生在美国的女儿一代在族裔、文化身份认同上的殊异立场的同时，融入了女性的集体叙事，融入了来自不同社会阶层的妇女的混杂的声音。

到了“全球化”进程不断加快的20世纪90年代，新崛起的华裔女作家任璧莲把这种认同的多元化取向推向了极致。她在与单德兴的访谈中声称：“我的立场——是很反本质论式的(anti-essentialist)……每个所谓‘族裔集团’的族裔都是由每个人自由选择的，其中存在着自由……除了以族裔分类之外，性别的影响也同样重大……许多人认

① Amy Tan, *The Joy Luck Club*, New York: Ballantine Books, 1989, p. 286.

为族裔是最重要的一部分，我认为事实并非如此……”①

任璧莲的反本质主义族裔身份观在其作品中体现得非常明显：《典型的美国佬》（*Typical American*，1991）、《梦娜在向往之乡》（*Mona in the Promised Land*，1996）和《谁是爱尔兰人?》（*Who is Irish?*，2000）等作品超越了长期以来缠绕华裔作家们“文化认同”的主题，表达出“成为美国人意味着你想成为什么就可以成为什么”② 的“世界主义”诉求：《典型美国人》是一个地地道道关于中国移民家庭的故事，任璧莲却一开始就宣称：“这是一个美国人的故事。”③ 与以前的华裔文学作品所完全不同的是，其行文中不再出现大量的中国语符，而是刻意淡化中国文化背景，文中的主人公到了美国后都取了英文名，在不知不觉中进入美国生活的潮流之中，成了“典型的美国佬”。在第二部小说《梦娜在向往之乡》中，任璧莲更塑造出了梦娜这样一个“地球人”形象：作为华裔，她只会讲“别发疯”“糨糊”几个汉语单字④；而她的英语流利而地道。更为“典型”的是，梦娜认为“成为美国人意味着你想成为什么就可以成为什么”，而她“碰巧想成为犹太人”⑤，所需要做的仅仅是“改变信仰”（“convert”），“一切都随自己的心意”⑥。

汤亭亭、谭恩美、任璧莲对其族裔、文化身份认同的消解策略非常符合“全球化”呼声越来越高的当下语境。但正如我们开篇所陈述的，这种反本质主义立场可能解构对华裔美国文学的命名和定义，

① 单德兴：《对话与交流》，王德威主编，麦田出版社2001年版，第142页。

② Gish Jen, *Mona in the Promised Land*, NewYork: Vintage Contemporaries, 1996, p. 49.

③ Gish Jen, *Typical American*, New York: Penguin Books Ltd., 1991, p. 3.

④ Gish Jen, *Mona in the Promised Land*, NewYork: Vintage Contemporaries, 1996, p. 6.

⑤ Ibid., p. 49.

⑥ Ibid., p. 21.

挑战许多我们既有的研究范式。

三

从民权运动至今，美国少数族裔坚定地反对以白人种族、文化为中心的本质主义，通过不懈努力建立了族裔整体观，为争取自己的权利取得了一定的成绩：比如美国不再弘扬“大熔炉”文化政策，不再对所有的少数族裔文化施行“斩草除根”的“同化”（assimilationist）文化战略，[①] 而是提倡“色拉碗”文化，法定了“非洲裔节”“犹太裔节”“亚裔节”等，给了少数族裔及少数族裔的文化存在及发展的空间。我们看到：亚裔人的族性意识使其重视自己的历史和文化并发出了被压抑已久的声音，正是这样的发声才引起了美国主流的重视并给予了亚裔生存及发展的机会。这是美国少数族裔追寻族裔性的胜利。

但不可否认的是，民权运动中少数族裔反对种族不平等时使用的是反本质主义的解构策略，是对白人种族、文化中心论统统来一个釜底抽薪。但在建立自己族裔身份时采用的却正是本质主义的方法。比如赵健秀、徐宗雄为建立亚裔美国人的“亚裔感性”，就完完全全排斥汤亭亭、谭恩美等多维度、多样性的身份诉求，以是否具有“亚裔感性”为唯一标的，彻底落入了本质主义的窠臼，发出的同样是强权的声音。

而作为华裔女性，汤亭亭、谭恩美、任璧莲等所面临的不仅仅是美国社会种族的不平等，更有当今父权制社会中身为女性必须面对的性别的不平等。这就导致了她们追求种族身份与性别身份的矛盾：正如越南裔评论家全敏合所言：

---

① L. Ling-chi Wang, *Roots and Changing Identity of Chinese in the United States*, *The Living Tree*: *The Changing Meaning of Being Chinese Today*. Ed., Tu Wei-ming, California: Stanford University Press, 1994, p. 207 ~208.

许多有色人种妇女感觉到被迫在族裔（ethnicity）与妇女（womanhood）之间做出选择：但她们又如何选择呢？没有“彼”也不可能拥有“此”。这两种虚构的、分离的身份观念，一是种族的，一是妇女的（更确切地说是女性的），其实是参与、同构了欧美二元逻辑的思维体系及其由来已久的分而治之的策略……①

由此，我们不难找到汤亭亭、谭恩美、任璧莲等华裔女作家解构其华裔族性的根源：她们依然没能摆脱欧美文化传统的二元对立思维体系，所以在高举多元文化主义、女性主义或世界主义等旗帜时，要放弃华裔族性才显得彻底；她们所选择的放弃，是二元对立思维内化的结果，选择“彼”，就不得不牺牲“此”。实际上，这与赵健秀等男性作家的抉择非常相似，只不过男性作家们的取向正好相反。与男作家们一样，她们运用了反本质主义的解构策略，但没能一以贯之，因为其解构的目的依然是为了建构，比如汤亭亭对“地球人”身份的吁求，谭恩美之“女性谱系”的建立，任璧莲对“世界主义”的追寻等。

在文化理论家斯图尔特·霍尔（Stuart Hall）看来，文化身份“不是一种本质（essence），而是一种立场（positioning）。因此存在一种身份的政治，一种立场的政治，而这种政治并不能保证一种超越一切的、毫无质疑的‘出身的法则’（law of origin）”。② 照此逻辑，“华裔美国”就是一个具有流动性的概念，会随着认同者所站立的位置，所持有的立场而改变。赵健秀、徐宗雄、汤亭亭、谭恩美、任璧

---

① Trinh T. Minh-ha, *Woman*, *Native*, *Other*: *Writing Postcoloniality and Feminism*. Bloomington: Indiana University Press, 1989, p. 105.

② StuartHall, *Cultural Identity and Diaspora*, qtd. From Lisa Lowe, *Immigrant Acts*: *On Asian American Cultural Politics*, Durham, N. C.: Duke University Press, 1996, p. 83.

莲殊异甚至对立的文化身份诉求，正是缘于其不同的发声的位置，不同的性别、阶级以及不同的时代所导致的认同的差异。

在霍尔文化身份理论的基础上，后殖民女性主义理论家斯皮瓦克对身份认同提出了极具创意的“策略性本质主义”（strategic essentialism），认为可以基于某种政治利益策略性地运用具有积极意义的本质主义。[①]“策略性本质主义”暗示了种族化少数族裔身份的可能性，比如把亚裔美国人作为一个整体，对抗和瓦解所有排斥“亚裔美国人”的话语；“策略性本质主义”同时暗示，在特定的情况下，为了需要，仍有必要以“女人”作为凝聚力量号召动员所有的女人为团体的利益而抗争。

参照斯皮瓦克的“策略性本质主义”，以当下华裔美国人依然面临的弱势处境而言，华裔美国文学应该以对族裔、性别、阶级的共同关注为己任。只要华裔美国移民的现象存在，华裔美国人的群体属性就会保持它生生不息的活力，书写这个群体的族裔、文化属性就应该是华裔美国文学题中之义。与此同时，对不同性别和阶级差异的体认，不但不会削弱族裔群体的力量，反而会丰富族裔文学的内涵，增强华裔美国文学色彩斑斓的艺术魅力。

---

① Gayatri Chakravorty Spivak, *Subaltern Studies: Deconstructing Historiography, Other Worlds*, New York: Routledge, 1988, p. 205.

华裔美国小说中的历史再现

再现历史一直是华裔美国文学一个非常重要的特色。检视华裔美国文学发展史不难发现，无论是在美国土生土长的华裔作家，还是从中国大陆、中国香港、中国台湾去的新移民华人作家，无不执着于对历史的书写。从汤亭亭（Maxine Hong Kingston）的《女勇士》（*The Woman Warrior*，1976）、《中国佬》（*China Men*，1980），谭恩美（Amy Tan）的《喜福会》（*The Joy Luck Club*，1989）、《灶神之妻》（*The Kitchen God's Wife*，1991）、《接骨师之女》（*The Bone Setter's Daughter*，2005）等作品所侧重的华裔个人和家族历史记忆，徐宗雄（Shawn Wong）的《家乡》（*The Homebase*，1979）、赵健秀（Frank Chin）的《唐老鸭》（*Donald Duck*，1991）对华裔美国人族裔历史的钩沉和追寻，体现了不同代际、不同性别的华裔美国作家群对于找回过去、再现历史的高度关注。

而对历史的再现并不仅仅是华裔美国作家的创作特色，在美国生活的其他少数族裔，诸如土著美国人、非洲裔美国人、拉丁裔美国人，以及华裔以外的其他亚裔美国人，也对个人、族裔及国家历史的书写孜孜以求，其中最具有代表性的当数 1993 年的诺贝尔文学奖获得者、美国黑人女作家托尼·莫里森（Toni Morrison）。她不仅在自己的创作实践中努力建构其族裔的历史，而且在各种访谈中强调记忆过去、再现历史对于少数族裔的重要性。在《记忆场域》一文中，她说："我必须相信我自己的记忆，我也必须相信他者的记忆。因此记忆在我的写作中分量很重。"① 由此强调回忆与再现在少数族裔文学中所占的重要地位。

本文以华裔美国文学中的叙事文本为研究对象，在后殖民理论视角中剖析华裔美国作家如何通过记忆、想象、梦境、灵视等方式再现华裔家族、族裔及民族、国家历史，探讨其再现的原因和意义，以揭示再现历史与华裔美国人的身份追寻、族裔政治及生存策略之间的复杂关系。

一

从其源头开始，大多数的华裔美国文学文本都具有自传或者半自传的性质：第一个用英文写作的华人李恩富（Yan Phou Lee，1861—1938）于1887年出版的《我在中国的孩童时代》（*When I Was a Boy in China*，1887）就是一本自传，作者以第一人称的口吻，叙述了自己孩童时代在中国的生活。22年后，李恩富的老师容闳（Yung Wing）出版了《我在中国和美国的生活》（*My Life in China and America*，1909）。虽然这两本书被国内外华裔美国文学研究者认为是用自传体方式描写异国情调，迎合美国人看中国的心理、崇尚白人优越论的开端，但华裔美国人以英文自传书写自我身份及种族文化的传统却由此开始：如第一位土生华裔美国男作家刘裔昌（Pardee Lowe）的《父亲与光荣的后代》（*Father and Glorious Descendant*，1943）、第一位在美国甚至世界引起轰动的土生华裔美国女作家黄玉雪（Jade Snow Wong）的《华女阿五》（*Fifth Chinese Daughter*，1945）都是典型的自传体小说：《父亲与光荣的后代》写的是华人移民父子两代人的争执与冲突，其"父与子"原型就是刘裔昌父子；《华女阿五》描

① Toni Morrison，"The Site of Memory"，302，qtd. From Suzanne Leobard，"Dreaming as Cultural Work in *Donald Duk* and *Dreaming in Cuba*"，*MELUS*，Summer 2004：29（2），ProQuest Direct Complete，181～203.

述了旧金山唐人街一个华人家庭排行老五的女儿通过自己的努力，走出唐人街上了大学，并在工作中获得了白人及政府的认可，成了“模范少数民族”代表的故事，而主人公的原型正是黄玉雪本人。迄今被公认成就最大的华裔美国女作家汤亭亭的成名作《女勇士》(*The Woman Warrior*, 1976)，其副标题为“在群鬼中长大的少女时代的回忆录”(*Memoirs of a Girlhood Among Ghosts*)，是以“非小说”出版的“半自传”，并且获得了当年的“非小说”类文学大奖。与汤亭亭齐名且更多产的华裔美国女作家谭恩美的成名作《喜福会》(*The Joy Luck Club*, 1989）也是以华人母亲们的坎坷人生和女儿自己在美国成长、生活的个体经验为蓝本创作而成的带有家族传记性质的小说。直到“新生代”华裔美国作家伍慧明（Fae Myenne Ng)、伍美琴(Mei Ng)、张岚（Lan Samantha Chang)，其文学创作依然以作家的家族史及华裔美国人在中国旧时的生活或移民美国的历史作为重要的创作题材。

对于“我是谁”的追问和探索是人生而具有的本能决定的，是人建立其自我身份的必经之路，正如加拿大哲学家查尔斯·泰勒在《自我的根源：现代认同的形成》（*Sources of the Self: the Making of Modern Idenity*, 1992）一书中所论述的：“为了保持自我感，我们必须拥有我们来自何处，又去往哪里的观念。”① 而当下“自我”的建立通常基于经历过的“过去”之上，所以美国社会学家爱德华·希尔斯认为“个人关于自身的形象由其记忆的沉淀所构成，在这个记忆中，既有与之相关的他人行为，也包含着他本人过去的想象”，② 他进而论述道：对于个人而言“他的家庭的历史，居住地区的历史，

① 载安东尼·吉登斯：《现代性与自我认同》，上海三联出版社 1988 年版，第 60 页。关于自我身份的论述参见朱立立《身份认同与华文文学研究》，上海三联书店 2008 年版，第 134—135 页。

② ［美］爱德华·希尔斯：《论传统》，傅铿等译，上海人民出版社 1996 年版，第 67 页。

他所在的城市的历史，他所属宗教团体的历史，他的各族集团的历史，他的民族历史，他的国家历史，以及已将他同化更大文化的历史，都提供了他对自己过去的了解"。[①] 由此，我们不难理解华裔美国作家对于自我的过去及家族历史的关切：

汤亭亭的《女勇士》集梦幻、想象、中国经典、神话和传说于一体，开启了华裔美国女性通过追寻母性谱系构建华裔美国女性自我的传统。该书每一章都聚焦于一个女性先辈："无名女人"讲述了旧中国与人通奸的姑姑带着刚生下的婴儿跳井自尽的故事；"白虎山学道"讲的是"女勇士"花木兰替父从军，杀敌报仇的故事；"乡村医生"讲述了母亲勇兰在中国和美国的奋斗生涯；"西宫门外"讲的是叙述者的姨妈美国寻夫遭羞辱，最后终于疯癫而死；"羌笛野曲"讲述蔡文姬滞留异邦，生儿育女，以《胡笳十八拍》促进了异族之间的理解和交流。这些女性中，"无名女人"姑姑、母亲勇兰、姨妈月兰与叙述者有着血缘关系，可以称着"血缘之母"；而花木兰、蔡文姬却是中国历史和传说中的"巾帼英雄"，她们可以说是汤亭亭心目中大写的母亲形象，是华裔美国女性引以为豪的"精神之母"。通过再现这些"母亲"或辉煌或悲凉的"历史"，故事中的华裔小女孩获得了无尽的精神力量，终于走上了"母亲们"的抗争之路，效法"诗性的语言战士"（the poetic word warrior）蔡文姬和善于"讲古"（Talking Story）的母亲勇兰，通过写作再现华裔母性谱系的历史，发出了自我的声音：

> ……一晚又一晚，母亲总要讲到我们睡着为止。我搞不清故事在何处结束，梦从何时开始。母亲的声音变成了我梦中女英雄的声音……
>
> ……最后，我感到在听母亲讲故事的时候，自己也有了非凡

---

① ［美］爱德华·希尔斯：《论传统》，傅铿等译，上海人民出版社1996年版，第68页。

的力量……母亲也许不知道这首歌对于我的意义：她说我长大了也会成为别人的主妇和用人，但她把女中豪杰花木兰的歌教给了我。我长大了一定要当女中豪杰。①

……

这是一个母亲给我讲的故事，不是我小的时候，而是不久前，当我告诉她我讲古的时候她讲给我听的。故事由她起头，由我结尾。②

在此，我们看到了“母亲”的过去对于建构“女儿”的现在的重要性。正是通过反思和再现母系先辈们各具特色的人生经历，“女儿”由“一直迫使自己成为美国女性”③ 的沉默而迷惘的小姑娘变成了打破沉默，通过讲古和写作追求性别、族裔和文化主体性的华裔美国新女性。

与汤亭亭一样，谭恩美也是一个“女儿作家”（daughter-writer），总是围绕着母亲们的故事建构自己的文学想象：其《喜福会》专注于四对华裔母女，每对母女轮番出场，讲述自己在中国、美国的人生故事。该书在扉页的醒目位置写着“给我的母亲以及她的母亲记忆”，④ 表明了作者对于母亲及母系先辈们的记忆和缅怀之情。尽管故事中的母女之间不无隔膜和冲突，但母与女的天然情感纽带终于使她们跨越一切的鸿沟和障碍，达到了彼此的理解和认同。母亲们认为：“我必须把我过去经历的一切告诉她，这是我能渗透她的皮肤，挽救她于危难的唯一办法。”⑤ 而女儿们在经历了中美文化夹缝中的

---

① Maxine HongKingston, *The Woman Warrior* (1976), New Jersey: Vintage International, 1989, p. 19 ~ 20.

② Ibid., p. 206.

③ Ibid., p. 189.

④ AmyTan, *The Joy Luck Club*, New York: Ballantine Books, 1989, preface.

⑤ Ibid., p. 241.

种种尴尬之后，在经历了为人妻、为人母的沧桑人生之后，纷纷转头回望自己的母亲，从祖母和母亲的历史中看到了自我的镜像，从而幡然醒悟，从婚姻或生活的困境中走了出来，获得相对圆满的结局。谭恩美随后出版的《灶神之妻》《灵感女孩》《接骨师之女》等作品都沿袭了这种女儿受到母亲、姊妹过去经历的影响和启发，从而认识自我、认识自己现在的主题框架，不同的只是所涉及的母女或姊妹所处的历史阶段和社会阶层不同，因而其所再现的社会历史和家族史也各不相同。

对华裔美国作家而言，其作品中的历史再现并不仅仅在于在一般意义上探求“我是谁”这样具有普适性的人生命题。其个人或家族的历史往往融入了更加宏大的社会历史语境，在台湾著名华裔美国文学学者单德兴先生看来，正是这种“历史根基”（historical embededness），强化了作家笔下的家族故事，把家族传奇（Family saga）“提升至史诗的层面——华人海外飘零的史诗”（epic of the Chinese Diaspora）。①

而作为生活在两种历史文化夹缝中的少数族裔，华裔美国人在很长一段时间里都处于“无史”或其历史被涂抹、扭曲的窘境，他们在美国艰苦奋斗，勉力生存的族裔经验，往往消弭在美国 WASP 主流的宏大历史话语之中。因而华裔美国作家笔下的历史再现，具有更加重要的意义：它不仅仅有利于华裔美国人的自我的建构，更与族裔性的建构紧密相连，体现出“身份政治”的意味。

二

在很长一段历史时间里，华裔美国人与美国的其他少数族裔一

---

① 单德兴：《以文为法，以文立法——汤亭亭〈金山勇士〉中的〈法律〉》，《铭刻与再现——华裔美国文学与文化论集》，麦田出版社2000年版，第90页。

样，其在美国生存、发展、服务国家的历史是一片空白。直到20世纪60年代的“民权运动”所弘扬的多元文化主义催生了华裔美国人的族性意识，引发了以族裔历史追寻为中心诉求的“泛亚运动”（Pan-Asia Movement）以后，华裔美国学者才开始挖掘、研究华裔美国人的历史和文化遗产。从20世纪70年代开始，以汤亭亭、赵健秀、徐宗雄等为首的华裔美国作家，率先开始钩沉、展现华裔美国人在美国长期被消音的历史，通过铭刻先人们在美国留下的轨迹，建构出华裔美国人奋斗、生存的“另类”历史，以此颠覆、匡正和改写主流历史话语。

汤亭亭的《中国佬》就是这样的一个再现华裔美国族裔史的范本：该书以记叙、回忆、评论和心理描写再现了其父系子孙四代人在美国的奋斗史：

最早去美国的是去檀香山开拓甘蔗园的曾祖父辈，即书中所谓“叔公”“伯叔公”。从其故事背景可知，他们在夏威夷的时间应该是在1830年，比1848年加州发现金矿之后的大批大批华工去淘金的时间早了十几年。而曾祖背井离乡的主要原因是因为当时中国所遭遇的天灾人祸：

> 在北方，黄河一夜之间河水倒流；浊浪排空，河水不往北流，而是掉头夺路南窜。洪水到处改道，水淹四省……扬子江也洪水肆溢。鳝鱼从房顶上垂挂下来，井里、坛子里爬满了红蛆。辞别被淹成汪洋一片的农田和树林，农民们离乡背井从涝灾之区来到了这旱灾之地。这里，土地缺水干裂，焦土处处，河面上见不到渔船帆影；这里，强人四起，蛮人遍野；英国鬼子建港口、运兵卒、贩鸦片……两位兄弟率领太平军——即长毛军——既反抗皇帝又反抗皇帝的敌人英法联军，势及16个省……云南的穆斯林、苗族、傣族都揭竿而起……地球的磁极已经调换了位置，地心引力也变得软弱无力。中国又一次风潮迭起，卅年一小变，

一百年一大变。①

作者的曾祖意识到这是“一次百年不遇的大动乱”②，因此在广州上了一艘多桅帆船，当了一名签约水手，打算到檀香山跳船谋生。虽然船上的中国人并不打算逃跑，但他们都被关到了甲板下面，与牲畜待在一起：

> 当水手送来饭桶，提走盛呕吐物和大便的桶时，甲板下的一阵骚乱和饭桶里冒出来的一股热气便算是换了一口新鲜空气。有些人带着几头猪，猪就躺在几个铺位的下面。这些铺位看上去和停尸间里一层层的棺材没有什么两样。“看看我们这些人，带着我们唯一的家当——几头猪，移居他乡。”伯公说道，他也不得不到这个窝里来睡觉。③

到了檀香山，曾祖父被带到了海边去开拓甘蔗园，那时“这里既没有农场，也无甘蔗。他们的活儿就是在这片荒野里开垦出一个农场……叔公分到的工具是一把大砍刀、一把锯子、一把斧子和一把鹤嘴锄”。④ 就这样，作者的父辈祖先开始了在美洲大陆的奋斗历程：他们在夏威夷的甘蔗园和种植园里顶着暴风和烈日劳作，利用自己的聪明才智做季节性作物试验，发明各种农耕的先进办法，使脚下的土地越来越肥沃，种出产量越来越高的甘蔗，满足制糖厂的需要。而种族主义的歧视从他们到达的那一刻起就开始了，连与同伴说句话的权利都被剥夺，“那位管薪水的洋鬼子说道：‘你给我闭嘴！你给我闭

---

① ［美］汤亭亭：《中国佬》，肖锁章译，译林出版社2000年版，第89—90页。

② 同上书，第90页。

③ 同上书，第91页。

④ 同上书，第96页。

嘴。’……伯公因为干活儿时说话被扣了工钱。懒洋洋躺在床上的病人病休日的工钱也全被扣了”。[1] 就是在这样不利的环境中，“中国佬”们顽强地在檀香山生存下来。不仅如此，他们还活出了华人的风范。

1856 年，为了恭贺檀香山国王和王后的新婚大典，每一个岛上的每一位曾祖父都出资，举办了一次盛大的舞会……舞会在宫中举行，四位起中国名字、穿中国官袍的白洋鬼子充当司仪。王后与一位地道的中国佬、国王与一位女洋鬼子跳开场的方阵舞。6 头整羊和 150 只鸡被吃掉了。“中国佬舞会”是夏威夷举办过的最讲究的舞会，大小报纸一直称赞中国佬的舞艺和他们的慷慨大方。[2]

由“每一个岛上的每一位曾祖父”可以推知，汤亭亭不仅仅是在讲述自己曾祖父的故事，而是所有华裔先辈在美国开疆辟土的历史，一个族群的历史。作者的华裔先祖们是“应夏威夷皇家农业协会之邀”，来到夏威夷，建设夏威夷的。[3] 他们中的许多人在夏威夷留了下来，早在 1882 年的“排华法”（Anti-Chinese Act）之前已经成为美国的一员。

追随父辈的足迹，汤亭亭的祖父（阿公）在 1863 年来到美国，先是在加州伐木，之后成为中央太平洋铁路公司的工人，参与了美国横贯铁路的建设，在内华达山脉段施工。他的工作是炸山劈石，工友们把他放进柳条吊篮，阿公抓住崖上的枝条打炸药和导火线的洞，然后用火柴点燃导火线，工友们连忙把他拉上去。这是一项高危的工作，由于白人认为“中国佬天生具有爆破的才能”[4]，所以多由中国人承担。在修建铁路的过程中，有人被炸晕，有人被炸死。人们在山

① ［美］汤亭亭：《中国佬》，肖锁章译，译林出版社 2000 年版，第 101 页。

② ［美］汤亭亭：《中国佬》，肖锁章译，译林出版社 2000 年版，第 108 页。

③ 同上书，第 88 页。

④ 同上书，第 127 页。

谷的两面同时开工，一边的人看见另一边的人“滚落、弹起，像一把撒出的沙砾从山坡上滑下来”① 却听不见他们的尖叫声，因为隔得太远；“有人坠落后，秃鹰在人落地的地方盘旋，一连数日提醒工人们有个人死在下面。工人则扔下成堆的石块和树枝，把尸体掩埋掉。”②除了爆破，中国佬还要负责挖掘最坚硬的花岗岩石，“阿公用鹤嘴锄去砸它（花岗岩），结果震得他骨头疼痛，牙齿打战。他又用长柄锄去砸它，结果脑壳被震得嗡嗡作响”。衣冠楚楚的洋鬼子只是偶尔到隧道中走走，一边摇头一边催促“再快点儿！中国佬太慢了，太慢了”。③ 在一个寒冷的冬天，雪崩把跟花岗岩战斗的铁路工人困在了唐纳隧道里，许多中国佬被冻死了，伙伴们只能等到来年雪化时，去捡拾他们解冻的尸体。

但中国佬对于横贯公路建成所做出的贡献却完全被洋鬼子抹杀了，在东、西部开出的火车相向而行、对接成功的时候，在“金钉庆祝会”的照片上看不到一个中国佬的影子，因为“当洋鬼子摆好姿势拍照时，中国佬们散去了，继续留下来很危险，对中国人的驱逐已经开始了。阿公没有出现在任何一张铁路照片上”。④ 阿公最终不仅没能以自己的贡献换来美国公民的身份，反而成为被白人四处驱逐的亡命人，最后的结局我们不得而知：或许葬身 1906 年的旧金山大地震，或许客死他乡，或许回到中国。

如果说汤亭亭再现曾祖、祖父的历史是为了证明华裔美国先辈对于美国的贡献，其对于父亲美国遭遇的再现则表达了作者对华裔在美国遭受歧视和压制的控诉：

尽管曾祖、祖父都是美国早期垦拓的先驱者，祖父还花 75 美元

---

① ［美］汤亭亭：《中国佬》，肖锁章译，译林出版社 2000 年版，第 132 页。

② 同上。

③ 同上书，第 134 页。

④ 同上书，第 147 页。

买了一张“移民纸”，父亲的入境依然成为一个问题。对于父亲的入境，汤亭亭提供了两个不同的版本，一个是合法的，他带着“签证、护照、再入境许可证、美国出生证明书，美国公民身份证明文件”合法入境，[①] 另一个版本是他被走私客装进钉死的板条箱里偷渡入境的。但“合法”入境的父亲依然在天使岛的移民站受阻，在此迎来了漫漫无期的等待，遭受了白人官员非人的凌辱，而这些历史记忆，也并不是汤亭亭父亲一个人的，同样是属于整个华裔族群的：“在一个木屋里，有个白人洋鬼子对他进行体检，先检查他的肛门和生殖器，又看看他的嘴巴，还用一个钩子翻开他的眼皮。”[②] 白人洋鬼子还问许多荒诞不稽、诱人中圈套的问题：“1919 年家中有多少头猪？猪舍是砖砌的还是茅草的？后门口有几级台阶？他的爷爷、父亲、哥哥和叔叔在美国居住过的地址在哪里……”[③] 在这样的折磨和压力之下，有人上吊自杀了，有人“将筷子削尖，戳穿耳洞而死”。[④] 父亲靠着惊人的记忆力通过了移民官荒谬的审查，来到了美国纽约。

但物质发达的美国并没有带给父亲希望中的幸福生活，残酷生活现实磨灭了他曾经的诗情画意：他与朋友合伙开洗衣店，却被合伙人骗走了洗衣店的所有权，帮华人朋友看赌场，赌场却又被“洋鬼子警察”查封了，彻底断了他的生路。“他变成了一个垂头丧气的人，整天待在家里。他坐在椅子上发愣，或者坐在地上发愣……他变得喜怒无常，会突然火冒三丈，又突然沉默不语。”[⑤]

《中国佬》的最后，作者讲到了在美国出生的弟弟的故事：他在 60 年代参加了越南战争，因为“他没有任何身体残障，他没有结婚……陆军不会派他到北约去担任诸如守卫德国边境等轻松的活儿，

---

① ［美］汤亭亭：《中国佬》，肖锁章译，译林出版社 2000 年版，第 41 页。

② 同上书，第 49 页。

③ 同上书，第 55 页。

④ 同上书，第 54 页。

⑤ 同上书，第 254 页。

他们要让亚洲佬去打亚洲佬。”[①] 虽然弟弟出生于美国，是合法的美国公民，但由于肤色的缘故他依然在军中遭受歧视，他不得不依靠各种“安全调查”（Q Clearance，Secret Security）来证明自己的美国人身份，当探听自己“安全检查”的结果时，弟弟“屏住了呼吸——他的家人要被驱逐了”，[②] 种族主义的排斥力和威慑力是如此强大，以至于出生在美国的华裔第二代依然没有安全感，时时要证明自己比美国人更像美国人，比清白的人更清白。

特别值得指出的是，《中国佬》在追溯父系祖先的历史的同时，采用了虚实并置的后现代叙事手法，把文学想象与历史文献、法律、报章杂志的遗闻轶事熔为一炉，呈现出一部“另类”的家族、族裔历史。其中的“法律”一章尤其耐人寻味：这一章列举了1868年的《蒲安臣条约》（*Burlingame Treaty*）至1978年的移民法中针对中国人的各种法规，其对华人的歧视骇然可见：

> 1868年，即《蒲安臣条约》签署的那一年，有四万名中国矿工被驱逐出境……1870年的《国籍法》规定只有“自由的白人”和“非洲裔外族人”才可以申请加入国籍，中国人不属于白人，这一点已成定论。[③]
>
> ……
>
> 1882年：由于加利福尼亚狂热的游说活动，美国国会通过了第一个《排华法》，它规定10年内禁止中国劳工，包括技术工人和非技术工人，进入美国。[④]
>
> ……

① ［美］汤亭亭：《中国佬》，肖锁章译，译林出版社2000年版，第259页。

② 同上书，第313页。

③ 同上书，第154页。

④ 同上书，第156页。

1904 年：《排华法》被无限期延长，排斥范围包括夏威夷、菲律宾岛以及美属其他领地。[1]

……

1924 年，国会通过了《移民法》，明确禁止“中国妇女、妻子和妓女”入境，任何与中国女子通婚的美国男子将失去美国公民身份，任何嫁给中国男子的美国女子也会失去其美国公民身份。许多州还颁布了反对种族通婚法。[2]

……

在此，“法律”与作者的家族、族群叙事成为“互文”，印证了华裔美国人祖祖辈辈在美国所遭受的不公平待遇；与此同时，一条条严苛的法律条文也有了鲜活的华裔家族亲历作为支撑，其效果绝非一般的法律或者历史文本可以比拟。汤亭亭这种超越文学与历史、文学与法律的界限的做法，被单德兴称为“收复/追讨之举”（an effort of reclaimation）。[3]

三

汤亭亭在《中国佬》中所再现的华裔美国历史，在某种程度上已经成为华裔美国人不可或缺的集体记忆，在徐宗雄的《家乡》和赵健秀的《唐老鸭》中，故事中的主人公也通过想象和梦境再现了这些历史：

在《家乡》中，华裔小男孩陈雨津的曾祖父是参与建造穿越内

① ［美］汤亭亭：《中国佬》，肖锁章译，译林出版社 2000 年版，第 157 页。

② 同上。

③ 单德兴：《以文为法，以文立法——汤亭亭〈金山勇士〉中的〈法律〉》，《铭刻与再现——华裔美国文学与文化论集》，麦田出版社第 2000 年版，第 100 页。

华达山脉（the Sierra Navada）的铁路工人，曾亲眼见证了华裔劳工为美国的早期建设所做出的牺牲：许多铁路工人由于冬天的严寒被冻死在铁路沿线。要等到春天来临，冰雪融化的时候，这些华裔劳工才可以顺着铁路线，从一个营地走到另一个营地，收拾在冬夜里死去的朋友们冰冻的尸体，所以对这些铁路工人而言，“春天是哀悼的季节”。①

陈雨津的祖父是作为“纸儿子”（paper son）入境的，他同样在天使岛经历了种种非人的待遇，差点在那里丧命。但总算经过重重难关，成为一名农场工。他参加过美国横贯公路的建造，凭着自己的毅力和勇气学会了骑马，成为“华裔放马人”（Chinese Vaquero）。而陈雨津的父亲是一位海军工程师，“二战”时曾经在日本关岛服役。陈雨津在追寻其父系祖先时，时时迷失在现实与梦幻之间。在梦中，他变成了建造铁路穿过内华达山脉的曾祖父，变成了在天使岛遭囚禁的祖父，混杂着自己小时候在关岛、在伯克利与父亲在一起的种种记忆。他说：“我才知道为什么孤儿的标签对我毫无意义。我曾祖父在这个国家开启了无父无母的孤儿传统，现在我明白自己乃是那个无父无母的原始移民的直系子孙，从第一代到第四代一脉相承。”② 而陈雨津认同自己的父系祖先的目的是为了宣称美国是自己的家：“我要用我以前去过的地方来命名我生命的重要时刻，加以分类，以便从记忆中挖出，找出我生命的稳定脉搏，然后把我的生命扎根于这些地名中。”③“我们老得足以在这块土地上神出鬼没，像原住民躺下休息，他的躯体变成地平线的轮廓。这是我父亲的峡谷。看他横卧着！那山

① ［美］徐宗雄：《家乡》，何文敬译，麦田出版社2001年版，第96页。

② ［美］徐宗雄：《家乡》，何文敬译，麦田出版社2001年版，第83页。

③ 同上书，第23页。

峰是他的鼻，那悬崖是他的下巴，而他交叠的手臂则是山岭。”①

而赵健秀在《唐老鸭》中将华人移民父亲们在美国修建铁路的历史与中国古典小说的英雄故事结合起来，在华裔小男孩唐老鸭的梦境中修建横贯铁路的华工成为关公一样的英雄：

> 关姓汉子（铁路工人的领班）手握科洛克（Crocker）（中央太平洋铁路股东）的六响枪。在科洛克还来不及面露惧色之前，他已经跃上马鞍，手舞着缰绳。他勒着马忽东忽西。科洛克浑身溅满了淤泥。关姓汉子转头对唐老鸭说：“上来，孩子，我要你听着……”他抓住唐老鸭，往身后的马鞍上一放，就朝中国人的帐篷飞奔而去。科洛克追赶在后……关姓汉子在飞溅的淤泥中疾驰奔往卖点心的帐篷，用科洛克的六响枪连开三枪……“明天！十英里！”关姓汉子吼道，“十英里的铁轨！”②

正是由于对先辈们在美洲大陆上艰辛历史的了解，使唐老鸭开始认同自己的族裔、文化身份，由排斥、厌恶中国的一切转变为执着追寻华裔美国的父系英雄传统，并且敢于在课堂上与扭曲华裔美国历史的白人老师辩论，发出了少数族裔的抗争之声。

在书中，赵健秀借唐老鸭之口明确道出了再现历史对于华裔美国人的意义：“如果我们不写我们的历史，为何他们（白人）就该写？”“历史是战争，不是运动。”“诗（文学）就是运动。”③ 台湾华裔美国文学学者李有成认为这种历史书写是一种“记忆政治”：“赵健秀的整个计划大抵是以其记忆政治为基础，企图唤起华裔美国人的集体

---

① ［美］徐宗雄：《家乡》，何文敬译，麦田出版社2001年版，第98页。

② Frank Chin, *Donald Duk*, Minneapolis: Coffe House Press, 1991, p. 77.

③ Frank Chin, *Donald Duk*, Minneapolis: Coffe House Press, 1991, p. 123～125.

记忆……从弱势族裔论述立场看，《唐老鸭》无疑是书写/矫正（writing/righting）美国历史文化的大计划的一部分。"①

作为华裔美国文学的先驱者，赵健秀及其所带领的"哎咦！集团"（Aiiieeeee Group）一直致力华裔美国历史、文化的钩沉、挖掘和再现。在《哎咦！亚裔美国作家选集》1991年重版序言中，陈耀光、赵健秀、徐宗雄等论述了"亚裔感性"与族裔历史、种族刻板印象（stereotype）之间的紧密关系："在我们能谈论我们的文学之前，我们得解释我们的感性，在我们能解释我们的感性之前，我们必须勾勒出我们的历史，在能够勾勒出我们的历史之前，我们得摒除他们对于我们的刻板印象，在我们能摒除刻板印象之前，我们必须证明刻板印象的错误，证明那些容易取得、一般曾为大众所知的历史都是不学无术。"②

在此，"哎咦！集团"揭示了华裔美国作家再现族裔史的重要意义：解构主流社会广泛认同的"大众所知的历史"，以文学的真实还原历史的真实，破除种族刻板印象，建立亚裔美国人的独特感性。这样看待文学之于历史的作用，表现出华裔美国作家创作的后殖民特色。

为了纠正白人主流对华人的刻板印象，颠覆美国主流历史话语对华裔美国人的扭曲，赵健秀、徐宗雄、李健孙等作家开始挖掘华裔美国人的英雄历史，在其小说文本中展现华裔男儿的阳刚之气、强悍之风；他们把个人移民史、家族迁移史、族群苦难史作为叙述的主要对象。这是华裔美国作家为彰显自己的族裔属性、对抗主流殖民话语的书写策略。这与当代诸多后殖民作家的写作策略异曲同工。在《殖民与后殖民文学》一书中，艾勒克·博埃默深入地分析了后殖民作

① 李有成：《〈唐老鸭〉中的记忆政治》，《文化属性与华裔美国文学》，单德兴、何文敬主编，台北中研院欧美所1994年版，第127页。

② Shawn Wong, *Asian American Literature: A Brief Introduction and Anthology*, New York: Addison-Wesley Educational Publishers Inc., 1996, p. 5.

家或流散作家这种“历史再现”的巨大意义：

有两种文类表现了这样一种联系：一种是社群传记，以某一个特定群体的文化生活来表现一部广阔的历史。还有一个文类就是个人历史、回忆录、狱中札记，以及阐述某一政治生涯的言论集等，这些也能反映一种比较广泛的民族性。这些民族主义的文本，作为一个民族的叙述，个人的叙述，社会群体的叙述，以及民族历史的具体素材、个人经历和地方斗争的记录等，它们反过来又能对殖民主义的“宏大叙事”（grand recit），对它那大包大揽的修辞形象，起到一种釜底抽薪的颠覆作用。

美国虽然不是一个传统意义上的“后殖民国家”，但其“WASP”主流的历史文化观、道德伦理观占据了绝对强势的地位，正如理查德·戴尔（Richard Dyer）所言：“白色强权似乎不用任何特别的东西保护自己的优势地位。”如建构差异时的无记号范畴一样，白色永远不必给自己命名，永远不必承认自己在社会和文化中的组织性原则。[①] 美国少数族裔长期处于这种“白色强权”的威压、围堵之中，最终陷于被“内部殖民”的境地，其族裔历史一直处于被消音、灭迹，甚至被扭曲和篡改的境地。就像我们上述文本中的典型个案：众多华裔美国祖先都参与了美国第一条横贯铁路的建造，他们甚至为此付出了宝贵的生命，但在主流历史文献中没有被提及，摄于1869年铁路贯通时的“金钉庆祝会”照片上，也没有出现一张华人的脸孔。

对于这种美国式“忘记”（disremembering），托尼·莫里森早在1988年的一次访谈中就提出了批评：

我们生活在一个过去被抹掉的国度，错误都被一笔勾销，美国成为移民们可以从头开始的清白未来。过去或者缺席，或者被浪漫化了。这种文化不鼓励老是想着过去，更不用说与过去妥

① Sheng-mei Ma, *Immigrant Subjectivities: in Asian American and Asian American Literatures*, New York: State University of New York Press, 1998, p. 2.

协。记忆比三十年前更加濒临危险。

因此，托尼·莫里森积极呼吁“再记忆”（rememory），并身体力行地创作了再现黑人历史的《宠儿》（*Beloved*）《所罗门之歌》（*Song of Solomen*），著名黑人女作家艾丽丝·沃克也出版了以黑人历史为创作题材的《紫色》（*The Color Purple*）和《梅瑞狄安》（*Meridian*），再现黑人在美国受压迫的历史，挖掘黑人文化遗产，重构其族裔的历史。

这种再现的策略，被文化理论家霍尔称作“位置的政治”（the politics of position）。他说：“再现的实践总是隐含我们说话或书写的位置——发言的位置。”① 再现必然涉及位置的政治。对自己的历史被歪曲、破坏、摧毁的华裔美国人而言，重新发掘、找回被湮灭或歪曲的历史，就是他们发言的位置，是他们赖以说话不可或缺的凭借。

正如卢卡契在《历史与阶级意识》中所提出的，历史再现的背后隐藏着头等重要的意识形态和政治问题，由此我们可以进一步洞察华裔美国作家执着于再现历史的意义：这是华裔美国人突破“WASP”围困的最有效途径，这既是其个人、族裔身份确认的必须，更是少数族裔“逆写帝国”、反抗美国“内部殖民”的一种政治策略。

---

① Stuart Hall, *Cultural Identity and Cinematic Representation*, *Exiles*, Ed., Mbye B. Cham Trenton, New Jersey: Africa World Press, 1992, p. 220.

跨文化的语言嬉戏与离散身份书写

——论华裔美国英语诗歌中的汉语语码嵌入

华裔美国诗歌诞生已有百余年，是自19世纪中期起大量中国移民赴美国“淘金”的衍生物。这些早期的“金山客”改写家乡的歌谣来描写异乡生活，形成了华裔美国诗歌的源头。随着20世纪60—70年代美国社会中民权运动和“泛亚运动”的兴起，华裔美国英语诗歌近几十年来取得了蓬勃发展。同著名华裔作家汤亭亭（Maxine Hong Kingston，1940—）、谭恩美（Amy Tan，1952—）一样，李立扬（Li-Young Lee，1957—）、宋凯西（Cathy Song，1955—）等华裔英语诗人的作品也被收录进美国权威的《诺顿美国文学选集》（*Norton Anthology of American Literature*，2007），取得了广泛的好评。华裔诗人有的书写对故国与传统文化的回望，有的描绘感人的亲情、友情和爱情，有的充满道家、佛家以及基督教的哲思体悟，有的批判社会对种族、性别的不公。

诗歌本就具有其他文类无法企及的张力与激情，作为离散书写的华裔美国英语诗歌更是渗透着诗人们独特的体温与族裔情感。这些诗歌作品既有诗人群体之间应答的共鸣，又有诗人个体的高歌，诗篇的主题、意象、语言等方面各具特色，极大地丰富了华裔美国文学与海外华人诗学的边界与空间。

遗憾的是，华裔美国英语诗歌在国内只有少数的诗篇选译，没有诗集翻译出版，对研究者英语水平要求较高。并且，诗歌的语言较其他文类精炼、难懂，更凸显了理解的障碍，导致国内的华裔英语诗歌研究在华裔美国文学研究成果中所占的比例极小。在中国知网中，与华裔美国文学“主题”相关的期刊文章及硕士论文和博士论文多达990篇，但诗歌方面的研究却仅有寥寥10余篇。华裔英语诗歌研究明显不足的现象，与华裔诗人层出不穷、诗作硕果累累好评不断的现状极为失衡。

鉴于此，本文以美国华裔英语诗人群体及其作品为研究对象，试图以诗篇中出现的大量汉语语码嵌入这一语言特色为切入点，分析隐藏在华裔英语诗歌语言背后的中美文化与离散主体间的联系。

一、华裔美国英语诗歌中的汉语语码嵌入现象

在诗歌的语言风格等方面，每位华裔诗人都有自身的特色。成就最高的华裔诗人李立扬的语言生动形象，常能用最简单的语言描绘出最感人的亲情场面。中荷混血女诗人白萱华（Mei-mei Berssenbrugge，1947—）的选词有着浓厚的哲学意味，抽象、晦涩，具有“实验派或后现代”的特色。① 夏威夷女诗人刘玉珍（Carolyn Lau，1946—）语言豪放大胆，“在处理严肃的题材时，也不乏粗话”。② 尽管每位华裔诗人的措辞难易不一、豪放保守有别、各不相同，但在张扬的个性下，华裔诗人的语言始终有一个共同点——汉语语码的嵌入。

最容易被忽略的恐怕是那些在英语中已有对应词的汉语语码，即某些语码在英语中已有约定俗成的符号对等（semioticequivalent）。比如在宋凯西的首部诗集《照片新娘》（Picture Bride，1983年）中，诗人就先后使用了tofu（豆腐）、Mah-Jongg（麻将）、chopstick（筷

---

① Mei-mei Berssenbrugge，Ed.，Huang Guiyou，*Asian American Poets：a Bio-Bibliographical Critical Sourcebook*，Connecticut：Greenwood Press，2002，p. 45.

② 张子清：《华裔美国历史与社会现实生活的跨文化审视：华裔美国诗歌》，吴冰、王立礼主编，《华裔美国作家研究》，南开大学出版社2009年版，第427页。

子）等词语。[①] 同样，另一位女诗人陈美玲（Marilyn Chin，1955—）在诗集《矮竹》（*Dwarf Bamboo*，1987）中也先后使用了 the Great Wall（长城）、Canton（广州/广东）、Confucius（孔子）等汉语语码。[②]

第二类汉语嵌入的情况是诗人将相关的汉语内容翻译成对应的英语。被誉为"夏威夷东西方文化台柱之一"的林永得（Wing Tek Lum，1946—）就使用了大量汉语诗句的翻译。诗集《疑义相与析》（*Expounding the Doubtful Points*，1987）的题目出自陶潜的诗句"奇文共欣赏，疑义相与析"，而且诗集多处使用了陶潜、杜甫、苏东坡等人的诗句译文，如陶潜的 The ancients grudged even an inch of time（古人惜寸阴）、I recall when I was in my prime/ I could be happy without cause for joy（忆我少壮时，无乐自欣豫），以及杜甫《赠卫八处士》中的诗句译文 When we parted you were unmarried/ Now you have arow of boys and girls/ They smile at this old friend of their father's/ and ask me from where have I come.（昔别君未婚，儿女忽成行。怡然敬父执，问我来何方。）[③] 除了诗句的翻译，还有一些词语的翻译。这些词语在英语中或有对应词或常作为一个词组进行翻译，但华裔诗人们有时并不采用常见的翻译方法，而是直接按照每个字的含义把词组分开翻译。比如"行草"在英文中常译为 Cursive Calligraphy 或者 Xing and Cao Calligraphy，但陈美玲在《矮竹》中使用了 running grass 这一短语，然后在页下方注释其为"书法的字体"。[④]

第三类嵌入是拼音的形式，也叫语音翻译（phonetic translation）。

---

① Cathy Song, *Picture Bride*, New Haven, Connecticut: Yale University Press, 1983, p. 31, p. 52, p. 61.

② Marilyn Chin, *Dwarf Bamboo*, New York: The Greenfield Review Press, 1987, p. 3, p. 28, p. 29.

③ Wing TekLum, *Expounding the Doubtful Points*, Honolulu, Hawaii: Bamboo Bridge Press, 1987, p. 38, p. 45, p. 83.

④ Ibid., p. 12.

这是最常见且出现频率最高的一种。华裔诗人们有时直接采用汉语拼音，例如在刘玉珍的《我的说法》（*WO DE SHUOFA*，1988）中，整部诗集的名字就叫作 *WO DE SHUOFA*（*My Way of Speaking*），诗集第四部分的两首诗就分别题为 *DuiBu Dui*：*Right or Wrong*（对不对）和 *Guanyin*（观音）。除了汉语拼音，华裔诗人还参照耶鲁粤语罗马化系统（Yale Cantonese Romanization System）和耶鲁汉语罗马化系统（Yale Chinese Romanization System）进行拼写。[①] 由于美国的华裔移民很大部分来自中国的广东省，美国各地的唐人街中粤语也是通用的语言，因此对多数华裔诗人而言，粤语比普通话更为熟悉，在诗作中出现的频率也更高。在汤亭亭的诗集《成为诗人》（*To Be the Poet*，2002）中，她就书写了母亲让她唱的粤语歌谣：

Som Goong ah. （三公啊。）
Say Goong ah. （四公啊。）
Nay hoy nai，yah?（你去哪儿呀?）
Mah hai cup cup，（马靴得得，）
say ngyeuk，yow say ngyeuk，（四脚，又四脚，）
nay hoy nai，yah?（你去哪儿呀?）[②]

还有一些诗人的父母并非广东、香港等地的移民，他们对粤语不熟悉，就采用汉语发音拼写，比如李立扬在《玫瑰》（*Rose*，1986）中就使用了 chiu chiu（蛐蛐）、Kuen Ming（昆明）等词。[③]

---

① 耶鲁罗马化系统是由耶鲁大学开发的四套拼音系统，用以将东亚的四大语言（汉语、粤语、朝鲜语以及日语）英语拼音化，是目前常采用的将粤语和汉语拼写为英语的方法。

② Maxine Hong Kingston，*To be the Poet*，Massachusetts，Cambridge：Harvard University Press，2002，p. 4.

③ Li-Young Lee，*Rose*. Rochester，New York：BOA Editions，1986，p. 17，p. 50.

最明显的汉语语码嵌入是直接使用汉字。梁志英（Russell Long，1950—）的《梦尘之乡》（*The Country of Dreams and Dust*，1993）的封面上就印有书法版的汉字“梦”，扉页和每部分的篇首上印有“梦尘”两个汉字。又如陈美玲的三部诗集中都有汉字的使用。在《矮竹》中，她将一首诗献给“character 好” or “goodness”（献给“好”字）。在《凤去台空》（*The Phoenix Gone*，*The Terrace Empty*，1994）中，题名诗“凤去台空”题目的下方就嵌入了汉字“川流不息”。在《纯黄狂想曲》（*Rhapsody in PlainYellow*，2002）的题名诗中，陈美玲写道“Say：言”，将汉语语码直接嵌入了诗行中。

从最不引人注意的符号对等的使用到诗行中分外醒目的汉字直接注入，本文所涉及十余位诗人的数十本诗集都使用了不同类型的汉语语码。如果从汉语语码嵌入的范围之广、频率之高、形式之多等方面看，这种将祖居国的语言（汉语）融入所在国语言（英语）的行为就绝不能简单地视为偶然的现象。

二、汉语语码嵌入与文化记忆

在《圣经》中，人们因失去共享的语言“亚当语”而无法继续兴建通往天堂的“巴别塔”，语言之重要性可见一斑。自从人们失去共通的语言后，世界上便形成了不同的语言和文化群。后殖民理论的先驱者法农（Frantz Fanon，1925—1961 年）曾对语言和文化之间的关系进行了分析，他认为：“语言和集体之间有支撑的关系，讲一种语言是自觉地接受一个世界，一种文化。”[①] 对于美国华裔而言，汉语是母国与祖居国的语言，代表着源远流长、博大精深的母体文化。从华裔诞生的那一刻起，他们与祖居国便有了割舍不掉的联系。他们无法改变自身的生理遗传，族裔的文化脐带更是无法也不能一刀剪

---

① ［法］弗朗兹·法农：《黑皮肤，白面具》，万冰译，译林出版社第 2005 年版，第 25 页。

断。虽然大多数华裔诗人的汉语水平不高，但汉语及其代表的中国传统文化延续了几千年，仍是他们身份构成的一部分。从这个角度看，美国华裔诗人在诗作中频频使用各种形式的汉语语码，是因为他们始终保有对源远流长、博大精深的母国与祖居国的文化记忆。

德国学者杨·阿斯曼（Jan Assmann）和妻子阿莱达·阿斯曼（Aleida Assmann）一起提出了“文化记忆”（Das kulturelle Gedchtnis）的理论，将其引入文化研究的领域。在《集体记忆与文化认同》一文中，杨·阿斯曼指出人类虽不具有动物所拥有的确保自身种族存活的基因程序，但人类却享有在世代繁衍中保持自身本性（nature）的工具——“文化记忆”。“文化记忆”有六大特点：它起着使群体的认同、关系凝聚/具体化（concretion）的作用，即其保留着一个群体获得自身认同的知识；它具有重建的能力，能够通过批判、转换等方式将知识与现时情况相联系；它通过语言、场景和仪式等媒介客观化；它被制度性地组建并因此使其持有人变得特殊；团体内的认同能创造一种价值与区别标准的明晰体制，制订知识和象征的文化供给；它具有实践、自我、自我形象三个方面的反身性（reflexity）。①

简言之，文化记忆是社会语境保存下来的能够指导我们的行为和经历的知识，它世代相传，不局限于三四代之内记忆的限制。它依靠有组织的、公共性的语言、场景等形式的交流，解决群体成员“我们是谁”的文化认同问题。许多华裔诗人曾对自己怀有的文化记忆进行了书写和论述，比如陈美玲在与汤亭亭的交谈中就表示：“我感到我确实是中国传统的一部分。我不愿意和它割断联系……我感到这非常非常重要……我们的根回到过去。我们是古老的心灵……我感到与

① Jan Assmann, *Collective Memory and Cultural Identity*, trans., John Czaplicka, New German Critique, No. 65, CulturalHistory/Cultural Studies, 1995 (Spring-Summer), p. 130 ~ 132.

我的中国根紧密相连。”①

如果文化记忆包括每个群体内部世代流传下的全部知识，那么对美国华裔诗人的“文化记忆”进行全方位的解读就变得难以操作。法国学者莫里斯·哈布瓦赫（Maurice Halbwachs，1877—1945）认为，“言语的习俗构成了集体记忆最基本同时又是最稳定的框架”。②在阿斯曼的理论中，语言既是群体内部世代流传的知识的重要组成部分，又是群体交流的形式和载体之一。两位学者对语言在文化记忆中的重要性都充分肯定。对于本文涉及的美国华裔诗人群体而言，各种形式的汉语语码本身就是华裔对中国传统文化的记忆的一部分，也是历经数千年承载这份文化记忆的重要载体。

在上文分析的四种形式的汉语语码嵌入中，符号对等形式嵌入的语码数量不多，大部分为名词，例如上文举出的“豆腐、麻将、长城”等，它们多为中华传统文化在世界范围内造成较大影响的事物的名称。翻译形式嵌入的语码较大部分出自中国的古典艺术和文学，例如陈美玲的“行草”即为“无言的诗，无形的舞；无图的画，无声的乐”的传统艺术——书法，还有林永得在诗篇中嵌入的陶潜、杜甫、苏东坡等人的诗句。第三类嵌入采用的是拼音的形式，嵌入语码很大比例是人名和地名，比如“庄子、观音、秋瑾”和“昆明、南京、北京”等。这些人物和地点将中国五千年历史凝聚进了华裔英语诗歌内，是诗人们永难割舍的故国文化想象。尤其是其中按照粤语发音拼写的单词，更是彰显南粤文化和早期侨民文化的活化石。第四种汉语语码嵌入最明显，直接使用汉字。目前汉字的确切历史可追溯至约公元前1300年商朝的甲骨文，它是上古时期各大文字体系中

① 张子清：《华裔美国历史与社会现实生活的跨文化审视：华裔美国诗歌》，吴冰、王立礼主编，《华裔美国作家研究》，南开大学出版社2009年版，第495—496页。

② ［法］莫里斯·哈布瓦赫：《论集体记忆》，毕然、郭金华译，上海人民出版社2002年版，第80页。

唯一传承至今的文字，有着“中国第五大发明”的美誉。美国华裔诗人在诗行中直接嵌入汉字，正是因为他们看到了汉字维系中国传统文化的关键作用。陈美玲在一次电视访谈中说：“我怕失去中文，失去我的语言，失去它如同失去我的一部分，失去我的灵魂。诗歌似乎是重新捕捉它的一种方法。”① 可见，虽然多数华裔诗人没有回过故国，对中华传统文化了解也不深。但在父母和华人社区的影响下，美国华裔的身上依然有中国文化血脉的涌动和母体文化基因的存在，作为文化记忆的中国传统文化早已烙印在华裔诗人的心上。本文所涉及的十余位诗人的数十本诗集中，汉语语码嵌入的范围之广、频率之高、形式之多就是最好的证明。

三、汉语语码嵌入与文化错置

另一方面，虽然美国华裔始终怀有这份珍贵的文化记忆，但他们的文化语境及生存状态已发生了巨大的变化。美国华裔诗人群体居住在距离自己祖居国千万里之外的美国，生活中接触的多是美国社会中的 WASP（White Anglo-Saxon Protestant，白人盎格鲁-撒克逊新教）文化和嫁接的唐人街文化。华裔英语诗歌中除了嵌入汉字形式，还有符号对等、翻译和拼音三种变异的形式，汉语语码的变形和改写就正反映了华裔在异质文化语境中的错置（displacement）的生活现实。

美国华裔的错置历史由来已久，早在 19 世纪中期华人开始向美国移民时就已开始。如果说欧洲移民到达美国时最先看到的是纽约港的埃利斯（Ellis Island）和自由女神像，迎接华人移民的则是旧金山海湾中的天使岛（Angel Island）。天使岛在 1910 年至 1940 年期间被美国移民局选用，拘留和审查经由太平洋入境的大部分亚裔移民，其

① 张子清：《华裔美国历史与社会现实生活的跨文化审视：华裔美国诗歌》，吴冰、王立礼主编，《华裔美国作家研究》，南开大学出版社 2009 年版，第 495—496 页。

中华人占大多数。在30年中，约18万华人移民曾被羁押在岛，接受少则数周多则数月数年的移民身份合法性的审核。早期华人移民从熟悉的乡土迁徙到陌生的国度，从列强欺凌的弱国奔波到气势凌人的强权，经历了巨大的环境变化。在拘留期间（the detainment），他们终日饱受严苛的审讯制度、恶劣的生活环境、语言障碍和生活习惯差异等方面的折磨，心中不免产生强烈的孤独感和错置感，促成了营房木墙上一首首反映辛苦劳作、抒发在异国他乡的错置感的诗歌作品：

闷处埃仑寻睡乡，前途渺渺总神伤。(第16首)
旅居埃仑百感生，满怀悲愤不堪陈。(第19首)①

在顺利通过审核后，华人移民怀着心中的金山梦开始在美国工作和生活，但是他们早期多数被雇用修筑铁路、淘金、开垦种植园，工作辛苦危险却报酬微薄。自1878年加利福尼亚州颁布住宅区隔离法案后，美国各地都先后禁止华人到华人区以外的地方居住。而所谓的华人区，居住拥挤，生存条件极其恶劣，已成为种族隔离聚居区的代名词。华人区的移民们为了抒发自己在异乡的种种辛酸的错置经历，写出了一首又一首的“金山之歌”：

廿年悲作客。犹未返故宅。
遍历东南又西北。所为辄阻常蹙额。②

《金山歌集》（*The Songs of Gold Mountain*，1992）选录了220首

① Him Mark Lai，*Island*:*Poetry and History of Chinese Immigrants on Angel Island*，1910—1940，Trans.，and Eds.，Genny Lim and Judy Wang，Seattle，Washington:University of Washington Press，1991，p55～57.

② Eds.，Hom Marlon K.，*The Songs of Gold Mountain*:*Cantonese Rhymes from San Francisco Chinatown*，California:University of California Press，1992，p. 96.

华人移民创作的歌谣形式的诗歌，按主题分为11部分。每一部分的题目都显示了早期移民错置金山的苦痛："移民蓝调""搁浅旅居者之悲叹""远隔妻子之悲叹""怀乡蓝调"……"金山歌谣"和"天使岛诗歌"书写了早期移民在美国社会中错置的生活经历，是现今的华裔美国英语诗歌的源头。

随着种族时代的过去和族裔时代的来临，华人区渐渐演化成了各地的唐人街。对于唐人街及世代生活于其中的华裔而言，唐人街之外的美国白人社区是主流，它是边缘；另一方面，千里之外的故国是主流，它又是边缘。作为"双重边缘化的文化'飞地'"，唐人街充分显示了美国华裔的双重"文化错置"，既不见于故国的传统文化，又融不进美国的白人主流。① 这种错置的现状和痛苦在这一代华裔诗人的笔下也有体现，例如旧金山女诗人林小琴（Genny Lim，1946—）在《战争的孩子》（*Child of War*，2003）中连用19行皆以inside（在……里）开头的诗句来表示现实生活中被困的苦楚及"错置"的无处不在：

> 我们被困/在枪管中/在威士忌酒瓶和尿中/在怀孕的肚子和香水中/在涂鸦中/在性中/在臭氧中/在前言不搭后语和智囊团中/在地毯式轰炸中/在白皮肤中/在自憎中/在死亡中/在金钱中/在大便中/在现实的避孕套中/在机能障碍的家庭中/在我们的身体中/在我们的存在中/在我们自身中/在美国的/白宫中②

空气、金钱、身体、家庭……生活中处处充满难以摆脱、让人窒息的错置感，成为囚困诗人身心的重重牢笼。

---

① 蒲若茜：《族裔经验与文化想象》，中国社会科学出版社2006年版，第76页。

② Lim Genny, *Child of War*, Honolulu, Hawaii: Kalamaku Press, 2003, p. 37.

林永得曾对华裔“错置”的现状和原因进行了思考，在名为《翻译》（*Translations*）的诗中，他先后使用了 Tòhng Yàhn Gāai（唐人街）和 Wàh Fauh（华埠）两个耶鲁粤语罗马化短语，并利用诗行揭示了两者之间的差别：

> Tòhng Yàhn Gāai 曾经是/我们称呼/自己居住的/地方：“唐人/街”。后来，我们模仿/鬼佬说话/并只写下了/Wàh Fauh——华埠。/区别/很明显：“人”/消失了。①

在诗句中，诗人借讲述华人聚居区的名字从“唐人街”到“华埠”的演变，指出了华裔主体迷失的原因和现状：“模仿鬼佬说话”，最后导致“人”的消失。美国华裔生活在以英语为标准语言的异质文化环境中。“鬼佬的语言”是主流的、标准的，具有权威性和合法性；而他们所说的汉语、粤语和洋泾浜英语等语言则是边缘的、被嘲笑的不合法语言。因此，在向美国的文化大熔炉（melting pot）政策归化的过程中，许多华裔用主流的标准英语描述边缘的错置、杂糅自身时，不可避免会造成主体的迷失。

在这里，语言是一个隐喻，它代表着语言所承载的文化记忆和身份归属感。作为华裔，中国性是他们身份构成的一部分，渗透在血液里，为了融入白人社会而故意剔除掉中华文化基因是不可能的，这会导致华裔文化记忆上的残缺和失衡。在异质语境中，当生存被文化地错置的时候，保留记忆深处的文化源头能使华裔获得“一定程度的方向感和些许确定性”。②

---

① Wing Tek Lum, *Expounding the Doubtful Points*, Honolulu, Hawaii: Bamboo Bridge Press, 1987, p. 72.

② 李贵苍：《文化的重量：解读当代华裔美国文学》，人民文学出版社 2006 年版，第 49 页。

四、汉语语码嵌入与离散身份书写

汤亭亭曾描述过汉语带给华裔的方向感和确定性："这是我说话的方式。这是我听到的周围的人说话的方式……我很幸运，我周围的人既讲汉语又讲英语……他们拼凑出的新词汇是英语，但却全得自于汉语的影响，而且我努力在我的写作中得到那种力量和音乐。"① 而获得这种"力量和音乐"的途径便是借助文化记忆的重建功能：通过文化载体（figure of memory）把过去的相关回忆固定和保存下来，使过去和现今连接起来，获得现实意义。正是因为外部错置的生存环境和内心怀有的从文化记忆中"得到那种力量和音乐"的期待，美国华裔诗人在诗作中嵌入汉语语码，使其与现实的异质语境取得联系，对文化记忆进行了重构。他们将象征文化记忆的汉语与现实语境中代表"本土经验"的英语进行批评、挪用（appropriation）、保存（preservation）和转换（transformation），使标准的、大写的英语（English）变成了夹杂着汉语、粤语、洋泾浜英语的破碎的、小写的英语（english），建构出了全新的离散主体。

在《追求无限》（*To Pursue the Limitless*）一诗中，陈美玲直接嵌入了一行汉字：

> You were faithful to the original
> You were married to the Chinese paradox
> 美言不信信言不美
> Beautiful words are not trustful

① Kay Bonetti, *An Interview with Maxine Hong Kingston*, Eds., Paul Skenazy and Tera Martin, *Conversations with Maxine Hong Kingston*, Jackson: University Press of Mississippi, 1998, p. 38.

The truth is not beautiful[1]

仔细分析上文的选文，我们可以发现嵌入的汉字出自老子的《道德经》，随后的两行英语诗句则与英国浪漫主义诗人约翰·济慈（John Keats，1795—1821）的《希腊古瓷颂》（*Ode on a Grecian Urn*，1819）中广为流传的名句 Beauty is truth，truth beauty（大意为"美是真，真美"）有联系。[2] 对比老子和济慈的诗句，我们发现陈美玲的诗行实际上对中西传统文化记忆都进行了转换和改写。在汉字部分，诗人将《道德经》中"信言不美，美言不信"一句进行了句法调整（syntactic alteration），前后半句颠倒放置，对中国文化记忆进行了改写和挪用。另一方面，最后一行的 The truth is not beautiful 大意为"真不美"，与济慈所主张的"真美"判然对立，显示了诗人对西方典律文学进行的批评和转换。

通过这种书写，华裔诗人否定了两种语言及文化的权威。同时，他们也拒绝汉语与英语之间边缘/主流、非法/合法的二元对立，拒绝两种语言所代表的作为文化记忆的中国文化与作为本土经验的美国文化之间的二元对立。通过将各种形式的汉语语码嵌入英语，诗人们将英语拉下神坛，使其从高高在上的霸权语言回归为仅是一种普通语言；另一方面，诗人们通过在异质语境中对汉语语码的挪用和转换，打破了汉语原本浑然一体的稳定性，使其成为夹杂着鲜活异域生存经验的时刻变化、生长着的活语言。

这种饱含文化记忆的崭新英语非但没有疏离华裔诗人与母语和祖居国文化记忆的联系、没有吞噬他们所在国的本土经验，它反而成为

---

① Marilyn Chin, *Rhapsody in Plain Yellow*, New York: Norton, 2002, p. 86.

② John Keats, *Ode on a Grecian Urn*, Eds., S. Gwynn, *Poetry: a Longman Pocket Anthology*, the 2nd edition, Boston: Addison-Wesley Educational Publishers Inc., 1998, p. 107.

一种武器，使得错置在两种文化夹缝间的华裔诗人能够向中美两个世界表征自身的离散主体身份。诗人林永得在受到赵健秀（Frank Chin，1940—）关于“亚裔感性”（Asian American Sensibility）言论的启发后曾写下了《本土感性》（*Local Sensibilities*）一诗，他指出：

当我想起夏威夷，
我不幻想自己在棕榈树下躺着，
翠绿峭壁的背景，被温暖的微风轻抚；
相反我感谢我的同学和家族坟墓，
这是我们称为家园的独特天地。①

夏威夷、美国或者中国对于华裔而言，它们都不是受刻板化印象影响而产生的虚幻图景。相反，它们是通过文化记忆和本土经验与华裔紧密相连的实在场所，是他们“称为家园的独特天地”。

为了应对在文化记忆和本土经验两个“脐带”之间的错置和随之导致的主体迷失，美国华裔诗人否定两种语言及文化的权威，不再受“两个传统脐带的牵制”。② 同时，他们也拒绝汉语和英语及它们所代表的作为文化记忆的中国文化与作为本土经验的美国文化之间的二元对立。通过在英语诗歌中嵌入多种形式的汉语语码，诗人们创造出了“源于两种语言而同时又游离于两种语言之外”的语言。③ 随之而来的，则是既源于文化记忆和本土经验同时又两者交集的离散主体身份，和他们能够真正享有的“称为家园的独特天地”。

---

① Wing Tek Lum, *Expounding the Doubtful Points*, Honolulu, Hawaii: Bamboo Bridge Press, 1987, p. 67.

② ［美］叶维廉：《异花受精的繁殖：华裔文学中文化对话的张力》，《世界华文文学论坛》2004（4），第7页。

③ 刘心莲：《论美国华裔女性写作的语言特征》，《当代文坛》，2007年第3期，第142页。

华裔美国诗歌与中国古诗之互文关系探微

——以陈美玲诗作为例

陈美玲（Marilyn Chin，1955—）是当代杰出的华裔美国诗人之一。她出生于香港，七岁时随父母移民美国。虽然接受的是美国教育，但她对中国文学表现出浓厚的兴趣，曾在马萨诸塞州立大学攻读中国古典文学。截至2009年，陈美玲已经发表了三本诗集：《矮竹》（*Dwarf Bamboo*，1987）、《凤去台空》（*The Phoenix Gone*，*The Terrace Empty*，1994）、《黄色狂想曲》（*Rhapsody in Plain Yellow*，2002）等作品。

陈美玲诗歌的突出特点在于与中国古典诗歌的互文性，她大量使用中国文学典故，直接引用汉诗英译或中国文字入诗，或戏仿、呼应中国诗人诗作。本文从陈美玲诗歌与中国古典诗歌的互文关系出发，探讨其诗歌的双语互文创作特色，以此揭示诗人作为华裔美国人的文化选择和文化身份政治。

一、诗回盛唐：陈美玲的中国文化情结

陈美玲对中国古典文学的深厚感情首先体现在她经常直接引用中国古典诗歌，尤其是唐诗。1989年她采访汤亭亭（Maxine Hong Kingston，1940—）时谈及自己对中国古典文学的感情，说："我写诗时经常回到唐朝。我强烈感觉自己就是那个中国传统的一部分。我不

想与它割裂。那就是我学习文言文的原因。"①

她的第一部诗集《矮竹》便是由白居易《新栽竹》中的两句诗"勿言根未固，勿言阴未成"的英译开始的。朱金城的《白居易集笺校》收录了此诗，全诗如下：

新栽竹

佐邑意不适，闭门秋草生。
何以娱野性？种竹百余茎。
见此溪上色，忆得山中情。
有时公事暇，尽日绕栏行。
勿言根未固，勿言阴未成。
已觉庭宇内，稍稍有余清。
最爱近窗卧，秋风枝有声。②

朱金城注曰，此诗"作于元和元年（806），三十五岁，盩厔，盩厔尉"。③ 盩厔是陕西省一小县城，对于以第四名进士及第的白居易而言，在那儿做小小的县尉无疑屈才了。从《新栽竹》的字里行间可看出白居易在盩厔小县城深感无用武之地，这位心怀"治国平天下"抱负的知识分子大有怀才不遇之感。起句"佐邑意不适，闭门秋草生"暗示了其对现状的不满及百无聊赖的心境。"何以娱野性？种竹百余茎"，他唯一的乐趣便是栽种竹子。亭亭修竹象征清高之节气，历来为中国知识分子所喜爱，栽竹、赏竹不仅体现诗人的品位，更表明他清明之志气。当他写"勿言根未固，勿言阴未成"，亦

---

① Marilyn Chin and Maxine Hong Kingston, *A MELUS Interview: Maxine Hong Kingston*, *MELUS*, 1989, p. 65.

② 朱金城：《白居易集笺校》，第九卷，上海古籍出版社1998年版，第466页。

③ 同上。

在安慰自己“治国平天下的抱负”终将实现。史料记载，白居易不久即被擢升为集贤校理，为翰林学士，离理想近了一大步。①

陈美玲将白诗中“勿言根未固，勿言阴未成”译成英文：

I do not say that their roots are still weak;

I do not say that their shade is still small. ②

以此作为整部诗集的前言，且将原诗中祈使语气换成以“我”为主语的陈述语气，深意何在？回顾陈美玲的美国移民经历及其成为女诗人的艰难历程，她或许从白居易的诗中看到了自己的影子。当她发表《矮竹》这本诗集时，已逾而立之年，她眷恋博大精深的中国文学，但回归中国文学传统的道路漫长而艰辛；通过引用白居易的这两句诗，她似乎在安慰自己，追寻和回归至少已经起步。从这种意义上，《矮竹》中的所有诗作都是她自栽的竹子，尽管它们还矮矮的，根未固，阴未成。而这“根”，正是她扎于中国文化土壤里的根；这“阴凉儿”，是她回归中国文学传统所取得的成就。整部诗集中，竹子的意象频繁出现，丰富了其原有的文化内涵。

在陈美玲的第二部诗集《凤去台空》中，一个显著的特点是该诗集的标题、诗章的标题，以及单首诗的题目，皆引自李白一首七言律诗《登金陵凤凰台》。在《凤去台空》起始，诗题及其中英双语的题词：

川流不息

① 严杰：《白居易集》，凤凰出版社2006年版，第1页。

② Marilyn Chin, *Dwarf Bamboo*, New York: Greenfield Review Press, 1987, preface.

The river flows without ceasing[①]

很明显是《登金陵凤凰台》首联第二句“凤去台空江自流”的别样表达。凤凰台上凤凰游的景象只是传说，可在李白的笔下栩栩如生，而如今凤去台空，令人油然而生时光飞逝、物换星移之慨。在李白的时代，凤凰台下的扬子江滚滚东流，和魏晋时期似无二致；而陈美玲也期待，她眼前流淌着的“浅水河”和她想象中凤凰台下的长江水一样。

李白诗中意象丰富，在这一句诗中就有两个重要的意象：凤凰和江水；这在陈美玲借用的诗题和题词中基本上是一致的。在中国文化中，凤凰自古是祥瑞的象征，凤凰来朝象征着王朝兴盛和政治清明。凤凰台在今南京凤凰山上，相传南朝刘宋永嘉年间有凤凰集于此山，于是宋文帝筑台于山，台和山从此都以凤凰为名。然而繁华易逝，时过境迁，仅三百多年后的李白登上凤凰台，凤凰无迹，台阁空荡，唯有流水悠悠，诉不尽的哀愁。逝者如斯，不舍昼夜，凤凰台下的流水象征着时光的流逝，更象征着世事的变迁，繁华转瞬即空，透露出李白忧时伤世的情怀。借用这样一句意味深长的诗句作为《凤去台空》的开头，陈美玲为全诗奠定了感伤苍凉的感情基调，试图向英语读者传达李白诗中表达的登临怀古的忧伤情怀。

直接引用中国古诗，体现了陈美玲对中国古典文学的挚爱和回归中国文学传统的热望，并试图在华裔美国文学中突显这一传统，正如她在《凤去台空》的“序言”中所说，“要爱你的国家／就要知道它的开始”。[②]

然而，正如克里斯蒂娃所言，互文性指从一个表意系统到另一个

---

① Marilyn Chin, *The Phoenix Gone, The Terrace Empty*, Minneapolis: Milkweed Editions, 1994, p. 46.

② Marilyn Chin, *The Phoenix Gone, The Terrace Empty*, Minneapolis: Milkweed Editions, 1994, p. 3.

表意系统的转换，其间包含旧体系的瓦解和新体系的建立，[①] 女诗人陈美玲在一个完全不同的语境重复中国古诗句，必然带来新的变化：一方面，凸显了在中国古典诗歌中被人忽略的《新栽竹》，也赋予《登金陵凤凰台》以新的生命力；另一方面，诗歌的叙述者从失意的男性文人变为追寻自我的华裔美国女性，可以视为陈美玲反抗男性主导的中国古典文学领域的第一步。

而随着写作技巧的成熟和人生阅历的丰富，陈美玲对华裔美国移民史的回忆，对现实困境的反思与反抗则更加清晰地展现在其诗歌创作之中。

二、与“诗仙”对话：历史记忆与现实忧伤

《凤去台空》与《登金陵凤凰台》的互文性不仅仅体现在前诗直接引用后诗，更在于二者在结构上平行，在主题上呼应唱和：

“凤凰台上凤凰游，凤去台空江自流”，李白诗首联讲述了他登上凤凰台，所期待和实际见到的场景。而在《凤去台空》的第一诗节，陈美玲讲述了她闲步浅水河畔石头公园的所见所想。李白在首联即发出了“时光飞逝、物换星移”的感叹，陈诗也萦绕着对故国悲伤往事的追寻和对“客居”美国孤独处境的质疑。

陈诗起始，“浅水河，浅水河／陡峭的阶梯／一步，又一步”，[②] 有意让读者联想到李白登凤凰台的情形；不过陈美玲走得更远，想得更远：“如果一英寸能歌唱／我会一直唱／唱它数英里——／经过庭院／经过桑树林／路过菩提树。”[③] 经过诗经乐府中的桑树林，佛寺

---

① Julia Kristeva, *Revolution in Poetic Language*, Trans., Margaret Waller, Intro., Leon S. Roudiez. New York: Columbia University Press, 1984, p. 59.

② Marilyn Chin, *The Phoenix Gone, The Terrace Empty*, Minneapolis: Milkweed Editions, 1994, p. 46.

③ Ibid..

庙宇前的菩提树，这一刻，诗人似乎置身于古老的中国。然而，下一刻，意料之外又似乎不可避免，她遭遇了“旱金莲”和“他们种的”“三尾鸢”。这些都是美国常见的植物，她叮嘱粉红马儿不要“惊扰”或“践踏”它们，一定程度上表明了诗人作为华裔美国人试图与美国主流文化保持距离的立场。

第二诗节更加充满了悲伤苍凉的意味，她踏在大石板上，连续质问道：

> 当我行走
> 有谁在阴间地府
> 附和我的脚步？
> 当我哭诉
> 谁张开了黢黑的口？
> 谁的弦索
> 弹奏我的悲伤？
> ……①

势不可当的发问和悲伤哽咽的语调，将诗人思念故国家园的心情和渴求知音的心境表达得淋漓尽致。但她踩踏的，是美国的土地，因此，无论现在，还是过去，都没有她所期望的这样一位先辈，走过她走过的路，为她的忧伤而忧伤，为她弹奏一阕知音曲，和她一样默默地承受华裔美国移民历史的沉重与忧伤。穿越千年的时空，陈美玲对华裔美国移民史的追寻和李白在金陵凤凰台上对历史的追问遥相呼应。这正如李贵苍所言：诗人“想象中的‘遥远’与现实中的文化

---

① Marilyn Chin, *The Phoenix Gone*, *The Terrace Empty*, Minneapolis: Milkweed Editions, 1994, p. 46 ~ 47.

自我通过虚构的家园走到了一起”。[①] 通过想象和追寻，陈美玲试图在异域土地上为自己建立一个文化和精神家园。

《登金陵凤凰台》颔联：“吴宫花草埋幽径，晋代衣冠成古丘。”是李白触景生情，对前朝历史的回顾。三国孙吴和东晋王朝皆建都金陵，即现在的南京城。站在凤凰台上，看到前朝遗迹，李白想象着那时王朝的辉煌，曾经金碧辉煌的宫殿，如今已成废墟，野草丛生；李白想起晋代的诗人学者，如今只见他们的坟墓隐没在荒草之间。同样，在第三、四诗节，陈美玲也回忆了她的家庭和香港湾仔山上的家：“他们，缓缓地移动／……／讨论我的未来／愤怒地／比画着。”[②] 他们工作努力，但永远摆脱不了贫穷。她的祖母，“给梭子上油时／用古老的曲调／唱着一支摇篮曲”，[③] 是一位传统而慈悲的中国女性形象。祖父是走街串巷的补锅匠，他一定想过发家致富，但“他希望的灰烬／闪烁在／村头永恒的墓地”……[④]这些先祖形象，又一次照应了李白笔下葬着魏晋先贤的凄凄荒冢。在香港湾仔山上的棚户区，他们住的茅舍有着“锡皮屋顶”，[⑤] 又不幸地被“妈妈的第一个爱慕者”掷“一盏煤油灯”烧为平地。[⑥] 生活的苦难可想而知！而湾仔山废墟间闪耀着的“夜间开放的茉莉花”，[⑦] 不仅在意象上，而且在情感上呼应了埋没吴宫幽径的萋萋芳草。

站在凤凰台上，李白追溯前朝，缅怀已逝先贤，为王朝由盛转衰的历史必然而感慨，为生命的短暂而感伤。而站在美国的土地上，陈

---

① 李贵苍：《文化的重量：解读当代华裔美国文学》，人民文学出版社2006年版，第310页。

② Marilyn Chin, *The Phoenix Gone, The Terrace Empty*, Minneapolis: Milkweed Editions, 1994, p. 17.

③ Marilyn Chin, *The Phoenix Gone, The Terrace Empty*, Minneapolis: Milkweed Editions, 1994, p. 48.

④ Ibid..

⑤ Ibid..

⑥ Ibid..

⑦ Ibid..

美玲回顾家庭往事：老实本分的祖父母、好赌却依然顾家的父亲、疼爱孩子并辛勤劳作的母亲。他们不仅仅是陈美玲的亲人，而是那个动荡时代所有苦难华人的代表。在这一部分中，现实和想象交织在一起。陈美玲根据华裔美国移民祖先的历史和自己的亲身经历，在诗中塑造这些形象，再现了中国移民所经历的苦痛和挣扎。

律诗四联在结构上有“起承转合”之说，李诗颈联：“三山半落青天外，一水中分白鹭洲”正是从历史回顾到眼前景色的转折；陈诗第三部分也是全诗的转折点，但不同的是从回忆往事到探寻未来的转折。

李白从对历史的沉思回到眼前的景物，山水天地一片苍茫，增加了诗人的伤感。据查，“此诗是作者流放夜郎遇赦返回后作，一说是作者天宝年间（742—756），被排挤离开长安，南游金陵时所作”①。无论何种处境，都足以让诗人满怀感伤，忧虑未来。从中国“流放”到美洲的陈美玲又何尝不是忧伤无处诉？在第六诗节中，诗人面对现实，再次质问：

我能穿着
去年的围裙
走进新世界吗？②

诗人想要正视身为华裔美国移民的现实，开始新的生活，但不确定能否摆脱过去的黑暗记忆和种族忧伤。

“总为浮云能蔽日，长安不见使人愁”，《登金陵凤凰台》尾联表达了李白无法见到帝都长安（今陕西西安），见到帝王的忧伤。而在

---

① 袁行霈：《李白登金陵凤凰台鉴赏》，萧涤非等，《唐诗鉴赏辞典》，上海辞书出版社2004年第2版，第333页。

② Marilyn Chin, *The Phoenix Gone, The Terrace Empty*, Minneapolis: Milkweed Editions, 1994, p. 50.

《凤去台空》的第四部分，陈美玲讲述了她恋爱的失败。两者看似相去甚远，实质都是写“失败”，陈美玲爱情的失败和李白“致君尧舜上”的失败亦可相提并论了。

李白失败的原因是什么？对他来说，表面上是浮云遮住了太阳，使他在凤凰台上无法看见京城。然而，“太阳”在古代中国向来是帝王的象征，太阳为浮云遮蔽，说明帝王为奸臣佞贼所蒙蔽；而诗人不见长安，正是怀才不遇、壮志难酬的表现。至于陈美玲的失败，表面上是因为母亲对男孩的厌恶：

> 他叫什么名字？
> 伊扎科尔！
> 古怪的名字。
> 你妈妈都叫不出来。
> 而且她不喜欢
> 他的举止。
> 干瘦干瘦，灰黄灰黄的，
> 还不吃牛肉
> ……

伊扎科尔（Ezekiel）明显不是美国名字，而灰黄的肤色说明他可能是亚裔。为什么同为亚裔的母亲不喜欢亚裔的女婿？唯一可能的解释是这位母亲饱尝了种族歧视的痛苦，希望女儿嫁入主流群体以脱离厄运，但女儿更爱同肤色的人。因此，陈的爱情悲剧实质上是种族歧视造成的。

陈美玲和李白一样满怀忧伤，不只因为失恋，更因为中国文化传统在美国社会的消失：

> 哦，死去的王子，哦，可恨的爱情，
> 我们能否

在鹊桥再会?
你会不会温柔地吻我?
当足弓碰脚趾，脚趾碰脚踝，
当干燥的血液唱起歌:
小鸟儿，小鸟儿，
什么正消逝，
什么正消逝……①

她多么希望有一座通往中国传统的“鹊桥”，她多么希望那已近干涸的华夏血液能再次歌唱，但歌声中也充满悲哀：传统正在消逝。于是，她拿起笔，渴望在诗歌创作中保持中国文学传统。但有感于中国文学传统在异域成长的艰难，诗人在结尾又一次感叹：“凤去台空/美玲，你看，/池塘里的黄色毛茛，/不是莲花，不是百合。”黄色毛茛既不像莲花也不像百合，它独立于两个世界之间。这似乎意味着：在美国的土地上重构文化家园的努力失败后，诗人最终选择独立于中国和美国文化，而这种文化立场非常契合亚裔美国批评家赵健秀(Frank Chin，1940—）等所倡扬的“非亚”“非美”的“亚裔美国”文化身份观。②

在一首名为《王艺术家在加州奥克兰活着，病着，挣扎着》的诗中，陈美玲激烈地反抗华裔美国女性所承受的封建父权制及种族歧视的双重压迫。在这首诗中，伟大的中国艺术家齐白石（1864—1957）成了被调笑的主角，开篇写道:

齐白石出生

① Marilyn Chin, *The Phoenix Gone*, *The Terrace Empty*, Minneapolis: Milkweed Editions, 1994, p. 51.

② 蒲若茜:《“亚裔美国感”溯源》,《外国文学研究》, 2013 年第 35 期第 4 版，第 99 页。

在猪年。
属猪的他，
足迹玷污白雪花。

三十画山水；
四十虫与花；
五十志转颓，
惧过西借山。①

下半部分明显是对李白《长干行》的戏仿。《长干行》记叙的是思妇对远行丈夫的思念，在诗中思念丈夫的妻子悲伤地回忆往事：

十四为君妇，羞颜未尝开。
低头向暗壁，千唤不一回。
十五始展眉，愿同尘与灰。
常存抱柱信，岂上望夫台。
……②

而在陈美玲的诗中，她对以齐白石为代表的中国传统艺术家显然带着嘲讽。“属猪的他，/ 足迹玷污白雪花”似乎在指责中国传统艺术阻碍了华裔美国艺术家融入美国主流艺术界。同时，下半部分对《长干行》女性话语的戏仿，不仅嘲弄齐白石，还通过模仿男性的口吻，嘲笑了大诗人李白，以此表达她对中国传统文学中男性主导话语权的不满，如张敬珏（King-Kok Cheung）所言：“陈美玲重组唐诗中

① Marilyn Chin, *Dwarf Bamboo*, New York: Greenfield Review Press, 1987, p. 68.

② 萧涤非等：《唐诗鉴赏辞典》，上海辞书出版社 2004 年第 2 版，第 243 页。

的意象和诗句以揭露种族歧视和性别差异，并为争取女性独立宣战。”①

中国传统艺术在美国不仅受到来自传统的束缚，更面临现实的困境。她写道，艺术“在父亲的大杂烩里濒临死亡”，② 她的艺术梦想淹没在物质追求中：“快车和加州金”“单身酒吧”。③ 但诗中主角最终选择了“爱着他（艺术）”，并要求“为艺术和我证婚”。④

此时的女诗人开始改变盲目借鉴中国文学传统的态度，更加深刻意识到华裔美国族群在美国社会的双重困境：一方面，中国文化、艺术传统对华裔美国艺术追求的阻碍，使其在美国社会得不到广泛认可；另一方面，由于华裔移民在美国社会地位低下，备受种族歧视，他们很难融入美国社会。当诗人必须在困境中做出选择时，她对蔡琰诗歌形式和主题的拟写和模仿表达了她基本的文化立场。

三、异国胡笳：在流放中重新定位

“流放”是陈美玲诗歌中常见的意象：李白、白居易都有遭贬谪流放的经历；她在《矮竹》的题记恳切地把诗集献给中国诗人艾青：“献给您——流放新疆的诗人。”⑤ 更重要的是，她在诗中多次与中国历史上最伟大的流放女诗人蔡琰相唱和。

陈美玲两首最具代表性的流亡诗作是《矮竹》诗集中的《流亡

---

① King-Kok Cheung, *Slanted Allusions: Bilingual Poetics and transnational Politics in Marilyn Chin and Russell Leong*, *Amerasia Journal*, 2011, 37 (1):47.

② Marilyn Chin, *Dwarf Bamboo*, New York: Greenfield Review Press, 1987, p. 68.

③ Marilyn Chin, *Dwarf Bamboo*, New York: Greenfield Review Press, 1987, p. 68.

④ Ibid., p. 69.

⑤ Ibid., preface.

的信（或同化之文）》[①] 和《风去台空》诗集中的《流亡的信：革命失败后》。[②] 两首诗都反映了中国历史悠久的流亡诗书写传统，尤其是蔡琰的《悲愤诗》和《胡笳十八拍》——女性诗人的流亡之音。《悲愤诗》和《胡笳十八拍》一为五言诗体，一为骚体，其实记叙的内容大致相同，但后者因汤亭亭在其《女勇士》中大加渲染而在华裔美国文学界更具影响力。

在《胡笳十八拍》中，蔡琰记叙了她于公元195年左右为匈奴所掳，被迫成为匈奴左贤王妃子，并为其育有二子，其后又生离二子的惨痛经历，其诗苍凉悲壮，其中第二拍如下：

> 戎羯逼我兮为室家，将我行兮向天涯。
> 云山万重兮归路遐，疾风千里兮风扬沙。
> 人多暴猛兮如虺蛇，控弦被甲兮为骄奢。
> 两拍张弦兮弦欲绝，志摧心折兮自悲嗟。[③]

这一选节描绘了匈奴所居处的环境："云山万重""疾风千里"，恶劣野蛮未开化；陈美玲亦在其诗中将美国称为"荒原""冻原"。匈奴人亦野蛮："人多暴猛兮如虺蛇，控弦被甲兮为骄奢"；而陈美玲直接将美国人称为"野蛮人"，如《风去台空》集中的《野蛮人来了》。[④] 她的两首《流亡的信》更明显受到蔡琰及其诗作的影响。

第一封流亡的信来自诗人的表亲或堂亲姐妹，信中的悲苦滋味掩盖在讽刺的语气之下。信中说道，她和其他的华裔移民在美国南部的

---

① Ibid., p. 42 ~ 43.

② Marilyn Chin, *The Phoenix Gone, The Terrace Empty*, Minneapolis: Milkweed Editions, 1994, p. 15.

③ 蔡琰：《胡笳十八拍》，《文学遗产》编辑部编，《胡笳十八拍讨论集》，北京中华书局1959年版，第265页。

④ Marilyn Chin, *The Phoenix Gone, The Terrace Empty*, Minneapolis: Milkweed Editions, 1994, p. 19.

路易斯安那州，在一个法国“贵族”的土地上种豆子。这所谓的法国贵族，不过是美国南部一地位低下的法国人，仅仅因为他的肤色是白色，便凌驾于华人之上。

那个法国“贵族”口上宣称，他理解“种族的困境”,① 但他那疯狂的身患癌症的妻子毫不隐讳地暴露了其对中国移民的歧视：

她到我们身边，低声说，
“我们的狗
消失在深夜，
昂贵的雪达犬和波音达猎犬
穿着考究，还带有证件。
我猜你们是不是错把
我们的狗当自己的吃了。”

在她看来，中国人比她穿着考究的狗更卑下，而且她的狗还戴着证件，让华裔美国人想到自己获得美国身份的艰难。但事实正如祖母所说：“记得吗？是你的狗/ 越过篱笆/ 垂涎我们的大白菜”,② 让读者想起1840年以来帝国主义国家对中国的无情掠夺。祖母的最后几句话——“……在那堵荆棘篱笆之后，/男孩们在等着，现在就在，/那些白种男孩”——进一步揭露了华人在美国的生存困境：在性别、种族、金钱主导的美国社会，华裔美国人同时面临种族、性别歧视和经济压迫。

第二首《流亡的信》中，诗人的代言人“我”讲述了她在美国的生存环境：“狭窄的窗玻璃外有一世界 / 确实，天地更高远，视野

① Marilyn Chin, *Dwarf Bamboo*, New York: Greenfield Review Press, 1987, p. 42.

② Marilyn Chin, *Dwarf Bamboo*, New York: Greenfield Review Press, 1987, p. 42.

更开阔／紧闭的门外是繁复的街道”。逼仄的生存环境让她想起蔡琰流放在“天山和罗布泊之间的某处”。在诗人眼里，蔡琰比自己更为“谦卑和温和”，表面上是同情蔡琰，其实是在同情自己。接下来，她写道：

> 再不能书写，且对于她
> 日出日落不再重要
> 当她舂打小麦或缫丝剥茧时，
> 都不属于她，她走向流亡，誓不归返——

诗人在说蔡琰，还是自己？笔者看来，陈美玲既在写蔡琰，也在写自己。首先，她们都被流放至“蛮荒之地”，在那里她们再不能自由书写。其次，身在异国他乡，即使她们努力回归自己的传统，以中国化的舂打小麦和缫丝剥茧为代表，工具和土地都不属于她们。

陈美玲最后写道：“她抬头仰望，在月亮中看到我的面庞”，一则表明从蔡琰到诗人自己，时空异变，只有明月似旧时，和许多中国诗人一样，陈美玲向明月寻求安慰；再则表明她在蔡琰的流亡经历和传世诗作中找到了华裔美国女性诗歌创作之根，她以蔡琰来定位自己在美国社会的位置和身份。不同的是，蔡琰是被迫流放，而陈美玲则选择了自我流放。

蔡琰和陈美玲皆“往返于两种文化之间”，其诗作是多罗西·王所称的“两种文化的书面译介”。① 陈美玲将华裔美国女性诗歌创作的传统追溯到蔡琰，一方面反抗中国文学传统中男性话语主导的局面，发出女性强有力的声音；另一方面试图建立一种属于华裔美国女诗人的文学传统，即“她们自己的文学”。

---

① Dorothy Joan Wang, *Necessary Figure: Metaphor, Irony and Parody in the Poetry of Li Young-Lee, Marilyn Chin and John Yau*, Berkeley: University of California, 1998. p. 96 ~ 97.

定位了自己流放在中国和美国传统之间的位置后，陈美玲目标更加明确，立场更加坚定，她说："我在报复历史加之于我母亲和所有女人的恶行。我也在反抗种族歧视，这个美国历史上的重要问题。"①同时，她的写作技巧愈加成熟，诗歌形式愈加多样。这些充分体现在她最近的一部诗集《黄色狂想曲》(2002) 中：

在该诗集中，她更加频繁引用中国文学经典入诗，且灵活运用中国古典诗歌创作的各种形式。在《中国四行诗（44 号坟墓的女人)》② 中，诗人运用了绝句的形式。虽然这十二首英文组诗显然与有着平仄韵律的中国绝句相去甚远，但这些四行诗要么以奇特的比喻制胜，类似中国诗歌比兴手法，要么有着令人难忘的意象，追求中国诗歌所珍视的"辞不尽意""意在言外""只可意会，不可言传"的境界③。诗集中最后一首与诗集同名的诗《黄色狂想曲》，据诗人自己注释，是模仿赋体而成。赋的特点是"铺采摛文，体物写志"，④言辞铺张，情感恣肆，而陈美玲诗名中的"狂想曲"本来就具有铺张恣肆的含义；其次，诗人通过大量的重复和排比来增强语势，如开篇连用三个"我爱你，我爱你，我爱你，不管/ 你的种族、你的性别、你的肤色"，⑤ 而且全诗共用了六十多个"说：……"的结构，气势磅礴。至此，她在中国古典文学土壤上已经扎下了根，她已不仅因为情感因素试图回归母居国文学传统，更有意拨用中国文化符号，彰显自己的族裔身份。

---

① Kuilan Liu, *To Revenge on Paper: An Interview with Marilyn Mei Ling Chin*, *Shifting the Boundaries: Interviews with Asian American Writers and Critics*, Tianjin: Nankai University Press, 2012, p. 23.

② Marilyn Chin, *Rhapsody in Plain Yellow*, New York and London: W. W. Norton & Company, 2002, p. 24 ~ 26.

③ 中国诗歌的这一境界华裔美国比较文学专家叶维廉在其《中国诗学》中的《中国古典诗中的传释活动》一文中有详细论述。

④ 周振甫：《文心雕龙今译》，中华书局 1986 年版，第 76 页。

⑤ Marilyn Chin, *Rhapsody in Plain Yellow*, New York and London: W. W. Norton & Company, 2002, p. 96.

陈美玲在诗歌创作形式上的创新，大大改观了华裔美国诗歌创作形式单一的刻板印象：美国主流诗评家普遍认为“少数族裔诗人将注意力集中于叙述故事，而不是形式或形式创新”。① 但陈美玲的创作实践颠覆了这一成见，如布里吉特·渥林格－秀尔（Brigitte Wallinger-Schorn）所言：“陈美玲等诗人革新地使用亚洲语言结构入诗，表示亚裔美国诗歌形式在少数族裔诗歌潮流中渐趋成熟。”② 因此，陈美玲不仅在挑战、改写华裔美国诗歌传统，更是挑战美国主流诗歌创作传统，意在创作华裔美国诗人自己的文学。在此意义上，陈美玲堪称非常具有“亚裔美国感”的诗人。③

在流放中决裂，还是在流放中融合？陈美玲最终做出了抉择——她借用、改写或重塑中国文学元素来创作英语诗歌绝不是玩文字游戏，而是表达了她对中国文字的深厚感情和在文学中实现中西文化融合的愿望；这既是族裔历史和文化的客观影响，更是诗人的自主选择，而且这种选择的背后，依旧纠结着美国少数族裔的身份政治：在亚裔美国文学知名学者张敬珏看来，陈美玲的“双语诗学”（Bilingual Poetics）正是一种契合时代潮流的“跨国政治”（Transnational Politics）④：

在快速全球化的当今世界，跨国的共鸣应该被放大，而不是被压抑。……批评家通过检视（诗人们）对中国资源的创造性、

---

① Ron Silliman, *Poetry and the Politics of the Subject*: *A Bay Area Sampler*, *Socialist Review*, 1988, 18 (3): 63.

② Brigitte Wallinger-Schorn, *So There It Is*: *An Exploration of Cultural Hybridity in Contemporary Asian American Poetry*, Amsterdam and New York: Editions Rodopi B. V., 2011, p. 180.

③ 蒲若茜：《“亚裔美国感”溯源》，《外国文学研究》，2013 年第 35 期第 4 版，第 97—106 页。

④ King-Kok Cheung, *Slanted Allusions*: *Bilingual Poetics and transnational Politics in Marilyn Chin and Russell Leong*, *Amerasia Journal*, 2011, 37 (1): 45.

颠覆性运用反抗东方主义——实际上，对中国资源的使用一方面可以挑战华语语系和英语语系国家的文化统治，另一方面可以置换西方文化遗产在新世界（美国）的霸权。[11: 55—56]①

可见，作为少数族裔的华裔美国人，在当今“全球化”的语境中应该以非常积极的态度看待自己的双语言、双文化传统，应该把这种“混杂”的优势放大，既摆脱“东方主义”的自我操演，又脱离“非亚”“非美”的困扰，以独特的方式建构自己独特的族裔文化。在这方面，陈美玲双语互文的诗歌创作实践，为华裔美国文学的新发展做出了典范。

（原载《中国比较文学》2014 年第 2 期，与硕士研究生李卉芳合作）

① Ibid., p. 55 ~ 56.

第二辑　诗学寻踪

华裔美国文学研究的中国视野

在饶芃子教授与笔者合作完成的《从“本土”到“离散”——近三十年华裔美国文学批评理论评述》① 一文中，我们对20世纪70年代至今美国内部华裔美国文学批评理论的争鸣、变革与拓展进行了详细的梳理和评析，在此不赘述。本文所要关注的，是近20年来中国台湾、大陆学界对于华裔美国文学的研究状况及其利弊得失，并在此基础上提出自己的理论观点。

一、“台湾视角”：对美国批评动向的积极呼应

据台湾华裔美国文学专家单德兴考证，早在20世纪80年代，台湾的刘绍铭就开始译介华裔美国文学，如《唐人街的小说世界》（1981）和《涉涉唐山》（1983）等。林茂竹的《属性与华裔美国文学经验：第二次世界大战以来的唐人街美国文学研究》（*Identity and Chinese-American Experience: A Study of Chinatown American Literature Since World War II*，1987）是台湾学者关于华裔美国文学最早的一篇博士论文，之后许俪粹、冯品佳、张瑶惠、梁一萍、刘纪雯、陈淑卿

① 饶芃子、蒲若茜：《从“本土”到“离散”——近三十年华裔美国文学批评理论评述》，《暨南学报》2005年第1期，该文被中国人民大学报刊资料中心《文艺理论》2005年第4期全文转载。

等人的博士论文也以华裔美国文学为研究对象。①

自 1993 年开始，台湾“中央研究院”欧美研究所每两年举行一次华裔美国文学专题研讨会，迄今已出版了两本颇有影响的华裔美国文学论文集，成为当今大陆华裔美国文学研究论著中频繁出现的参考文献：第一本论文集《文化属性与华裔美国文学》，1994 年由台湾“中央研究院”欧美研究所出版，收录了该所于 1993 年 2 月主办的“文化属性与华裔美国文学研讨会”论文及座谈会记录，并附访谈录一篇和书目提要一份，论文分别探讨华裔美国文学的重要作家汤亭亭、雷霆超、赵健秀、黄哲伦及其作品中所透露的种族、性别、文化认同和民族、国家认同等问题。1996 年又出版了《再现政治与华裔美国文学》，收录了该所 1995 年 4 月主办的“再现：第二届华裔美国文学研讨会”论文，探讨了天使岛诗歌、华裔美国文学自传、徐宗雄的《家乡》、任璧莲的《典型美国人》、伍慧明的《骨》、赵健秀的《甘加丁之路》和《西方的蝴蝶夫人》等文本中所透露的再现问题，展示了台湾学者对华裔美国文学的动态观察和思考。值得一提的是，台湾“中央研究院”华裔美国文学研讨会主办的每一次华裔美国文学研讨会都有华裔美国知名作家、学者参加，如张敬珏、汤亭亭、林英敏等人都曾出席过这些研讨会并发言或接受访谈，这对推进中外华裔美国文学研究的互动和对话是大有裨益的。

不仅如此，华裔美国文学在 20 世纪 90 年代也进入了台湾地区的文学教育体制，诸多学者在台湾大学、交通大学、清华大学、中正大学、彰化师范大学、淡江大学、东吴大学等高校开设了“华裔美国文学”课，吸引了越来越多的学生对华裔美国文学研究的兴趣，有的还选择这方面的题目做学士、硕士甚至博士论文。台湾地区的《美国研究》（*American Studies*）、《淡江评论》（*Tamkang Review*）和《中

① 单德兴：《华裔美国文学在台湾：写于“文化属性与华裔美国文学研讨会”前》，王德威主编《铭刻与再现——华裔美国文学与文化论集》，麦田出版社 2001 年版，第 351—356 页。

外文学》（*Chung Wai Literary Monthly*）等期刊也经常刊登这方面的论文，由此可见台湾地区的华裔美国文学研究的蓬勃态势。

台湾地区的华裔美国文学研究也存在视野的局限和盲点。正如台湾学者张锦忠在《检视华裔美国文学在台湾的建制化（1981—2001）》一文中所追问的："台湾学者在以中文诠释华美文本时，究竟站在什么样的位置发言？其读者既是通英文的同行与学子，他们何不读华美或其他族裔的美国学者的英文论文去？研究华美文学究竟能够带给台湾学者什么样的反思？如果我们的诠释工具，其实就是美国学界所通行的少数族裔或弱势论述、后殖民论述、女性主义、文化研究、文类理论，或文学史书写理论，那么我们的台湾观点在哪里？"① 张锦忠的质疑指出了台湾地区华裔美国文学研究的弱点：那就是过于紧跟美国学界的批评套路，大多采用美国盛行的少数族裔理论、后殖民理论、女性主义理论或文化研究理论去观照华裔美国文学，并没有真正形成"台湾学者的观察视角"。在张锦忠看来，台湾地区的华裔美国文学研究还没有建立起自己的理论架构，更没有形成有特色的"台湾视角"，没有做到像非洲裔文化理论家那样形成自己独特的诗学话语。对单德兴提出的对华裔美国文学研究的"相对化、历史化、脉络化"（relativize，historicize，contextualize）的"三化建构"，张锦忠也认为"看似周延，其实并无法彰显美化文学研究的特殊性"。②

由于台湾的华裔美国文学研究者大多留学美国，其博士论文都是在美国的大学完成，回到台湾后继续从事该方面的研究和教学，与美国的华裔美国研究界联系紧密，所以其批评动向几乎与美国同步。例如美国的黄秀玲于1997年的论文中论及聂华苓、白先勇、於梨华等人，把华裔美国文学的研究对象扩展到了用中文创作的华人作家；中

① 张锦忠：《检视华裔美国文学在台湾的建制化（1981—2001）》，《中外文学》2001年亚美文学专号。

② 张锦忠：《检视华裔美国文学在台湾的建制化（1981—2001）》，《中外文学》2001年亚美文学专号。

国台湾的单德兴、冯品佳等就及时回应，开始研究华文作家严歌苓和黎锦扬用汉语创作的作品，分别发表《从多语文的角度重新定义华裔美国文学——以〈扶桑〉和〈旗袍姑娘〉为例》（单德兴，2000）和《严歌苓短篇小说中的移民经验：以〈栗色头发〉〈大陆妹〉及〈少女小渔〉为例》（冯品佳，2001）等论文。通常而言，这样的互动交流对于学术研究是有利的，但却从某种程度上湮灭了批评话语的多样性。

但台湾学者对华裔美国文学研究的贡献是明显的：以单德兴为例，他多次赴美与华裔美国作家进行面对面的访谈，出版了《对话与交流：当代中外作家、批评家访谈录》（2001 年），积极筹备台湾地区的华裔美国文学研讨会并出版论文集。这些资料对推进大陆的华裔美国文学的研究有着非常重要的作用；同时，单德兴对华裔美国移民经历的历史场域天使岛、唐人街进行了多次实地访问，对华裔美国文学的人名掌故认真考证，不断更新台湾华裔美国文学研究书目提要。多年来，台湾学者对华裔美国文学理论建构孜孜以求，提出了诸多创见，为后来者的研究奠定了基础。

二、大陆的华美文学研究及其“文化中国”情结

与台湾相比，大陆的华裔美国文学研究起步较晚。20 世纪 80 年代是华裔美国文学的发轫期，从江小明的《新起的华裔美国作家马可辛·洪·金斯顿》（《外国文学》1981 年第 1 期）、凌彰的《美国华裔女作家汤亭亭》（《世界图书》1981 年第 5 期）两篇“开山之作”算起，华裔美国文学研究似乎已经有了 20 多年的历史，但整个 80 年代大陆对华裔美国文学仅仅限于零星的译介，从 1980 年到 1990 年十年之内一共才发表了 5 篇文章，还包括翻译外国学者的论文如杨发章（美）的《论美籍亚洲人的认同身份、内外冲突和生存策略》（徐竹译，《国外社会科学》1985 年第 1 期）一文，这篇发表于 1985 年的译作已论及华裔美国文学的身份认同、文化冲突和生存策略，但

这并不是大陆学者的见解，我们是在十多年以后才开始对华裔美国的身份认同发出了自己的声音。

值得注意的是，对于华裔美国文学，在国内有两支研究队伍：一是英语系学者组成的华裔美国文学研究队伍；一是以中文系学者为主体的海外华文文学研究队伍。海外华文文学研究队伍主要是研究海外华人的中文创作，最早从台港文学开始，进而关注到东南亚文学，后来才触及北美、欧洲、澳新等板块的研究。中国大陆学者对于海外华文文学的研究，始于20世纪70年代末80年代初，从1982年6月在广州暨南大学召开第一次全国性的“台港文学研讨会”算起，至今已有30多年的历史。与英语系的华裔美国文学侧重译介的研究态势相比，中文系研究队伍侧重从文化、身份的角度切入华裔美国文学的研究。暨南大学的饶芃子教授早在1993年就倡导海外华人文学的跨文化、跨语言研究，提倡打通海外华人的母语与非母语文学，先后指导了多篇华裔美国英语文学研究的博士论文，拓展了大陆海外华人文学的研究空间。

1990年以来，大陆学界对于华裔美国文学的关注日多。最有代表性的是《读书》杂志于1993年连续发表了冯亦代6篇介绍华裔美国作家的文章，但这些文章大多限于对作家、作品的总体介绍，没有深入的评论。1998年南京大学的张子清教授领衔组织翻译了第一批华裔美国文学作品，推动了大陆华裔美国文学研究。2001年，《国外文学》《外国文学研究》分别推出了华裔美国文学专栏论文，发表了多篇专门论述华裔美国文学的论文，掀起了华裔美国文学研究的热潮。该年10月底在北大举行的北京大学/纽约州立大学美国文学与文化研究国际学术研讨会，分设由吴冰教授主持的“当代华裔美国文学”小组讨论，参与者甚多。2002年在南京举行的第7届中国比较文学学会第7届年会上，饶芃子教授主持了“海外华文文学、华裔文学与域外汉学研究”圆桌讨论，在座的发言者来自中国、美国和东南亚各国，中外研究者对华裔文学研究进行了热烈的探讨和对话。2002年、2003年华裔美国文学在大陆的研究持续高涨，其中2003年华裔美国文学期刊论文达到了67篇，几乎是前一年的两倍半，而截至2004年底，中国大陆发表期刊论文总数已经达到238篇，其中2001年至2004年就达到160篇以上，由此可见华裔美国文学研究近年在中国的蓬勃发展。2003年1月北京外国语大学英语学院华裔美国文学研究中心成立。2003年11月“美国少数族裔文学学术研讨会”在四川大学召开，华裔美国文学成为本次研讨会的焦点。同年，南京师范大学程爱民主编的《美国华裔文学研究》论文集出版。2004年3月复旦大学成立了“华人文学研究所”，另外大陆多所高校也成立了亚/华裔美国文学研究中心或研究所，同年张子清主编的新一辑“华裔美国文学译丛”出版。对此，华裔美国文学的开拓者之一吴冰说：“这一切，标志着中国大陆华裔美国文学研究进入了一个新的阶段。”①

与此同时，华裔美国文学也渐渐进入大陆英语语言文学学科的课程设置：北京外国语大学从20世纪90年代初就在英语系为美国学的硕士生开“亚裔美国文学”课，多年以来，以北京外国语大学、南京大学、暨南大学、南京师范大学、厦门大学、四川大学等为主的高校已经培养出好几届研究华裔美国文学的硕士、博士。

多年以来，大陆对于华裔美国文学的研究似乎形成了一个定式：研究者们总是渴望找寻到更多作为华裔美国人在文学书写中的共性，诸如对中华文化传统的继承，对中、西文化冲突的表现等。已经出版的两篇博士论文《西方语境中的中国故事》（卫景宜，中国美术学院出版社，2002年）和《文化的乡愁：论美国华裔文学的文化认同》（胡勇，中国戏剧出版社，2003年）代表了这样的研究态势，体现出大陆学者的“中国视角”：《西方语境中的中国故事》运用西方文化理论、后殖民理论的诸多观点，以汤亭亭的三本小说为研究对象，分析作品对于中国神话和文学经典的挪用、改写和创新，认为这是对西

---

① 北京外国语大学亚裔美国研究中心网站（http:// seis. bfsu. edu. cn/ sub/yz/yzsiaus. htm）。

方霸权话语的对抗，肯定了作为美国的少数族裔的华裔作家对中国文化资源的创造性挪用。《文化的乡愁：论美国华裔文学的文化认同》则主要论及华裔美国文学对中国文化的认同和对“文化中国”的书写，如作者自己所言，该书从“华裔文学的属性分析入手，强调了其中的中国文化向度”。[①] 以这一主旨为纲，作者选择了华裔美国文学的代表性文本为个案，完成了华裔美国文学是20世纪中国文学的分支这样一个宏大的架构：“‘五四’新文化传统既是对旧文化传统的反叛，但同时又归于中国文化传统的大一统中。20世纪中国文学基本上反映了中国文化的这种历史进程。而海外华文文学则从特定的文学角度，反映了这一历史进程中的一个方面。”[②] 除此之外，从近几年发表在各种期刊上的论文来看，以华裔美国文学的“中国文化书写”“中美文化冲突、对话与融合”等为论文题目或关注点的文章很多，体现了大陆学者构建世界性的“文化中国”的强烈愿望。

作为中国学者，对于华裔美国文学的中国文化书写自然感到特别的兴趣，正如单德兴所言：“相较于主流美国文学或其他亚裔美国作品，华美文学由于族裔、文化的缘故，在中国学者心目中有一股特殊的亲切感，尤其涉及若干中文的表达方式、转化或挪用中国文本，或与中国文化相关时，更是如此。”[③] 然而，作为生活在双重甚至多重语言、文化、历史、阶级语境中的华裔美国作家，作为生活在“世界之间”的人，他们的认同不可能像我们所想象的那样单纯，他们可能对于祖居国有着“文化的乡愁”，在西方的语境中讲着中国的故事，也许不时也有着“归家”的渴望，但从主观和客观上看，他们都不会也不可能“归来”。

---

① 胡勇：《美国华裔文学研究综述》，《新疆大学学报》2003年第12期。

② 胡勇：《文化的乡愁：论美国华裔文学的文化认同》，中国戏剧出版社2003年版，第230页。

③ 单德兴：《冒险的文学研究：台湾的亚美文学研究——兼论美国原住民文学研究》，《中外文学》2002年亚美文学专号。

加州大学伯克利分校亚裔研究系的王灵智教授在《双重“宰制”的结构：关于海外华人研究中的范式问题》一文中就对美国华人研究中的两种范式——“同化”（assimilation）和“效忠”（loyalty）提出了质疑，分析了这两种研究范式的局限性。他说，在美国，“同化”研究范式关注的是中国人如何被美国同化，同化如何失败，美国社会如何通过政策和法令去对待中国移民等；而在中国，主流观念就是美国和其他国家的华人对故乡的亲人、对自己的乡土、对中华文化和国家的效忠或忠诚。[①] 王灵智继而提出，“华裔美国人的身份既不是从美国，也不是从中国转换而来，而是植根于华裔美国经验的一种新的身份”，[②] 因此，我们用“WASP”主流的“同化”范式或中国的“效忠”范式去研究是不合适的。这样的呼声，其实也是众多华裔美国作家所倡扬的，从赵健秀对“亚裔感性”的呼吁到汤亭亭、谭恩美、任璧莲等对“华裔美国作家”中“华裔”标签的抗拒，揭示了华裔美国文学研究中有待拓展的另一面。

三、整合之路：华裔美国文学母题研究的意义

华裔美国文学发展至今，已经有了150多年的历史。在20世纪70年代获得“华裔美国文学”命名之后，内容日益丰富、多元。但从中国大陆和中国台湾的研究状况看，两大板块的研究各有其需要拓展的空间。由于历史的原因，大陆的华裔美国文学研究起步较晚，观点还没有摆脱聚焦“华裔美国文学的中国言说”这样一种研究范式。台湾学者虽然对于华裔美国文学研究反应热烈，但以中国台湾的弱势地位和“离散”的政治、文化状态，不太可能全面地评价华裔美国

① L. Ling-chi Wang, *The Structure of Dual Domination: Toward a Paradigm for the Study of the Chinese Diaspora in theUnited States*, *Amerasia Journal* 21, 1995, p. 152.

② Ibid., p. 164.

文学。这正如张锦忠所质疑的："华美文学中的'汉字'可能粤语、台山话或华埠俗语居多，台湾学者未必能胜任，阅读时恐怕还得请教高明，或借助类似华裔美国学者谭雅伦等所编《唐人街华语：旧金山方言》这样的参考文献，才能了解雷霆超的《吃碗茶》（*Eat a Bowl of Tea*）中的'Cinshunhock'，'jook sing'之类的词语掌故究竟所指何意……这样的阅读盲点，和华美作家'误译'和'扭曲'中国传统故事或古典比起来，又何尝不是另一种隔阂？"[①] 由此可见，由于立场、视角的偏移和视野的局限，当前的华裔美国文学研究有待于进一步的突破，应该在华裔美国文学的美学模式、文化融合的流程及演变方面进行更加深入的研究。而在笔者看来，其切入口就是做深入、贯通的文学母题研究，这样才可以给华裔美国文学定性，从而构成华裔美国文学的传统。一种文学类型，自然与血缘、宗教、文化传统有关系，而这种关系会在文学母题上表现出来。文学母题是文学所特有的、反映作者信仰、梦想、痛苦与追求的具有某种恒定意义的品质结构，这种结构会在文学作品中得到反复、不断的呈现。[②] 华裔美国文学的母题，是由华裔族群的历史遭遇、心理积淀、思维方式、行为模式及文学想象等因素综合铸就的。

在美国，有两个少数民族的处境是非常相似的：被美国主流称为"模范少数民族"的犹太裔美国人和华裔美国人。在犹太裔文学母题背后是强大的犹太文化传统和美国主流文化传统，华裔美国文学背后是强大的中国文化传统和美国主流文化传统。犹太文学中若干具有普遍意义的母题以其特定的方式实现着对犹太文化的遵循和演化，比如"边缘人""父与子""牺牲——救赎"等，[③] 而华裔美国文学的母题

---

① 张锦忠：《检视华裔美国文学在台湾的建制化（1981—2001）》，《中外文学》2001年亚美文学专号。

② 刘洪一：《走向文化诗学：美国犹太小说研究》，北京大学出版社2002年版，第102页。

③ 同上书，第99页。

则显示出对祖居国（中国）和居住国（美国）文化的双重归宿。对于犹太裔美国文学，国际国内学者在母题研究方面做了大量的探索，发掘出了许多具有典型意义的犹太文学母题，使犹太文学作为一种文学类别得以确定。而我们的华裔美国文学研究比较侧重文本以外的“外部因素”，还没有挖掘出华裔美国文学特有的文学和艺术内涵。而要做到这一点，必须做深入贯通的母题研究；同时，要整合中国大陆和中国台湾的华裔美国文学研究，也必须抛弃地域上的偏见和政治、文化上的歧见，落实到具体的文学母题上。

在选择华裔美国文学的母题研究这一点上，黄秀玲教授专注于亚裔美国文学内部整体性研究的《从必需到奢侈——解读亚裔美国文学》（*Reading Asian American Literature*：*From Neccisity to Extravagance*，1993）一书可以为我们提供诸多的启示。该书不仅提出了亚裔美国文学从政治上联合的必要，而且试图通过与亚裔美国历史、文化的互文性阅读，建立一种亚裔美国文学的“文本联盟（textual coalition）”，体现亚裔美国文学自身的“特殊模式”。[①] 黄秀玲认为对亚裔美国文学的解读也牵涉到阅读者有意识地占据的阅读地位。亚裔美国批评家解读亚裔美国文本时总会有所选择：要么追寻文本中的亚洲影响，要么表现他们在美国历史中的地位；要么强调他们的普遍性，要么揭示他们特殊的忧虑，而黄秀玲是把关注焦点放在每一对选择的后者上，揭示的是亚裔美国文学共享的、有别于一般的美国文学的特殊性，旨在“建立一种亚裔美国文学的历史连贯感”。[②]

黄秀玲建立“亚裔文本联盟”的基础是研究具有共通性的亚裔美国文学母题。《从必需到奢侈——解读亚裔美国文学》每一章都集中探讨一个母题，每一章都针对一个亚裔美国文学母题的“独特模式”，虽然这些母题在英美主流文学中也可能存在，但她侧重的是对

① Sau-ling Cynthia Wong, *Reading Asian American Literature*:*From Necessity to Extravagance*, New Jersey:Princeton University Press, 1993, p. 9.

② Ibid. .

亚裔美国特殊的历史、文化与文学文本进行“互文”性解读时这些文学母题所展现的独特意义。

迄今为止，黄秀玲这样对亚裔美国文学母题做贯通性的、细致精微的研究成果还没有被后来者超越。但由于该著作是对亚裔美国文学的总体研究，其研究对象就涉及华裔、日裔、菲律宾裔等多种少数族裔的文学文本，母题选择也是基于亚裔美国文学文本的共同性，所以对于华裔美国文学母题自然不可能特别关注，涉及的华裔美国文学文本也大大受到限制。自然，该著作不可能在亚裔美国文学母题的研究中囊括华裔美国文学的母题。这为华裔美国文学研究者留下了空间。

鉴于此，作为华裔美国文学研究者，我们应该通过对华裔美国文学母题的发掘，揭示华裔美国文学特有的文学传统和表达方式，套用黄秀玲教授的术语，就是要建构华裔美国文学的“文本联盟”，使华裔美国文学的界定和认同更加明晰化，突破华裔美国文学研究内部的歧见和纷争。

任何文学作品的思想取向都不可能是单一的，华裔美国文学亦然，但从整体上来看，有一些具有典型意义的文学母题在华裔美国小说中得到了较为突出的体现，比如“唐人街”“边缘人”“越界者”“父/子”“母/女”等。这些小说母题中的一些虽非华裔美国小说所独有，却在华裔小说文本中得到了十分集中、典型的体现，蕴含了华裔特殊的流散、播撒的族裔经验和文化积淀，成为华裔美国人历史、文化的重要表征，有着相当的研究价值。专注于华裔美国文学母题的研究，旨在探寻华裔美国文学产生的机制，历史、文化、民族心理渊源，其所蕴含的文艺美学、文化诗学层面的意义，从而为当下的文化语境提供可资借鉴的文化方略或行动纲领。

从“本土”到“离散”

——近三十年华裔美国文学研究评述

在华裔美国文学被命名之前，在很长一段时间里，华裔美国文学一直是被湮没、被忽略的。华裔学者林英敏（Amy Ling）教授在《这是谁的美国?》一文中就对此质疑：“为什么我所为之奋斗的文学事业中竟没有一个非白人作家。我的教授和同事们都认为任何一个有色人种所写的东西都是毫无价值的……他们说，如果有价值，它们就会像乳酪一样‘升到上面’，大家自然都会知道。现在我逐渐意识到，哪些可以‘升到上面’完全取决于谁来提升，书籍不会像乳酪那样自己升起来，一些是被提升的，而另一些则被忽略了。”① 事实上，华裔美国人在美国的历史上一向也是被“消音”（silenced）、“灭迹”（erased）的。从历史上看，华裔美国文学的诞生与命名，是与美国20世纪60年代的民权运动紧密相连的，因为在此之前，虽然有华裔美国人的写作，却没有华裔美国文学的命名，没有轰轰烈烈的对华裔族性的追寻和华裔美国人文化身份认同的探讨。

美国民权运动树立了多元文化主义（multiculturalism）在美国文化中的主宰地位。多元文化主义不仅唤醒了美国非洲裔、美国土著、美国墨西哥裔等少数民族的族性意识，同时催生了亚裔美国人作为亚裔的族性意识，引发了60年代末至70年代的“泛亚运动”（Pan-Asi-

① Amy Ling, *Whose America Is It*?, *Transformations*, Vol. 9, No. 2. Sept. 9, 1998, p. 4.

an Movement)。①“泛亚运动”凸显出亚裔美国人作为一个被内部殖民少数族裔（internally colonized ethnic minority）的生存语境，暗示在以白人为主流的美国社会里，来自亚洲的少数族裔联合团结、共同争取族裔身份的重要性。作为“种族政治”的有力工具，亚裔美国文学在这一阶段有了自己的命名，在美国文学中占据了一定的地位，并获得了长足的发展。由此可见，亚裔美国文学的命名具有浓厚的政治意识形态，从命名之初就打上了深深的种族文化烙印，作为亚裔美国文学重要部分的华裔美国文学同样如此。十多年过去了，亚/华裔美国文学的发展远远超出了一般读者和研究者的期待视野，引发了族群内外一波又一波的文化、文学的论战，从而形成了以族裔、文化、性别身份问题为主要观照的华裔美国文学批评。涌现出了以赵健秀（Frank Chin）、陈耀光（Jeffery Paul Chen）、徐宗雄（Shawn Hsu Wong）等为首的“亚裔感性”或“华裔感性”的倡扬者；以金惠经（Elaine H. Kim）、林英敏（Amy Ling）、黄秀玲（Sau-ling Cynthia Wong）、林玉玲（Shirley Lim）、张敬珏（King-kok Cheung）、骆里山（Lisa Lowe）等从族裔、性别、阶级的共同关注出发的反本质主义身份论者；还有在“全球化”和后现代语境中族裔身份的“去领土化”（deterritorialization）和“去国家化”（denationalization）的倾向，以及出此而产生的离散理论。而这些立场和主张并不是呈线性推进的，而是一种“众声喧哗”的共生态势，体现出华裔美国文学批评理论的驳杂、多元。

本文将立足于近三十年来华裔美国文学研究状况，对其不同批评派别做出综合考量，并对华裔美国文学发展的现实，做出自己的价值评判。

① 泛亚运动”指的是20世纪60年代末期到70年代初期，以华裔、日本裔、菲律宾裔等为首的亚裔美国人为争取自己在美国社会的地位而广泛联合所有亚裔进行的一系列政治、文化斗争。

一

从20世纪70年代开始，华裔美国评论家赵健秀、陈耀光、徐宗雄等为首的华裔男性作家群就发出了亚裔美国身份政治的先声。他们率先开始钩沉、展现华裔美国人在美国长期被湮没、被消音的历史，把以往湮没的华裔美国作家、作品挖掘出来，赋予应得的地位，并从历史上的创作实际出发，进一步梳理、建立亚裔美国文学传统，先后编辑出版了《哎咦！亚裔美国作家选集》（*Aiiieeeee! An Anthology of Asian-American Writers*，1974）和《大哎咦！华裔与日裔美国文学选集》（*The Big Aiiieeeee! An Anthology of Chinese American and Japanese American Literature*，1991）。

赵健秀等人的宗旨是要通过展示亚/华裔在美国生活一百多年以来的生活真实，表达其被“亚洲和美国双重排斥”的痛苦经历，“宣称美国是自己的家”。[①] 在他们看来，华裔祖先一百年前就出现在美洲大陆并参与美国开拓、建设的历史，这就足以证明华裔在美国生存、发展的合法性。由此，他们把在美国出生和成长作为定义亚/华裔美国人的重要根据。在他们所编辑的选集中，只收录土生土长的亚/华裔用英文写作的作品。同时，他们声称华裔美国人既不是中国人也不是美国人，而是具有特定的文化传统和族性意识的族群，其衡量的标准就是是否具有“亚裔感性”（Asian American Sensibility）。

对于何为“亚裔感性”，赵健秀、陈耀光等并没有给出确切的定义，但在其1972年给《桥》（*Bridge*）杂志编辑的信中，赵健秀曾因人们把自己混同于来自香港、台湾的新移民而气恼地说：“……我为把我与黎锦扬、林语堂或其他有着完整的中国身份的华人联系在一起

① Eds., Jeffery PaulChan and Frank Chin, Lawson Fusao Inada, and Shawn Wong, *Aiiieeeee! An Anthology of Asian American Writers*, Washington D. C.: Howard UP, 1974, viii.

感到莫大的羞辱……我们不是可以互换的，我们的感性是不同的。”①在赵健秀看来，华裔美国人和华裔移民是不同的；他坚信，出生、生长在美国是具备“亚裔感性”的主要条件。由于接受了美国传媒对亚洲人及亚洲文化的错误表征，赵健秀拒绝认同自己的血缘文化之根：“我不是逃避移民，我只是陈述我不是中国人的事实。正如我不逃避白化病人、大象、矮子、侏儒，但如果你把我当作他们，我就不得不纠正你。”②

从这些充满语言暴力的文字，我们可以看出赵健秀对华人新移民的决绝态度。他认为，要建立一种新的文化身份，就必须与旧的文化传统彻底决裂，无论是中国文化传统还是美国的“白人”文化传统。在1979年3月斯坦福大学的一次演讲中，陈耀光也发表了他对于建立新的华裔美国身份的想法：“我们必须抛弃华人的或白人的身份意识，抛弃二者之后达成的平衡，才可能形成华裔美国人的身份意识，华裔美国现在还不存在，但随着我们的努力，它会冒现出来。”③ 由此我们可以看到他的亚/华裔感性是建立在对中国、美国文化身份的双重否定的基础上的。

如此，《哎咦！亚裔美国作家选集》和《大哎咦！华裔与日裔美国文学选集》正是从是否具有“亚裔美国感性”的标准出发，把美国主流认同的著名华裔作家黄玉雪（Jade Snow Wong）、林语堂（Lin Yutang）、黎锦扬（C. Y. Lee）、汤亭亭（Maxine Hong Kingston）、谭恩美（Amy Tan）、黄哲伦（David Henry Huang）的作品排除在外。选集的编辑者认为这些作家通过把华裔美国文化异国情调化，迎合了美国主流的东方主义话语：“用白人的言语方式，使自己美国化了。”

① Frank Chin, *Bridge* 2, No. 2, Dec. 1972, p. 30.

② Ibid..

③ Jeffery Paul Chan, Lecture at Stanford University, March, 1979, qtd. from Elaine H. Kim's *Asian American Literature: An Introduction to the Writings and Their Social Context*, Philadlphia: Temple University Press, 1982, p. 175.

变得“忠实、驯服、被动”。[①] 在《真假亚裔美国作家一起来吧!》(*Come All Ye Asian American Writers of the Real and the Fake*, 1991)一文中，赵健秀把这些作家归入“假”(the fake)亚裔美国作家之列，认为他们没有“亚裔感性”，其作品中表现出的都是白人价值观，是对“基督教的社会达尔文主义”(Christian social Darwinism)的复制和呼应。[②] 在《大哎咦！华裔与日裔美国文学选集》的前言中，赵健秀等进一步解释道：“我们把他们描述为假的亚裔美国作家——因为他们的创作来源于基督教教义、西方哲学、历史和文学。”[③]

与剥离中国、美国文化传统的呼声形成鲜明对比的是其对于华裔美国历史的强调：在《哎咦！亚裔美国作家选集》1991年重版序言中，陈耀光、赵健秀、徐宗雄等论述了“亚裔感性”与历史、刻板印象(stereotype)之间的紧密关系：“在我们能谈论我们的文学之前，我们得解释我们的感性，在我们能解释我们的感性之前，我们必须勾勒出我们的历史，在能够勾勒出我们的历史之前，我们得摒除他们对于我们的刻板印象，在我们能摒除刻板印象之前，我们必须证明刻板印象的错误，证明那些容易取得、一般曾为大众所知的历史都是不学无术。”[④]

为弘扬亚裔感性，赵健秀、徐宗雄在文学创作中做出了身体力行

---

① Eds., Jefferey Paul Chan, Frank Chin, Lawson Fusao Inada, and Shawn Wong, *Introduction*, *The Big Aiiieeeee! An Anthology of Chinese American and Japanese American Literature*, New York: Meridian, 1991, x.

② Frank Chin, *Come All Ye Asian American Writers of the Real and the Fake*, Eds., Jefferey Paul Chan et al., *The Big Aiiieeeee! An Anthology of Chinese American and Japanese American Literature*, New York: Meridian, 1991, p.1~92.

③ Eds., Jefferey Paul Chan, Frank Chin, Lawson Fusao Inada, and Shawn Wong, *Introduction*, *The Big Aiiieeeee! An Anthology of Chinese American and Japanese American Literature*, New York: Meridian, 1991, xv.

④ Shawn Wong, *Asian American Literature: A Brief Introduction and Anthology*, Boston: Addison-Wesley Educational Publishers Inc., 1996, p.5.

的实践：徐宗雄在1979年出版的《家乡》（*Homebase*）[①] 中塑造了一个坚定的华裔美籍孤儿形象，通过追寻先祖们在美国农场养马、参加公路建造，以及作为美国海军工程师的父亲为美国所做出的贡献，借铭刻先人在美国留下的轨迹，建构出华裔自我的独特感性，他说："我要用我以前去过的地方来命名我生命的所有重要时刻，加以分类，以便从记忆中挖出，找出我生命的稳定脉搏。然后把我的生命扎根在这些地名中。"[②] 赵健秀则经常通过自己作品中的人物表达其族裔和文化理念，如在《唐老鸭》（*Donald Duck*，1991）中借主人公的父亲之口明确说出："如果我们不写我们的历史，为何他们（白人）就该写？""历史是战争，不是运动。"[③] "诗（文学）就是运动。"[④] 台湾华裔美国文学学者李有成认为赵健秀《唐老鸭》中的历史书写是一种"记忆政治"："赵健秀的整个计划大抵是以其记忆政治为基础，企图唤起华裔美国人的集体记忆……从弱势族裔论述立场看，《唐老鸭》无疑是晚近书写/矫正（writing/righting）美国历史文化的大计划的一部分。"[⑤]

而赵健秀要矫正的不仅仅是美国的历史和文化，还有亚裔在白人眼中的"刻板印象"，尤其是对亚裔男性的"刻板印象"。在欧美主流文学作品中，黄种男人总是被定型为女性化而难以理解的异类，他们"彻底缺乏男子气概、女性化、柔弱、没有胆识与创意、不够积

① 《家乡》的中文译名出自台湾华裔美国文学学者何文敬，何在2001年曾将此书名译为《天堂树》，国内有学者将其译为《本垒》。

② Shawn Wong, *Homebase* (1979), New York: Plume, 1991, p. 23.

③ Frank Chin. *Donald Duck*, Minneapolis: Coffee House Press, 1991, p. 123.

④ Ibid., p. 125.

⑤ 李有成：《〈唐老鸭〉中的记忆政治》，《文化属性与华裔美国文学》，单德兴、何文敬主编，台北"中研院欧美所"1994年版，第127页。

极、缺乏自信与活力”,[①] 陈查理、傅满洲就是这种“刻板印象”的代表。为了彻底颠覆这样的“刻板印象”，赵健秀致力在中国的神话、民间传说和传奇故事中找寻华人的男性英雄传统，比如《水浒传》中的一百零八将、《三国演义》中的关公等。他从中国文学经典中吸取了无尽的营养，张扬了具有进攻性的、强悍的、梁山好汉式的华裔男性英雄传统。

不仅如此，赵健秀还提倡亚裔作家们在作品的语言、风格、文类等方面体现“亚裔感性”。就语言而言，不注重语法的纯正、标准，而是刻意使用可以传达“亚裔美国感性”的亚裔式美国英语，推崇用特殊的语言风格表达出族裔特色。在其作品中，尤其是剧本中，角色的道白“掺杂了一般英文、黑人英文、华人英文、广东话、北京话……生动地呈现出语言与文化的混杂（hybridity）现象”。[②] 在文类方面，赵健秀很排斥华裔文学中的自传书写传统，他认为写自传不是东方文学传统，而是西方，尤其是基督教的文学传统；他认为“华裔作家中只有基督教徒才写自传，这些自传从形式到内容都满足了白人的想象，这些作家推崇基督教道德，从心底深处认为白人至上……从黄玉雪到汤亭亭，她们的自传完全脱离了中国人或华裔美国人真实的生活处境，没有什么是华族的，没有什么是真实的，一切都出于纯粹的想象”。[③] 另外，为了树立独一无二的“亚裔感性”，赵健秀特别提倡“敌我意识”及“战斗”的态度，这从他对黄玉雪、汤亭亭、谭

① Frank Chin, *Back Talk*, Eds. , Emma Gee, *Counterpoint*: *Perspective on Asian America*, Los Angeles: UCLA Asian American Studies Center, 1976, p. 556.

② 单德兴:《书写亚裔美国文学史——赵健秀的个案研究》,《铭刻与再现——华裔美国文学与文化论集》，王德威主编，麦田出版社 2000 年版，第 224 页。

③ Frank Chin, *Come All Ye Asian American Writers of the Real and the Fake*, Eds. , Jefferey Paul Chan et al. *The Big Aiiieeeee*! *An Anthology of Chinese American and Japanese American Literature*, New York: Meridian, 1991, p. 49.

恩美、黄哲伦等的战斗态度可见一斑。

二

毫无疑问，在亚/华裔美国人在美国处于被消音、被漠视的70年代初，赵健秀、陈耀光、徐宗雄等为建构亚裔美国身份所做出的努力是值得肯定的。正如著名亚裔文学研究者金惠经教授在1982年出版的《亚裔美国文学：对亚裔美国写作及其社会背景的介绍》（*Asian American Literature*：*An Introduction and Their Social Context*，1982）对其评价说："不管其来源如何，对于亚裔美国人的种族区分对我们还是有利的。种族联合对加强我们的力量，促进我们的社群建设做出了贡献，为至关重要的亚裔美国文化的维护和发展做出了贡献，为我们组织进行全国性的族裔文化项目提供了有效的工具。"① 直到1993年，菲律宾裔美国作家、批评家杰西卡·海格冬在其《陈查理已死：当代华裔美国小说选集》（*Charlie Chan Is Dead*：*An Anthology of Contemporary Asian American Fiction*，1993）的导论中也非常肯定赵健秀等对于亚裔美国文学文化传统的建构所做出的贡献："《哎咦》在70年代所引发的政治能量和族裔兴趣对亚裔美国作家来说是非常重要的，它使我们作为独特文化的创造者得以显现，得以获得自己的身份。突然之间，我们不再被忽略，我们不再沉默。像美国的其他有色作家一样，我们开始挑战长期以来由白人男性主宰的仇外主义的文学传统。"②

但是，从赵健秀、陈耀光、徐宗雄等反复强调华裔美国身份需要土生土长的"亚裔感性"的本土视角，我们不难看出其本质主义与

① Elaine H. Kim，*Asian American Literature*：*An Introduction to the Writings and Their Social Context*，Philadlphia：Temple University Press，1982，xiii.

② Eds.，Jessica Hegedorn，*Charlie Chan Is Dead*：*An Anthology of Contemporary Asian American Fiction*，New York：Penguin Books USA Inc.，1993，xxvii.

反本质主义文化身份立场所形成的悖论：在剥离自己与中、美文化传统的关系上，他们采取的后现代主义的颠覆策略，是彻底反本质主义的身份观；但在建立自己族裔文化身份时采用的却是本质主义的方法。赵健秀、徐宗雄为建立亚裔美国人的"亚裔感性"，既排斥来自亚洲的林语堂、黎锦扬等新移民作家，也排斥土生华裔汤亭亭、谭恩美等多维度、多样性的身份诉求，以"亚裔感性"为唯一标准，彻底落入了本质主义的窠臼，发出的同样是强权的声音。他们这种本质主义的文化身份立场早就遭到了著名华裔美国女作家汤亭亭的质疑，到了20世纪80年代末直至90年代更引起了众多亚裔女性批评家的异议甚至抨击。

1988年张敬珏（King-kok Cheung）和斯丹·尤根（Stan Yogi）在其编写的《亚裔美国文学：注释书目》（*Asian American Literature: An Annotated Bibliography*，1988）的前言中明确提出《哎咦！亚裔美国作家选集》编辑者们以"亚裔感性"作为衡量亚裔美国文学的标准是一种非常主观的做法，认为这种狭隘的定义只会压抑而不是鼓舞正在发出自己声音的亚裔作家。所以，在其注释书目中，张敬珏和斯丹·尤根采取了非常宽泛的方式界定亚裔美国文学，其目的在于扩大亚裔美国文学的版图："我们包括了所有定居美国或加拿大的有亚洲血统的作家的作品，不管他们在哪里出生，什么时候定居北美，以及如何诠释他们的经历，我们还包括了有着亚裔血统的混血作家和虽然不定居在北美，却书写在美国或加拿大的亚洲人经历的作品。"①

张敬珏和斯丹·尤根对亚裔美国文学的界定显得有些泛化，却开启了亚裔美国文学"扩展版图"的历程：林英敏（Amy Ling）1990年出版的专著《世界之间：华裔美国女作家》体现了两个特点：一是突破了赵健秀、徐宗雄十分狭隘、封闭的"华裔美国"文学的界

① King-kok Cheung and Yogi Stan, *Preface*, *Asian American Literature: An Annotated Bibliography*, New York: The Modern Language Association of America, 1988, p. v.

定，从广义上指称“华裔美国”，“即包括中国来的移民及美国出生的华人后裔，不管他们是华侨还是美国公民，只要他们的作品在美国出版，都属于华裔美国的研究范围”。[①] 她还指出，那些定居美国的华人用汉语写成的作品也应当归入美华文学，但由于美国人不大懂中文，这个方面的研究就有所限制。她把研究拓展到韩素音（Han Suyin）、林太乙（Lin Tai-yi）等“国际人”身上，前者定居在瑞士，后者在香港居住过多年。她们并不认为自己是美国人，但林英敏认为：“她们都用英语写作且作品经常在美国出版，拥有一定的美国读者，她们的声音都在美国产生过一定的影响。正如纳博科夫的作品可被纳入美国文学的选本中，韩素音和林太乙也同样可以纳入我的华裔美国文学研究。”[②] 第二，林英敏专注于对华裔美国女作家及其传统的研究，把华裔美国文学的源头追寻到了只有一半中国血统的欧亚裔女作家伊迪丝·伊顿（Edith Maude Eaton，笔名“水仙花”，Sui Sin Far）身上，在其著作中开辟专章讨论伊顿姐妹的作品，后来还亲自主持选编写了“水仙花”的作品集《春郁太太及其他作品》（*Mrs. Spring Fragrance and Other Writings*，1995）。此举显示了林英敏研究视角的开放性。她认为，虽然伊迪丝·伊顿的中国血统并不纯粹，但她并不缺少赵健秀所谓的“亚裔感性”：她创作的巅峰时期是1888至1897年，正是加拿大蒙特利尔的排华与美国加利福尼亚排华遥相呼应、愈演愈烈的年代，在当时恐华症蔓延、反华活动甚嚣尘上的历史时期，水仙花作为一个具有欧亚裔血统的人本来可以装成白人，当时她却选择了捍卫中国人和劳动阶级妇女的事业，并把自己当成他们中的一

① Amy Ling, *Chinese American Women Writers: The Tradition behind Maxine Hong Kingston*, *Maxine Hong Kingston's The Woman Warrior: A Casebook*, Eds., Sau-ling Cynthia Wong. New York: Oxford University Press Inc., 1999, p. 136.

② Ibid..

员，这需要相当的决心和勇气。[①] 林英敏的研究深刻地揭示了亚/华裔身份认同及文化书写的复杂性和多样性，开了后来亚/华裔女性反本质主义文化身份批评的先河。

海格冬的文学选集以《陈查理已死》为题显示了亚裔美国人处境的变化，金惠经在这本选集的序言中说："陈查理确实死了，他的幽灵永远不会复苏了。他的黄面孔，他的不性感的臃肿的身体，他的幽默套语，还有他具有东方主义刻板印象的'儒家华人家庭'，都一去不复返了。"[②] 取而代之的是各式各样的人物，"有的时髦且善于表达，有的深思而性感，有的傲慢，有的天真，但个个都出人意料"。[③] 基于华裔美国人国别来源的多元化和主体地位的多样性，金惠经教授发出呼吁："我们需要超越文化民族主义的批评方式，采用混杂的策略和批评实践。"[④] 而她所说的"文化民族主义的批评方式"显然指涉的是赵健秀等具有强烈排他性的批评方式。

在文化理论家斯图尔特·霍尔（Stuart Hall）看来，文化身份"不是一种本质（essence），而是一种立场（positioning）"。[⑤] 照此逻辑，"亚裔美国"或"华裔美国"就不再是一个固定不变的身份，而是一个动态的概念，会随着认同者所站立的位置，所持有的立场而改变。亚裔美国批评家骆里山（Lisa Lowe）1996 年出版的《移民场景：亚裔美国文化政治》（*Immigrant Acts*：*On Asian American Cultural Poli-*

---

① Eds.，Amy Ling and Annette White-Parks，*Introduction*，*Mrs. Spring Fragrance and Other Writings*，（Sui Sin Far），Illinois：University of Illinois Press，1995.

② Elaine H. Kim，*Preface*，*Charlie Chan Is Dead*：*An Anthology of Contemporary AsianAmerican Fiction*，Eds. Hegedorn Jessica，New York：Penguin Books USA Inc.，1993，p. xiii.

③ Ibid..

④ Ibid..

⑤ Stuart Hall，*Cultural Identity and Diaspora*，qtd. From Lisa Lowe，*Immigrant Acts*：*On Asian American Cultural Politics*，Durham，N. C.：Duke University Press，1996，p. 83.

tics, 1996）一书中，就在斯图尔特·霍尔“流动”身份理论启迪下对亚裔美国身份书写提出了具有特色的诠释：“亚裔美国人并不是一个自然的、静止的群体，它是一个社会性地建构出来的整体，一个受环境影响形成的特定的立场（position），为了政治的原因而存在。”①同时，骆里山主张用“亚裔美国人”去“对抗或扰乱排斥亚裔美国人的话语，同时也不忘揭示‘亚裔美国人’的内部矛盾和能指滑动（slippage）”。② 更重要的是，骆里山提出亚裔美国研究要注重对族裔、性别、性与阶级的共同关注：

在20世纪90年代，我们承担得起以民族源头（来自不同的国家）、阶级、性别与性为差异性特点重新考量种族化族裔身份的概念，而不是滥用相似性，在统一的基础上抹杀特异性。在20世纪90年代，我们可以使我们的实践更加多样化，在改变强权的过程中，涵盖更加多种多样的群体，使更加关键的结盟成为可能——与其他有色人种群体、以阶级为基础的斗争团体、女性主义联盟以及同性恋等弱势群体。③

但在这样一个强调亚裔美国文学异质性、多样性的大环境中，黄秀玲于1993年出版了专注于亚裔美国文学内部整体性研究的《解读亚裔美国文学：从必需到奢侈》（*Reading Asian Ameirican Literature: From Necessity to Extravagance*, 1993）。她不仅提出了亚裔美国文学从政治上联合的必要，而且试图通过与亚裔美国历史、文化的互文性阅读，建立一种亚裔美国文学的“文本联合”（textual coalition），体现亚裔美国文学自身的“特殊模式”：“正如亚裔美国族裔集体是一个政治联盟一样，亚裔美国文学也可以被看作是一个方兴未艾的文本联

① Lisa Lowe, *Immigrant Acts: On Asian American Cultural Politics*, Durham, N. C. :Duke University Press, 1996, p. 82.

② Ibid. .

③ Ibid. , p. 83.

盟，它的利益是由专业的亚裔美国批评家联盟来推动的。”① 鉴于亚裔美国文学作为一种文本联盟已建构起来的地位，黄秀玲认为对其解读也牵涉到阅读者有意识地占据的阅读地位。亚裔美国批评家解读亚裔美国文本时总会有所选择：要么追寻文本中的亚洲影响，要么表现他们在美国历史中的地位；要么强调他们的普遍性，要么揭示他们特殊的忧虑，而黄秀玲是把关注焦点放在每一对选择的后者上，揭示的是亚裔美国文学共享的、有别于一般的美国文学的特殊性，旨在“建立一种亚裔美国文学的历史连贯感”。② 值得注意的是，黄秀玲把加拿大日裔乔伊·科嘉瓦（Joy Kogawa）③ 反映“二战”中日裔加拿大人族裔经验的《婶婶》（*Obasan*，1981）也纳入了自己的分析框架，称自己这种包容为“一种暂时性和策略性的结盟行为”。④ 这种结盟行为体现出她建立亚裔美洲联盟的勃勃雄心。然而，在90年代中期，人们对黄秀玲这种具有建构意义的研究呼应甚少。

20世纪末，随着后现代语境下国家概念的转变，族裔身份出现了“去领土化”（deterritorialization）和“去国家化”（denationalization）的倾向，出现了一批不再属于单一地域或固定身份的“散居者”（diaspora）。亚/华裔美国文学的批评也加入了“离散族裔”理论的大合唱。

三

“离散”（diaspora）一词来源于希腊语，原指“古代犹太人被巴

---

① Sau-ling Cynthia Wong, *Reading Asian American Literature: From Necessity to Extravagance*, New Jersey: Princeton University Press, 1993, p. 9.

② Sau-ling Cynthia Wong, *Reading Asian American Literature: From Necessity to Extravagance*, New Jersey: Princeton University Press, 1993, p. 9.

③ Joy Kogawa 的中文译名系笔者的音译。

④ Sau-ling Cynthia Wong, *Reading Asian American Literature: From Necessity to Extravagance*, New Jersey: Princeton University Press, 1993, p. 16.

比伦人逐出故土后的大流散”，《圣经·新约》中指“不住在巴勒斯坦的早期犹太籍基督徒”，近代以来用来指“任何民族的大移居”，是“移民社群”的总称。[①] 20世纪后半叶以来，随着“后现代”语境下“全球化”浪潮的高涨，“离散”现象成为敏锐的西方学者关注的热点，“离散研究”（Diaspora Studies）进入了大学课堂。从近几年“诺贝尔文学奖”获得者诸如君特·格拉斯、高行健、维·苏·奈保尔、约翰·马克斯韦尔·库切等的“离散”背景，我们不难看出“离散”文学的走俏。自然，“诺贝尔文学奖”从某种程度上也激发了学界“离散”研究的热情。美国“离散”批评理论的产生与美国少数族裔移民美国的历史、其祖居国与美国的外交、政治、经济关系密切相关。对亚/华裔美国人而言，亚裔人口的激增、亚美之间关系的改善，祖居国经济地位的提高、国际形象的改善都促进了“离散族裔”的生成和“离散”诗学的产生。

由于美国对有色人种的排斥，直到1960年，美国只有不到50万亚裔人，但从1965年新移民法开始实施以后，移民美国的亚裔人迅速增长。1980年，仅华裔美国人就达到89.4万，日裔达到79.1万，菲律宾裔达到79.5万。[②] 到了80年代末，美国的亚裔人口总计约600万人。[③] 这样巨大的人口变化，是新移民激增的结果。而新移民带来的不仅仅是人口地图的改变，更有大量资本、技术、文化产品和意识形态的蜂拥而至，极大地推进了世界性的经济、文化的互动。

在亚/华裔批评理论家看来，在“全球化”语境中，一种“去国家化”（denationalization）的世界新秩序正在形成。黄秀玲在《“去国家化”再思考》一文中指出：“经济和政治权力新模式影响了亚洲和

① 陆谷孙：《英汉大词典》，上海译文出版社1995年版。

② William Issel, *Social Changes in the United States*, 1945—1983, England: Mac Millan Publishers Ltd., 1985, p. 165.

③ ［美］卡普洛：《美国社会发展趋势》，刘绪贻译，商务印书馆1997年版，第215页。

美国的相对位置……位置的重新调整起源于跨国资本在全球更大范围内的运动，其所导致的文化上的后果就是多种主体、移居及跨越边界的正常化。"① 她认为，"去国家化"的趋势使"什么是亚裔美国人和什么是亚洲人"的区别失去了意义。② 考察一下现在中国诸多移民美国、加拿大的华人新移民，正如黄秀玲所言，他们并不是要"用自己的族裔身份去换取美国的富足，而是仅仅把美国当成可以运作他们的可移动资本和技术的可能的地方之一"。③ 的确，随着中国经济的高速增长，人们物质、精神生活的不断提高，美国不再具有过去那样强大的吸引力。如今，对于众多"投资移民"或"技术移民"者而言，纵使移民过去，也是为了多一种身份，"移民"并非就是离家去国，而是改换发展的方式而已，时时可以回来，时时可以过去，渐渐出现了在空中飞来飞去的"太空人"，他们，就是新时代的"散居者"。

当然，还有另外一种多次移民后祖根难觅的"离散者"，比如华裔美国作家、批评家林玉玲（Shirley Geok-lin Lim），她是出生、成长于马来西亚的华裔，在马来西亚政局动荡、排华气焰高涨的时候赴美留学，后来定居加州，但其工作足迹却遍布美国、欧洲、新加坡和香港。虽然她是定居在美国的华人后裔，但她并不认为自己是"华裔美国作家"，她说："我不仅仅是华人。对我来说'华人'（Chinese）这个词听来太过分歧。"④ 她认为自己是祖先来自中国的马来西亚华人，是美国的亚裔美国人，是一个"漂泊离散的华人（diasporic Chi-

---

① Sau-ling Cynthia Wong, *Denationalization Reconsidered: Asian American Cultural Criticism at a Theoretical Crossroads*, *Amerasia Journal*, 21.1, 1995, p. 2.

② Ibid., p. 5.

③ Sau-ling CynthiaWong, *Denationalization Reconsidered: Asian American Cultural Criticism at a Theoretical Crossroads*, *Amerasia Journal*, 21.1, 1995, p. 2.

④ 张瓊惠：《林玉玲访谈录》，中外文学（亚美文学专号），《中外文学》月刊社2001年版，第214页。

nese）”。[1]

而在灾荒、战争频繁的20世纪，像林玉玲这样多次移民的“离散者”并不少见，他们由于动荡不安的国际国内局势而被迫移民美国，很难在心理上认同美国是自己的家，同时又回不到母居国去。过去，这些“离散者”常常为“既不是……”“也不是……”的“双重边缘”心态所缠绕，到了“全球化”呼声越来越高的20世纪末，他们有了“既是……”“也是……”的越界心态，辗转于世界之间，但在他们的内心深处，依然有一种“离散”情结。

20世纪70年代以来，华裔美国文学中也不乏关注“离散族群”的书写，比如汤亭亭的《女勇士》（*The Woman Warrior*，1976）、谭恩美的《喜福会》（*The Joy Luck Club*，1989）、《灶神之妻》（*The Kitchen God's Wife*，1991）等，里面的父母一代大都是因为战争、离乱而离开中国，到了美国以后很难认同美国文化，心里总想着有朝一日能回到中国去，这样的“文化中国”情结是导致他们“离散”心态的重要原因。新华人移民中也不乏这样身为美国公民，却坚守华人族性、坚决认同中国文化的人，美国新移民作家叶冠南的《博士主夫》就突出地表现了中国文人对自己传统文化那种割舍不断的认同感和归属感。这种对中国和中国文化的认同和热望，可以与流亡世界各地的犹太人向往耶路撒冷的宗教热情媲美，正是从这个意义上讲，他们成为身在异乡，心向故里的“离散族群”。在美国的新移民作家中，持这种心态的作家不少，如著名华文作家严歌苓就坚持认为自己的作品应该属于“正宗的、主流的中国文学”而不是“边缘”的文学。[2]

哈佛大学的华裔历史学家杜维明（Tu Weimin）指出：“越来越

---

① 张琼惠：《林玉玲访谈录》，中外文学（亚美文学专号），《中外文学》月刊社2001年版，第214页。

② 严歌苓：《主流与边缘》（代序），《扶桑》，上海文艺出版社2002年版，第3页。

多的海外华人正在他们所居住的世界各地选择成为中国人。"① 海外华人因为各种各样的原因离开中国，但中国形象、中国文化的积淀不可能因为离开而被抹去。在《移民与离散》一文中，林玉玲也论及离散者经历："与移民不同的是，心中强烈的依恋抵消了身体与故国的分离。"② 正是这样强烈的情感力量连接着海外散居者的"离散"经验与中国文化之根。与此同时，越来越便宜的越洋电话、飞机，电视、电影、大众、报纸、杂志，尤其是国际互联网的便利，更加缩短了"离散者"与故国的空间距离，为"离散者"们出入于世界之间提供了各种便利。

1997年，张敬珏在《对亚裔美国文学研究的再回顾》（*Re-viewing Asian American Literary Studies*，1997）一文中，论及亚裔美国文学研究的几个关键的转变：

> 身份政治由早期的强调文化民族主义和美国本土性，变成了现在的强调多样性和离散；从"宣称美国是自己的家"到铸造亚美之间的联系；从专注于种族和男性气质到围绕族裔、性别、性和阶级的多种关注；从首要关心社会历史和社群责任到陷入后现代主义和多元文化主义中所面临的诸种矛盾和可能性。③

由此可见，随着时代的变化，亚/华裔的文学书写和文学批评正在越来越走向多元。各种批评视角和方法并不是彼此代替，而是互为

---

① Tu Weimin, *The Living Tree: Changing Meaning of Being Chinese Today*, Stanford: Stanford UP, 1995, ix.

② Shirley Geok-linLim, *Immigration and Diaspora*, Eds., Cheung King-kok, *An Interethnic Companion to Asian American Literature*, New York: Cambridge University Press, 1997, p. 296.

③ Cheung King-kok, *Re-viewing Asian American Literary Studies*, *An Interethnic Companion to Asian American Literature*, New York: Cambridge University Press, 1997.

补充，完善、共同丰富发展着亚/华裔批评理论。同时，我们应该看到，无论是赵健秀、陈耀光强调“亚/华裔感性”和“美国本土性”的“文化民族主义”，还是金惠经、海格冬对亚/华裔文学研究版图的扩展，林英敏、林玉玲对亚/华裔女作家的特殊关注，黄秀玲建立亚裔美国文学内部整体性的不懈努力，骆里山对族裔、阶级、性和性别的“混杂性”“流动性”的共同考量以及20世纪末“流散”批评视角的切入，几乎每一个时期的亚/华裔美国文学研究都打上了“身份政治”的烙印。这种政治的诉求使亚裔美国文学研究的视界过于狭隘，还没有全方位地展示出亚裔美国文学的丰富内涵。这一点，正在引起中外亚/华裔美国文学研究者的注意。

后殖民写作中的反本质主义文化立场

后殖民主义（postcolonialism）是20世纪80年代以来在西方学术界发展起来的学术思潮，具有鲜明的政治性和文化批判色彩。一般认为，1978年著名后殖民主义理论家爱德华·萨义德《东方主义》一书的发表，标志着后殖民主义理论的真正确立。后殖民主义源起于文学和文化的研究，但却广泛涉猎一系列学科，因而具有很强的跨学科性。

在许多学者的眼里，后殖民仍然是一个不十分明晰的、有争议的术语。有人认为后殖民应该理解为“殖民主义之后”，因此后殖民主义理论“主要研究殖民主义之后，帝国主义的文化侵略、宗主国与殖民地之间的文化话语权利、第三世界精英知识分子的文化角色/身份和政治参与、全球化与民族文化身份、阶级/种族/性别的关系、种族/文化/历史的‘他者’的表述等问题”。[①] 也有人认为后殖民写作并非仅仅指的是“殖民主义之后”的写作，而是指对殖民关系做批判性考察的理论话语和文学创作：“后殖民作家为表现殖民地一方对所受殖民统治的感受，便从主题到形式对所有支持殖民化的话语——

① 何佩群：《后殖民主义与女性主义》，20世纪西方美学经典文本（朱立元主编）第4卷《后现代景观》（包亚明主编本卷），复旦大学出版社2000年版，第241页。

关于权利的神话、关于服从的意象等统统来一个釜底抽薪。"[1] 因此，后殖民文学的一个很显著的特征，就是"对帝国统治下文化分治和文化排斥的经验"。[2]

从后一种观点出发，后殖民写作早在殖民时代就已经出现，并非是最近一二十年冒出来的。正如杨乃乔在《从殖民主义到后殖民主义的血缘谱系追溯》一文中所言："后殖民批评决然不是从一种文化零度中陡然崛起的新潮理论，在学缘的血脉维系上，后殖民批评与西方帝国主义的殖民主义扩张及'二战'后东西方对峙于冷战状态下的殖民批评、新殖民批评与非殖民化（decolonize）有着千丝万缕的关系。"[3]

但作为一种文化思潮和理论主张提出的后殖民主义，确实是20世纪末期才成为具有巨大影响力，扩展最迅速的理论学科之一。后殖民主义所引发的一系列具有挑战性的学术研究内容，迄今仍是东西方知识分子关注的热点。

本文不揣浅陋，试从后殖民反本质主义文化立场的理论渊源、理论家、作家复杂的身份背景谈起，以一种积极的姿态介入国际性的后殖民主义讨论。

一

在《文化与帝国主义》的导言中，萨义德认为，"一切文化都你中有我，我中有你，没有任何一种文化是孤立单纯的，所有的文化都

① 艾勒克·博埃默：《殖民与后殖民文学》，盛宁、韩敏宗译，辽宁教育出版社/牛津大学出版社1998年版，第3页。

② 同上。

③ 杨乃乔：《从殖民主义到后殖民主义的血缘谱系追溯》，后殖民批评（译者序），北京大学出版社2001年版，第3页。

是杂交性的、混成的，内部千差万别的”。[①] 在为《东方主义》1995年的修订版所撰写的那篇著名的《后记》中，萨义德再次批评了一些第三世界读者对于东方主义基于本质主义的误读，明确提出《东方主义》的观点显然是反本质主义（anti-essentialist）的，对于诸如东方和西方这类类型化概括是持强烈怀疑态度的，强调“自我身份或‘他者’身份绝非静止的东西，而在很大程度上是一种人为建构的历史”；[②] 认为人类身份不是自然形成的，稳定不变的，而是人为建构的。

由此可见爱德华·萨义德的反本质主义思想。在他看来，身份、认同都不是固定不变的，而是动态性的、复合性的。在此，爱德华·萨义德挑战了大多数人对于文化、自我、民族身份的确信，挑战了西方历史上自新教革命、文艺复兴、科学革命与启蒙运动以来形成的笛卡尔式的主体观念。

在文化的交流与流通空前加剧、人人欢呼“全球化”时代已来临的今天，这种反本质主义文化立场得到了后殖民理论家和作家们此起彼伏的呼应：

> 霍米·巴巴在其《献身理论》一文中，认为文化“永远不是自在一统之物，也不是自我和他者的简单二元关系”，[③] 提出坚持文化的固有原创性或“纯洁性”是站不住脚的，因而极力倡扬一种“杂交的”“非此非彼”的文化策略：[④]

---

① 爱德华·萨义德：《文化与帝国主义》，萨义德自选集，谢少波、韩刚等译，中国社会科学出版社1999年版，第179页。

② 爱德华·萨义德：《东方学》（1995年修订版后记），王宇根译，生活·读书·新知三联书店1999年版，第426—427页。

③ 霍米·巴巴：《献身理论》，20世纪西方美学经典文本（朱立元主编）第四卷《后现代景观》（包亚明主编本卷），复旦大学出版社2000年版，第351页。

④ 同上书，第363页。

当然国际文化的基础并不是倡导文化多样性的崇洋求异思想，而是对文化的杂交性的刻写和表达。为此我们应该记住，正是一个“际”字表达出谈判和转译的切割线，表达出一种“居中的空间”，承载了文化意义的重负……通过探索这个第三度空间，我们有可能排除那种两极对立政治，又可能作为我们自己的他者而出现。①

通过“文化的杂交性的刻写和表达”，通过对二元对立之外的“居中的空间”或“第三空间”的探索，霍米·巴巴要解构和颠覆的正是一种强调普遍性和二元论的本质主义逻辑。在他看来，表现剥削和统治关系的合法方式正是在于所谓“第一世界”和“第三世界”、南与北之间的话语分工，所以后殖民批评家们的使命就是打破这些对立和限制，促进权利疆界的移置和异变。

而许多后殖民作家的写作中体现出的文化立场与后殖民理论家们的立场不谋而合。他们是侨居“第一世界”的“第三世界”或在“第一世界”土生土长、却有着有色人种血缘关系的作家。他们对流亡、迁徙、越界、杂交等话语情有独钟，正如华裔美国作家梁志英在与张子清的访谈中所言：“我本人试图创作的人物和形象也跨越东西方、跨越国界、跨越文化、有时甚至跨越性别。我们都是文化边界的闯入者。”② 而拉什迪也说：“作者应由自己来选择如何自由来往于他的很多国家之间，不需要护照或签证，由他自由地写作……创造的精神有其特殊性，它抵制边界和局限性的位置，否定审查官和禁忌的权威。”③

① 霍米·巴巴：《献身理论》，20世纪西方美学经典文本（朱立元主编）第四卷《后现代景观》（包亚明主编本卷），复旦大学出版社2000年版，第366页。

② 张子清、梁志英：《我们是文化边界的闯入者》，《文艺报》，2002年6月25日，第4页。

③ 陆建德：《地之灵》，《外国文学评论》2003年第3期，第7页。

在这些后殖民理论家及少数族裔作家的心目中，家乡可泛指世界，世界就是一个大的家园。人人共有一个世界，家乡也是异乡，异乡也是家乡。所以他们极力倡扬“世界主义”，想成为“出入于各种文化，不属于任何一种”的“地球人”。①

作为华裔文学冲击美国主流文学的先锋，汤亭亭早在1976年发表的成名作《女勇士》（*The Woman Warrior*，1976）通过质疑和消解种族对抗和文化冲突的方式，曲折地表达了她的反本质主义立场：她通过女主人公之口明确地表达出自己对于“地球人”身份的渴求：“现在我们属于整个地球了，妈妈。如果我们和某一块土地切断了联系，我们就只属于整个地球了……不管我们站在什么地方，这块地方就属于我们，和属于其他任何人一样。”② 在《中国佬》中，她又再次质疑本质主义身份观：“你为什么只想要一个国家?”“尽管看不见家乡，它却看到了整个世界。”③ 由此我们不难看到汤亭亭的理想：要消解“他者”与“自我”的对立，要打破文化、种族的边界，成为处处无家处处家的“地球人”。

到了20世纪90年代，汤亭亭表露出的这种对“地球人”身份的向往被新崛起的华裔女作家任璧莲发挥到了极致，走向了对自己族裔身份的摒弃。她的《典型美国人》（*Typical American*，1991）和《梦娜在向往之乡》（*Mona in the Promised Land*，1996）被广泛认为超越了长期以来缠绕华裔作家们文化认同的主题，最典型的是塑造出了梦娜这样一个“地球人”形象，认为“成为美国人意味着你想成为什

① 陆建德：《流亡中的家园——萨义德的世界主义》，生活·读书·新知三联书店1996年版，第216页。

② Maxine Hong Kingston, *The Woman Warrior*, New York: Alfred A. Knopf Inc., 1976, p. 52.

③ Maxine Hong Kingston, *China Men*, New York: Alfred A. Knopf Inc., 1980, p. 257~258.

么就可以成为什么”，而她“碰巧想成为犹太人”,[1] 所需要做的仅仅是“改变信仰”（convert）或“转换”（switch），“一切都随自己的心意”。[2] 不仅梦娜如此，她的朋友依洛易斯·英格尔和巴巴拉·古格斯丹也由犹太人皈依新教，然后又返回犹太身份，身份和文化属性成为他们的自由选择。

面对这样的现象，我们不可以视而不见，更加不能决然否定，而是应当追问：西方的后殖民理论家和作家为什么持有这种反本质主义文化立场？其理论渊源何在，心理根源何在？

二

从理论渊源上看，后殖民主义的反本质主义文化立场可以说是与西方20世纪以来的后现代主体观一脉相承的。

英国理论家斯图尔特·霍尔（Stuart Hall）曾在《文化身份问题》一文中对后现代主体观、身份观的产生做了系统的梳理，探讨了对后现代主体观形成的五大理论资源：马克思主义理论、潜意识与精神分析的理论、结构主义与后结构主义语言学、福柯的后现代主体论、作为理论批评与社会运动的女性主义等。[3] 正是这样的理论转向导致了“带有固定静止身份的启蒙主义主体，转向开放的、矛盾的、未完成的、碎片化的后现代主体的身份”。[4] 而后殖民主义的文化身份观正是在这样的后现代氛围中形成的。

在西方，对于后殖民主义的研究与关于后现代主义的探讨实际上

① Gish Jen, *Mona in the Promised Land*, New York: Alfred A. Knopf Inc., 1996, p. 14.

② Ibid., p. 19.

③ 陶东风：《后殖民主义》，台湾杨智文化事业股份有限公司2000年版，第164—169页。

④ 陶东风：《后殖民主义》，台湾杨智文化事业股份有限公司2000年版，第171页。

是交错进行的，并非像人们所认为的那样后殖民主义是后现代主义之后的理论思潮。在《后殖民主义与文学》一文中，王宁探讨了二者相互交错、相互渗透的关系："后殖民主义所关注的主要理论课题也包括在后结构层面的后现代主义的所谓'不确定性'和'非中性化'等，有着明显的批判和'解构'倾向。"[①] 后现代主义从20世纪中期开始风靡欧美，把后殖民主义思潮和后殖民文学的研究驱逐到了边缘地带，直到20世纪80年代，后现代主义理论逐渐低落之后，后殖民主义才成为学术界关注的中心。

不仅如此，后殖民理论的几个大家，诸如爱德华·萨义德、霍米·巴巴、斯皮瓦克等接受的都是西方教育，分别是欧美著名大学的教授，所以其学术理论的原点还是来自西方。比如萨义德高举"解构"的大旗，消解了东方与西方、中心与边缘、白色与有色、强势与弱势的二元对立，强烈抨击"西方中心主义"和"东方主义"；与此同时，萨义德还深受福柯权力话语的影响，虽然他无时无刻不提倡反对霸权，但论著中却时时透露出其话语权方面的优越感，这也正是萨义德遭到真正"第三世界"学者异议的原因之一。而斯皮瓦克更是以翻译解构主义大师德里达的著作而闻名，被认为是当今的批评家和学者中对德里达的思想把握得最准确、解释得最透彻的一个人。除此之外，斯皮瓦克同样"受惠于福柯的'权力——知识'概念；从德勒兹和佳亚塔里那里借鉴了'非领地化'的策略；并且从马克思那里提取了'价值'或'价值形式'等理论概念"；[②] 在对女性经典文本做女性主义的剖析时，斯皮瓦克还时时创造性地利用弗洛伊德、拉康的精神分析理论。

由此可见，后殖民主义的反本质主义文化立场是在西方20世纪诸多学术思潮的引导、促进之下形成的，尤其是后现代主义所采取的反认识论、反本体论、反二元论、反体系性的解构主义话语成为其坚

---

① 王宁：《超越后现代主义》，人民文学出版社2002年版，第36页。
② 同上书，第109页。

固的理论基石。解构主义以“延异”消解“在场”；以差异性颠覆同一性和中心性，其对无中心性、无体系性、无明确意义性的吁求，恰恰适应了后殖民理论家们以边缘的身份挑战主流的理论需要。

但后殖民主义理论家们并不是亦步亦趋地追随后现代主义，他们采用后现代的一系列解构、颠覆策略，最终是为了建构一种非殖民化的文化模式。所以，消解并不是后殖民理论家们的目的而是其手段——这是后殖民主义与后现代主义最根本的不同。比如萨义德受福柯的影响最大，如果没有福柯的话语理论，他的《东方主义》会是另外一副模样。但萨义德坚信个体的力量，“相信作家个人对其他匿名文章整体的影响”，[①] 这与福柯完全否认作家个体作用的话语理论是截然不同的。萨义德不仅强调人类主体的力量，而且是身体力行的实践者：他不仅把自己关于政治、文化的见解传达给世界，而且以其特立独行和勇敢无畏表现出无比的人格力量：他是在美国常春藤名校任教几十年的著名学者，却以知识分子的身份投入巴勒斯坦解放运动，其学术表现和政治参与都令人瞩目。与此同时，不少后殖民理论家也认为，过度强调主体的流动性会对非殖民运动产生负面的影响。针对这个问题，斯皮瓦克提出了“策略性本质说”（strategic essentialism），即在坚持反本质主义的同时，视情况“策略性”地使用本质论的概念，但她同时强调，“‘策略性’使用本质只是权宜之计，没有永恒的策略这种东西”。[②]

同样，具有后殖民主义创作诉求的少数族裔作家们也不是无所作为的“解构者”，对他们而言，解构的目的更在于建构多元文化的互动和融合，要消解“他者”与“自我”的对立，要打破文化、种族的边界，要民族沟通、文化融合而不是种族对抗和文化冲突。所以，

① Edward Said, *Culture and Imperialism*, New York: Alfred A. Knopt, 1993, p. 382.

② 邱贵芬：《后殖民女性主义》，《女性主义理论与流派》，顾燕翎主编，台湾女书文化事业有限公司 1996 年版，第 354 页。

后殖民理论家及作家们大都弘扬“多元文化主义”或“世界主义”。

但是，我们应当注意到，这些提倡“反本质”“混杂”或“多元”文化身份的后殖民话语大多来自“第一世界”（西方）的后殖民理论家或作家。而真正在“第三世界”（非洲、亚洲、拉丁美洲）土生土长的作家们则有着大异其趣的文化态度：在他们看来，在当前跨国资本在全球无限扩张的语境中，模糊国家、民族界限，很可能有助于新的殖民主义的产生。所以，身处真正的后殖民国家的作家们，比如某些非洲作家，就非常坚守其族性意识。他们通过文学创作，在推翻殖民统治、取得政权独立后迫切地寻找民族之根，试图修复被殖民统治所改变的一切，包括语言、宗教和文化。如肯尼亚作家尼·瓦·西昂戈就极力主张放弃殖民者的语言（英语），用自己的民族语言进行创作，以抵制殖民语言中所隐藏的殖民文化承载。

三

要进一步追溯后殖民理论家反本质主义的心理根源，我们必须考量他们复杂的身份背景以及当前世界的格局和发展：

如果仔细研究一下后殖民理论家和作家们的履历，我们不难发现这些理论家和作家自身“身份”的复杂：萨义德是巴勒斯坦人，生于耶路撒冷，曾在耶路撒冷和开罗就读于西方人开办的学校，后来又随父母移居黎巴嫩，并在欧洲国家流浪，后来移居到美国，先后获得普林斯顿大学学士学位、哈佛大学硕士和博士学位，1963 年毕业以后在美国哥伦比亚大学任教至今；斯皮瓦克生于印度，后来移居美国，在美国接受研究院教育并任职于美国匹兹堡大学；而霍米·巴巴则是生长在印度的波斯人后裔，在英国牛津大学获得博士学位，毕业后长期在萨塞克斯大学任教，其间不断应邀赴美国名牌大学讲学并成为普林斯顿大学的客座教授。而从事后殖民写作的少数族裔作家们则大多数出身于西方国家，从小就置身于西方文化背景中，一直在白人文化占主流地位的环境中生长，其西方文化传统的影响自然是不可忽视的。

与土生土长于“第三世界”的后殖民作家相比，这些置身于“第一世界”的后殖民理论家和作家都面临着双重文化传统，自身的族裔文化传统和西方文化传统。但由于西方文化传统中根深蒂固的强势文明主观意志，他们更容易接受西方文化价值观的影响和西方文化经典的熏陶。比如美国教育宣扬的是“同质化”（homogenizing）或“同化”（assimilationist）政策，认为美国是个“大熔炉”（melting pot），不管你从哪里来，都可以被熔入“WASP”主流（白人、盎格鲁-撒克逊、新教）。华裔美国文学理论家林英敏教授在《这是谁的美国》（*Whose America Is It?*，1998）一文中坦言：“我是受鹅妈妈（Mother Goose）童谣和欧洲童话的滋养长大的，我一直渴望自己能变成一个金发碧眼的公主。”① 上学以后，西方文学经典更是铺天盖地而来：从裴欧沃夫（Beowulf）到乔叟的坎特伯雷故事，从莎士比亚到萨克雷、左拉、亨利·詹姆斯，她说，“他们的艺术禀赋犹如高高的奥林匹斯山，如此的高以至于我决心献出自己毕生的精力”。② 所以尽管有着双重的文化传统，这些后殖民评论家或少数族裔作家从小所认同的还是西方文化模式。

但随着走进现实的美国社会，他们从别人的眼中发现了自己的“不同”，发现所谓的“大熔炉”其实只是针对白人而言。对于有着有色人种血液的移民或少数族裔，不管他们在美国这块土地上繁衍了几代，以白人为主的主流社会始终视之为“他者”，第一次见到他们的白人总会表扬他们流利的英语，并真诚地询问：“你从哪里来？”（Where are you from?）使他们身在家中却永远没有家的感觉。

正是在这样的困境中，后殖民理论家及作家们举起了“解构”

① Amy Ling, *Whose America Is It?*, *Transformations*, Vol. 9, No. 2., Sept. 9, 1998, p. 5.

② Amy Ling, *Whose America Is It?*, *Transformations*, Vol. 9, No. 2., Sept. 9, 1998, p. 6.

的大旗，通过颠覆“本质的”文化属性和质疑文化对立，通过倡扬“混杂”“多元”的文化策略，达到从“边缘”向“中心”突进的目的。从某种意义上讲，这是身处族裔文化和西方主流文化边缘的“越界者”们不得不采取的政治策略和生存策略。

对于处身于“第一世界”的后殖民理论家和少数族裔作家而言，他们的政治策略和生存策略取得了一定的成果：美国不再弘扬“大熔炉”文化，而是提倡“色拉碗”文化——“多元文化主义”，法定了“非洲裔节”“犹太裔节”“亚裔节”等，少数族裔的文化传统至少在表面上得到了重视；不少来自“第三世界”的后殖民理论家成了英国、美国、加拿大著名大学的终身教授；少数族裔作家的文学作品也渐渐被主流接纳，成为中学、大学课堂上的教材，从某种程度上重构了西方的文学经典。

但我们同时应该看到，后殖民理论家及少数族裔作家们由于深受西方文化传统的影响，更由于他们都是操西方语言（英语）进行言说和写作，很难避免语言本身所承载的文化价值观，所以后殖民理论家和少数族裔作家在高喊反本质主义的同时，还是要进军“主流”，成为“主流”。一旦被主流接纳，就不再采取这样激进的立场，而是成为倡扬“世界主义”的“和平主义者”：汤亭亭一直未见出版的一本小说就命名为《第五和平书》；而任璧莲在拒斥“亚裔作家”标签的同时，却要表现普遍的“美国性”：在《典型美国人》中的拉尔夫·张选择了做“美国佬”，《梦娜在向往之乡》中的梦娜选择了做“犹太人”，选择前者是归顺了主流，选择后者是因为犹太族在美国是被主流认可的“模范少数民族”（model minority），由此可见任璧莲的选择还是有很强的倾向性的，在其“世界性”和“全球性”的背后，是“美国性”和“白人优越性”。

“全球化”固然是科技进步、经济发展的产物，但也不失为西方打开“第三世界”经济市场的政治手段。当“越界”“混杂”“跨国”等反本质主义概念在“第三世界”民众中间耳熟能详的时候，跨国资本就会高视阔步地占领“第三世界”的市场。相信不是笔者危言耸听，经济的占领之后也许就是文化的入侵，我们企望中的“多元文化”“文化地球村”必将成为想象的乌托邦，“第三世界”将成为强势种族和强势文化恣意纵横的黑暗之地。

所以，如果从全球着眼，我们面对“多元文化主义”“世界主义”这样的反本质主义口号则应当多一分冷静和审慎。“第一世界”的后殖民理论家和作家由于反对西方对东方的“滞定型”看法和美国的“同质化”政策，所以同样也反对有着“同质化”倾向的“民族主义”，以种族、性别、阶级的差异解构了“国家”“民族”的同一性，斥“民族”“国家”为“想象的社群”。[①] 这一点，显然忽视了“全球化”语境背后的问题。

---

① Anderson Benedict, *Imagined Communities: Reflections on the Origin and Spread of Nationalism*, New York: Verso, 1983.

亚裔美国文学批评探源

亚裔美国文学的发生发展，已有近160年的历史，而作为亚美研究（Asian American Studies）之重要组成部分的亚裔美国文学批评，则兴起于20世纪60年代末70年代初，是在“民权运动”精神引领下，与美国亚裔弘扬族裔联盟的“泛亚运动”（Pan-Asian Movement）相伴而生的。

检视亚裔美国文学批评的发展历程，可以分为以下三个阶段：一、20世纪60年代末至1982年的探索期，以许芥昱（Kai-Yu Hsu）和海伦·帕卢宾斯克斯（Helen Palubinskas）合编的《亚裔美国作家选》（*Asian American Authors*，1972）、以赵健秀（Frank Chin）为首的“哎咦——集团”（Aiiieeeee Group）编著的《哎咦！亚裔美国作家选集》（*Aiiieeeee! An Anthology of Asian American Writers*，1974）和王燊甫（David Hsin-Fu Wand）主编的《亚裔美国文学遗产：散文与诗歌选集》（*Asian American Heritage:An Anthology of Prose and Poetry*，1974）的出版为代表，其选集的序言及作品评介开了亚美文学批评的先河；二、1982年至1995年的形成期，以一批著名的亚裔美国文学批评家及其广为人知的评论著作的涌现为标志，该阶段的亚裔美国文学批评致力亚裔美国文学版图的扩展以及对美国文学批评典律的重构。这期间具有代表性的批评家包括金惠经（Elaine H. Kim）、斯蒂芬·苏密达（Stephen H. Sumida）、林英敏（Amy Ling）、黄秀玲（Sau-ling Cynthia Wong）、张敬珏（King-kok Cheung）、林玉玲（Shirley Geok-lin Lim）等；三、1995年以来，是亚裔美国文学批评的拓展期，新一代亚裔美国文学批评家在后现代主义、后殖民主义、女性主义、心理分析、全球化、离散及跨国主义理论话语观照下对亚裔美国批评进行拓展与反思，代表性批评家包括骆里山（Lisa Lowe）、李磊伟（David Leiwei Li）、马圣美（Sheng-mei Ma）、大卫·帕兰波·刘（David Palumbo-Liu）、何丽云（Wendy Ho）、帕特西亚·朱（Patricia P. Chu）、莱斯利·包（Leslie Bow）、大卫· L. 伍（David L. Eng）、凌津奇（Jinqi Ling）、蒂娜·陈（Tina Chen）、阮越清（Viet Thanh Nguyen）、苏珊·柯西（Susan Koshy）、拉歇尔·李（Rachel C. Lee）、柯灵·赖（Coleen Lye）等。迄今为止，亚裔美国文学批评已经形成了以下几个关注点：在国家/跨国/全球化语境中亚裔美国文学内涵的界定及其有关问题，亚裔美国文学中的性别与性，亚裔美国文学创作类型及形式的探讨，著名亚裔美国作家专论，亚裔美国文学批评的元批评（meta-critical studies of Asian American literary criticism）等。

而本论文拟探讨亚裔美国文学批评话语产生的源头，在考察20世纪60年代末70年代初历史、政治、文化语境的基础上，研究当时亚裔族性意识的觉醒对亚裔社群的社会和心理影响，为亚裔美国文学批评范式及理论问题的探讨找寻入口，为更深入的研究奠定基础。

一、亚裔美国文学批评产生的历史语境

作为亚美研究的分支，亚裔美国文学批评的产生与60年代美国一系列的政治运动血脉相连。在黄桂友（Gui-you Huang）主编的《格林伍德亚裔美国文学百科全书》（*The Greenwood Encyclopedia of Asian American Literature*，2009）中，学者专门梳理了美国“民权运动”（Civil Rights Movement）与“亚裔美国运动”（Asian America Movement）之间的关系：

> 亚裔美国运动产生于60年代中期，直接影响其产生的因素有以下三方面：民权运动、具有批判精神的亚裔美国大学生、发

展迅速的反（越）战运动。在1964年的《民权法案》（*Civil Rights Act*）及1965年的《选举权法案》（*Voting Rights Act*）通过之后，新一代领导者诞生了……这些领导者中的大多数，由于国内的激烈斗争和国际的反殖民运动而磨砺得很激进，发出了认同第三世界人民的政治主张……在非裔美国人解放运动催生的种族自觉意识基础上，亚裔美国运动蓬勃发展起来。[①]

民权运动及其发展而来的黑色力量运动（Black Power Movement）强烈地激发了年轻的亚裔美国行动主义者：他们曾亲历亲见了民权运动，继而致力强化自己社区的基础，效仿非洲裔、墨西哥裔、印第安裔等少数族裔群体，建立自己的组织，争取族裔权利。

"亚裔美国人"正是这一时期新出现的一个词。该词来源于亚裔美国政治运动中两位亚裔学生（Yuji Ichioka 和 Emma Gee）的创见，其目的是以此颠覆具有种族歧视内涵的"东方人"（Oriental）的标签。[②] 虽然"亚裔美国人"的定义一直处于动态发展的过程之中，被某些学者认为"最初是为反对（美国白人）霸权而想象建构的一个对立场域"（Asian America was first imagined as an oppositional locale against hegemony），[③] 但联系当时的历史、政治及文化语境，考虑到来自不同祖居国的亚裔独立抗争的力量之薄弱，"泛亚"（Pan-Asian）不失为一种理想的"连横"策略，可以聚细流成江河，发出亚裔族

---

① Loan Dao, *Civil Rights Movement and Asian America*, *The Greenwood Encyclopedia of Asian American Literature* (Vol. I), Eds., Gui-you Huang. Westport: Greenwood Publishing Group Inc., 2009, p. 222.

② Suyoung Kang, *Racism and Asian America*, *The Greenwood Encyclopedia of Asian American Literature* (Vol. III). Eds. Gui-you Huang, Westport: Greenwood Publishing Group Inc., 2009, p. 821.

③ Yasuko Kase, *Orientalism and Asian America*, *The Greenwood Encyclopedia of Asian American Literature* (Vol. III). Eds., Gui-you Huang, Westport: Greenwood Publishing Group Inc., 2009, p. 795.

群更加强大的抗议之声，对抗美国主流的霸权与种族歧视，最大可能地争取自己的权利。

亚裔美国运动致力在教育、社会服务、政治组织及艺术创造方面争取地位——追寻自己的族裔之根，塑造自己的族裔身份：

1968年，在“第三世界解放联盟”（The Third World Liberation Front，TWLF）的直接领导下，旧金山州立大学的亚裔学生与其他有色人种学生团结起来，以罢课和请愿的方式要求学校当局扩大对“第三世界学生”的招生率，并且要学校开设由“第三世界人”主持的“族裔研究”（Ethnic Studies）系科，独立招聘教师，独立完成课程设计，充分体现了“少数族裔”的“自决”（self-determination）意识。① 1969年春天，旧金山州立大学开设了美国第一个“族裔研究课程班”（Ethnic Studies Program），而随后加州大学伯克利分校及其他分校也加入了抗争的队伍并取得了胜利，其影响由西海岸扩大到东海岸，继而影响全国，到20世纪70年代中期，族裔研究在美国大学已成为一个独立的学科领域，许多学子（尤其是少数族裔）以此为自己的主修专业。

加州大学洛杉矶分校的亚裔美国研究中心于1971年春天创办了了《亚美研究》（*Amerasia Journal*）杂志，专注于对亚裔美国历史的挖掘以及亚裔美国政治、经济、文学和文化的研究，“以宣传亚裔美国人及太平洋岛诸民生活的历史及现实为使命”。② 近四十年来，该杂志为确立亚美研究在学术研究、教学、族群服务及公共话语领域的地位发挥了不可或缺的重要作用。在亚裔美国文学的研究及其批评话语的提出、推进方面一直处于最前沿、最先锋的位置。

---

① Loan Dao, *Civil Rights Movement and Asian America*, *The Greenwood Encyclopedia of Asian American Literature* (Vol. I), Eds., Gui-you Huang. Westport: Greenwood Publishing Group Inc., 2009, p. 223.

② Lingling Yao, *Amerasia Journal*, *The Greenwood Encyclopedia of Asian American Literature* (Vol. I). eds., Gui-you Huang, Westport: Greenwood Publishing Group Inc., 2009, p. 27.

正是有了研究机构和研究杂志，亚美研究才得以展开，随之有了亚裔美国政治、历史、文学、文化的命名。"亚裔美国运动"中的行动者们，转而走进学术研究或文学艺术创作殿堂，为族裔身份的追寻和建构进行身体力行的实践。

这些在"革命运动"中成长起来的作家和批评家包括了我们今天耳熟能详的名字：汤亭亭（Maxine Hong Kingston）、赵健秀（Frank Chin）、徐宗雄（Shawn Wong）、陈耀光（Jeffery Paul Chan）、劳森·稻田（Lawson Fusao Inada）、金惠经（Elaine Kim）等。

正是这批亚裔作家、学者的努力，"亚裔美国文学"在20世纪60年代末获得命名并逐渐在亚裔美国研究中占据了重要地位，虽然其命名及研究比亚裔美国文学的发端[①]晚了100多年，但亚裔美国文学从20世纪60年代以来的蓬勃发展，彻底改观了美国的文学及文学批评典律。可以毫不夸张地说，如果离开了亚裔、非洲裔、墨西哥裔、印第安裔等多族裔背景的作家及理论家的巨大贡献，20世纪后半叶以来的美国文学及文学理论将黯然失色。

文学产生及文学理论话语的产生从来不是孤立于时代主流之外的，而是与历史、政治、文化语境，与当时当地人们的现实生存环境及心理需求息息相关。如亚裔美国文学的心理批评范式，社会历史批评范式的发端就起源于20世纪70年代初亚裔美国研究界对"传统人"（Traditionalist）、"边缘人"（Marginal Man）"亚裔美国人"（Asian American）的人格特质及其成因的论争。

二、亚裔美国文学批评范式的发端

1971年7月，《亚美研究》第二期刊登了心理学家史丹利·苏与

① 根据华裔美国学者尹晓煌（Xiao-huang Yin）的研究，20世纪50年代华裔美国文学已发端，可参见其专著 *Chinese American Literature Since the 1850s*（University of Illinois Press，2000）。

德里克·苏（Stanley Sue & Derald Sue）共同署名的文章《华裔美国人格与精神健康》（*Chinese-American Personality and Mental Health*，1971）一文，以旧金山华裔青年的精神疑障为个案，探讨了在美国“同化”政策及种族歧视的夹击之下亚裔美国人所产生的人格分化：分别为固守中华文价值观的“传统人”（Traditionalist）、认同西方价值观的“边缘人”（Marginal Man）和形成了亚裔美国价值观的“亚裔美国人”（Asian American）；而从该文所记载的病例来看，“传统人”蛰伏于华人社区，与美国主流社会完全隔绝，有自闭倾向；“边缘人”就是黄皮白心的“香蕉人”，因为思想被“白化”而歧视、憎恨黄种人，但又得不到主流社会的接纳；“亚裔美国人”是亚裔运动的产物，思想激进、勇于行动，又为得不到家人的理解而深感困扰。在史丹利·苏与德里克·苏看来，这三种人的人格发展都面临危机，都需要“心理健康护理”（Mental Health Care），① 因为他们在传统家庭、西方文化和种族主义的多重压力下挣扎，都面临着人格被扭曲的窘境，具体表现为“怀着过度的犯罪感，自我憎恨，好斗，认识不到自我价值”。②

但二苏对于三种亚裔美国人的分类、剖析和结论遭到亚裔美国学界的质疑和批评，从而引发了学界对于亚裔美国人人格特质及身份追寻的深层次探讨。同样是 1971 年，在《亚美研究》的第三期，华裔美国学者本·R. 唐（Ben R. Tong）发表了《精神的格扎：关于华裔美国历史心理的思考》（*The Ghetto of the Mind: Notes on the Historical Psychology of Chinese America*，1971）一文，指出苏文所论“没有引起从事少数族裔精神康复专家的更高程度的情感反应，对华裔美国文化感性理解不够，对由于集体经验累积而成的人格问题理解甚少，对当

① Stanley Sueand Derald Sue, *Chniese-Amerian Personality and Mental Health*, *Amerasia Journal*, Vol. 1, No. 2, July, 1971, p. 38.

② Jerry Surh, *Asian American Identity and Politics*, *Amerasia Journal*, Vol. 2, Fall, 1974, p. 159.

下所需要的‘治疗’知之甚少”。[①] 唐文认为，二苏的研究仅仅局限于华裔美国大学生群体，是一种在概念上不精确的“人格类型”，正好契合了现存的以WASP为导向的精神治疗体系，而这种体系亟待彻底改革。

与二苏关注个体的精神分析不同，本·R. 唐更加关注华裔美国人作为一个族群的历史及现实生存语境，他从华裔移民史出发，挖掘华裔美国人在美国主流社会俯视之下所陷入的“精神格托”，其所遭遇的历史创伤（historical trauma）及种族压迫。他历数美国华人所遭受的歧视、掠夺和谋杀：六大公司在1862年给加州参议院的报告中说当年有88名华人被谋杀；1871年10月24日，21名华人在洛杉矶被枪杀或吊死；1876年，第四十四届国会特别调查委员会在总结报告中指出，异教徒（中国佬）被认为不可同化，习俗败坏，且对美国的低工资和生活水准负有责任……[②]而在1882年《排华法》（*Anti-Chinese Act*）通过之后，美国对华人驱逐和迫害完全合法化了。

面对白人的歧视、压制和迫害，早期华人移民只好困守在唐人街，希望以群体的力量对抗恶意的主流社会。唐人街成为穷困潦倒的华人唯一的庇护所，成为他们难以逃离的孤岛，如唐文中所言：

> 被囚禁在狭小、肮脏、不安全、使人产生幽闭恐惧症的火柴盒样的公寓里，（唐人街的）老人们静静地忍受着被孤立、被忽略的绝望；移民的年青一代则狂热地追寻一种体面的生存方式，但却总是无功而返，垂头丧气。由于在最基本的人性需求上遭到（美国社会）一贯的、系统性的拒绝，他们的愤怒不定期爆发，

---

① Ben R. Tong, *The Ghetto of the Mind: Notes on the Historical Psychology of Chinese America*, *Amerasia Journal*, Vol. 1, No. 3, Nov. 1971, p. 1.

② Ben R. Tong, *The Ghetto of the Mind: Notes on the Historical Psychology of Chinese America*, *Amerasia Journal*, Vol. 1, No. 3, Nov. 1971, p. 11 ~ 12.

使本来已不稳定的社会关系更加紧张。①

在本·R. 唐看来，华裔美国第二代虽然不必像父辈那样时时刻刻要躲避来自白人的石头的袭击，但却陷入了另一种困境，由于美国主流对于华人的种族歧视，也由于华人社群内部的压力，他们无法摆脱精神的“格托”，由于全盘接受了美国主流社会的“内部殖民”教育，他们毫无异议地接受了对华裔美国人的刻板印象，产生了一种“种族自憎”情绪，敌视华人移民和华人社区，以能把自己与“他们”区别开来为荣。在其提供的案例中，一位自诩为“香蕉人”的华裔这样写道：“我几次去唐人街是像普通游客一样去吃饭，直到今天我还是持这样的态度。我不喜欢与华人移民产生联系，我不讲广东话而且从来不帮助华人和唐人社区。换句话说，我是一个香蕉人……”②

唐文所谓“香蕉人”即苏文所说的“边缘人”，他认为这些人的问题绝不是“心理治疗”可以解决的，而是需要具有“激进的政治特质”的解决途径，要改变自己首先要改变社会公共机构和制度（social institutions），暗示了亚裔为改变现状要采取的政治行动。

由史丹利·苏与德里克·苏和本·R. 唐所引起的话题被20世纪70年代初的亚裔美国学者们作为热点问题探讨，系列的商榷或批评论文在《亚美研究》上刊载。到杰里·佘（Jerry Surh）在1974年秋季号上的论文《亚裔美国身份与政治》（*Asian American Identity and Politics*，1974）一文，已经把“亚裔美国人”的人格特质建构提到了身份政治的层面。该文对亚裔美国人的“边缘人”心态进行了细致的剖析：

---

① Ibid.，p. 23.

② Ben R. Tong，*The Ghetto of the Mind*：*Notes on the Historical Psychology of Chinese America*，*Amerasia Journal*，Vol. 1，No. 3，Nov. 1971，p. 22.

> "边缘人"孤立于亚裔之外，他首先把自己当作一个个体存在（an individual），切断了自己人格中特定的族裔决定因素，追求一种具有普遍性的人性本质。他放弃自己性格中"亚洲的"一面，为的是发现和发展与所有其他人共通的特质。如此，"边缘人"的脱离群体（detribalization）可以被看成是一种解放（liberation）的行为……①

杰里·余对"边缘人"的困惑给予了充分的理解，认为其"自憎"和"仇视亚裔"情结不仅仅是由于美国的种族主义，也由于亚裔族群的存在，其他亚裔的存在似乎在随时提醒他们：你是一个没有族裔特点的人，因而导致其质疑自己的身份。美国的自由主义思想使他们坚信一切的偏见和歧视都是错误的，但自己却永远深陷其中，一方面是种族歧视，一方面是族群内部的压力，因此他们失落、彷徨、找不到自我。种族主义之所以长盛不衰，不仅仅在于外部压力的实施，也在于"残害种族主义的受害者，分化他们，迫使他们以自憎和相互憎恨来与种族主义者对抗"。② 也就是说，为了证明自己不是种族主义者眼中的"温顺而柔和"（meek and mild）的"传统亚裔"，他们往往采取一种极端的行动，一方面拒绝亚裔族群的价值观和道德标准，另一方面全盘接受美国主流文化，以泯灭自己族裔特性、远离亚裔族群的方式反对种族主义，旨在告诉白人主流社会：我与你们是完全一样的。但事实证明，这种以疏离族群和泯灭族性为代价的身份追寻并不成功。史丹利·苏与德里克·苏从精神病角度、本·R. 唐从历史心理角度探讨的病例，都对此提供了强有力的证据。

由此观之，20 世纪 70 年代初以来的亚裔美国批评话语已孕育了心理批评范式和社会历史批评范式的雏形，这从以上论及的几位批评

---

① Jerry Surh, *Asian American Identity and Politics*, *Amerasia Journal*, Vol. 2, Fall, 1974, p. 164.

② Ibid., p. 165.

家的职业身份可见一斑：史丹利·苏与德里克·苏是心理医生，本·R. 唐、杰里·余等分别是社会、历史、政治学科领域的学者。他们所开启的研究路径，在随后的三十多年里被更多的亚裔美国研究者追随：如“种族影像”“种族阉割”“种族操演”“种族面具”“种族忧伤”等理论话语及关键词的提出都没有脱离心理批评范式；而学者们对亚裔美国历史上的《排华法案》、“日裔集中营”、“坦白计划”、照片新娘、契纸儿子、单身汉社会、移民配额制等话题的一再探讨，则是对亚裔美国社会历史批评范式在广度和深度上的逐步推进。

三、“哎咦——集团”与亚裔美国文学批评

由上面的论述可以看出，亚裔美国文学批评话语的产生与当时的政治、历史、社会环境紧密相连，其批评范式的雏形及理论热点的提出，功在亚裔美国社会、历史、心理各学科领域学者的贡献。如果我们把先前所论归入具有统摄意义的大背景，那以下所论就是专注于亚裔美国文学批评及亚裔美国文学的比较“微观”的研究了。

要探讨亚裔美国文学批评，首先要触及的是颇具争议的“哎咦——集团”（Aiiieeeee Group）。“哎咦——集团”是对亚裔美国文学中具有奠基意义的文学选集《哎咦！亚美作家选集》（*Aiiieee！An Anthology of Asian American Writers*，1974）和《大哎咦！华裔与日裔美国文学选集》（*The Big Aiiieeeee！An Anthology of Chinese American and Japanese American Literature*，1991）的编撰者们的总称，他们是赵健秀（Frank Chin）、陈耀光（Jeffery Paul Chan）、劳森·稻田（Lawson Fusao Inada）、徐宗雄（Shawn Wong）等四位亚裔美国文学的挖掘者、开拓者。

《哎咦！亚美作家选集》选取了早期华裔、日裔、菲律宾裔作家的作品，其中不乏被几位编者从故纸堆中挖掘出来、后来却成为亚裔美国文学经典的著作，比如俊夫盛雄（Toshi Mori）的《横滨，加利福尼亚》（*Yokohama*，*California*，1949）、约翰·冈田（John Okada）

的《双不小子》（*No-No Boy*，1957）和雷霆超（Louis Chu）的《吃碗茶》（*Eat a Bowl of Tea*，1961）等。

虽然“哎咦——集团”的诸多论点饱受诟病和攻击，但人们从来没有忘记他们对于亚裔美国文学与研究的开拓之功：正如著名亚裔美国文学学者金惠经在《亚裔美国文学：对亚裔美国写作及其社会背景的介绍》（*Asian American Literature*:*An Introduction to the Writings and Their Social Context*，1982）的论述：“种族联合对加强我们的力量，促进我们的社群建设做出了贡献，为至关重要的亚裔美国文化的维护和发展做出了贡献，为我们组织进行全国性的族裔文化项目提供了有效的工具。”① 直到1993年，菲律宾裔美国作家、批评家杰西卡·海格冬在其《陈查理已死：当代华裔美国小说选集》（*Charlie Chan Is Dead*:*An Anthology of Contemporary Asian American Fiction*，1993）的导论中也非常肯定“哎咦——集团”对亚裔美国文学文化传统的建构所做出的贡献：

> 《哎咦》在70年代所引发的政治能量和族裔兴趣对亚裔美国作家来说是非常重要的，它使我们作为独特文化的创造者得以显现，得以获得自己的身份。突然之间，我们不再被忽略，我们不再沉默。像美国的其他有色作家一样，我们开始挑战长期以来由白人男性主宰的仇外主义的文学传统。②

“哎咦——集团”之所以赫赫有名，在于其提出了具有开创性的亚裔美国文学理论话语，以及由此产生的该学科领域的对话、辩论甚

---

① Elaine H. Kim, *Asian American Literature*:*An Introduction to the Writings and Their Social Context*, Philadlphia:Temple University Press, 1982, p. xiii.

② Ed., Jessica Hegedorn, *Charlie Chan Is Dead*:*An Anthology of Contemporary Asian American Fiction*, New York: Penguin Books USA Inc., 1993, p. xxvii.

至“争吵”。可以这么说，如果缺失了“哎咦——集团”的先驱性的挖掘工作及其宣言式的、具有语言“暴力”的关于亚裔美国人及亚裔美国文学的定义和分析，亚裔美国文学及批评会苍白很多。

在《哎咦！亚美作家选集》的《前言》中，是否具有“亚裔美国感性”成为“哎咦——集团”选择入选作家的标准，而“亚裔美国感性”也从此成为亚裔美国批评话语的关键词。在《前言》中，“哎咦——集团”开宗明义地提出：“所选作品的年代、多样性、深度和质量证明了亚裔美国感性（Asian American Sensibility）及亚裔美国文化的存在，它与亚洲和白色美国（White America）相互关联但又判然有别。[①] 他们以作者“感性的出生地”（birth of sensibility）而不是“实际的出生地（actual birth）”作为框定、评判亚裔美国人的标准。比如维克特·倪（Victor Nee）、雷霆超（Louis Chu）都出生在中国，幼年时期来到美国，如果以“亚裔美国人必须出生在美国”的标准去衡量，他们不能算“亚裔美国人”。但在“哎咦——集团”的编者们看来，他们“是从一个华裔美国人的角度，而不是从中国人或者白人眼中的中国人（Chinese-according-to-white）的角度，诚实而准确地刻画出了华裔美国经历。[②] 因此雷霆超的《吃碗茶》（*Eat a bowl of Tea*，1961）被推为“亚裔美国文学”的范本。

正是以“亚裔美国感性”为标尺，“哎咦——集团”把林语堂、黎锦扬（C. Y. Lee）等中国移民作家以及黄玉雪（Jade Snow Wong）、李金兰（Virginia Lee）、刘裔昌（Pardee Lowe）等土生的华裔美国作家排除在外。他们认为林语堂、黎锦扬是“美国化的中国作家”（Americanized Chinese Writers），“他们选择做美国人，努力成为白人眼

---

① Eds.，Jefferey Paul Chan et al.，*Preface*，*The Big Aiiieeeee! An Anthology of Chinese American and Japanese American Literature*，New York：Meridian，1991，p. xiii.

② Eds.，Jefferey Paul Chan et al.，*Preface*，*The Big Aiiieeeee! An Anthology of Chinese American and Japanese American Literature*，New York：Meridian，1991，p. ixx.

中的美国人，最终成功地变为具有刻板印象的‘华裔美国人’，善良、忠诚、驯服、被动……”① 而黄玉雪、李金兰等土生作家则“沉默而私人化”（silently and privately）地对待种族主义，对种族主义没有采取任何行动……”② 中国和中国文化在这些作家的笔下完全被“刻板化”了。

“哎咦——集团”的编撰者们借用许芥昱（Kai-yu Hsu）的评价，批评以上作家对中国文化华人移民的扭曲：

> 这些很大程度上具有自传体性质的作品像鉴赏家手册介绍中国玉和乌龙茶一样去展示中国文化和华人移民的刻板印象：华人移民要么被表现为孤僻、完全中国化，要么悄无声息地被同化，变成美国人，成为美国理想的大熔炉进程中的模范。③

尽管美国主流对亚裔的刻板印象由来已久，但在“哎咦——集团”看来，黄玉雪、李金兰、刘裔昌等“局内人”的书写，更加印证了这些刻板印象。于是他们提出：“在我们能谈论我们的文学之前，我们得解释我们的感性，在我们能解释我们的感性之前，我们必须勾勒出我们的历史，在能够勾勒出我们的历史之前，我们得摒除他们对于我们的刻板印象，在我们能摒除刻板印象之前，我们必须证明刻板印象的错误，证明那些容易取得、一般曾为大众所知的历史都是不学无术。”④

由此观之，在定义“亚裔美国人”“亚裔美国感性”方面，“哎

① Ibid.，p. x.

② Eds.，Jefferey Paul Chan et al.，*Introduction*，*The Big Aiiieeeee! An Anthology of Chinese American and Japanese American Literature*，New York：Meridian，1991，p. xxiii.

③ Ibid.，p. xxiv.

④ Shawn Wong，*Asian American Literature：A Brief Introduction and Anthology*，Boston：Addison-Wesley Educational Publishers Inc.，1996，p. 5.

咦——集团”从某种程度上参与、深化了前面所论的史丹利·苏与德里克·苏、本·R. 唐和杰里·佘诸位心理学家、社会学家对亚裔“传统人”“边缘人”“亚裔美国人”人格特质的探讨，但其追求“亚裔美国身份”的诉求更明确、更强烈。尤其值得注意的是，他们在界定何为“亚裔美国人”，追寻“亚裔感性”的基础上，进一步提出颠覆种族“刻板印象”、反对“种族阉割”及“种族主义之爱”、主张再现“族裔历史”等重要的亚裔美国批评理念，奠定了亚裔美国文学批评的基本框架和具有生命力的理论命题。

综上，我们探究了20世纪70年代初，亚裔美国文学批评产生的政治、历史与文化语境，对当时具有影响力的批评文本及批评家进行了评析，找到了亚裔美国文学批评之心理批评范式和历史文化批评范式的源头，对亚裔美国文学及批评有着开拓之功的“哎咦——集团”及其批评话语进行介绍和剖析，让人们认识到批评话语的产生与历史、社会环境及批评家之间的关系，这对我们后续研究亚裔美国文学批评话语的诸多新问题具有奠基意义。

“亚裔美国感”流源

在亚裔美国批评话语中，“亚裔美国感”①（Asian American Sensibility）是一个具有里程碑意义的关键词。而“哎咦——集团”正是这一关键词的缔造者和诠释者。

“哎咦——集团”（Aiiieeeee Group）（Chin et al.，xiii）是对赵健秀（Frank Chin）、陈耀光（Jeffery Paul Chan）、劳森·稻田（Lawson Fusao Inada）、徐宗雄（Shawn Wong）等四位亚裔美国文学学科开拓者的总称，他们因共同编著具有奠基意义的亚裔美国文学选集《哎咦！亚美作家选集》（*Aiiieeeee! An Anthology of Asian American Writers*，1974）和《大哎咦！华裔与日裔美国文学选集》（*The Big Aiiieeeee! An Anthology of Chinese American and Japanese American Literature*，1991）而得名。1972 年，在《种族主义之爱》（*Racist Love*）一文中，“哎咦——集团”的核心成员赵健秀、陈耀光首次提出了“亚裔美国感”

---

①“亚裔美国感”的英文表述为“Asian American Sensibility”，台湾学者将该词翻译为“亚裔美国感性”，笔者在此前的专著及系列论文中也沿用此汉译。在 2012 年 11 月 16—18 日暨南大学承办的“全国外国文学学会英语文学研究会第三次专题研讨会”上，笔者做了“亚裔美国感性溯源”的主题发言，会后南京大学的王守仁教授就该词的汉译提出建议，认为“sensibility”的翻译值得再斟酌；之后我与加州大学洛杉矶分校亚裔美国文学专家张敬珏（King-kok Cheung）教授、台湾社科院的华裔美国文学研究专家单德兴研究员通过电子邮件讨论、切磋，最终决定把“Asian American Sensibility”翻译为“亚裔美国感”。在此文章发表之际，我谨对以上诸位学者表示由衷的谢意。

（Asian American Sensibility）一词；而在出版于1974年的《哎咦！亚美作家选集》中，“哎咦——集团”更旗帜鲜明地以“亚裔美国感”作为亚裔美国文学作品入选该文集的核心标准：“所选作品的年代、多样性、深度和质量证明了亚裔美国感及亚裔美国文化的存在，它与亚洲和白色美国（White America）相互关联但又判然有别”。①

近四十年来，正是“哎咦——集团”发起的一系列与“亚裔美国感”相关或相悖的理论命题，使亚裔美国批评体系渐成气候，并逐步在广度上拓展和深度上推进。本文通过追溯“亚裔美国感”产生与发展的历程，旨在剖析“亚裔美国感”的本质特点，揭示以“哎咦——集团”为首的亚裔美国批评家建构“亚裔美国感”这一理论话语的历史意义及时代局限。

一、“实际的出生地”与“感性的出生地”之辨

在《哎咦！亚美作家选集》“前言”中，在亚裔美国人是否具有“亚裔美国感”的问题上，“哎咦——集团”首先考虑的是出生地，即后来学者们所称的“本土视角”：

> 亚裔美国感的确细微难辨，尽管你对亚洲并没有实际的记忆，出生在中国或者日本就足以把你与美国出生的亚裔区别开来。但是，在作家实际的出生地（actual birth）与情感的出生地（birth of sensibility）之间，我们选择了情感的出生地作为衡量亚裔美国作家的标准。维克特·倪（Victor Nee）出生在中国，5岁来到美国；小说家雷霆超（Louis Chu）9岁才来到美国，但对他们来说，中国和中国文化并不来自于个人经验，而是来自于传

① Ed.，Frank Chinet al.，*Preface*，*Aiiieeeee! An Anthology of Asian American Writers*，Washington D. C. :Howard UP，1974，p. x.

闻和学习。①

“哎咦——集团”首先强调了出生在美国——以美国为“实际的出生地”之于“亚裔美国感”的重要性，认为只有这样才能确认亚裔美国人“非亚洲”的身份；而所谓“情感的出生地”则强调了成长在美国对于建构“亚裔美国感”的重要性，因为这样才能保证亚裔对于祖居国的所有感知都来源于间接的了解，而不是来自现实的个人体验，这正如后来“哎咦——集团”在《大哎咦！华裔与日裔美国文学选集》（1991）的“引言”中所论述的，“亚裔美国人”只是“从收音机、电影、电视和漫画书中了解中国或日本，以白人美国文化为推手，认为黄种人就是在受伤、悲哀、生气、发誓或吃惊的时候发出哀号、呼喊或惊呼‘哎咦’的人……”②

以华裔移民作家林语堂（Lin Yutang）、黎锦扬（C. Y. Lee）为例，“哎咦——集团”分析了华人移民作家不具备“亚裔美国感”的原因：

> 情感与个人选择把入选的亚裔美国作家与林语堂、黎锦扬等美国化的中国作家（Americanized Chinese Writers）区别开来。从经验感觉上讲，他们（林语堂、黎锦扬）有着熟悉而安全的中国文化身份，而美国出生的华裔永远不可能有这种身份。……他们通过白人的感知使自己成功地变成白人刻板印象中的华裔美国人：友好、忠诚、顺从、被动、遵从法律……难怪他们的写作立足于白人性，而不是立足于华裔美国。变成白人至上主义者，是

---

① Ed., Frank Chinet al., *Preface*, *Aiiieeeee! An Anthology of Asian American Writers*, Washington D. C.: Howard UP, 1974, p. ix.

② Eds., Jefferey Paul Chanet al., *Introduction*, *The Big Aiiieeeee! An Anthology of Chinese American and Japanese American Literature*, New York: Meridian, 1991, p. xi.

他们有意识地、自愿地变成“美国人”的一部分。①

由此可见“哎咦——集团”对华裔移民作家的排斥，但这番论述也不乏“片面的深刻”：从20世纪20年代的“新文化运动”以来，西风东渐，中国知识分子无不对西方思想文化趋之若鹜，而美国作为西方思想文化的新生代表，正处于社会与经济高速发展的时期，与战乱、落后的中国形成鲜明的对比，林语堂、黎锦扬等自然更倾向于吸收发达的西方文化。同时，林语堂分别获得哈佛大学硕士学位和德国莱比锡大学博士学位，黎锦扬获得耶鲁大学硕士学位，他们都是海外华人移民中的知识精英，与身处唐人街的草根阶层相比，自然是大异其趣。唐人街于这两位作家，只是一个具有中国情调的布景，所以，“哎咦——集团”认为其作品充满异国情调，不具备“亚裔美国感”。

这里其实涉及了“自我他者化”或“自我东方化”的理论命题，“哎咦——集团”看到了林语堂、黎锦扬等移民作家对美国主流社会的迎合、对“友好、忠诚、顺从、被动”的华裔美国形象的自我塑形，这与后殖民主义理论家爱德华·萨义德所命名的“东方主义”异曲同工，而该文的发表比萨义德的《东方主义》早了四年，由此不难看出“哎咦——集团”对族裔、文化身份认同的深刻洞见；其所提倡的“亚裔美国感”，其实质是对移民作家“自我东方化”创作倾向的反驳。

“哎咦——集团”设立“实际的出生地”的标尺，目的是斩断亚裔与祖居国的文化联系，以利于建立其理想中的“亚裔美国”新身份。但这个标准，把诸多成年之后才到美国求学并定居的知名亚裔美国学者排除在外，因而遭到质疑和反对。如张敬珏（King-kok Cheung）在《回顾亚裔美国文学研究》（*Reviewing Asian American Lit-*

① Eds., Frank Chin et al., *Preface*, *Aiiieeeee! An Anthology of Asian American Writers*, Washington D. C.: Howard UP, 1974, p. x.

erary Studies，1997）一文中所言：

> “亚裔美国”是60年代晚期创造出的一个新词，为的是促进政治团结和文化民族主义，其基础是宽泛的，对于移民和出生在美国的亚裔具有同样的吸引力。但与之矛盾的是，早期亚裔美国文化批评却更加重视美国出生地。在赵健秀、陈耀光、稻田、徐宗雄所编写的《哎咦！亚美作家选集》极具影响力的导言中，他们把美国出生作为其所谓的亚裔美国“感”的决定性因素……①

张敬珏发出了众多亚裔移民学者的声音：20世纪60年代末以来的“泛亚运动”（Pan-Asian Movement）的初衷是团结最广大的亚裔美国人，但“哎咦——集团”的“本土”标尺，把大量亚裔移民排除在外，与“泛亚”的宗旨发生悖谬。

而“哎咦——集团”不仅以“实际的生地”排斥亚裔移民作家、批评家，更以“感性的出生地”把出生在美国本土并被美国主流社会高度认同的著名华裔作家黄玉雪（Jade Snow Wong）、汤亭亭（Maxine Hong Kingston）、谭恩美（Amy Tan）、黄哲伦（David Henry Huang）等人排除在“亚裔美国”之外，认为这些作家通过把华裔美国文化异国情调化，迎合了美国主流的东方主义话语：“用白人的言语方式，使自己美国化了”，变得“忠实、驯服、被动”。②“哎咦——集团”还引用华裔美国批评家许芥昱（Kai-yu Hsu）的话，批评以上作家对中国文化的扭曲：

---

① King-kok Cheung, *Reviewing Asian American Literary Studies*, *An Interethnic Companion to Asian American Literature*, NewYork: Cambridge UP, 1997, p. 1 ~36.

② Eds., Frank Chinet al., *Preface*, *Aiiieeeee! An Anthology of Asian American Writers*, Washington D. C.: Howard UP, 1974, x.

> 这些很大程度上具有自传体性质的作品像鉴赏家手册介绍中国玉和乌龙茶一样去展示中国文化和华人移民的刻板印象：华人移民要么被表现为孤僻、完全中国化，要么悄无声息地被同化，变成美国人，成为美国理想的大熔炉进程中的模范。①

在《真假亚裔美国作家一起来吧!》（*Come All Ye Asian American Writers of the Real and the Fake*，1991）一文中，赵健秀再次把这些作家归入“假的”（the fake）亚裔美国作家之列，认为他们没有“亚裔美国感”，表现的都是白人的价值观，是对“基督教的社会达尔文主义”（Christian social Darwinism）的复制和呼应。② 而在《大哎咦！华裔与日裔美国文学选集》的引言中，赵健秀等进一步解释道：“我们把他们归入假的亚裔美国作家——因为他们的创作来源于基督教教义、西方哲学、历史和文学。”③ 同时，赵健秀把汤亭亭《女勇士》中所改写的“花木兰”故事与乐府诗歌《木兰辞》一一对照审读，以此作为汤误读误用中国经典，取悦于美国白人主流的事实。

究其实质，“哎咦——集团”对“出生地”的纠结是一种表象，其真实目的其实在于凸显“亚裔美国”之“非亚”“非美”的特点，所以他们既不能接受已经具有安全而稳定中国文化身份的林语堂和黎锦扬，也不能接受“创作来源于基督教教义、西方哲学、历史和文学”的土生亚裔美国作家如黄玉雪、汤亭亭、谭恩美等。在这里，有

① Eds.，Frank Chinet al.，*Introduction:Fifty Years of Our Whole Voice*，*Aiiieeeee! An Anthology of Asian American Writers*，Washington，D. C.：Howard UP，1974，xxiv.

② Frank Chin，*Come All Ye Asian American Writers of the Real and the Fake*，Eds.，Jefferey Paul Chan et al.，*The Big Aiiieeeee! An Anthology of Chinese American and Japanese American Literature*，New York：Meridian，1991，p. 13.

③ Eds.，Jefferey Paul Chan et al.，*Introduction*，*The Big Aiiieeeee! An Anthology of Chinese American and Japanese American Literature*，New York：Meridian，1991，xi.

两点值得特别探讨。

首先，创作来源于“基督教教义、西方哲学、历史和文学”的文学与“亚裔美国文学”是不是两个决然对立的范畴？换句话说，难道“亚裔美国感”是独立于西方宗教、哲学、历史和文学之外的吗？从其本质上看，亚裔美国文学的独特性正表现在其文化的混杂性，因为亚裔美国作家们无一不是置身于双重甚至多重传统之中；但由于西方文化传统中根深蒂固的强势文明主观意志，他们更容易接受西方文化价值观的影响和西方文化经典的熏陶。如华裔美国文学理论家林英敏曾在《这是谁的美国》（*Whose America Is It*?，1998）一文中坦言：“我是受鹅妈妈童谣和欧洲童话的滋养长大的，我一直渴望自己能变成一个金发碧眼的公主。”① “从裴欧沃夫到乔叟的坎特伯雷故事，从莎士比亚到萨克雷、左拉、亨利·詹姆斯……他们的艺术禀赋犹如高高的奥林匹斯山，如此的高以至于我决心献出自己毕生的精力。”② 所以尽管有着双重或多重的文化传统，亚裔美国作家最显性地认同的还是西方文化模式。鉴于这样的事实，他们正是亚裔美国作家的真正代表，绝对不是“假的亚裔美国作家”。

其次，亚裔美国作家应如何在自己的创作中运用祖居国的文化资源？如前所述，“哎咦——集团”认为“亚裔美国人”对于祖居国的了解均来源于美国传媒，而不是个人体验，那他们就绝无可能再现“道地的”（authentic）祖居国文化。而且按照其对“亚裔美国感”“非亚”“非美”的界定，“道地的”祖居国文化再现反而是不可取的。既如此，又何来“误读误用”之说呢？

对此，汤亭亭提出了自己的看法：“他们不明白神话必须变化……把神话带到大洋彼岸的人成了美国人，同样，神话也成了美国

---

① AmyLing，*Whose America Is It*?，*Webster Studies* 12，1995，p. 30.

② Ibid.，p. 32.

神话。我写的神话是新的、美国神话。”① 而在多次的访谈中，汤亭亭一再强调：

> 实际上，我作品中的美国味儿要比中国味儿多得多。我觉得不论是写我自己还是写其他华人。我都是在写美国人……虽然我写的人物有着让他们感到陌生的中国记忆，但他们是美国人。再说我的创作是美国文学的一部分，对这点我很清楚。我是在为美国文学添砖加瓦。评论家们还不了解我的文学创作其实是美国文学的另一个传统。②

通过这番论说，汤亭亭不仅是为自己正名，更是为亚裔美国文学的特质做解说：亚裔美国文学是掺杂了亚裔文化元素的美国文学之一脉，是具有旅行性和流动性的混血文学之一种。

“赵汤之争”是亚裔美国文学研究中永远无法绕开的话题，但就实质而言，赵健秀与汤亭亭的族裔与文化身份认同是殊途同归：正如加州大学洛杉矶分校亚裔系凌津奇教授（Jinqi Ling）所言：

> （赵健秀与汤亭亭）都认为“大熔炉”（melting pot）文化对亚裔美国人是无效的，他们都认为主流美国文化在干扰亚裔美国叙事的延续性。不过汤亭亭采取的是一种后现代主义精神，只取

---

① Maxine Hong Kingston, *Personal Statement*, Eds., Shirley Geok-lin Lim, *Approaches to Teaching Kingston's The Woman Warrior*, New York: The Modern Language Association of America, 1991, p. 24. 该段中文翻译引自吴冰：《关于华裔美国文学研究的思考》，《外国文学评论》2008 年第 2 期，第 17 页。

② Paula Rabinowitz, *Eccentric Momories: A Conversation with Maxine Hong Kingston*, eds., Skenazy Paul & Tera Martin, *Conversations with Maxine Hong Kingston*, Mississippi: Jackson UP of Mississippi, 1998, p. 140. 该段中文翻译引自吴冰：《关于华裔美国文学研究的思考》，《外国文学评论》2008 年第 2 期，第 17 页。

> 对自己有用的部分，而赵健秀则努力想要复制“真确的”（authentic）中国文化，虽然他的复制并不成功。①

的确如此，汤亭亭所创作的亚裔美国神话，其目的是颠覆“主流”的美国神话，为亚裔美国人创造属于自己的文化传统；同样，赵健秀所孜孜以求的中国文学、文化经典表述的“真确性”，其主旨也是颠覆美国主流文学、文化范式，建立属于亚裔美国人自己的传统，二者深层的“亚裔美国感”是一致的。

二、语言、文化与亚裔美国身份的整体性构建

与黄玉雪、汤亭亭、谭恩美、黄哲伦（David Henry Huang）等亚裔美国作家的境遇形成鲜明对比的，是备受“哎咦——集团”推崇的华裔作家雷霆超（Louis Chu）和日裔作家约翰·冈田（John Okada）。在《哎咦！亚美作家选集》题为“五十年来我们总体的声音”长达43页的导言中，“哎咦——集团”以雷霆超的小说《吃碗茶》（*Eat a bowl of Tea*，1961）和日裔作家约翰·冈田的《双不小子》（*No-no Boy*，1957）为例，从语言、文化、人格等方面论述“亚裔美国感”的内涵，致力亚裔美国身份的整体性建构。

“哎咦——集团”高度认可雷霆超和约翰·冈田充满“亚裔感”的语言，认为正是这两位作家遭人诟病的用词与文法，表现出真切的“亚裔美国感”。对于雷霆超夹杂着广东四邑方言的英语，他们极度褒扬：

> （书中）角色间的打招呼、应答的态度和习惯都是道地的唐人街式的。雷把四邑方言中的成语或谚语直接字对字地翻译过

---

① 引自加州大学洛杉矶分校凌津奇教授（Ling Jinqi）2012年9月14日在暨南大学外国语学院的学术讲座上就笔者提问做出的回答。

来，这种表达，对于华裔美国读者而言是趣味和认同。雷可靠的眼睛和耳朵使他避免了陈词滥调、粉饰太平和怪异的哗众取宠。他了解唐人街的人们，了解他们的癖好和渴求，能捕捉到他们的褊狭和人性。①

更加值得注意的是，“哎咦——集团”把语言问题提高到了族裔斗争的高度，并就他人对冈田的批评进行了激烈的反驳：

> 批评家们为冈田对语言和标点符号的使用感到尴尬是不对的。一个少数族裔作家认为自己正在使用、或者雄心勃勃地试图使用漂亮、正确、断句很好的英语写作是一种白人至上主义。那种普遍把英语当成美国唯一语言的认识，其实是把语言变成了文化帝国主义的工具……②

在“哎咦——集团”看来，要求亚裔美国人使用所谓“标准英语”，不仅是“白人至上主义”和“文化帝国主义”的表现，更是对亚裔“语言的剥夺”（deprivation of language），从而导致“亚裔美国文化整体性”（Asian American Cultural Integrity）和“亚裔美国男性气质”被抹杀；亚裔美国人被剥夺了自己的语言，只能“去适应他们从来没有使用过的语言和在英语书中才读到的文化”。“哎咦——集团”认为，“这种白色文化对土生语言的劫掠，等于消灭了亚裔美国文化”。③

---

① Eds. , Frank Chin et al. , *Introduction*: *Fifty Years of Our Whole Voice*, *Aiiieeeee*! *An Anthology of Asian American Writers*, WashingtonD. C. : Howard UP, 1974, p. xxxi.

② Eds. , Frank Chin et al. , *Introduction*: *Fifty Years of Our Whole Voice*, *Aiiieeeee*! *An Anthology of Asian American Writers*, WashingtonD. C. : Howard UP, 1974, p. xxxvii.

③ Ibid. , p. xxxviii-xiiv.

值得注意的是，早在1972年，“哎咦——集团”的核心成员赵健秀和陈耀光在《种族主义之爱》一文中，就深刻论及语言与文化、语言与民族感（the people's sensibility）建构的关系：

> 语言是文化、民族感的媒介……（语言）通过把共同经历组织、编码成象征符号将人们团结为一个整体。阻碍语言就割裂了文化与感性……人若没有了自己的语言，就不再是一个人，而是表演口技的傻瓜（ventriloquist dummy），最多算一只学舌的鹦鹉……白色文化通过语言的暴力压制华裔美国和日裔美国文化，把亚裔美国感排除在美国意识主流之外。①

可见，“哎咦——集团”很早就注意到了后殖民主义理论家们所探讨的语言与文化殖民的问题，并对语言剥夺与文化帝国主义的关系有着深刻洞见，主张作家用原生态、本色的土语表达思想，以此建构自己族裔文化的整体性——这种诉求，与当今身处真正的后殖民国家的作家们的努力非常相似：如肯尼亚作家尼·瓦·西昂戈（Ngugi Wa Thiong'o）就极力主张放弃殖民者的语言（英语），用自己的民族语言进行创作，以抵制殖民语言中所隐藏的殖民文化承载。

但无论是“华人英语”（Chinese English）还是“日式英语”（Japanese English），客观上还是一种混杂的、不纯粹的英语，而在“哎咦——集团”看来，正是这种“杂交”和不纯粹，成就了亚裔美国文学中独特的“亚裔美国感”，对建构亚裔美国文化身份具有重要的意义：以雷霆超的《吃碗茶》为例，里面的角色对白无论从句法还是用词，都表现出“中国式英语”的痕迹，夹杂着“肥水不流外人田”“男女授受不亲”“绿帽子”等习语，以及粤语中才有的“鬼佬”“死鬼”等骂人的口头禅。而这种特殊的、只有中国人才能读懂

① Frank Chin and Chan Jeffery Paul, *Racist Love*, Eds., Richard Kostelanztz, *Through Shuck*. New York: Ballantine Books, 1972, p. 77.

的“唐人街英语”，正是“哎咦——集团”所追求的体现“亚裔美国感”的本色语言。

“哎咦——集团”成员中，赵健秀尤其提倡亚裔作家们在作品的语言风格方面体现“亚裔感”：不注重语法的规范和标准，而是刻意使用可以传达“亚裔美国感”的亚裔式美国英语，推崇用特殊的语言风格表达族裔特色。在他自己创作的剧本中，“角色的道白掺杂了一般英文、黑人英文、华人英文、广东话、北京话……生动地呈现出语言与文化的混杂（hybridity）现象”。①

“哎咦——集团”之所以如此重视雷霆超充满“亚裔美国感”的语言，在于他们看到了语言与亚裔美国文化、亚裔美国感以及亚裔美国人格之间的紧密联系。在《种族主义之爱》一文中，赵健秀和陈耀光论述道：

> 双重人格（dual personality）概念成功地剥夺了华裔美国人对于语言的权利，由此也剥夺了华裔美国人将其经历编码、交流与合法化的方式。因为他是外国人，英语就不是其母语；因为他出生在美国，汉语也不是其母语。中国的汉语，所谓“真正的汉语”，使得华裔美国人意识到自己缺乏对汉语的权利，而同时白种美国人并不把华裔美国英语当成一种语言，甚至不把它当成一种少数族裔语言，而是当成错误的英语（faulty English），一种“土音”。由于双重人格概念，一种在中国和白色美国都无法解释的、有机的、完整的身份和人格就被排除掉了。②

---

① 单德兴：《铭刻与再现——华裔美国文学与文化论集》，麦田出版社2000年版，第224页。Shan Dexing, *Inscriptions and Representations*: *Chinese American Literary and Cultural Studies*. Taipei: RyeField Publishing Co., 2000, p. 224.

② Frank Chin and Chan Jeffery Paul, *Racist Love*, Eds., Richard Kostelanztz, *Through Shuck*. New York: Ballantine Books, 1972, p. 76.

这里所说的“双重人格”，指的是所谓的“东西方交融”把“华裔美国人分为不相容的两部分”的分裂现象：“一是‘外国人’，其地位的确认依靠白色本土人的接纳程度，二是‘有生理缺陷的本土人’，他们被教导认同其外国身份是证明其肤色不同的唯一途径。”①而这种分裂，与“哎咦——集团”所追求的完整的“亚裔美国”身份背道而驰——他们所追求的，是一种“在中国和白色美国都无法解释的、有机的、完整的身份和人格”。但由于“亚裔美国英语”被否决，亚裔美国文化也被否决，亚裔美国文化的整体性无从建立，则亚裔美国感、亚裔美国的完整人格建构无从谈起。

“哎咦——集团”洞悉“双重人格”和语言剥夺对“亚裔美国感”的破坏作用，所以在界定“亚裔美国感”时，特别拒斥所谓“双重人格”的作家：他们把林语堂、黎锦扬等华裔移民作家，土生华裔作家黄玉雪、日裔作家莫妮卡·曾根（Monica Sone）称为“从一种文化游走到另一种文化”的“香蕉人”予以排斥，而对约翰·冈田作品中同时对日本和美国说“不”的“双不小子”（No-no Boy）却赞赏有加：

> 就冈田而言，做日本人或者美国人似乎是他唯一的选择，但他拒绝了两者，而基于其既不是日本人也不是美国人的经历去定义二代日裔（Nisei）。他笔下的主人公（“双不小子”）表达了这样的看法：日裔美国人是不能用双重人格予以定义的，不能把不可兼容的两者混为一体。其小说中双重否定的、加连字符的“不”，表达了主人公对加连字符的日裔－美国人的憎恨与拒

---

① Frank Chinand Chan Jeffery Paul, *Racist Love*, Eds., Richard Kostelanztz, *Through Shuck*. New York: Ballantine Books, 1972, p. 72.

斥——既对日本说“不”，也对美国说“不”。①

“哎咦——集团”对“双重人格”的决绝态度可见一斑，而其建构“有机、完整”的亚裔美国身份的“双不”策略也彰显无遗：1972年，赵健秀给《桥》（*Bridge*）杂志编辑的信中，就对把自己混同于林语堂、黎锦扬等“双重人格”的作家提出了尖锐的批评。在1979年3月斯坦福大学的一次演讲中，陈耀光也发表了他对于建立新的华裔美国族裔身份的想法：“我们必须抛弃华人的或白人的身份意识，抛弃二者之后达成的平衡，才可能形成华裔美国人的身份意识。”② 可见，赵健秀、陈耀光所提倡的“亚裔美国感”是建立在对亚洲和美国双重摒弃的基础上的。

考虑到20世纪60—70年代亚裔美国人的弱势地位，我们自然能理解“哎咦——集团”致力建构“亚裔美国感”的良苦用心。其对“亚裔美国”英语的倡导、对“双重人格”的拒斥，体现出他们对亚裔美国文化整体性及“亚裔美国感”的执着追寻，而这种追寻，符合当时的族裔政治语境：正如著名亚裔美国文学学者金惠经（Elaine Kim）所言，“在70年代末……我之所以寻求划界、边界和各种限定性指标，是因为感觉到有必要建立这样的事实：亚裔美国文学是一种确确实实的存在……这就是为什么文化民族主义曾经如此重要……坚持一种整体的身份似乎是抵抗和防御被边缘化的唯一有效途径。”③

---

① Eds., Frank Chinet al., *Introduction: Fifty Years of Our Whole Voice*, *Aiiieeeee! An Anthology of Asian American Writers*, Washington, D.C.: Howard UP, 1974, xxxv.

② Elaine H. Kim, *Asian American Literature: An Introduction to the Writings and Their Social Context*. Philadlphia: Temple UP, 1982, p. 175.

③ King-kok Cheung, *Reviewing Asian American Literary Studies*, *An Interethnic Companion to Asian American Literature*, NewYork: Cambridge UP, 1997, p. 1 ~ 36.

三、族裔经验、历史钩沉与亚裔美国“英雄”书写

为建构“亚裔美国感”，“哎咦——集团”在再现族裔经验、钩沉亚裔美国历史、破除种族刻板印象（racial stereotypes）、创建亚裔美国“英雄”书写传统、摒弃自传文类书写等方面提出了自己的理论主张，并进行了身体力行的批评和创作实践。

在族裔经验上，“哎咦——集团”以是否“真确”（authentic）作为标准，推举雷霆超的《吃碗茶》为“第一部以不具异国情调的唐人街为背景的华裔美国小说”，认为雷霆超的“亚裔感”表现在对20世纪40年代唐人街“单身汉”社会的真实描述，折射出美国60多年来的排华历史，发出了来自华裔社群内部的声音；认为雷霆超笔下“充斥着妓女、赌博，作为外国飞地（foreign enclave）而存在”的唐人街①才是忠于历史和当时社会现实的真实再现。

《双不小子》中的主人公“双不小子”一郎因为拒绝入伍为美国而战，拒绝宣誓效忠美国而得名。与“二战”中一百多万日裔美国人一样，一郎被迫离开家乡，进入日裔拘留营。当他从监狱回到西雅图旧时的家时，却由于是进过监狱的“双不小子”而遭到了兄弟、邻居甚至旧时老师的嫌弃，成了一个“病态的失败者（pathological loser），自我轻视，自我怜悯，但又有一种天生的尊严……”② 在“哎咦——集团”看来，书中所描述的西雅图日裔聚居地充满了“沮丧、绝望、自杀、百无聊赖的愤怒”，以及“低调的歇斯底里”，正是对日裔美国人在日本袭击珍珠港之后所遭受的种族仇视，被关进沙

---

① Eds., Frank Chin et al., *Introduction: Fifty Years of Our Whole Voice*, *Aiiieeeee! An Anthology of Asian American Writers*, Washington, D. C.: Howard UP, 1974, p. xxxi.

② Eds., Frank Chin et al., *Introduction: Fifty Years of Our Whole Voice*, *Aiiieeeee! An Anthology of Asian American Writers*, Washington, D. C.: Howard UP, 1974, p. xi.

漠拘留营等创伤经历的“真确”再现，约翰·冈田被推举为最具“亚裔美国感”的作家之一。

而“哎咦——集团”不仅把“亚裔美国”族裔经验的“真确”再现作为衡量亚裔美国作家作品“亚裔美国感”的重要标准，更把亚裔美国历史的钩沉、破除种族刻板印象作为建构“亚裔美国感”的重要途径。在《哎咦！亚裔美国作家选集》1991 年重版序言中，“哎咦——集团”透彻地论述了亚裔美国的文学创造、亚裔美国感的建构、亚裔美国历史的钩沉与破除亚裔美国种族刻板印象之间的辩证关系：

> 在我们能谈论我们的文学之前，我们得解释我们的感性，在我们能解释我们的感性之前，我们必须勾勒出我们的历史，在能够勾勒出我们的历史之前，我们得摒除他们对于我们的刻板印象，在我们能摒除刻板印象之前，我们必须证明刻板印象的错误，证明那些容易取得、一般曾为大众所知的历史都是不学无术。①

以此为理论基础，被美国主流读者广泛认可的华裔美国作家汤亭亭、谭恩美、黄哲伦等人被赵健秀当作“假的”亚裔美国作家而受到猛烈抨击：他在《真假亚裔美国作家一起来吧！》这篇长文中一一列举了以上三位炙手可热的作家对中国人形象及中国文化知识的扭曲和错误再现：诸如汤亭亭《女勇士》中对花木兰和岳飞典故的混淆，谭恩美《喜福会》一开篇虚构的“天鹅羽毛”的寓言，黄哲伦对汤亭亭版花木兰的复制，还增加了屠杀花木兰一家的血腥情节……

汤亭亭、谭恩美、黄哲伦的作品确实在一定程度上突出了中国人“神秘”（mystic）、“被动”（passive）、“厌女”（misogynistic）的刻

---

① Shawn Wong, *Asian American Literature: A Brief Introduction and Anthology*, Boston: Addison-WesleyEducational Publishers Inc., 1996, p. 5.

板印象，但与美国主流作家克·伦敦、罗伯特·亨莱恩等人作品中的华人形象判然有别。在美国主流文学及文化宣传中，中国男人不是邪恶的“付满洲”（Fu Manchu），就是娘娘腔的陈查理（Charlie Chan），中国女人要么是诡计多端的“龙女”（Dragon Lady），要么是柔弱羞涩的“莲花”（Lotus Lady），但汤亭亭、谭恩美笔下的华人女性多是具有反抗精神的“女勇士”，黄哲伦戏剧中男扮女装的京剧小旦也彻底颠覆了西方人眼中作为牺牲品的“蝴蝶夫人”形象。“哎咦——集团”对于他们的激烈批判和决然排斥，显然是有失公允的。

基于对以上华裔美国作家的不满，“哎咦——集团”不仅提出了建构亚裔美国感的理论主张，而且积极运用于自己的文学实践，致力钩沉亚裔美国历史，建构亚裔美国男性英雄传统，以破除亚裔男性被“阉割”、被“女性化”的种族刻板印象：

在徐宗雄的《家乡》（*Homebase*，1979）中，叙述者陈雨津（Rainsford Chan）追寻父亲、祖父、曾祖父在美国奋斗的英雄传统，通过对父系先辈伤痛历史经历的记忆和缅怀，创造出一种独特的族裔感，这种族裔感是充满阳刚之气的，是与美国的高山、大地血脉相连的，是土生土长于美国的陈雨津引以为傲的特性。而在《唐老鸭》（*Donald Duck*，1991）中，赵健秀则以中国文学文化经典《三国演义》《水浒传》中的关公、李逵等英勇好战的男子形象作为重振华裔父系雄风的楷模，将华人移民父亲们在美国修建铁路的光荣历史与中国古典小说的英雄故事结合起来。从赵健秀、徐宗雄对“力量型”英雄传统的追寻，我们可以看出美国文化传统对其“内化”的力量，这正如张敬珏所言，这应该引起人们对“通过暴力建立再生的神话”的美国“民族性格”的反思。①

赵健秀、徐宗雄的“华裔男性英雄”书写虽然饱受诟病，但毋

① King-kok Cheung, *Of Men and Men: Reconstructing Chinese American Masculinity*, Eds., Sandra Kumamoto, *Other Sisterhoods: Literary Theory and U. S Women of Color*, Urbana: UP of Illinois, 1998, p. 175.

庸置疑的是，他们通过文学创作实践，确实在一定程度上达到了颠覆华裔美国刻板印象、重构华裔美国历史的目的，开启了亚裔美国文学创作的“英雄传统”。

为建构亚裔美国文学的“英雄传统”，“哎咦——集团”特别排斥华裔文学中的自传书写，认为写自传不是东方文学传统，而是西方，尤其是基督教的文学传统。赵健秀认为，“华裔作家中只有基督教徒才写自传，这些自传从形式到内容都满足了白人的想象，这些作家推崇基督教道德，从心底深处认为白人至上……从黄玉雪到汤亭亭，她们的自传完全脱离了中国人或华裔美国人真实的生活处境，没有什么是华族的，没有什么是真实的，一切都出于纯粹的想象”。①

在此，“哎咦——集团”由于态度偏激而体现出明显的逻辑漏洞：首先，自传真的是基督教的文学传统吗？其次，推崇基督教道德就是白人至上论吗？

说写自传是基督教的文学传统，应该是指圣·奥古斯丁（Aurelius Augustinu，354—430）开辟了西方写忏悔录的文学传统，但自传与忏悔录有着本质的区别，自传体小说自然也不能等同于自传；基督教道德更不能与白人至上论画等号，因为二者形成的历史年代、社会语境及其倡导的精神都截然不同：基督教于公元一世纪发源于巴勒斯坦的耶路撒冷地区犹太人社会，是以信仰耶稣基督为救世主的宗教，而以白人至上为核心的种族主义则起源于19世纪末，产生于列强瓜分非洲的年代。

实事求是地看，被“哎咦——集团”标记为“假的”亚裔美国作家的汤亭亭、谭恩美、黄哲伦、曾根等的作品正是从种族、文化、性别、阶级等多个维度解构机械的二元对立，反对种族、文化、性别歧视。二者的分歧，究其根本，还在于“哎咦——集团”对文学的

① Frank Chin, *Come All Ye Asian American Writers of the Real and the Fake*. Eds., Jefferey Paul Chan et al., *The Big Aiiieeeee! An Anthologyof Chinese American and Japanese American Literature*, New York: Meridian, 1991, p. 75.

"现实主义"创作观的坚守，追求现实的可靠性；而汤亭亭等更注重艺术的真实，在诸多细节上超越或"扭曲"了现实，但这些"扭曲"或"变形"恰恰具有反讽或黑色幽默的美学效果。就在赵健秀、徐宗雄等攻击"自传是基督教文学传统"的同时，他们自己的文学创作其实也充满了自传色彩，而这样做不仅没有削弱，反而更加增强了作品的情感和美学感染力。

在20世纪70年代，"亚裔美国"作为一个崭新的族裔标签，的确需要框定内涵、划定边界，以利于亚裔美国人缔结联盟，在WASP为主流的美国社会发出更强大的声音，争取更广阔的族裔权利和发展空间；但"哎咦——集团"对于"亚裔美国感"的界定极具矛盾性和排他性，以至于在亚裔美国族群内部引来诸多争议。关于这一点，"哎咦——集团"的核心人物赵健秀也在出版于1998年的《刀枪不入的佛教徒及其他》（*Bulletproof Buddhists and Other Essays*，1998）杂文集中对自己早年的激进与狭隘立场进行了反思，并进行了一定程度的修正。

随着历史的推移，20世纪末，亚裔美国批评家骆里山（Lisa Lowe）等展开了对族裔身份"异质性、杂糅性、多重性"（heterogeneity，hybridity，multiplicity）的思考，[①] 而苏珊·科西（Susan Koshy）已经把"亚裔美国感"当作一种"虚构"（fiction）的存在：在《亚裔美国文学的虚构》（*The Fiction of Asian American Literature*，1996）一文中，她先开门见山地指出，"把族裔身份当作获取政治空间的手段，在60年代成为一个新兴领地，而其基本假设有待质疑"；[②] 随后，她从亚裔族群移民美国历史的长短、族裔文化内部的

① Lisa Lowe，*Immigrant Acts*：*On Asian American Cultural Politics*，Durham and London：Duke UP，1996，p. 64.

② Susan Koshy，*The Fiction of Asian American Literature*，*The Yale Journal of Criticism* 9，1996，p. 315.

差异、“全球化”语境中“亚裔美国族裔边界的移动”等方面，全面挑战、解构“亚裔美国文学”[1] 的学科定位。到21世纪初，在《流散时代的族裔性》（*Ethnicity in an Age of Diaspora*，2003）一文中，印度裔学者R. 拉德哈克瑞希兰（R. Radhakrishnan）提出“族裔性是流动变化的，绝不是静止不变”，认为身份具有永远的开放性；[2] 而在《文学姿态：亚裔美国写作中的美学》（*Literary Gesture*：*The Aesthetic in Asian American Writing*，2006）一书中，新生代亚裔美国学者则从亚裔美国文学研究“美学转向”的角度，探讨“亚裔美国文化政治的危机”……[3]这一切，无不指向对“亚裔美国感”的解构，似乎预示着一个“非族裔身份”或者“泛族裔身份”时代的到来。

① Ibid.，p. 316.

② R. Radhakrishnan，*Ethnicity in an Age of Diaspora*，Eds.，Jana Evans Braziel and Anita Mannur *Theorizing Diaspora*，Malden：Blackwell Publishing，2003，p. 119.

③ Mark Chiang，*Autonomy and Representation*：*Aesthetics and the Crisis of Asian American Cultural Politics in the Controversy over Blu's Hanging*，Eds.，Rocio G. Davis and Sue-Im Lee *Literary Gestures*，*The Aesthetic in Asian American Writing*，Philadelphia：Temple UP，2006，p. 17.

论亚裔美国文学之族裔批评范式的形成

——以20世纪70年代为观照

美国是世界上最大的移民输入国，移民问题在美国历史中的地位举足轻重。在哈佛大学任教超过50年之久的著名历史学家奥斯卡·汉德林（Oscar Handlin，1915—2011）曾不无夸张地说，“一想到写美国移民史，我发现移民就是美国的历史”，① 移民问题在美国社会的重要性可见一斑。移民众多，人种复杂，使美国的种族问题和族裔政治尤其突出：美国历史上唯一的一次内战（1861—1864）就是由解放黑人奴隶引发的，林肯总统由于支持废除黑人奴隶制被刺杀；而改变美国20世纪社会历史的“民权运动”，其发起者是黑人领袖马丁·路德·金，为争取美国黑人的平等权利献出了自己的生命。

至2011年10月9日，美国的总人口已达到3亿1234万；但土生的印第安裔美国人和阿拉斯加土著只有293万2248人，占美国总人口的0.9%；夏威夷及太平洋诸岛原住民54万13人，占0.2%；其他近99%的人口，都是来自世界各地的移民及其后裔，其中，白人占72.4%，黑人及非洲裔占12.6%，梅斯蒂索混血儿（Mestizo，指西班牙人与美洲印第安人的混血儿）和穆拉托混血儿（Mulatto，黑白混

---

① Qtd. From Roger Daniels, *American Immigration: AStudent Companion*, New York: Oxford UniversityPress, 2001, p. 7.

血儿）等占6.2%，亚裔占4.8%，多种族混血儿（Multiracial）占2.9%。[①] 可以看出，白人虽然也是移民，但后来者居上，占美国人口的绝大多数，成为美国社会的主流，而真正的土生原住民，却成了名副其实的少数民族。

比较有规模的亚裔移民美国的历史从19世纪50年代开始：中国广东的农民为了他乡淘金，漂洋过海到达梦中的"金山"，成为最早从太平洋海岸进入美国的亚洲人。在大约40年后，第一批日本移民到达美国，之后是韩国人及印度人。至1900年，在美华人的数量达到9万，日本人达到86000，而韩国人和印度人分别为7000和2000。[②] 与1565年最早到达美国的西班牙移民相比，亚洲人到达美国的时间晚了近300年。

作为晚期到达的移民和人口较少的少数族裔，在很长一段时间里，亚裔美国人在美国历史上基本是处于被消音、被涂抹的地位，直到"民权运动"展开之后，亚裔的族性意识才逐渐苏醒，开始追求自己的族裔权利。

亚裔美国文学的族裔批评范式，就是在这样的历史语境中产生的。该批评范式与20世纪后半叶以来美国的社会主潮相契合，真实反映了亚裔美国文学的诉求与主旨，反映了亚裔美国人在美国勉力生存的历史与现状。值得注意的是，亚裔美国文学批评一开始就是以"外部研究"引人注目，其最典型的表现就是对于作家族裔身份的界定和论争。

早在1972年，第一本亚裔美国文学选集——《亚裔美国作家选》（*Asian American Authors*，1972）出版之时，编者许芥昱（Kai-Yu Hsu）和海伦·帕卢宾斯克斯（Helen Palubinskas），就以李金兰

---

① 参见http://en.wikipedia.org/wiki/Demographics_of_the_United_States#Race_and_ethnicity.

② 该组数据来自笔者2011年9月—2012年8月在加州大学洛杉矶分校做访问研究期间在周敏教授课堂上所做的笔记。

(Virginia Lee) 与赵健秀 (Frank Chin) 在1970年一次访谈中的差异性身份认同为引子，提出了亚裔美国作家身份界定的问题。

在这次访谈中，李金兰声称自己并没有关于身份的概念，说"亚裔美国作家首先是一个人，正如诗人首先是一个人，然后才谈其诗性……我并不太关心我是中国人或美国人，或华裔美国人（Chinese-American），或美国华人（American-Chinese）"，而赵健秀则针锋相对地调侃道："这等于说你是一粒豆子，是世界上成万上亿的豆子中的一粒，甚至既不是黑豆也不是黄豆，那你的身份是什么？"① 由此可见，关于作家族裔身份的论争，早在1970年已经出现，而李金兰与赵健秀的族裔身份观，基本上贯穿了亚裔美国文学批评近40多年的发展历程，代表了亚裔美国作家在身份认同上的差异性声音。

应当特别指出的是：在70年代，对于"亚裔美国人"的区分和界定，并不只是亚裔美国文学批评界的学术命题，而是亚裔美国研究的主要关注点，是社会学、心理学、历史学界共同关注的学术领域：

1971年7月，《亚美研究》第二期刊登了心理学家史丹利·苏与德里克·苏（Stanley Sue & DeraldSue）共同署名的文章《华裔美国人格与精神健康》（*Chinese-American Personality and Mental Health*, 1971)，以旧金山华裔青年的精神疑障为个案，探讨了在美国"同化"政策及种族歧视的夹击之下亚裔美国人所产生的人格分化，分别为固守华人身份的"传统人（Traditionalist)、完全认同西方价值观的"边缘人"（Marginal Man）和形成了亚裔美国认同的"亚裔美国人"（Asian American)；而从该文所记载的病例来看，"传统人"蛰伏于华人社区，与美国主流社会完全隔绝，有自闭倾向；"边缘人"就是黄皮白心的"香蕉人"，因为思想被"白化"而歧视、憎恨黄种人，但又得不到主流社会的接纳；"亚裔美国人"是亚裔运动的产物，思想激进，勇于行动，又为得不到家人的理解而深感困扰。在史

① Kai-yu Hsu and Helen Palubinskas, *Asian American Authors*, Boston: Houghton Mifflin Company, 1972, p. 1.

丹利·苏与德里克·苏看来，这三种人的人格发展都面临危机，都需要“心理健康护理”（Mental HealthCare）。[①] 因为他们在传统家庭、西方文化和种族主义的多重压力下挣扎，都面临着人格被扭曲的窘境，具体表现为“怀着过度的犯罪感，自我憎恨，好斗，认识不到自我价值”。[②]

同年，在《亚美研究》第三期，华裔美国学者本·R. 唐（Ben R. Tong）发表了《精神的格托：关于华裔美国历史心理的思考》（*The Ghetto of the Mind*:*Notes on the Historical Psychology of Chinese America*, 1971）一文，指出苏文所论“对华裔美国文化感性理解不够，对由于集体经验累积而成的人格问题理解甚少，对当下所需要的‘治疗’知之甚少”。[③] 唐文认为，二苏的研究仅仅局限于研究华裔美国大学生群体，是一种在概念上不精确的“人格类型”，正好契合了现存的以 WASP 为导向的精神治疗体系，而这种体系亟待彻底改革。

由此观之，亚裔美国文学之族裔批评话语与当时的政治、历史、社会环境紧密相连，离不开亚裔美国社会学、历史学、心理学各学科领域学者对于亚裔美国人族裔身份认同的研究和共同探讨。正是在这样的历史语境之中，以“哎咦——集团（Aiiieeeee Group）”[④] 为首的

---

① Stanley Sue and Derald Sue, *Chinese-American Personality and Mental Health*, *Amerasia Journal*, Vol. 1, No. 2, July, 1971, p. 38.

② Jerry Surh, *Asian American Identity and Politics*, *Amerasia Journal*, Vol. 2, Fall, 1974, p. 159.

③ Ben R. Tong, *The Ghetto of the Mind*:*Notes on the Historical Psychology of Chinese America*, *Amerasia Journal*, Vol. 1, No. 3, Nov. 1971, p. 1.

④ “哎咦——集团”（Aiiieeeee Group）（Chan et al. , xiii）是对赵健秀（Frank Chin）、陈耀光（Jeffery Paul Chan）、劳森·稻田（Lawson Fusao Inada）、徐宗雄（Shawn Wong）等四位亚裔美国文学及其批评的挖掘者、开拓者的总称，他们因共同编著具有奠基意义的亚裔美国文学选集《哎咦！亚美作家选集》（*Aiiieee! An Anthology of Asian American Writers*, 1974）和《大哎咦！华裔与日裔美国文学选集》（*The Big Aiiieeeee! An Anthology of Chinese American and Japanese American Literature*, 1991）而得名。

亚裔美国作家和批评家，掀起了对亚裔美国文学边界及亚裔美国人族裔身份的探讨。

在1974年出版的《哎咦——亚裔美国作家选集》（*Aiiieeeee! An Anthology of Asian American Writers*, 1974）前言中，“哎咦——集团（Aiiieeeee Group）”对何为“亚裔美国人”进行了明确的定义：

> 亚裔美国人首先不是一个民族，而是几个民族——包括华裔美国人、日裔美国人和菲律宾裔美国人，他们由于地理、文化和历史的原因与中国和日本已分离了七代和四代。他们已发展了自己独特的文化和感性，很明显，他们既不是中国人、日本人，也不是美国白人。
>
> ……
>
> ……这是一个专门的亚裔美国文学选集，作者是出生和成长在美国的菲律宾裔、华裔和日裔。他们从美国文化推销中，通过收音机、电影、电视和漫画书了解中国和日本，认为黄种人就是那些在受伤、伤心、愤怒或发誓时发出“哎咦”的哀叫、呼喊或尖叫的族类。亚裔美国人，长期以来被忽略，被排除在美国文化的创造性建构之外，他们受伤、伤心、愤怒、发誓、迷惑。这本选集就是他们“哎咦”的哀鸣、呼喊和尖叫，这是我们五十年来发出的集体的声音。①

这段话，已然成为亚裔美国文学批评的源头和经典，但其遭人诟病之处也是显而易见的。首先，该定义没有纳入华裔、日裔、菲律宾裔之外的其他亚裔美国作家，比如韩国裔和印度裔作家。难道这些亚裔族群就没有自己的文学创作？其次，“哎咦——集团”限定“出生和成长在美国”是判定“亚裔美国作家”的必要条件，却又把9岁

---

① Eds., Jeffery Paul Chan, *Aiiieeeee! An Anthology of Asian American Writers*, Washington D. C.: Howard UP, 1974, p. vii-viii.

从广东台山移民美国的雷霆超（Loius Chu）和生在美国长在中国的戴安娜·张（Diana Chang）作为亚裔美国文学的奠基人加以推介，而把土生的刘裔昌（Pardee Lowe）和黄玉雪（Jade Snow Wong）排除在外。其界定的标尺是，是否用英语写作，是否具备“亚裔美国感”（Asian American Sensibility），但其真确性却遭到众多亚裔美国作家和批评家的质疑。

虽然与“哎咦——集团”处于同一时代，许芥昱（Kai-Yu Hsu）和海伦·帕卢宾斯克斯（Helen Palubinskas）对“亚裔美国作家”的身份界定却宽泛、包容得多。在其1972年出版的《亚裔美国作家选》（*Asian-American Authors*）序言中，他们首先以赵健秀与李金兰关于身份认同截然相反的意见为引子，探讨了亚裔作家族裔身份认同的问题：

> 但这（身份认同）确实是一个问题。而且这问题从不同的方面困扰着亚裔美国作家，因为这是困扰所有敏感的人的问题，不管其族裔背景如何……佛说，人的自我是一种虚幻（illusion），一旦人忘记自己，就获得了自由。但我们不是佛，不能忘记“自我”（self），所以就探寻——永无休止地探寻。
>
> ……或许处于双文化或跨文化中的人的（自我）探寻并不更复杂，但却更加凸显，由于强力的牵引被推到前台，从而无论从内在还是表面，左右人的存在。
>
> 最明显的一点，就是文化、族裔、社会甚至政治的对抗与冲突，经常给双文化中的人带来痛苦的创伤和伤害。①

接着，许芥昱和海伦·帕卢宾斯克斯列举了丹尼尔·井上（Daniel Inouye）、俊夫盛雄（Toshio Mori）等日裔作家在幼年及“二战”

---

① Kai-yu Hsu and Helen Palubinskas, *Asian American Authors*, Boston: Houghton Mifflin Company, 1972, p. 2.

中所遭受的种族歧视与种族隔离——被强制迁徙、进入沙漠中的日裔集中营的经历；也论及“哎咦——集团”成员之一劳森·稻田所遭受的种族歧视——虽然已经是第三代日裔，可他所任教的马萨诸塞州的学生还是在其身后窃窃私语：“看，一个日本佬老师！一个日本佬老师！”① 而“哎咦——集团”另一成员陈耀光（JefferyChen）娶了美国白人做妻子，得到女方亲戚的接纳，却被自己的父亲断绝了父子关系。许芥昱和海伦·帕卢宾斯克斯通过这些事例证明，虽然某些亚裔美国人憎恶把自己与白种美国人区别开来，但这种区别性对待却无处不在，从反面论证了保持族裔身份、争取族裔地位的必要性。

但在其文集选编的作家作品中，许芥昱和海伦·帕卢宾斯克斯并没有排斥异己，既收录了刘裔昌（Pardee Lowe）、黄玉雪（Jade Snow Wong）、李金兰（Virginia Lee）、俊夫盛雄（Toshio Mori）后来受到“哎咦——集团”批判的华裔和日裔作家的作品，也有赵健秀、陈耀光、徐宗雄、稻田等亚裔美国文学的积极倡导者和践行者的作品。对比“哎咦——集团”的激进态度，在族裔运动高涨的20世纪70年代，这样包容的学术态度殊为不易。从其所选作家的母居国来源来看，该文集选入了华裔、日裔、菲律宾裔作家作品；在作家身份的界定上，许芥昱和海伦·帕卢宾斯克斯秉持了两个原则，一是出生和生长在美国，二是用英文写成作品。这样的界定，与“哎咦——集团”所坚持的“本土视角”是基本一致的。

而同时代的华裔美国学者王燊甫（David Hsin-Fu Wand），在亚裔美国作家的身份界定上，却与“哎咦——集团”和许芥昱和海伦·帕卢宾斯克斯大异其趣：在其1974年主编出版的《亚裔美国文学遗产：散文与诗歌选集》（*Asian American Heritage*:*An Anthology of Prose and Poetry*，1974）绪论中，针对日裔学者 Daniel I Okimoto 将日裔作家S ·I ·Hayakawa 视为“黄色汤姆大叔”（Yellow Uncle Toms）和“顶级香蕉”（Top Banana）的贬斥，王燊甫提出了“何为亚裔美国

---

① Ibid.，p. 4.

人”的问题：

> 什么是亚裔美国人？答案绝不是简单而清晰的。是不是只有一世、二世、三世、四世（日语的第一代、第二代、第三代、第四代）出生和生长在美国的才算得上亚裔美国人？……难道一世——比如像友安野口（Yone Noguchi，1875—1947）那样选择用英语写作的第一代日本移民就不能被界定为亚裔美国作家？那么华裔诗人斯蒂芬·刘（Stephen S. Liu）和王燊甫又如何界定？他们虽然出生在中国，但早年就来到美国，并且只在美国杂志和文选中发表自己的作品。如果我们把亚裔美国人的定义局限在出生和成长在美国，那我们会排除掉许多用英语写作的最好的作家：如韩裔作家康永山（Yonghill Kang）和理查德·金（Richard E. Kim），他们都出生在韩国，还有卡洛斯·布洛桑（Carlos Bulosan），他出生在菲律宾的一个小村庄。[①]

由此可见，在“亚裔美国文学”学科发展的“草创”阶段，具有前瞻性眼光的亚裔美国学者就提出了后来学者一直辨析、论争的问题，其问题的提出和探讨具有共时性、众声喧哗的特点。

不仅如此，王燊甫对于亚裔美国文学作品的语言问题也提出了极具挑战性的意见：

> 我们的亚裔美国文学作家选集能否包括完全用汉语、日语、韩语或他加禄语（菲律宾语的基础）写作的作家？事实上，自1850年以来汉语和日语的报纸和杂志就在美国西海岸出版。在绝大多数这样的报纸中，有许多的诗歌和文章记录了早期华裔和日裔移民在美国的经历。比如旧金山的《华人世界日报》（*The*

① David Hsin-Fu Wand, *Asian American Heritage: An Anthology of Prose and Poetry*, New York: Washington Square Press, 1974, p. 2.

Chinese World Daily)，其中发表的许多诗歌是中国古体诗，表达的是华人移民的生活和对“金山”（华人对旧金山的称呼）的印象。这些诗歌难道不应该被看作华裔美国文化遗产的一部分吗？它们难道不应该被翻译为英文，并且被收录进亚裔美国文学选集之中吗？①

的确，如果把英语作为界定亚裔美国文学的语言标尺，大量早期华裔用汉语、日裔用日语创作的、真实反映其族裔历史、人生经验和文学想象的作品就会被排斥在外，而这显然与“泛亚运动”及亚裔美国文学钩沉、寻找亚裔美国文化遗产、构建亚裔美国历史的主旨相违背。在王燊甫看来，这样的非英语文学，不仅应该被纳入亚裔美国文学体系，还应该作为族裔文化遗产受到重视。但现实的情况是，大部分第二代以上的日裔不会日语，读不懂早期日裔移民创作的短歌、俳句；年轻一代的华裔也读不懂早期华裔移民用汉语创作的古体律诗，这一点，使亚裔美国文学选集的编撰者不得不做出妥协，要么把英语以外的华裔美国文学排除在选集之外，要么像《埃伦诗集》和《大哎咦》那样，用双语出版早期亚裔移民作品。

王燊甫不仅在作家身份界定问题上表现出“非本土”视角，在语言上也包容早期亚裔移民的非英语作品；更出人意料的是，他在其选集中选录了夏威夷、萨摩亚、塔西提的波利尼西亚语口述诗歌，并且在开篇部分大力推介波利尼西亚语口述文（Wand 9—13）。这显然是对亚裔美国作家身份界定的重大突破，但这种突破并没有在20世纪70年代之后的亚裔美国文学批评界引起呼应，直到21世纪初，夏威夷及太平洋诸岛的文学创作才重新进入亚裔美国文学研究者的视野。

王燊甫在亚裔美国作家身份上的包容性态度，与以赵健秀为主的

---

① David Hsin-Fu Wand, *Asian American Heritage: An Anthology of Prose and Poetry*, New York: Washington Square Press, 1974, p. 2 ~ 3.

"哎咦——集团"的保守态度形成鲜明的对比，为后来的亚裔美国文学研究者继续拓展亚裔美国文学研究领地奠定了基础。

1982年，著名亚裔美国文学研究者金惠经（Elaine H. Kim）在《亚裔美国文学：对亚裔美国写作及其社会背景的介绍》（*Asian American Literature: An Introduction to the Writings and Their Social Context*, 1982）的前言中指出，不管是土生华裔还是新移民，只要是亚裔美国人用英语书写的具有"亚裔美国意识（Asian American Consciousness）"的作品，都可以被称为亚裔美国文学。① 1988年，张敬珏（King Kok Cheung）和斯丹·尤根（Stan Yogi）在《亚裔美国文学：注释书目》（*Asian American Literature: An Annotated Bibliography*, 1988）的前言中提出，"我们包括了所有定居美国或加拿大的有亚洲血统的作家的作品，不管他们在哪里出生，什么时候定居北美，以及如何诠释他们的经历，我们还包括了有着亚裔血统的混血作家和虽然不定居在北美，却书写在美国或加拿大的亚洲人经历的作品"（Cheung &Yogi 5）；1990年，林英敏（Amy Ling）出版的专著《世界之间：华裔美国女作家》（*Between Worlds: Women Writers of Chinese Ancestry*, 1990）更从广义上指称华裔美国文学，"即包括中国来的移民及美国出生的华人后裔，不管他们是华侨还是美国公民，只要他们的作品在美国出版，都属于华裔美国文学的研究范围"（Ling 136）；在《解读亚裔美国文学：从必需到奢侈》（*Reading Asian American Literature: From Neccisity to Extravagance*, 1993）一书中，黄秀玲把加拿大日裔乔伊·古川（Joy Kogawa）反映"二战"中日裔加拿大人族裔经验的《婶婶》（*Obasan*, 1981）也纳入了亚裔美国文学的分析框架。

由此可见，亚裔美国文学之族裔身份界定，随着时间及社会、历史语境的变化发生了很大的转变，其总的趋势是定义越来越宽泛，不仅突破了赵健秀在出生地上的"土生"视角，语言也不再局限于英

① Elaine H. Kim, *Asian American Literature: An Introduction to the Writings and Their Social Context*, Philadelphia: Temple UP, 1982, p. xi ~ xii.

语，血统也不一定是纯种亚裔，含有亚裔血统的混血儿“水仙花”甚至被推举为亚裔美国文学的先驱。

但值得注意的是，无论是金惠经、张敬珏和斯丹·尤根，还是林英敏、黄秀玲，都用不同的字眼表达了对以赵健秀为主的“哎咦——集团”所论及的“亚裔美国感”（Asian American Sensitivity）的基本认同：金惠经的“亚裔美国意识”（Asian American Consciousness）与“亚裔美国感性”（Asian American Sensibility）仅一词之差，张敬珏和斯丹·尤根认为亚裔美国文学应反映“美洲大陆经历”，林英敏认为欧亚裔混血儿“水仙花”并不缺乏“亚裔感”，黄秀玲把加拿大日裔作家乔伊·古川（Joy Kogawa）纳入自己的研究视野，为的是证明“泛亚洲情感的存在”。由此观之，亚裔美国文学的族裔身份批评有其基本原则，即反映亚裔美国独特的、驳杂多元的族裔经验与文学想象。

亚裔美国文学的发生发展，迄今已有近160年的历史，而作为亚美研究（Asian American Studies）之重要组成部分的亚裔美国文学批评，则兴起于20世纪60年代末70年代初，是在“民权运动”精神引领下，与美国亚裔弘扬族裔联盟的“泛亚运动”（Pan-Asian Movement）相伴而生的。虽然“亚裔美国文学”的命名及研究其发端晚了100多年，但亚裔美国文学20世纪60年代以来的蓬勃发展，彻底改观了美国的文学及文学批评典律。可以毫不夸张地说，如果离开了亚裔、非洲裔、墨西哥裔、印第安裔等多族裔背景的作家及理论家的巨大贡献，20世纪后半叶以来的美国文学及文学理论将黯然失色。

在美国，近40年来，在亚美研究的学科体制之内，亚裔美国文学批评范式经历了一系列的转变，其关注的核心问题、理论热点一直处于发展过程之中，发生了以下显著的改变：（1）从专注有色人/白人种族对立到关注种族多元共存；（2）从静态、封闭到动态、扩展的种族概念；（3）从研究作为牺牲品的亚美社群到研究美国社会中差异性的权利主体及其相互关系；（4）从对亚裔同质性的研究到泛族裔性、异质性的比较研究；（5）美国内部的亚裔族群研究转变为全球性离散研究的一部分。①

随着批评范式的转变，亚裔美国文学批评的理论关键词也得到丰富和拓展：从早期批评话语中对传统亚裔、“边缘人”、亚裔美国人定义的区分，以及对“亚裔感”的追寻，到后现代思潮观照下对亚裔种族、性别、性、阶级的多维度呈现，以及 20 世纪末“全球化”语境中的“去国家化”（denationalization）、“跨国”（transnational）、“离散”（diasporas）论争等，亚裔美国文学批评观照亚裔美国人各个历史阶段的生存语境和文学想象，在与后现代主义、后殖民主义、女性主义、文化研究等理论的互动中，凝练出一系列具有自身特色的理论关键词，初步形成了亚裔美国文学批评的理论体系。

综上所述，可以看出亚裔美国文学之族裔批评范式之经久不衰。本文从亚裔美国文学及其批评的历史出发，梳理亚裔美国文学之族裔批评范式的早期发展路径，企望为建构具有学科意义的亚裔美国文学批评体系有所裨益。

① Sau-ling Cynthia Wong, *Denationalization Reconsidered: Asian American Cultural Criticism at a Theoretical Crossroads*, *Amerasia Journal* 21.1, 1995, p. 1 ~27.

多元·异质·杂糅

——论亚裔美国文学之族裔身份批评的分化

1982年，在《亚裔美国文学：对亚裔美国写作及其社会背景的介绍》（*Asian American Literature*:*An Introduction to the Writings and Their Social Context*, 1982）的前言中，著名亚裔美国学者金惠经（Elaine Kim）曾理性地审视“亚裔美国文学”标签，并质疑其所带来的问题：

> 把这本书叫作“亚裔美国”文学带来一个极大的问题，原因首先在于“亚裔美国”这个词极具争议，与其前身“东方人”（oriental）一样，是西方人在种族分隔或种族多元的社会中为了种族划分的需要而造出的一个词。对我而言，被称为东方人是一件很难的事，因为所谓“东方”意味着某处的东方，某个他者定义的中心的东方。①

金惠经同时指出，“亚裔美国人”较之于“东方人”的确更加准确，至少表明了亚裔美国身份，“听起来也比‘东方人’客观”，但在“亚裔美国”内部，语言、历史、文化的差异是显而易见的：金惠经以日据时期的韩国为例，说明当时韩裔美国人如何极力区别自己

① Elaine H. Kim, *Asian American Literature*:*An Introduction to the Writings and Their Social Context*. Philadelphia:Temple UP, 1982, p. xii.

与日裔美国人的不同；同样，美国的老挝人、柬埔寨人、越南人也因被统称为“印度支那人”（Indochinese）或“东南亚人”（Southeast Asians）而备感迷惑。在厘清这些差异的同时，金惠经清楚地认识到：“各种国族群体的差异会在一两代人之后模糊，作为美国少数种族的共同经历使我们更清楚我们是在一起的。然而，当我们这样做时，就已经接受了外界强制所给的标签，即主要基于种族而不是文化，将亚裔与其他美国人区分开来。”①

换言之，“亚裔美国人”的标签是一把双刃剑：一方面有利于亚裔美国人共享处于美国主流社会边缘的少数族裔的共同经历，争取共同的族裔权利，另一方面，在接受这个称谓的同时，亚裔美国人承认了自己与“美国人”的不同，承认了自己的“他者”地位，这对于亚裔被美国主流接纳非常不利。

在分析、质疑“亚裔美国人”标签的同时，金惠经提醒读者，亚裔美国作家的写作没有必要就其国家或种族群体具有“典型性”或“代表性”，正如“没有人期望斯丹贝克（Steinbeck）和麦尔维尔（Herman Melville）要代表白人美国人，甚至德国裔美国人或英国裔美国人一样。”②

这让人回想起1972年赵健秀（Frank Chin，1940—）与李金兰（Virginia Lee，1923—）关于族裔身份认同截然相反的意见：在一次访谈中，李金兰声称自己并没有关于身份的概念，说“亚裔美国作家首先是一个人，正如诗人首先是一个人，然后才谈其诗性……我并不太关心我是中国人或美国人，或华裔美国人（Chinese-American），或美国华人（American-Chinese）”，而赵健秀则针锋相对地调侃道：“这等于说你是一粒豆子，是世界上成万上亿的豆子中的一粒，甚至

① Elaine H. Kim, *Asian American Literature: An Introduction to the Writings and Their Social Context*. Philadelphia: Temple UP, 1982, p. xii.

② Elaine H. Kim, *Asian American Literature: An Introduction to the Writings and Their Social Context*. Philadelphia: Temple UP, 1982, p. xiii.

既不是黑豆也不是黄豆，那你的身份是什么？”①

由此可见，关于亚裔作家和“亚裔美国人”身份的论争，早在亚裔美国批评滥觞之时就已经出现，而李金兰与赵健秀的族裔身份观，基本上贯穿了亚裔美国族裔批评近40多年的发展历程。他们从不同的立场简单而旗帜鲜明地表达了自己的族裔认同/抗拒，而在其后几十年的批评历程中，亚裔美国学者对于“亚裔美国人”和“亚裔美国文学/文化”所面临的悖论性语境有了越来越深刻的认识，其族裔、文化身份的批评话语也越来越走向分化与多元。

本论文聚焦于20世纪90年代以来涉及亚裔美国族裔身份论述的代表性批评文本，对亚裔美国族裔身份的“间际性”、建构性、异质杂糅性等特质展开分析，从而揭示亚裔美国族裔身份批评的分化对亚裔美国族群发展的积极与消极意义。

一、亚裔美国身份之“间际性”

1990年，林英敏（Amy Ling）出版了《世界之间：华裔美国女作家》（*Between Worlds: Women Writers of Chinese Ancestry*，1990）一书，而米莎·伯森（Misha Berson）编辑出版了《世界之间：当代亚裔美国戏剧》（*Between Worlds: Contemporary Asian-American Plays*，1990）。两位作家不约而同地使用“世界之间”为主标题，显示出亚裔美国作家及学者对于“亚裔美国”族群的现实生存语境，对于其族裔与文化身份“间际性”（in-betweenness）的自觉意识。林英敏在其“开场白”中开宗明义地指出：

> 无论是近期的（华人）移民还是本土出生的（华裔），在美华人都发现自己被夹在两个世界之间（caught between two

① Kai-yu Hsu and Palubinskas Helen, *Asian American Authors*, Boston: Houghton Mifflin Company, 1972, p. 1.

worlds）。他们的面部特征表明了一个事实——他们是亚裔，但从教育、自我选择及出生看，他们是美国人。种族特征加强了他们的显示度，把他们与“正常”白人区分开来，但具有悖论意义的是，也正是这种种族特征，强化了他们的“隐形”特征，从隐喻的意义上讲，他们变成了拉尔夫·埃里森（Ralph Ellison）小说主人公那样“看不见的人”。①

米莎·伯森在《世界之间：当代亚裔美国戏剧》的“介绍”中论及亚裔美国戏剧在美国主流戏剧舞台“长时间缺席”的原因时，指出由于文化差异和种族歧视对此所造成的影响：“跨文化差异肯定起到一定作用。以表演为主导的西方戏剧对于亚洲人来说是陌生的”；尽管年轻一代有天赋的华裔美国人超过了他们的父母辈，但仍然面临着来自主流社会的种族歧视，以至于华裔美国戏剧没有生发的土壤：

直到“二战”以后，大部分亚裔美国人还是生活在自己的族裔“飞地”（enclaves），如市区中的中国城、菲律宾城、日本街，以及加利福尼亚和西部的农村地区。亚裔美国人在一定的历史时期遭受到不公正法规的限制和残酷的治安袭击；他们由于西方人所不熟悉的习俗、语言和宗教而受到公开的鄙视。亚裔美国人几十年来就一直以“沉默”的少数族裔而受到称赞或谴责——排斥他人、搞宗派小集团、根深蒂固的异国情调、永远不变的外国人。考虑到亚裔美国人所遭受的种族敌视（在某些地方，他们至今遭受这样的敌视），可以理解其公众显示度低下的

① Amy Ling, *Between Worlds: Women Writers of Chinese Ancestry*, New York: Pergamon Press, 1990, p. 20.

原因。①

由此，米莎·伯森反对“狭隘的、简单化的种族和族裔概念”，呼吁建立一种“真正多元的美国文化——一种具有包容性的文化，在称颂我们的共性的同时，承认矛盾并尊重差异”。②

林英敏和米莎·伯森意识到了亚裔美国族裔的“间际性”特征，并看到了人种、文化差异给亚裔美国人所带来的“看不见”或“低显示度”甚至被排斥、歧视的族裔待遇，但其观点依然还停留在“二元对立”的思维模式之中：亚裔是作为被美国主流俯视的“少数族裔”和“弱势族群”出现的，他们与生俱来的双文化背景带来的是消极的、“破坏性的”影响，造成自我认同的痛苦、挣扎甚至“分裂”。正如华裔美国学者李贵苍在其专著《文化的重量：解读当代华裔美国文学》（2006）中所论述的：

> Amy Ling（林英敏）在《两个世界之间：华裔女作家》中，分析了大量的华裔文学形象，但总的思路是华裔作为生活在美国的少数族裔，在文化上处于两个世界的夹缝之中，一个个成了自己文化传承的牺牲品，毫无自主性可言。她们有强烈的异化感，她们的自我和个性甚至呈现分裂状态……③

在林英敏和米莎·伯森的分析和论述中，“间际性”是亚裔美国人不幸遭遇的根源，具有浓厚的悲剧色彩。但同时代的亚裔美国文化理论批评家骆里山（Lisa Lowe）却从非常正面、积极的视角考量亚

---

① Ed., Misha Berson, *Between Worlds: Contemporary Asian-American Plays*, New York: Theatre Communications Group Inc., 1990, p. x.

② Ed., Misha Berson, *Between Worlds: Contemporary Asian-American Plays*, New York: Theatre Communications Group Inc., 1990, p. xiv.

③ 李贵苍：《文化的重量：解读当代华裔美国文学》，人民文学出版社2006年版，第83页。

裔美国的"间际性"，认为正是"文化、政治和经济意义上的异化感才可以通过反抗话语进行表述",[①] 华裔/亚裔美国人主体性正是在对抗主流文化"国家认同"的压力时实现的。骆里山不是从消极的视角看亚裔美国人在"夹缝"中生存的艰难，而是把这种"间际性"看成少数族裔对抗主流的"反抗话语"，认为文化错置的长期影响将会打开人们寻求替代政治和文化主体的大门。[②]

由此可见，亚裔美国族裔身份主体形成的核心正是在于其"间际性"，否则其族裔性早已消弭在美国的以"同化"为目标的"国家认同"之中；而亚裔美国人的"边缘""夹缝"地位并不是一种痛苦而无奈的选择，正是其独特性、革命性和颠覆性之所在。亚裔美国人这种与生俱来的"间际性"，颠覆了美国"WASP"（白人、盎格鲁——撒克逊人、新教徒）主流所形成的种族"霸权"，成为美国多元种族景观中一道独特的风景线。如后殖民学者霍米·巴巴所言，"殖民列强生产、力量变化和巩固权威的符号，因为间际性认同不过是消除殖民统治的策略的一个名称而已……杂合性展现的是对所有歧视和统治场所的破坏和剔除"。[③]

当然，这种"破坏和剔除"既关涉美国长期以来形成的"内部殖民"氛围，更与美国少数族裔自"民权运动"以来一系列革命的政治、文化运动息息相关。美国从来不是传统意义上的殖民国家，但美国"WASP"主流从文化、政治、思想上对少数族裔及其他"异己者"（aliens）的"殖民"优势地位是不言自明的。正是为了保有自己独特的族裔特色，抵抗主流话语霸权，亚裔美国行动主义者们才在20世纪60年代以来一系列政治、文化运动中那么坚定地反对"大熔

---

① Lisa Lowe, *Immigrant Acts: On Asian American Cultural Politics*, Durham and London: Duke University Press, 1996, p. 103.

② 李贵苍：《文化的重量：解读当代华裔美国文学》，人民文学出版社2006年版，第83页。

③ Homi Bhabha, *The Location of Culture*, New York: Station High Press, 1989, p. 112.

炉”（melting pot）政策，坚持“非此非彼”（neither…nor）的族裔、文化身份策略，积极倡扬建设多元共存的“色拉碗”（salad bowl）美国文化。

二、亚裔美国身份之建构性

作为被美国文学、文化批评界高度认可的亚裔美国文化理论批评家，骆里山的研究成果被选入《诺顿理论与批评文选》第二版（*The Norton Anthology of Theory and Criticism*, 2001, 2010），其理论研究跨越“种族与族裔研究”“主体/身份”“女性主义理论及批评”“妇女文学”“马克思主义”“现当代运动与流派”等多个学科领域。她对“亚裔美国”之族裔文化身份研究成果尤其引人注目，引起了广泛的关注和探讨。

对于亚裔美国族裔文化身份之最具有代表性的研究成果，来自于骆里山（Lisa Lowe）出版于1996年的专著《移民法案——论亚裔美国文化政治》（*Immigrant Acts, On Asian American Cultural Politics*, 1996）一书；但该书之重点章节“异质性、杂糅性、多重性”早已以“异质性、杂糅性、多重性：标示亚裔美国差异”（Heterogeneity, Hybridity, Multiplicity: Marking Asian American Differences）为题作为单篇论文发表在学术期刊《流散》（*Diaspora*）1991年第1期。骆里山对于“亚裔美国”族群政治的前沿性思考，代表了同一时期亚裔美国学者对“亚裔美国”这一族裔身份概念的深层次考量。

骆里山提出，亚裔美国人由于其种族、文化和语言的差异而与美国的民族文化和民族身份保持距离，因而是“内部的外国人”（foreigner-within），① 被看作永远的移民，永远的“他者”；但从积极的一面看，正是亚裔美国人这种“差异”，避免了美国的族裔和文化认同

① Lisa Lowe, *Immigrant Acts: On Asian American Cultural Politics.* Durham and London: Duke University Press, 1996, p. 64.

落入同质化的“大熔炉”的窠臼。

在关于亚裔美国之“异质性、杂糅性、多重性”的论述中，骆里山首次提出一种“处于建构过程中”的、“不断嬗变”（constant transformation）的亚裔美国身份观：

> 与其把“亚裔美国身份”当作一个固定的、被建构好的既定物（a fixed, established “given”），不如把它当作创造身份的“亚裔美国文化实践”（Asian American Cultural practices）；这种创造身份的过程永远不会完成，其建构总是与历史和物质的差异相关。①

骆里山这种“处于建构过程中”的亚裔美国身份观的理论资源来自于文化理论大家斯图尔特·霍尔（Sturat Hall）关于文化身份的论述。在《文化身份与流散》（*Cultural Identity and Diaspora*，1990）一文中，斯图尔特·霍尔以非洲裔加勒比海人（Afro-Caribbean）为例，反思了“文化身份”的两层含义：一方面，文化身份是属于同一种族或族群的人集体的、共享的身份，被普遍认为是固定且稳定的存在；而另一方面，文化身份更具有建构性与动态特征：

> 文化身份，就其第二种意义而言，其实处于“此在”（being）和“正在变成”（becoming）的过程中。它们既属于过去也属于将来，并不是超越时间、地点、历史和文化的既定存在；正如一切历史性的东西一样，它们一直经历着持续不断的转化和变形。文化身份远远不是永恒地定格在某种被本质化的过去，而是从属于历史、文化和权利永恒的“嬉戏”（play）过程中；文化身份也不是对过去的“复原”（recovery），不是等待着被发现，

① Lisa Lowe, *Immigrant Acts: On Asian American Cultural Politics*. Durham and London: Duke University Press, 1996, p. 64.

或者发现之后就使我们获得身份的安全感，而是我们在对于过去的叙述中被定位或定位自己的不同方式。①

从霍尔的文化身份观的第二层含义，我们看到了身份的建构与时间、地点、历史、文化与权利场域的互动关系；身份不再是铁板一块的单一整体，而是受制于多种动因和过程，处于永恒变化、永恒发展的过程之中，因此变得不再单一、不再纯粹，而是一个多元、杂糅且动态发展的复合体。正是从这第二层含义出发，我们更能理解与“非洲裔加勒比海人”一样具有族裔创伤经验的亚裔美国人在美国社会身份认同的复杂性和动态性。

对亚裔美国人来说，其身份在很长一段时间内受制于美国国家政策对于少数族裔的规范和定格，其认同处于与主流权利永恒的斗争与协商的过程之中；亚裔美国人及其亚裔美国经历，被定位在主流权利话语允许其表达的范围之内，正霍尔所言，“他们（主流社会）有权利使我们看见和经历作为‘他者’的自己”；更如骆里山所一再论述的：

> 关于族裔文化和族群构成的亚裔美国讨论绝不是一成不变、一贯如一的，而是挑战***种族***的单一性和概念化，将之作为差异、交集、不可通约的物质场域（material ***locus***）……在定义亚裔美国身份的方式上，不仅批判性地继承文化定义和文化传统，更看到了过程中族群自身对种族意义的建构，与国家族群控制之间的抗争和协商。……亚裔美国文化的创造，不是一个稳定的过程，不是一代一代未经中介的垂直传递，而是部分继承，部分修

① Stuart Hall, *Cultural Identity and Diaspora*, Eds., Jana Evans Braziel and Anita Mannur, *Theorizing Diaspora: A Reader*, Malden, MA: Blackwell Publishing, 2010, p. 236.

正，部分创造出来的……①

联系亚裔美国人的族裔经验，我们知道，在20世纪60年代末期的“亚裔美国运动”之前，亚裔美国人被欧美人统一称为“东方人”，是长期被“先进、发达”的“西方人”作为“愚昧、落后”的“他者”而存在的对立面，直到“亚裔美国运动”之后，才争取到了“亚裔美国人”这样的族群称谓。而由于亚裔移民美国的历史及际遇各不相同，其不同的国家来源、代际、性别和阶级差异，以及亚裔移民祖居国与美国政治、经济、文化等权利关系的此消彼长，“亚裔美国”的内涵和外延一直处于动态发展的过程之中，而任何一种“固化”（fix）的观念都有可能掩盖或歪曲亚裔美国族裔、文化身份的丰富内涵。

由此观之，承认亚裔美国族裔与文化身份的建构性是反抗刻板的“东方主义”话语和美国主流文化霸权的有力武器。如果说“亚裔美国运动”为了发出族群更强更大的声音而致力建构“亚裔美国”的同一性的话，在“泛亚运动”（Pan-Asian Movement）运动之后几十年的发展历程中，亚裔美国研究者们越来越发现“亚裔美国”不是一个纯粹、单一的整体，而是充满了“异质性、混杂性和多重性”的动态集合——这正是骆甲山的《移民法案》所表达的核心思想。

三、亚裔美国身份之异质杂糅性与多重性

在《移民法案——论亚裔美国文化政治》的“异质性、杂糅性、多重性”一章中，骆里山认为，“异质性、混杂性和多重性不是作为文学词汇或修辞格，而是试图给亚裔美国族群物质上的矛盾性予以命名。虽然就与‘身份’的关系而论，这些概念看起来是同义词，但

① Lisa Lowe. *Immigrant Acts: On Asian American Cultural Politics*. Durham and London: Duke University Press, 1996, p. 64 ~ 65.

它们实际上可以被准确区分开来”[①]：

骆里山所谓“亚裔美国”的“异质性”，指的是“一定范畴内差异性的存在与不同的关系——换言之，亚裔美国人中存在着祖居国来源的不同，存在不同代际与排斥移民法律关系的不同，存在在亚洲的阶级背景及在美国经济地位的不同，还包括性别的不同。”

的确，亚洲只是一个地理概念，涵盖48个国家和地区，包括黄色人种、白色人种和棕色人种；不同亚洲国家的人讲不同的语言，有不同的文化传统，不同的宗教信仰（佛教、伊斯兰教，犹太教、基督教等主要宗教在亚洲各国均有广泛的信徒）；而在政治制度和意识形态上更存在巨大的差异。这种祖居国来源的差异性首先决定了亚裔美国人的“异质性”。与此同时，各亚洲国家的发展历史各不相同，其海外移民移居美国的时间、际遇、与美国主流社会的交流、融合、协商与妥协的程度也存在天壤之别，更不用说移民个体本身的差异，个人在阶级、性别、经济地位、教育背景、文化价值观上的不同。所以，在骆里山看来，一个“亚裔美国”的巨伞，遮蔽了这诸多的差异，而承认这些差异的存在，才是科学、客观的态度。

以华裔和日裔为例：虽然华人是最早移民美国的亚裔族群，但自1882年到1943年遭遇了长达60多年的“排华法”歧视，不能通过正常法律途径移民美国，便有了“契纸儿子”（paper son）、“契纸女儿”（paper daughter），甚至靠“蛇头”偷渡等非法移民的方式，20世纪50年代至70年代末，又由于中国大陆与美国的“冷战”关系，华裔移民再次遭受政治迫害，最典型的是麦卡锡时代的“坦白运动”（Confession Movement），许多华裔家庭被这种“白色恐怖”搞得亲朋反目、家庭分离，许多人尽管出卖了家庭秘密，背叛了祖先和父母，却依然得不到一个美国公民身份。相比华裔，日裔早期移民在美国的安家落户非常顺利，其中不乏在美国西部有了自己的农庄，实现了

---

① Lisa Lowe. *Immigrant Acts: On Asian American Cultural Politics*. Durham and London: Duke University Press, 1996, p. 67.

“美国梦”的日裔家庭，但“二战”的爆发使日裔美国人成为最不受欢迎的人，美国政府在沙漠里修建了“日裔集中营”，把日裔从历经几代建立的美丽家园赶到沙漠中的集中营受难，成为日裔美国人心中永远的伤痛记忆。这只是华裔和日裔在移民历史及族裔经历上所呈现出的“异质性”，是亚裔美国“异质性”之冰山一角，如果扩展到亚裔不同的母居国及母居国的社会、政治、经济、历史、语言、文化传统，其差异性岂能一一道尽呢？

骆里山所说“亚裔美国”的“混杂性”或“杂糅性”，指的是语言和人种的杂合：她以菲律宾裔为例，指出其人种的混血与语言的杂合来源于菲律宾曾受西班牙和美国殖民和美国新殖民的历史：“所谓‘混杂性’，我指的是不均衡的历史所产生的文化目的及实践，比如菲律宾所存在的人种和语言的混杂，而在美国的菲律宾族群也打下了西班牙殖民主义、美国殖民和美国新殖民的历史烙印。”①

检视其历史，菲律宾从1565年至1898年三百多年间一直是西班牙殖民地，直到1898年“美西战争”爆发之后，成为美国殖民地（1898—1935），1935年建立菲律宾自治邦，“二战”中沦为日本的殖民地（1942—1945），之后再次沦为美国殖民地，1946年7月获得完全独立。由此可见，美国菲律宾裔人种和语言的混杂与其祖居国的被殖民历史紧密相关，无论是西班牙还是美国，都从政治、经济、宗教、语言、文化上控制着菲律宾，而两国国民的交往使跨种族婚姻成为可能，客观上造成了人种的杂合。据称，美国用三十多年的时间，完全改变了菲律宾的教育状况，当时几乎所有学校都采用英文授课，现在，虽然菲律宾人讲70多种不同的语言，但官方语言依然是英语；在宗教信仰方面，虽然菲律宾不同族群有自己的宗教信仰，但84%的国民信奉天主教，西班牙殖民统治在宗教方面的影响可见一斑。有着这样的被殖民历史的菲律宾人，移民美国之后也带来了先前被殖民

① Lisa Lowe. *Immigrant Acts*：*On Asian American Cultural Politics*. Durham and London：Duke University Press，1996，p. 67.

的历史后果：人种、语言，甚至文化的杂合现象。所以，骆里山强调："从这个意义上讲，混杂性不是指亚裔的同化，也不是针对主流形式的移民实践，而是标示了不平等的宰制和权力关系中亚裔生存的历史。"① 而同样来自亚洲的华裔、日裔、韩国裔美国人，显然没有这样长期的殖民历史所造成的人种"混杂"现象。

关于"亚裔美国"文化的"多重性"，骆里山指的"是在社会关系中主体定位的方式是由不同的权力制衡所决定的，是由资本主义、父权制、种族关系的矛盾等多重性决定的"。② 她从葛兰西的"霸权理论"出发，以美国加利福尼亚州不断增长、变化的有色人种移民人口为例，论证了加州的"少数"族裔群体与"主流/多数"（majority）协商、互动所产生的"霸权创造"（hegemony creation）：在葛兰西看来，霸权其实是一个描述社会过程的概念，既描述一种特定的控制的维持过程，也描述这种控制受到挑战、新的力量得以发声的过程；在加州，由于种族地图的改变及"少数"族群的抗争，他们由"不能归化为公民的外国人"变成了"政治利益一致的集团"的一部分，从种族、文化、政治、经济甚至性别的差异性立场挑战既有格局，形成了"一套新的关系"，一个新的集团，是"不同的霸权和权力平衡"。③ 在这个过程中，他们其实已经超越了"多数"与"少数"、"黑"与"白"的二元对立，从而改写了加州的文化政治，形成了"发展不均衡的、各种各样种族群体的多重性，而亚裔只是其中的一员"。④ 在骆里山看来，亚裔美国人是历史发展中形成的一个特定族群，是一个动态、开放、处于不断发展变化之中的群体。

从以上论断，我们看到了骆里山对"亚裔美国"作为一种整合

① Lisa Lowe, *Immigrant Acts: On Asian American Cultural Politics*. Durham and London: Duke University Press, 1996, p. 67.

② Ibid., p. 64.

③ Ibid., p. 67.

④ Ibid, p. 67.

概念的质疑，她清楚地表明："亚裔美国"是"与同质性对抗的、断裂的、多重身份的异质性的集合体"。[①]"亚裔美国"种族谱系的形成与美国社会的经济基础密切相关，与美国不同历史时期的移民政策、种族文化政治及性别政治密切相关。鉴于此，在运用"亚裔美国人"这个概念时，不可忽视其"异质性、杂糅性、多重性"，不可忽视政治、经济、历史、文化、性别、阶级等多层次、多维度力量的共同作用。

当骆里山对亚裔美国族裔身份的异质性、杂糅性展开思考的同时，苏珊·科西（Susan Koshy）已经把"亚裔美国"当作一种"虚构"（fiction）的存在：在《亚裔美国文学的虚构》（*The Fiction of Asian American Literature*，1996）一文中，苏珊·科西指出，"把族裔身份当作获取政治空间的手段，在60年代成为一个新兴领地，而其基本假设有待质疑"；[②] 到21世纪初，新生代亚裔美国学者不仅旗帜鲜明地提出"族裔性是流动变化的，绝不是静止不变的"，[③] 更从亚裔美国文学研究"美学转向"的角度，探讨"亚裔美国文化政治的危机"……[④]一时间，关于亚裔美国族裔性的探讨可谓多声同奏，但其主调却惊人地一致：质疑、解构"亚裔美国"的同质化定义，弘扬异质多元的族裔、文化身份认同。

时隔近40年，亚裔美国人的社会、政治、经济地位自然不可与

---

① Ed.，Vincent B. Leitch，*The Norton Anthology of Theory and Criticism*，New York：W. W NORTON&COMPANY，2010，p. 2516.

② Susan Koshy，*The Fiction of Asian American Literature*，*The Yale Journal of Criticism* 9，1996，p. 315 ~356.

③ R. Radhakrishnan，*Ethnicity in an Age of Diaspora*，Eds.，Jana Evans Braziel & Anita Mannur，*Theorizing Diaspora*，Malden：Blackwell Publishing，2003，p. 119.

④ Mark Chiang，*Autonomy and Representation：Aesthetics and the Crisis of Asian American Cultural Politics in the Controversy over Blu's Hanging*，Eds.，Rocio G Davis & Sue-Im Lee，*Literary Gestures：The Aesthetic in Asian American Writing*，Philadelphia：Temple University Press，2006，p. 17.

“哎咦——集团”所处时代同日而语。然而，亚裔美国人真的到了可以自由选择文化身份或摒弃自己族裔性的时代吗？看看以下事实有助于我们认清迷局：“在大学生对抑郁、社会焦虑和自我解释的个人报告中，亚裔美国学生在抑郁、社会焦虑项的计分大大高于美国白人学生”；① 而2011年7月《华尔街日报》发表的调查报告显示：亚裔美国人拥有常春藤盟校学位的比例较大，但当上公司高管的比例远远低于其他族裔，且百分之二十五的亚裔认为自己受到了种族歧视。可见，较之于美国WASP主流的优势地位，亚裔美国人在族裔权力的争取方面还有漫长的道路要走。如此，反思以赵健秀为首的“哎咦——集团”当初对“亚裔美国感”（Asian American Sensibility）的“文化民族主义”坚守，也许具有其当下的意义。

---

① Sumie Okazaki, *Sources of ethnic differences between Asian American and White American college students on measures of depression and social anxiety*, *Journal of Abnormal Psychology*, Vol. 106, No. 1, Feb. 1997, p. 52.

第三辑　“新移民”书写探微

新移民女性文本中的异国情爱想象

20世纪80年代以来，中国在经历几十年的政治动荡之后终于进入了政治、经济的和平发展时期；随着“改革开放”政策的实施，国门打开，出现了一波波的“留学热”“移民热”，由此产生了庞大的“新移民”族群。“新移民”族群的出现，催生了繁华茂盛、绚丽多姿的海外新移民文学。这是世界华文文学的新增长点，也是新世纪我们拓展海外华文文学研究的一个新的视点。

与前几代的海外移民相比，新移民移居海外的动机、生存状态、文化态度和文化立场都有很大的不同：如果说前者是由于饥荒、战乱、贫穷等被迫离乡背井，后者则可以说是一种自我放逐。不仅如此，前几代的移民体力劳动者居多，大多经历的是生存的艰难，而新移民大多数是由“留学”变成“学留”，文化程度较高，其中不乏国内急需的人才。所以他们的苦难，多是精神的苦难，其自我放逐的过程历经千辛万苦、精神的磨炼大大多于寻根的感伤和物质生活的艰难。

在当今世界华文文学绚烂的百花园中，女作家的作品更是争奇斗艳的一簇：严歌苓、虹影、张翎这一批出生于20世纪60年代的女作家们，于80年代中后期或90年代初出国留学并取得了所在国的公民权。她们在东西文化碰撞、交融的语境中思考、写作，既反思东方文化传统，也不忘考量西方文化传统；既关注双重边缘语境中海外华裔的生存与抗争，作为女作家，也更加关心在种族、文化的宏大叙事之中女性的欲望和追求。

本文拟以严歌苓的《扶桑》[①]、虹影的《英国情人》[②]、张翎的《交错的彼岸》[③] 为研究对象，从异国情爱这一主题去探寻三位女作家在种族、性别与历史、文化的交错中对爱情这一亘古不变的文学主题的想象和思考。

一

虽然这三部小说的出版时间都在20世纪末21世纪初，但其创作手法、艺术风格却跟三位女作家的性格、气质一样各具特色：《扶桑》的纤细、敏感却不乏惊心动魄的叙事恰如严歌苓的优雅纤弱却不乏理性和坚韧的性格；《英国情人》神秘、大胆而炽热的笔触体现了虹影一贯的开放、反叛和激进；而《交错的彼岸》则跟张翎本人一样“心平气和”且不乏恢宏大气。

这三部小说显然有着共同的关注点：那就是在不同的历史时间中，小说中的女主人公们都遭遇、经历了异国的情爱，男女主人公在东西文化的碰撞和交融中，在风起云涌的历史变迁中，演绎着或凄怆哀婉、或激情浪漫的异国情爱故事：

《扶桑》是严歌苓在旧金山图书馆“钻故纸堆”“掘地三尺”，[④] 在中国早期移民史料的基础上创作出来的一部长篇小说，描写的是19世纪北美“淘金热”之后，一个中国的乡间女子扶桑，被拐骗、流落到旧金山后变成一个以身体布施世界的“神女”（妓女）的故

① 严歌苓：《扶桑》，上海文艺出版社2002年版。文中有关该文本的原文均引自此，以下恕不重复。

② 虹影：《英国情人》，花山文艺出版社2002年版。文中有关该文本的原文均引自此，以下恕不重复。

③ 张翎：《交错的彼岸》，百花文艺出版社2001年版。文中有关该文本的原文均引自此，以下恕不重复。

④ 严歌苓：《主流与边缘》（代序），《扶桑》，上海文艺出版社2002年版，第4页。

事。扶桑的魅力吸引了白人少年克里斯。克里斯在12岁那年第一次见到扶桑，就深深迷恋上了她。而扶桑也爱上了克里斯，视他为“唯一不同的一个男子”，并在心底“暗暗等候他的长大”。但横亘在扶桑与克里斯之间的种族、文化、阶级、年龄的差异注定了这段异国情恋结局的悲凉：在旧金山有关华人的史书记载中，扶桑与克里斯的爱情被看成是“肮脏、无耻”的关系，是“中国妓女对美国正派社会的污染”。这样的种族、阶级压力，导致了克里斯在迷恋扶桑的同时却没有占有她的勇气和决心，当扶桑向克里斯“张开自己，花一样地朝他怒放”时，克里斯只能“全身打战地看着她”“永远不会完成那个从男孩到男人的堕落”。

在一场唐人街暴动中，白人纵火烧毁了华人的店铺、房屋，奸淫了唐人街的华人妇女，名妓扶桑当然没能幸免，她在一辆破旧的马车里遭到了包括克里斯在内的白人暴动者的轮奸。对于这次“意外”，扶桑默默地承受了，她所做的唯一的事就是咬掉每个强奸者的一颗纽扣，特地把属于克里斯的那颗金色纽扣永远地藏在自己的发髻里。而克里斯则从此背上了一生的良心债务：他一时为自己开脱：“那个整体的本能、情绪代替了他的，他根本无法从中独立出来。”更多的时候他无法摆脱灵魂的拷打，于是想到了救赎和偿还：他参加了华人女性拯救会的活动，帮助拯救和教育华人妓女；他甚至在激烈的思想斗争之后提出要娶扶桑为妻。但扶桑并没有接受克里斯“献身”般的爱情，而是选择与华人大勇在刑场上结婚，成为就要上绞刑架的大勇的新娘。扶桑“慷慨的布施、宽容和悲悯”彻底地征服了克里斯，以至于克里斯用一生的思恋去偿还扶桑，并且终生反对迫害华人，反对华人间的相互迫害。

与《扶桑》中痛楚、感伤、充满苦难与救赎情绪的异国情爱相比，《英国情人》中的林与朱利安的情爱则更加直接、酣畅，虽然其中也不乏“细腻的忧伤”。①

与《扶桑》相似的是，《英国情人》的题材也来自虹影对历史的挖掘，是虹影在英国图书馆文献研究基础上的艺术变形和艺术想象。《英国情人》中的男主人公朱利安·贝尔是英国布鲁姆斯勃里集团的第二代继承人，布鲁姆斯勃里领袖弗吉尼亚·伍尔夫的侄子和画家范奈莎·贝尔的儿子。朱利安于1935年来到战乱中的中国，来到武汉大学任教，内心怀着在中国实现自由主义的理想，要跟中国人民一样反法西斯、要革命。但一到武汉大学朱利安就被当时院长的妻子林吸引住了，陷入了一场轰轰烈烈的情爱。

林是20世纪30年代的中国少见的知识女性，世家之女、著名作家，虽然比朱利安整整年长了八岁，却有才有貌，风韵卓然。更让朱利安着迷的是，她是天生的“入相女人”，其端庄淑雅的外表下面隐藏着一颗激越的心，从少女时期就开始在母亲的指导下修炼“玉女经”“房中术”，与号称“剑桥登徒子”的朱利安在对性爱的追求上一触即发。朱利安以字母顺序来排列情人位置，排到林，是第十一个，所以叫“K”。在林之前，朱利安一直不愿与女人有性以外的关系，但在与林的情爱中，他惊奇地发现自己走出了这样的自我设禁。林更是在与朱利安的情爱中越陷越深，不肯仅仅做情妇，提出要与他私奔并以死相威胁。在林的决绝态度面前，朱利安退却了，因为“在朱利安狂野的行为背后，骨子里还是一个真正的英国绅士……中国女人，中国革命，中国的一切，对他来说，永远难以理解。他既不能承受中国式的激烈革命，也不能承受中国式的狂热爱情”。

朱利安与林的爱情悲剧，可以说是中西文化观念交汇后的必然遭际。所以有人把他们之间的感情比作“空谷幽兰边的情爱”，认为在20世纪30年代的中国，这样的异国情爱多半是要失落的，“这段不

---

① 赵毅衡：《唯一者虹影，与她的神》，《中国图书商报》，转引自《英国情人》附录，花山文艺出版社2002年版，第224页。

被祝福的爱情，注定会在巨大的文化差异面前败下阵来”。①

与《扶桑》《英国情人》相比，《交错的彼岸》关注的是更具有普遍意义的人世间形形色色的爱情。其中有跨越国界、种族的加州汉福雷家族的独子彼得·汉福雷（韩彼得）与中国矿工的女儿沈小涓的爱情，中国女大学生惠宁与外籍教师谢克顿的爱情；有跨越两代人的“金三元”老爷与九丫头的爱情，有“金三元”的小姐飞云与龙泉、黄尔顾或澎湃着革命激情，或纠结着政治交易的政治爱情，还有加州葡萄园里安德鲁牧师与老汉福雷的遗孀汉娜之间无言而又深沉的情爱、玛姬对青梅竹马的彼得无望的痴恋。但正如莫言在小说的“序”中所言，“作者在书中描写了这么多的爱情故事，但几乎都是悲剧，从老一代到新一代，从国内到国外，有情人总是难成眷属”。②

张翎特别钟情于“残缺的悲情”，③ 并不着意创造爱情的圆满。在回答笔者的疑问时，张翎坦言：所谓完美的、激情燃烧的爱情是不存在的，真正的现实中的爱情往往就是这样残缺的、平淡的、错位的。④ 所以纵观《交错的彼岸》中的爱情，无一不是错位的、失落的，异国的情爱也是一样。

综上可知，这三部新移民小说，都有关于异国悲剧情爱的故事，都是以爱情的失落而告终。而笔者要追问的是，严歌苓、虹影、张翎何以如此钟情于描写失落的爱情？这与她们的性别视角、文化视角、移民身份有什么样的关系？

---

① 俞咏文，《失落在空谷幽兰边的情爱》，《百花洲》，引自《英国情人》附录，花山文艺出版社 2002 年版，第 251 页。

② 莫言：《写作就是回故乡》（序），《交错的彼岸》，百花文艺出版社 2001 年版，第 3 页。

③ 陈瑞琳：《风雨故人，交错彼岸——论旅加女作家张翎的长篇新作〈交错的彼岸〉》，美国《华人世界》2002 年 4 月第 2 期，第 51 页。

④ 引自笔者 2003 年 8 月 23 日对作者张翎的访谈。（张翎于 2003 年 8 月 21 日—24 日应国务院侨办的邀请访问中国，首站就住在暨南大学，与笔者有多次交流。）

二

爱情，在古今中外的文学作品中都是文学家们所讴歌的永恒主题，也是红尘男女梦寐以求的情感寄托，具有深刻的社会、历史、生存及审美的意义。但爱情至上论对于女性解放及女性自我的真正确立却有着非常消极的影响。正如中国当代女性主义学者刘慧英在《走出男权传统的藩篱——文学中男权意识的批判》一书中所指出的："爱情确实是一种催人奋进的力量，而对男权社会的女人来说，（这种力量）激发的则是牺牲自我多于确立和肯定自我，女人在爱情中发现的是作为妻子、情人的自我，而非真正自立的自我。"①

在古今中外的文学经典中的"怨女"和"弃妇"形象、"才子佳人"和"诱奸故事"程式、无不体现了男权文化基因的积淀：从苦守寒窑十八载的王宝钏到爱情未果而香消玉殒的林黛玉、从托尔斯泰笔下视爱情为生命的安娜·卡列尼娜到米兰·昆德拉笔下终日生活在岌岌可危的"爱之巢"中的特里莎，从"才子佳人"书《西厢记》到哈代的"诱奸故事"《德伯家的苔丝》，这些东西方著名的经典文学形象或经典文学叙述都没有超脱男权文化的"集体无意识"。时至今日，一些男性作家依然能够一边极力塑造一批无限忠于爱情、视爱情为生命的妇女形象，一边却热衷于描述男主人公的"妻妾成群"。在这些文本中，世界是男人的世界，而女人只是以爱情为自己全部生活内容。

由此，我们不难发现传统文学中"爱情至上"论对于女性的不公。于是，抗拒、消解爱情成为当下一些有自觉女权意识的作家抵制男权思想的策略之一。在这方面，西方女权主义者们走在了前面。而我们这里所论及的严歌苓、虹影、张翎都是留学西方并栖身于海外的

---

① 刘慧英：《走出男权传统的藩篱——文学中男权意识的批判》，生活·读书·新知三联书店1995年版，第60页。

女作家，深受西方女权主义的理论熏陶，对于女权的倡扬比之于大陆本土的作家就更为旗帜鲜明、更具激进性和先锋性。

在《扶桑》中，严歌苓通过塑造出扶桑这一传奇女子消解了由男性幻想孕育出的女神与神女、天使与妖妇的对立。扶桑是“天生的妓女”，但她从来不觉得自己是在出卖，而只认为自己是在“接受男人们，那样平等地在被糟蹋的同时享受、在给予的时候索取”；她“肉体的友善”使她从来没有领悟到要“兜售”自己的肉体；对扶桑而言，“肉体间的相互交流是生命的发言和切磋”。但就是这样一个“没有灵魂”的“肉体”，可以在大勇拍卖她时等待克里斯长达两年之久。所以故事叙述者说：“我认为你对忠贞的看待更慎重，你的感情藏得极深，它仅仅是为那个白种男孩藏着的。”在此，扶桑与一般的节女烈妇没有什么区别，一样的痴情、一样的坚贞。

但与那些节女烈妇不同的是，扶桑是把性与爱分而视之的，在她那里，自然没有“守节”之说，所以她可以在爱着克里斯的同时与那么多不知姓名的男人进行肉体的交流。她尽情地“敞开自己”，在毁灭中获得了尽情的“释放”和“自由”。正如文中所言：“这是个最自由的身体，因为灵魂没有统治它。灵魂和肉体的平等使许多概念，比如羞辱和受难，失去了亘古的意义。”

不仅如此，当扶桑完全有可能获得属于自己的爱情时，她没有张开双臂去拥抱它，而是远远地躲开了，她最终选择嫁给被处死的大勇，就是逃离爱情的确证。正如文中所说：“她从来没有爱过大勇，无论活的，还是死的。她从此有了一个死去的、不再能干涉她的大勇来保护，以免她再被爱情侵扰、伤害。”联想到扶桑在与不同的肉体“交流”时所获得的自由，在面对爱情时的沉重忧伤，我们不难看出严歌苓对于爱情的抗拒态度。在文中，严歌苓正是通过男主人公克里斯年老时的反思表明了自己对于爱情的态度：“爱情是唯一的痛苦，是所有痛苦的缘起。爱情是真正使她（扶桑）失去自由的东西。她肉体上那片无限的自由是被爱情侵扰了，于是她剪开它，自己解放了自己。”

爱情成为获得身心自由的束缚，成为妇女解放的绊脚石，因此要逃避爱情。这不仅是《扶桑》的主题之一，同样也是虹影《英国情人》所涉及的话题。如果说严歌苓的《扶桑》是从女主人公的主动放弃爱情来体现这一女权主义思想的，虹影则是通过女主人公不顾一切追求爱情未果而走向毁灭这一点来反证了女性遭遇爱情时的不利处境。

在遇到朱利安·贝尔之前，林是尊贵的院长夫人，多才多艺、活跃于文学界，被人称为中国的“曼殊菲尔”。她是那么独立、自信、自尊自爱，是当时中国非常具有先锋精神的“新女性”。但在与朱利安相爱之后，林却沉迷进了中国封建思想的余孽——所谓“玉女经”“房中术”等“道家养生功”的习练，试图以性的魔力来永远吸引住朱利安这个有“破心人”之称的情人。她带着朱利安流连于北京的鸦片馆、温泉浴，让人性中最本能的欲望恣意泛滥，在鸦片的麻醉中、在纵情声色的享乐中迷失了自我。

但遗憾的是，秉承布鲁姆斯勃里自由精神的朱利安却不甘心长久地沉溺于这份早已超出纯粹性爱的感情，因为这违背了他“为性而性”的自由准则，于是他开始厌倦，开始逃避。而此时的林不再是具有先锋精神的新女性，而是变成了离开朱利安的爱就活不下去的怨妇。她开始与朱利安争吵，越来越变得歇斯底里，提出了私奔的计划，只愿能与朱利安长相厮守；她甚至以死相威胁，说要吃氰化钾，死在朱利安的面前。这显然与虹影要塑造一个“女权主义”者的愿望背道而驰，但由此我们看到了林的性格的复杂性和矛盾性，她的表面是先锋的、反叛的，骨子里却是传统中国妇女的心态。正是这一点，造成了她与朱利安的分歧。

为了爱情，林把自尊、自爱甚至自我都抛到了九霄云外，与古今中外众多的痴情女子一样，心甘情愿地成为爱情的囚徒，完完全全地放弃了自我。她对朱利安说：“我知道，我很贱，以死求你爱我，你这是在同情我，但我已知足了。”读到此，我们不禁要为林这样为爱迷失的女子扼腕叹息：正是缠绵悱恻的爱情，扼杀了林的自我——那个曾经引领女性解放的潮流，积极追求社会进步、自尊自信的女性的自我。由此我们进一步看到刘慧英批判“爱情至上”论的正确性，也看到了“情欲的摧毁性力量”。[①]

与《扶桑》《英国情人》中激情洋溢而又痛楚、感伤的异国情爱相比，张翎《交错的彼岸》中的异国情爱则平实得多。其中所涉及的异国情爱，正如文中所言：“在那个特定的历史空间，诸如沈小涓和韩彼得那样出格离奇的爱情故事，只能在重重掩盖之下默默进行。在无人知晓中萌发生长，在无人知晓中消殒死亡。”在张翎的笔下，没有激情洋溢的爱和欲的表现，更没有爱情获得或失落后要生要死的情感冲突。在与笔者的访谈中，张翎把谢克顿教授喜欢惠宁诠释为“青春的吸引”，把小涓敬爱彼得看成是“对神奇开阔的外部世界憧憬和向往”的表现。[②] 由此，我们可以看到张翎无意识中对于所谓忠贞不渝、激情燃烧的爱情的抗拒。

爱情只是人的生存中不可或缺的一部分，并不是人生的全部。所以张翎笔下的男女主人公的苦痛更多地来自于生存的挣扎、理想的挫折，他们绝不会为了爱情而放弃人生理想甚至生命。所以惠宁心里虽然“也是真有那么一点喜欢那个姓谢克顿的洋人的”，可她并没有在孤立无援的异国接受唾手可得的谢克顿的爱情，拒绝躲进他那“安徒生童话”般美丽温馨的小楼，而是果断地离开了谢克顿，去追寻自己人生的梦想。与惠宁一样，彼得远涉重洋，也是为了追寻自己的“红色梦想”，他之所以爱上小涓，很大程度上因为她符合了自己理想中的劳工妇女形象，所以，爱上小涓并决定与之结合，是彼得人生理想的一部分。我们甚至可以这样说，是彼得的人生理想催生了他对

① 赵毅衡：《唯一者虹影，与她的神》，《中国图书商报》，转引自《英国情人》附录，花山文艺出版社2002年版，第227页。

② 引自笔者2003年8月23日对作者张翎的访谈。（张翎于2003年8月21日—24日应国务院侨办的邀请访问中国，首站就住在暨南大学，与笔者有多次交流。）

小涓的爱情，爱情是人生理想的产物和附属品。

在张翎的笔下，无论是“金三元”老宅走出的“小妈”阿九，还是沐浴解放新风长大的飞云，或漂洋过海求生存的惠宁和萱宁，都有着一种奋发、拼搏的精神，一种难得的开通和睿智。正是这样的素质，使她们历经风雨却没有被生活的苦难所击倒，最终成为生活中的强者。张翎从来没有在任何场所表明过自己的女权主义思想，但从这一系列自立自强的女性形象身上，我们看到了张翎对于女性主体、女性自我百折不挠的追求。

通过分析《扶桑》《英国情人》《交错的彼岸》中对爱情至上男权情爱观的颠覆，我们看到了严歌苓、虹影、张翎或隐讳曲折的、或鲜明彻底的女权主义思想。而作为栖身海外的新移民作家，其小说自然不是狭义的女性主义文本，而是深刻地触及到种族、国家、文化和历史的纠结，而且这种纠结也必然反映到其关于异国情爱的艺术想象之中。

三

有关异国的爱情自然免不了两种文化的遭遇，而中西文化的碰撞和交锋在《扶桑》和《英国情人》中体现得尤其突出。

严歌苓在《扶桑》大陆版的序言中这样写道：

> 这样一个特定环境：一群瘦小的东方人，从泊于19世纪的美国西海岸的一艘艘木船上走下来，不远万里，只因为听说这片陌生国土藏有金子，他们拖着长辫，戴着斗笠，一根扁担肩起全部家当……这是两种文化谁吞没谁、谁消化谁的特定环境。任何人物、任何故事放进这个环境中绝不可能仅仅是故事正身。①

① 严歌苓：《主流与边缘》（代序），《扶桑》，上海文艺出版社2002年版，第3页。

因为这样的历史场域，《扶桑》就“不再是好听的故事了”，严歌苓在挖掘历史的悲愤中沉思，她采取了福柯式的历史观去解构主流的历史话语，仔细去聆听被传统历史的宏大叙事所忽略、所压抑、所习焉不察的边缘的声音。于是我们的面前浮现出了扶桑、克里斯、大勇这样鲜活的人物形象，从那片灰蒙蒙的历史背景中突现出来，演绎着跨越国家、民族、时空界限的恩怨情仇。

在有关异国情爱的经典作品中，东方女性被定型为“脆弱的、美丽的、悲剧的”,[①] 其典型形象就是普契尼（Giacomo Puccini）歌剧中的蝴蝶夫人，那个被美国白人军官抛弃而自杀的日本女子。自1904年以来，《蝴蝶夫人》成为世界上最常演出的十大歌剧之一，受到白人，尤其是白人男子的无限青睐，因为剧中的蝴蝶夫人满足了他们“东方主义”的窥视欲，证明了西方的强盛和成熟，东方的柔弱和幼稚。[②] 而在《扶桑》中，我们看到的是一个美丽、健壮、温和却不乏坚韧的东方女性形象，她如同从人类的洪荒中走来的地母，浑身散发出“古老的母性、早一期文明中所含有的母性”，她“健壮、自由、无懈可击”。正是这样无私、宽容的母性吸引了年轻的白人男孩克里斯，成为他永生永世逃不出去的爱的天罗地网。由此，我们看到了严歌苓要颠覆西方主流文学中东方女性柔弱、被动的“滞定型”（stereotype）的努力：在那场东西方遭遇的异国情爱中，扶桑一直占据着主动的、控制性的地位，而克里斯则是被动的、从属的；从扶桑的身上，我们看到了东方文化潜在的富饶和美丽，东方的成熟和坚韧。扶桑是一个全然不同于以往的东方妇女形象，那么让人耳目一

① Edgar Allen Poe, *the Philosophy of Composition*, Ed., Philip Van Doren Stern, *The Portable Edgar Allen Poe*, New York: Viking P, 1945, p. 557.

② ［美］林英敏：《蝴蝶图像的起源》，单德兴译，载何文敬、单德兴编《再现政治与华裔美国文学》，台北“中央研究院”欧美研究所1996年版，第186—200页。

新，那么具有颠覆意义。扶桑的塑造，是严歌苓创作成功的主要因素。

不仅是扶桑，严歌苓塑造大勇这个人物形象的颠覆意图也是相当明显的。在欧美主流文学作品中，黄种男人总是被定型为女性化而难以捉摸的异类，他们“彻底缺乏男子气概、女性化、柔弱、没有胆识与创意、不够积极、缺乏自信与活力”。[①] 早在1871年，美国神父倪维尔士（John L Nevius）就在其书中写道：“与欧洲国家相比，中国人是性情冷漠、身体较少活力的种族……他们典型的胆小、温顺。”[②]而老一代移民海外的中国男人大都从事洗衣或做厨师等女性化职业的事实，更加加深了西方人的这一“滞定型”看法。但《扶桑》中的大勇却是个充满了男性阳刚之气的华埠英雄，他果敢、刚毅且身怀绝技，无数次在白人警察的刀枪之下死里逃生；他凶狠残忍，杀人不眨眼，但同时又嫉恶如仇，充满了侠骨柔情，处处为华人出头、打抱不平，可谓中国武侠传奇中典型的男性英雄形象。由此，我们可以看到严歌苓是一个具有自身民族精神的华人作家，她要颠覆的不仅是西方对于东方女性的“滞定型”看法，而且要树立中国的男性英雄传统，要把中国男子的阳刚之气表现到极致给西方人看，从而消解中国男人女性化的“滞定型”。

《英国情人》也非常关注东西文化遭遇后的交融与冲突。虹影本人在其访谈录中表示：“其实这个小说并不仅仅是个爱情小说，我的出发点在于当时中国和西方在文化上是什么样的关系？中西爱情观怎样不同？”[③] 而顿珠·桑在其评论文章中也断言：“……发生在林和朱

---

① Frank Chin, *Back Talk*, Ed., Emma Gee, *Counterpoint: Perspective on Asian America*, Los Angeles: UCLA Asian American Studies Center, 1976, p. 556.

② Frank Chinand Jeffery Paul Chan, *Racist Love*, Ed., Richard Kostelanetz, *Seeing through Shuck*, New York: Ballantine Books, 1972, p. 68.

③ 张英：《〈英国情人〉及其他——虹影访谈录》，《作家》，转引自《英国情人》附录，花山文艺出版社2002年版，第270页。

利安之间的故事根本就是一场文化邂逅……不是一个单纯的感情故事。”① 林在性爱上表现出来的主动性和先锋性只是一种表面现象，其骨子里蕴藏的依然是中国妇女的传统文化意识。幽会、私奔、以死相许等爱情主题，在中国古代文学经典《西厢记》《凤求凰》《杜十娘》中就有非常鲜明的体现，林的多情与痴情与崔莺莺、卓文君、杜十娘并没有什么不同。但这样的痴情女子，偏偏碰到了秉承西方“自由精神”的朱利安，其冲突和悲剧性的结果可想而知。

作为布鲁姆斯勃里的宠儿，朱利安时时陷于“影响的焦虑”之中，时时把自己与父辈们比较，有意识地实践着布鲁姆斯勃里的文化理想，总摆脱不了西方知识分子精英的包袱，是个“过分自恋潇洒不起来的知识分子”。② 既然是西方知识分子的精英，朱利安自然与林这样的“东方知识分子的精英”难以达到精神上的共鸣和融合，所以他永远只能对中国文化充满迷惑和不解，而谈不上真正的理解和认同，所以“他自认为是个世界主义者，结果只是在东方猎奇。他只能回到西方闹恋爱、闹革命”（第 210 页），所以他只肯把林作为他的情妇，而不是妻子，永远不可能像对待妻子那样平等地对待林。在这一切的背后，还是挥之不去的种族主义在作祟，正如文中所言，“他的灵魂深处藏着对中国人的轻视，哪怕对方是他最心爱的女人……他的决断绝情，说到底，还是西方人的傲慢”（第 210 页）。所以赵毅衡说，可以把《英国情人》“读成东西方关系的寓言”，但他同时强调：“东方不是征服的对象；不仅是性欲的对象，更是和合完美境地的伙伴。在这种升华过程中，任何单方面的文化优越感（可能双方都未能摆脱），当然会使爱情堕入悲剧。”③ 在虹影的笔下，

① 顿珠·桑：《走进朱利安·贝尔的情感世界》，《万象》，转引自《英国情人》附录，花山文艺出版社 2002 年版，第 266 页。

② 同上书，第 267 页。

③ 赵毅衡：《唯一者虹影，与她的神》，《中国图书商报》，转引自《英国情人》附录，花山文艺出版社 2002 年版，第 228 页。

林不仅代表了东方女性，而且是中国文化精髓的体现，那么博大精深、神秘莫测，而朱利安则是西方男性知识精英的代表。由于双方对于自身文化的挚爱，林与朱利安的爱情悲剧成为必然。

从林与朱利安失落的情爱，我们看到了虹影对于跨越种族的爱情的消极态度，也折射出她在东西文化交流中的文化价值取向：对于东西文化，虹影看到了更多的差异的层面、难以真正融合的素质。

张翎《交错的彼岸》则充满了一种“世界主义”的人文关怀。在《交错的彼岸》中，张翎淡化了国家、民族、人种的差异，叙述的不仅是中国温州的丝绸世家“金氏家族”的沧桑巨变，更有美国加州的葡萄园主“汉福雷家族”的起落沉浮。人世的凄迷苍凉不仅仅属于身在异乡的中国人，美国本土的显赫世家也埋藏着一个又一个的悲情往事：比如安德鲁牧师对于汉福雷夫人的秘密恋情，玛姬对彼得的一往情深，汉福雷家族盼子归家的无奈的等待……张翎在我们面前展开一幅又一幅曲折多姿的人生历史画卷，在跨越东西方的巨大天幕上，演绎着中国人和外国人的人生故事。他们的人生际遇各不相同，但造成不同的原因并不在于国族差异，而是在于自我的选择、世事的变迁、时空的交错——正是这一切偶然或必然的因素，导致了每一个主人公个个有别的无常的命运。

在此，张翎显然与严歌苓、虹影有不完全相同的文化追求。作为新移民文学“心平气和”的代表作，《交错的彼岸》已经完全超脱了早期移民文学那种“控诉文学”的阶段，不再执着于追寻种族的差异、国籍的不同，而是走向了一个新的阶段，致力对普遍人性的审视，这与她一贯的文化态度是一致的。在 2002 年 12 月加州大学伯克利分校举办的海外华人文学国际研讨会上，张翎就明确表示：“我努力寻找跨越文化、种族、地域的人类共性，在此前提下，小说中的主人公是中国人还是外国人，小说的场景是发生在中国还是海外，甚至小说的作者是居住在国内还是国外，都已经不重要了。”①

我们应该看到，张翎之消解种族、文化的差异和对立，并不是背弃自己的文化传统，而是在异文化面前采取求同存异、交互共生的文化态度。所以张翎一再声称要打破族裔、语言边界进行文学创作并进行着身体力行的实践，其即将出版的一部长篇就用英语创作完成。

综上，通过分析《扶桑》《英国情人》《交错的彼岸》中有关异国情爱的想象，我们看到了当代海外华人女作家对于男权情爱观的质疑，对于西方人看东方的种族、文化“滞定型”的消解。严歌苓、虹影、张翎的出现，代表了新移民女作家群的崛起，代表了新的移民文学观念的产生。与上一代海外华人作家相比，她们在展现自己的性别、种族、文化想象的同时，充分地展示了丰富的人性之美，其着眼点一直在“人”上。这一点，我们从血肉丰满的扶桑、克里斯、大勇、朱利安、林、惠宁、彼得等艺术形象上都可以看得见。

更重要的是，从这些新移民作品中，我们看到了当代海外华人女作家们是如何表现自我与“他者”，看到了20世纪90年代前后这群“自我放逐”的女作家们在跨越国家、民族的界限之后对于自我、国家、民族属性的反思、批判和重塑。这一群女作家对于历史题材的青睐、对于过去的缅怀，体现出弱势群体的“边缘书写”特色，而这种特色正好契合了牙买加裔的英国文学理论家霍尔（Stuart Hall）的弱势书写策略：“过去不仅是我们发言的位置，也是我们赖以说话不可或缺的根据。”② 霍尔特别强调弱势族群要透过想象重新发现“隐藏的历史”“不能也不应该低估或忽略想象重新发现之行为的重要性”。③ 严歌苓、虹影、张翎的文本实践，证实了弱势群体在历史的

① 引自张翎2002年12月在美国加州大学伯克利分校主办的“开花结果在海外——海外华人文学国际研讨会”之“作家论坛”上的发言。

② Stuart Hall, *Ethnicity: Identity and Difference*, *Radical America* 23.4, 1989, p. 18 ~ 19.

③ Stuart Hall, *Cultural Identity and Cinematic Representation*, Ed., Mbye B. Chan. Trenton, *Ex - Ils*, New Jersey: Africa World Press, 1992, p. 222.

烟尘中反思、想象、追问的重要性；这种行动不仅使我们能够解释当下各种社会运动、国际形势的冒现，更能使我们看清自我，明确未来的发展方向。

总之，以严歌苓、虹影、张翎为代表的海外新移民女作家的创作体现出先锋的精神、独特的视角、创新的语言和叙述模式，有着深刻的文化族性、文化心理学内涵，极具挑战性，期待着研究者们更深入地研究，更合理、更全面地诠释。

异国情爱更何堪

——评虹影的《英国情人》

细读虹影的每一篇小说，无不为其中的激烈情感而震撼。从《女子有行》到《饥饿的女儿》，从《阿难》到《孔雀的叫喊》，男女主人公似乎都是以欲望作为自己生存的基础，一切的爱、恨、情、仇都以此为原点而展开。其长篇小说《英国情人》同样是一篇张扬欲望的经典之作。所不同的是，《英国情人》的男女主人公来自不同的国度，各持自己民族和国家的精英文化立场，因此，其剪不断、理还乱的情与爱就别具一层厚重的文化意义。

《英国情人》的题材来自虹影对历史的挖掘，是虹影在英国图书馆文献研究基础上的艺术变形和艺术想象。其中的男主人公朱利安·贝尔是英国布鲁姆斯勃里集团的第二代继承人，布鲁姆斯勃里领袖弗吉尼亚·伍尔夫的侄子和画家范奈莎·贝尔的儿子。朱利安于1935年来到战乱中的中国，来到武汉大学任教，内心怀着在中国实现自由主义的理想，要跟中国人民一起反法西斯、要革命，但一到武汉大学就被院长的妻子林吸引住了，陷入了一场轰轰烈烈的异国情爱。

林是20世纪30年代的中国少见的知识女性，世家之女、著名作家，虽然比朱利安整整年长了八岁，却有才有貌，风韵卓然。更让朱利安着迷的是，她是天生的“入相女人”，其端庄淑雅的外表下面隐藏着一颗激越的心，从少女时期就开始在母亲的指导下修炼“玉女经”“房中术”，与号称“剑桥登徒子”的朱利安在对性爱的追求上一触即发。朱利安以字母顺序来排列情人位置，在林之前，他一直不愿与女人有性以外的关系，“他喜欢为性而性，只求乐趣”（第106页）。但在与林的情爱中，他惊奇地发现自己走出了这样的自我设禁。林更是在与朱利安的情爱中越陷越深，不肯仅仅做情妇，提出要与他私奔并以死相威胁。在林的决绝态度面前，朱利安退却了，因为“在朱利安狂野的行为背后，骨子里还是一个真正的英国绅士……中国女人，中国革命，中国的一切，对他来说，永远难以理解。他既不能承受中国式的激烈革命，也不能承受中国式的狂热爱情”（第208页）。朱利安最终离开了林，投身西班牙战场的反法西斯战争，捐躯沙场，实现了男子汉的热血理想，用自己的青春和热血谱写了真理与正义的光辉篇章。而林却从此一蹶不振，多次绝食自戕，最后在与朱利安鬼魂的交合中香消玉殒。

虹影曾说：“未来对个人，对一切想要保留感情余地的个人，给予最后的打击，不管她逃遁到世界哪个角落。”①《英国情人》可以说是这段话的最好演绎：在《英国情人》中，女主人公不顾一切追求爱情未果而走向毁灭，证实了人的情感、欲望与人的理性、人的主体性的悖论性存在，爱情于是成为获得身心自由的束缚，成为妇女解放的绊脚石。

在遇到朱利安·贝尔之前，林是尊贵的院长夫人，多才多艺、活跃于文学界，被人称为中国的“曼殊菲尔”。她是那么独立、自信、自尊自爱，是当时中国非常具有先锋精神的“新女性”。但在与朱利安相爱之后，林却沉迷进了“玉女经”“房中术”等“道家养生功”的习练，试图以性的魔力来永远吸引住朱利安这个有“破心人”之称的情人。她带着朱利安流连于北京的鸦片馆、温泉浴，让人性中最本能的欲望恣意泛滥，在鸦片的麻醉中、在纵情声色的享乐中迷失了自我。

但遗憾的是，秉承布鲁姆斯勃里自由精神的朱利安却不甘心长久

---

① 虹影：《女子有行》修订本说明，北京知识出版社2003年版，第1页。

地沉溺于这份早已超出纯粹性爱的感情，因为这违背了他“为性而性”的自由准则，于是他开始厌倦，开始逃避。而此时的林不再是具有先锋精神的新女性，而是变成了离开朱利安的爱就活不下去的怨妇。她开始与朱利安争吵，越来越变得歇斯底里，提出了私奔的计划，只愿能与朱利安长相厮守；她甚至以死相威胁，说要吃氰化钾，死在朱利安的面前。由此我们看到了林的性格的复杂性和矛盾性，她的表面是先锋的、反叛的，骨子里却是传统中国妇女的心态。正是这一点，造成了她与朱利安的分歧。

为了爱情，林把自尊、自爱甚至自我都抛到了九霄云外，变得卑微得如同地上的尘埃。与古今中外众多的痴情女子一样，她心甘情愿地成为爱情的囚徒，完完全全地放弃了自我。她对朱利安说：“我知道，我很贱，以死求你爱我，你这是在同情我，但我已知足了。”读到此，我们不禁要为林这样为爱迷失的女子扼腕叹息。正是缠绵悱恻的爱情，扼杀了林的自我——那个曾经引领女性解放的潮流，积极追求社会进步、自尊自信的女性的自我。由此，我们看到了“情欲的摧毁性力量”。[①] 这正如中国当代女权主义学者刘慧英在《走出男权传统的藩篱——文学中男权意识的批判》一书中所指出的：“爱情确实是一种催人奋进的力量，而对男权社会的女人来说，（这种力量）激发的则是牺牲自我多于确立和肯定自我，女人在爱情中发现的是作为妻子、情人的自我，而非真正自立的自我。”[②]

正是在这个意义上，我们可以说《英国情人》体现了虹影一贯的女权主义思想：她把情与欲的故事演绎到了极致给我们看，又把情与欲的杀伤力展示给我们看，由此反证了“爱情至上”论对于女性的不公。

---

① 赵毅衡：《唯一者虹影，与她的神》，《中国图书商报》，转引自《英国情人》附录，花山文艺出版社 2002 年版，第 227 页。

② 刘慧英：《走出男权传统的藩篱——文学中男权意识的批判》，生活·读书·新知三联书店 1995 年版，第 60 页。

由于涉及的是异国情爱，男女主人公不同的文化观在爱情观中表现出来。朱利安与林都成为各自民族文化的符码化再现，成为东西文化遭遇后交融、冲突的场域。虹影本人在其访谈录中表示：“其实这个小说并不仅仅是个爱情小说，我的出发点在于当时中国和西方在文化上是什么样的关系？中西爱情观怎样不同？”① 而顿珠·桑在其评论文章中也断言：“……发生在林和朱利安之间的故事根本就是一场文化邂逅……不是一个单纯的感情故事。”②

林在性爱上表现出来的主动性和先锋性只是一种表面现象，其骨子里蕴藏的依然是中国妇女的传统文化意识。幽会、私奔、以死相胁等爱情主题，在中国古代文学经典《西厢记》《凤求凰》《杜十娘》中就有非常鲜明的体现，林的多情与痴情与崔莺莺、卓文君、杜十娘并没有什么不同。但这样的痴情女子，偏偏碰到了秉承西方“自由精神”的朱利安，其冲突和悲剧性的结果可想而知。

作为英国自由主义的宠儿，朱利安时时陷于“影响的焦虑”之中，时时把自己与父辈们比较，有意识地实践着布鲁姆斯勃里的文化理想，总摆脱不了西方知识分子精英的包袱，是个“过分自恋潇洒不起来的知识分子”。既然是西方知识分子的精英，朱利安自然与林这样的“东方知识分子的精英”难以达到精神上的共鸣和融合，所以他永远只能对中国文化充满迷惑和不解，而谈不上真正的理解和认同，所以“他自认为是个世界主义者，结果只是在东方猎奇。他只能回到西方闹恋爱、闹革命”，所以他只肯把林作为他的情妇，而不是妻子，永远不可能像对待妻子那样平等地对待林。

在这一切的背后，还是挥之不去的种族主义在作祟，正如文中所言，“他的灵魂深处藏着对中国人的轻视，哪怕对方是他最心爱的女

① 张英：《〈英国情人〉及其他——虹影访谈录》，《作家》，转引自《英国情人》附录，花山文艺出版社2002年版，第270页。

② 顿珠·桑：《走进朱利安·贝尔的情感世界》，《万象》，转引自《英国情人》附录，花山文艺出版社2002年版，第188页。

人……他的决断绝情，说到底，还是西方人的傲慢”（第210页）。所以赵毅衡说，可以把《英国情人》“读成东西方关系的寓言”，但他同时强调：“东方不是征服的对象；不仅是性欲的对象，更是和合完美境地的伙伴。在这种升华过程中，任何单方面的文化优越感（可能双方都未能摆脱），当然会使爱情堕入悲剧。”①

在虹影的笔下，林不仅代表了东方女性，而且是中国文化的符码化再现，那么博大精深、神秘莫测，而朱利安则是西方男性知识分子精英的代表。由于双方对于自身文化的热爱，林与朱利安的爱情悲剧成为必然。

从林与朱利安失落的情爱，我们看到了虹影对于跨越种族的爱情的消极态度，也折射出她在东西文化交流中的文化价值取向：对于东西文化，虹影看到了更多的差异的层面、难以真正融合的素质。这与当今人们热衷的“世界主义”文化立场是不同的。也许，这就是虹影称自己为“民族主义者”的原因之一？在“全球化”呼声越来越高的今天，我们或许可以从虹影的文化态度和文化立场得到某种启示。

---

① 赵毅衡：《唯一者虹影，与她的神》，《中国图书商报》，转引自《英国情人》附录，花山文艺出版社2002年版，第228页。

历史、政治与异族情爱

——评黄运基的《狂潮》

在美国华文文学界，被称为“草根文群”的创作群体非常引人注目。为了生存，他们从事着“草根阶层”的工作，做餐馆跑堂、病人护理、清洁工或其他杂工。但他们坚持在汉语写作中找寻自己的精神家园，在写作中构建自己的“文化中国”共同体。而黄运基先生，正是美华文坛“草根文群”的带头人，[①] 半个多世纪以来，在为生存、人权斗争的同时，黄先生用手中之笔书写自己以及海外华人的曲折人生，其《异乡》三部曲被中国世界华文文学学会会长饶芃子教授誉为“一部形象的美国华侨史”。[②]

黄运基先生已年过七十，是资深新闻工作者。自20世纪50年代起为美国纽约《美洲华侨日报》撰稿。20世纪60年代中期，先后任美国旧金山《东西报》及《世界日报》编辑。1972年创办《时代报》，1995年创办《美华文化人报》，《美华文学》杂志，历任美国华文文艺界协会会长，《美华文学》社长，为美国华文文学的发展、繁荣做出了巨大的贡献。在积极推进美华文学发展的同时，黄先生笔

① 黄万华：《草根阶层的文学立言——黄运基小说创作论》（代序），《旧金山激情岁月》，珠海出版社2004年版，第1页。

② 引自饶芃子教授2002年由加州大学伯克利分校在旧金山举行的“开花结果在海外——华人文学学术研讨会上的发言”，该会的“作家论坛”由饶芃子教授主持，该引文来自她介绍黄运基先生作品时的评价。

耕不辍，先后完成了《奔流》《狂潮》《黄运基选集》《唐人街并不神秘》《旧金山激情岁月》等长篇小说和短篇小说集，显示出不衰的创作激情。

60年前，黄先生怀着一颗中国心，为了追寻“美国梦”而来到美国，可一下船就被移民局关起来，让他深深体会到了美国“民主自由”的片面性。之后的几十年，他一直在为华侨华人在美国的权益而奔走，不仅参与了20世纪60年代的“民权运动”，还做了大量的社区工作，写了许多政论文章。他亲眼见证了半个世纪以来美国在对待少数族裔方面的巨大变化，亲历了从“华侨”到“华人”的漫长历程。其三部曲第一部《奔流》写作的背景是20世纪40年代到50年代初的美国和美国华人社会，第二部《狂潮》写的是从20世纪50年代到70年代美国华人社会的变化，第三部尚在写作中，是20世纪70年代至今的美国华人生活状况。黄先生的写作，体现出一个老华侨对自己族裔的责任感，他说自己写作的目的就是为了让下一代记住自己族裔在美国被拒斥、被消音的历史，让下一代努力为改变自己的弱势地位而抗争。与此同时，他虽然离开故土已六十多年，却有着永不放弃的华人民族意识。他说：“由于历史的原因，我选择做了美国公民，但我是中国人（Chinese），这一点是不容置疑的。”①

本文通过分析黄先生《异乡曲》第二部《狂潮》中政治、历史与异族情爱的纠结，揭示黄先生在其写作中对其华裔族性和中国根性的认同和坚守，而这种坚守，不仅体现在主人公念祖的政治、历史生涯中，也贯穿其情感生活的始终，成为《狂潮》的主题和情节发展的主线。

① 引自黄运基先生在“开花结果在海外——华人文学学术研讨会上的发言”之“作家论坛”的发言。

一

20世纪50年代，由于“朝鲜战争”的爆发，中美由“二战”中的盟友变成了朝鲜战场上兵戎相见的敌人，两国关系急剧恶化；加上中国台湾与中国大陆的分裂，华人聚居的唐人街便成了各种政治争斗的中心，生活在那里的华人们承受着来自族群内外的压力，许多无辜的人们，成为种族、帮派斗争的牺牲品，正如主人公念祖在一开篇奋笔疾书的一小段文字：“这是一个疯狂的年代；这是一个是非颠倒、黑白混淆的年代。太平洋掀起了罕见的狂潮，连四季如春的旧金山也突然变得异常阴冷，街上的行人蜷缩哆嗦，疾步行走，像要躲过寒风的吹袭。”

小说真实再现了美国麦卡锡主义大行其道的年代：排华反华成为大张旗鼓的宣传，全国掀起了“恐共”狂潮，生活在唐人街的华人们，担心像“二战”中的日本人那样被关进“集中营”；担心去服兵役，要在朝鲜战场上与自己的同胞兵戎相见。他们被禁止跟国内的亲人通信，更不准汇款给国内的亲人，如果违反，就会被指控犯了《与敌通商法》，要被送进监狱。余锦棠的《金门侨报》就是因为刊登香港三家中资银行代办华侨华人汇款回中国而被勒令停刊，余锦棠还为此坐了三年牢。而念祖仅仅因为参加了“青联”，被怀疑“亲共”，入伍以后就受到CIC（反情报组）的监视，一言一行都被记录在案，成为其“不荣誉退伍”的证据。

而唐人街的华人所承受的政治压力并不仅仅来自于外部。在唐人街内部，在华人之间，来自不同地区的华人，也存在着各自不同的政治信仰，由此造成了帮派纠葛、权力倾轧。在小说中，“忠义堂”和“兄弟会”纷争的背后是大陆和台湾的政治斗争，而大陆60到70年代一个接一个的政治运动，更使唐人街的局面复杂化了，唐人街也出现了“红卫兵”总部，“青联”的积极分子分成了两派，对大陆的政治形势意见相左，然后是1972年美国总统尼克松访华的“破冰之旅”，《金门侨报》的复刊，主编念祖竟然遭到反对方子弹的威胁……看来波澜不惊的唐人街经历着一场又一场的政治风雨，可见海外华人们虽然远离了故土，可他们的生活与中美关系、与大陆和台湾的关系紧密相连，生活得并不平静。在华裔美国历史学家王灵智（L. Ling-chi Wang）看来，华裔美国人多年以来一直处于美国、中国大陆或中国台湾的“双重宰制”（dual domination）之下，直到美中关系改善、海峡两岸关系松动之后才有了较大的改进。[1]《狂潮》中主人公们曾经经历的一切，可以说是王灵智“双重宰制”理论的典型个案。

《狂潮》中主人公们的政治理念不仅体现在唐人街的帮派、团体利益的争斗上，还影响到了主人公们的情感生活和家庭生活。如“青联”原来的积极分子黎浩然与混血儿珠丽叶的爱情更多是基于共同的政治理念，两人都是激进的“革命者”和“造反派”，所以二人一拍即合，在“共同革命”的同时也同居了。念祖与妻子素云的爱情和婚姻几经波折，最大的障碍还是不同的政治倾向：素云一家是台湾来的，而念祖是来自大陆的进步青年。素云父亲对念祖的进步行为深恶痛绝，坚决不准女儿与之交往。二人是顶着巨大的压力结合的，其婚礼不仅没有得到女方父母和亲戚的祝福，连男方的亲戚也拒绝参加。念祖的父亲发出了一百多张请帖，却没有一个乡亲来参加他儿子的婚宴。在婚后的生活中，念祖与素云感情深厚，但一旦遇到敏感的政治问题，二人的分歧依然存在。

作为在美国生活了五十多年的老华人和经验丰富的老新闻工作者，黄运基先生对于唐人街的风云变幻可谓了如指掌。从主人公念祖的身上，我们不难发现黄先生青年时代的影子。正如洪三泰先生在其评论中所言：“……中美关系在漫长岁月的变化时刻，麦卡锡主义横

---

① L. Ling-chi Wang，*The Structure of Dual Domination: Toward a Paradigm for the Study of the Chinese Diaspora in the United States*，*Amerasia Journal* 21. 1&2，1995，p. 149 ~ 169.

行时代，乒乓外交、尼克松访华、中美建交，以及黄运基太平洋之旅、部队、监狱、官司之路，等等。每到这些关键的时候，特殊的环境、复杂的问题，黄运基都是勇敢地去面对，并为之做出积极的努力。”① 在《狂潮》中，我们可以清晰地看到作者黄运基先生的政治立场和政治倾向，他对中华故土的热爱也洋溢在其字里行间：当军事法庭询问念祖对“中共进入联合国的看法”时，他坚定地回答道：“长官，让我更正你的说法……中国早就是联合国的会员，而且是联合国的创始会员之一。中国会籍的席位现在还是被蒋政权霸占着，但蒋政权不能代表中国人民，中国早晚会恢复她应得的席位的。”通过念祖的言行，我们时刻可以感受到作者黄运基先生那颗火热的爱国心，那份执着的政治热情。

二

在《狂潮》中，与政治斗争紧密交织在一起的是历史的风云嬗变。华人在美国社会的弱势地位不是一朝一夕形成的，而是有着深刻的历史渊源：

中国人移民美国的历史开始于19世纪50年代的“淘金热”，早期移民大多是沿海省份的农民或渔民，是为了“淘金”而漂洋过海的“契约劳工”（苦力）。然而，前来淘金的华侨从一开始就遭到种族主义分子的敌视。在1849年的秋天，在托伦内县的矿区就发生了种族主义者袭击华侨的暴行，60名华工被一群暴徒赶离了自己的营地。② 随着华人移民的大批拥入，加州政府在种族分子的操纵下，开始实施排华法案，从增加名目繁多的税收，到明目张胆地驱逐和掠

① 洪三泰：《特殊时空的见证人》（《美国梦》序），载熊国华《美国梦——美籍华人黄运基传奇》，广州花城出版社2002年版，第4页。

② Chiu Ping Ping, *Chinese Labor in California*, 1850—1880: *An Economic Study*, Madison: Department of History, University of Wisconsin, 1963, p. 12.

杀。从19世纪末到20世纪初，美国充斥着敏感的反华情绪，中国人处境艰难。华人劳工的存在被看作是对白人劳力的一种威胁，他们通常遭到白人的诬蔑、虐待甚至谋杀。从1882到1943年间，美国的排华法案禁止华人入境，只有教师、学生、商人和外交官除外。

黄运基的《狂潮》回顾了早期美国华人遭受排斥、剥削和压榨的辛酸历史，小说主人公余锦棠和陈洪光的父亲余宗锐和陈裕明就是被作为“猪仔”给卖到旧金山的：“在淘金潮中他们一直做着‘金山梦’。年复一年，直到山里河里那金光闪闪的粒子都被挖光了淘尽了，他们还是身无分文的苦力。”于是他们又与数千名华人劳工一起，从事横贯美国东西两岸的中央太平洋铁路的工作。文中写道：

> 不管是烈日寒夜，风吹雨淋，飞雪冻冰，他们筚路蓝缕一英里一英里地铺设铁轨，凿筑了不知多少条隧道……可是这些中国劳工却常常遭到白鬼工友抓他们的辫子凌辱，狂呼追打“猪尾巴！猪尾巴！中国佬！”不少华工在筑路过程中惨死在崇山峻岭，沿途白骨累累，谁也无法确定他们的身世。

为了与残酷虐杀华人的“沙地党”做斗争，陈裕明和余宗锐领头成立了“忠义堂”，保护华工在美国的利益。他们在唐人街东西南北的要道日夜放哨，一旦见到“沙地党”徒的到来，马上敲锣发出警报，叫同胞躲避起来。一百多年过去了，华人在美国的生活状况有了诸多的改善，但离美国所宣扬的“自由、民主、人权”还有着巨大的差距。正如黄运基先生所言：“我是为了追寻‘美国梦’而来到美国，可一下船就被移民局关起来，让我深深体会到了美国‘民主自由’的片面性。”所以一代又一代的华人们不得不为自己应得的权利而奋斗。

而生活在美国的华人后裔不仅要面对种族歧视的历史，还要面对华人内部帮派之间一百多年来的恩恩怨怨：“兄弟会”的前身“斧头帮”就与“忠义堂”水火不容，前者的成员“都是三教九流之辈，每以斧头行凶，臭名昭著，常人闻之丧胆。他们专门从事妓院、赌档、酒庄、鸦片烟馆四大行业”；后者的堂章明文规定：“凡参加忠义堂的人必须遵守堂规，不嫖娼、不赌博、不醉酒、不吸烟。”由此，“斧头帮”认为“忠义堂”是跟他们唱对台戏，视“忠义堂”为死对头。尽管后来“斧头帮”演变成了“兄弟会”，其不法行为变得越来越隐蔽，但与“忠义堂”的对立姿态却从来没有改变：从“华联会事件”到给“青联”的图书室安装窃听器，再到《金门侨报》复办时念祖收到的威胁子弹，“兄弟会”与“忠义堂”的明争暗斗从来没有停止过。

种族歧视与唐人街内部的争斗，使唐人街的华人们不得不承受着来自族群内外的种种压力，甚至造成了儿子与父亲的疏离、情人关系的扭曲、夫妻之间的隔阂。《狂潮》中念祖父子之间的隔阂和误解就是美国排华历史的直接后果：由于美国政府“排华法案”的实施，许多华人移民是通过非法手段入境的，比如念祖的父亲就是拿着周姓人的“移民纸”入籍的，既然父亲姓周，念祖自然也跟着姓周。但20世纪60年代初，美国移民局发起一场所谓“坦白运动”，要求冒籍的华人移民自愿到移民局交出籍民证件，向政府“坦白”本人的真实身份和冒籍报资料的情况，然后由移民局酌情办理调整身份手续，重新办理入籍手续。据统计，截至1965年底，一共有13895名到移民局“坦白”，揭发了22083名冒籍的华人。[①] 移民局借调查冒籍案件的机会，打击迫害华人社会的进步分子和异见分子，剥夺他们的居住权，甚至递解出境。[②] 因此，在是否要“坦白”的问题上，父亲与念祖产生了重大分歧，父亲胆小怕事、循规蹈矩，马上去移民局“坦白”了自己冒籍的情况，而念祖认为所谓“坦白”是一个阴谋，

① 麦礼谦：《从华侨到华人——二十世纪美国华人社会发展史》，三联书店（香港）有限公司1992年版，第359页。

② 熊国华：《美国梦——美籍华人黄运基传奇》，广州花城出版社2002年版，第102页。

是移民局铲除华人进步分子的手段。于是，由于父亲的“坦白”，儿子被送上了法庭，而父亲竟然成为控方证人！美国的排华历史给华人子孙造成的伤害，由此可见一斑。

《狂潮》中所反映的历史，是作者黄运基先生亲身经历的历史，因此读来特别真实感人。这种感人的力量，是我们在第二、第三代华裔作家的写作中很难见到的。

三

《狂潮》让人感到震撼的不仅仅是政治的翻云覆雨和历史的波涛汹涌，更有小说人物之间的感情纠葛，尤其动人的是主人公念祖与白人女孩茱莉、与妻子素云的恋情。而念祖选择素云做自己的终身伴侣，也折射出作者黄运基先生的文化立场。

茱莉与念祖的恋情开始于年少时代，念祖的父亲在茱莉家当厨仆，念祖偶尔去帮厨，因而认识了茱莉。茱莉爱憎分明，同情弱者，曾经为念祖的黑人朋友跟自己的白人同学打架，曾经在除夕夜与念祖一起到唐人街撒彩色纸花迎接1949，庆祝新中国的诞生。在越来越密切的交往中，他们相恋了，虽然是没有结果的“青橄榄”之恋，却留给了彼此最美好的回忆。由于茱莉全家迁往纽约，念祖的爸爸又不赞同二人的交往，于是他们多年来彼此没有音信。直到十多年后在“爱之夏”的孩子反战音乐会上的重逢。重逢之后，二人一度沉迷于爱河，但在选择终身伴侣的关键时刻，经过激烈的思想斗争之后，念祖还是选择了自己在州立大学读书时认识的华人女孩素云。而茱莉则在留下给念祖的未发出的十三封情书之后远走他乡。

对于为何选择素云而放弃茱莉，作者没有明白地告诉我们。但从年少时开始，念祖对于茱莉热烈爱情的回应都是有所保留的。在茱莉的爱面前，念祖总是感到一种无形的压迫感，正如文中所言，在他们享受极度的快乐时，念祖感到“一种突然袭来的恐惧感瞬间蔓延念祖的全身，竟使得他无法承受这种无形的压迫感”……他自己也不清楚自己为什么会这样，因为“他实在是很想和茱莉在一起的。他喜欢和她在一起拥抱和热吻的那种心跳加速的感觉，那种远离现实的烦嚣、飘荡于空间的感觉。然而他又惧怕这些难以甩掉的、复杂莫名的感觉”。在十多年后二人再次重逢的时候，念祖对于茱莉一度陷入了怀旧和怜惜的情感漩涡，但一旦冷静下来，他又感到惶惑不安：“沉默。黎明前的黑暗一切静止似的沉默。这是一种希望的等待呢，抑或是绝望的到来？这是快乐的启端，像黎明时射出的曙光，还是痛苦的开始，像见不到尽头的黑夜？”而成年以后的茱莉也明白了这份爱情的虚无缥缈：“茱莉霎时间被一种无法言明的感觉所困扰。为什么躺在自己身旁的NJ那么亲近而又遥不可及呢？他们分别了十多年，在彼此所经历的漫长的动乱的岁月中，她到底对他有多少了解呢？为什么她总觉得捕捉不到他的真实情感呢？她想着想着，禁不住滴下泪来。”

其实，这种异族相爱的矛盾情感在诸多的海外华人文学作品中都有不同程度的体现。念祖和茱莉的矛盾正是在于彼此差异的种族、文化背景。正如华裔美国学者林英敏教授所言：“‘二战’以后美国的教育宣扬的都是‘同质化’（homogenizing）或‘同化’（assimilationist）政策，认为美国是个‘大熔炉’（melting pot），不管你从哪里来，都可以被熔入‘WASP’主流（白人、盎格鲁-撒克逊、新教），但在一个美国人敌视与自己长相相同的人的国度，要感觉自己是美国人是极端困惑和困难的；我很难把美国当成自己的家园，因为老是有人问我从哪儿来的。”① 念祖正是处于这样被“敌视”的境地：他的爸爸在茱莉家被白人宾客殴打，他本人在美国军队被莫须有的罪名“不荣誉退伍”，由于冒籍又被关进了监狱……而这一切都源于茱莉白人同胞的偏见、歧视和迫害。所以，就算念祖在个人情感上割舍不下茱莉，从民族、种族情感上他还是非常难以与茱莉认同的。另一方

① Amy Ling, *Whose America Is It?*, *Transformations*, Vol. 9, No. 2, Sept. 9, 1998, p. 12.

面，他是一个具有强烈的中华民族意识的人，他的文化之根还是在源远流长几千年的华族文化，与茱莉所追随的极端的个人主义有着巨大的分歧。所以在激烈的思想斗争之后，他选择了华人女孩素云做自己的妻子。

与茱莉的热烈形成鲜明对比的是素云的宁静、温柔。但素云的柔弱中隐藏着坚贞。她不顾父母的极端反对，冒着与家庭决裂的风险嫁给了念祖，与他同声同气、意气相投，是他永远的精神支柱。这从念祖身陷囹圄后对素云的思念和依恋中可见一斑："像你给我的每一封信一样，它有着一种神奇的力量，让我在囚室内读着你的信时浑身有一股自由和温馨的感觉，好像眼前重重的铁闸都不存在了，我仿佛可以张开双臂，紧紧地拥抱你和晓红（女儿）。这感觉真好!"

从某种意义上说，素云是中国优秀文化传统的符码化再现，代表了中国文化传统中最优秀的部分。作为中国文化之根的守护者，念祖爱上素云就是自然而然的结局了。

由念祖的抉择，我们可以看到黄运基先生对于异族情爱的消极态度，而这与其政治、历史、文化观是紧密相连的；跨种族、跨文化的交流、对话和融合首先是建立在相互尊重、平等的基础上的，异族情爱同样如此。从茱莉和念祖没有结果的恋情，我们看到了在依然存在强权和弱者的今天，东西文化难以真正融合的本质。这与我们前面所述的历史相关，更与东西各国的政治关系和政治立场紧密相关。在远离历史、政治的情况下奢谈文化交流、异族情爱显然是不现实的，是没有根基的空中楼阁。这应该是黄运基先生的《狂潮》给读者最重要的启示之一吧!

新移民文学的崭新突破
——评华人作家张翎“跨越边界”的小说创作

20世纪80年代以来，随着中国“改革开放”政策的实施，国门打开，出现了“留学热”“移民热”，由此产生了庞大的“新移民”族群，催生了繁华茂盛、绚丽多姿的海外新移民文学。张翎，正是在这种语境中诞生的具有自己特殊精神气质的新移民作家。

张翎于1986年赴加拿大留学，先后获得英国文学、听力康复学硕士学位，现定居加拿大多伦多市。张翎的写作，是在异国他乡的生活安定之后开始的。十多年来，她先后在加拿大明镜出版社、大陆作家出版社及《收获》《十月》《钟山》《清明》《上海文学》等刊物和海外的《明报》《世界日报》发表了十多个长篇、中篇和短篇小说，另有不少散文、译作发表。获得中国第七届“十月文学奖”、海外华人散文“盘房文学奖”，在中国小说学会主办的“2003年度中国小说排行榜”上，她的中篇小说《羊》又进入了排行榜的前十名。难怪美国的华文文学批评家陈瑞琳称她为“北美地区新移民文学的扛鼎作家”，是“海派文化落地的麦子”，① 大陆著名作家莫言称“张翎的语言细腻而准确，尤其是写到女人内心感觉的地方，大有张爱玲之

① 陈瑞琳：《风雨故人，交错彼岸》，《华人世界》（美国休斯敦）2002年第2期，第50页。

风”。[①] 同时，国内长期从事海外华文文学研究的专家、学者们也非常认同张翎的写作：如倡扬大陆研究新移民文学的公仲就在《邮购新娘》的序言中赞扬张翎具有“一个真正的作家的精神、气质”。[②]

从《望月》（1998），《交错的彼岸》（2001）到《邮购新娘》（2004），张翎以其特有的冷静和稳健，编织了一部部跨越历史时空、跨越大洋彼岸、跨越东西文化的长篇小说。作为“第五代移民”的张翎，其写作突破了以往移民写作的种种局限，表现出不同于前辈移民的崭新追求。

本文拟以《交错的彼岸》《邮购新娘》为研究对象，着重研究张翎在突破历史与现实的边界、中西文化传统的边界、原乡与异乡的边界上所做的探索，以及这种“跨越边界”的努力所反映出的作者的历史、族群、文化观；同时探讨这种崭新的创作诉求对于我们海外华人文学研究的启示。

一

张翎的每一部长篇，都展示出一种“史诗”的追求；但她又无意于做历史事件的经纬描述和探究，而只是专注于对人物命运的思考，专注于在历史事件的转折处和裂缝中人物的内心感受。这样，张翎对于历史的态度就颇具一种“新历史主义”的追求，她对于历史的再现是非常“福柯”式的：通过“拨用”（appropriate）过去的历史素材，再现出（represent）另一种具有全新意义的活生生的“历史”，使我们不仅看到了“大历史”的宏大叙事，同时也看到了“大

① 莫言：《写作就是回故乡》，《交错的彼岸》（代序），百花文艺出版社2001年版，第4页。

② 公仲：《语言的回归历史的沉重》，《邮购新娘》（代序），作家出版社2004年版，第1页。

历史”切面上的“小历史”,① 听到了我们惯常所见惯不惊、习焉不察的被宏大叙事所忽略、所湮没、所压抑的声音：

《交错的彼岸》一开篇就涉及一个侨居多伦多的华人小女子黄惠宁的失踪，在警察追踪调查这桩失踪案的过程中，惠宁的家人、朋友、昔日的情人都被牵扯进来。有惠宁的祖母、母亲的悲情往事；有调查案情的女警察马姬对昔日情人彼得的回忆，彼得逃离“越战”、远赴“红色中国”的故事，还有加州酿酒业巨头汉福雷家族的兴衰。小说的时间和空间跨度都很大，时间上涉及中国的“解放”“文革”和“改革开放”，美国的“越战”等历史事件，空间上跨越了加拿大、中国、美国三个国家。而张翎的叙事手法是时空交错的，而且不断转换叙述视角：由于每一章，甚至每一节的叙述者都不同，人物可以在历史与现实之间穿梭、在东西时空中自由行走。由于历史与今人今事相关，东西方有情感联系，而家族又有血脉的渊源，所以其小说布局，看似枝蔓复杂，其实各自有自己的“纽结”。

这“纽结”就是爱情。正如陈瑞琳所言：“《交错的彼岸》最动人的篇章是爱情，爱情既是萦绕此书的灵魂，也是贯穿全书的网状锁链。”②《交错的彼岸》关注的是更具有普遍意义的人世间形形色色的爱情。其中有跨越国界、种族的加州汉福雷家族的独子彼得·汉福雷（韩彼得）与中国矿工的女儿沈小涓的爱情，中国女大学生惠宁与青梅竹马的海鲤子的“青橄榄”之恋、与外籍教师谢克顿一度擦出的爱的火花；有跨越两代人的中国温州“金三元”老爷与九丫头的爱情，有“金三元”的小姐飞云与龙泉、黄尔顾或澎湃着革命激情、或纠结着政治交易的政治爱情，还有美国加州葡萄园里安德鲁牧师与

---

① Miclel Foucault, *The Order of Things*: *An Archaeology of the Human Sciences*, (Translation of Les mots et choses), New York: Random House Inc., p. 367 ~ 373. 在关于历史的论述中，福柯揭示出“大历史”（History）对“小历史”（histories）的消音和抹杀。

② 陈瑞琳：《风雨故人，交错彼岸》，《华人世界》（美国休斯敦）2002年第2期，第50页。

老汉福雷的遗孀汉娜之间无言而又深沉的情爱、玛姬对彼得无望的痴恋……

张翎特别钟情于“残缺的悲情”，并不着意创造爱情的圆满。张翎曾坦言：所谓完美的、激情燃烧的爱情是不存在的，真正的现实中的爱情往往就是这样残缺的、平淡的、错位的。[①] 所以纵观《交错的彼岸》中的爱情，无一不是错位的悲情。

通过描写失落的爱情，张翎在我们面前展开一幅又一幅曲折多姿充满人生悲情的历史画卷，在跨越东西方的巨大天幕上，演绎着中国人和外国人的人生故事。他们的人生际遇各不相同，但造成不同的原因并不在于国族差异，而是在于自我的选择、世事的变迁、时空的交错——正是这一切偶然或必然的因素，导致了每一个主人公个个有别的无常的命运。

不仅《交错的彼岸》如此，张翎的新作《邮购新娘》同样采取了这样的时空交错手法，其纽结依然是爱情：

> 《邮购新娘》的主角似乎应该是被“邮购”的新娘江涓涓，但全书由一个引子、八个章节、一个尾声构成，只有四章是有关江涓涓的，从字数上看只占全书的一半。其他的章节涉及“邮购”江涓涓的加拿大老板林颉明的故事，他是靠前妻余小凡的死亡保险费发迹的；涉及涓涓的养母竹影的故事，她是越剧名旦筱丹凤同温州首富崔府的长孙一夜缱绻的结果；涉及江涓涓的生母方雪花的两次传奇爱情，而江涓涓是方雪花在温州市委书记江信初家与江书记“越轨”的产物。不仅如此，小说还专章叙述了地委书记江信初与两任妻子许春月、竹影纠结着政治功利的爱情，江信初的机要秘书李猛子对竹影由同情而产生的爱情、林颉明对混血儿塔米由感恩而生发出的爱情、江涓涓与牧师保罗·威尔逊、与洗衣店老板薛东之间相互怜惜的感情。更奇妙的是，由

① 转引自笔者2003年8月23日对作者张翎的访谈。

> 牧师保罗·威尔逊，还引出了一个世纪以前其祖父约翰·威尔逊与中国少女路德一场没有结果的爱情……
>
> 《邮购新娘》穿越历史与现实的磅礴气势丝毫不亚于《交错的彼岸》，正如张翎自己所说："如果整部小说展现的是一段上下贯穿一世纪东西跨越两大洲的故事，每个章节就是这个大版图上的小方块。章节是以时空交错的方式排列，只有读完全书才能拼出一个完整的版图。"①

通过江涓涓母女三代的故事，通过两代美国传教士与中国、与两代温州女子相遇相知，小说跨越了19世纪末到21世纪初一百多年的历史，从中国的军阀混战、抗日战争、国内战争到"文化革命"、改革开放，简直是一部中国近现代史的演绎。但与《交错的彼岸》一样，张翎并不钟情于历史的"宏大叙事"，并不关心对战争或革命本身的描述，而是关注在这样的历史时空中个人的情感与命运。所以她说："在女人的故事里，历史只是时隐时现的背景。历史是陪衬女人的，女人却拒绝陪衬历史。"② 在她看来，所谓的"宏大历史"，不过是演绎人生爱恨情仇的大舞台，所以形成《邮购新娘》大版图的每一块小拼图都蕴含着一个让人感喟的爱情故事，让我们看到了普通如江涓涓、方雪花、竹影、筱丹凤等女人在与历史做无言的抗争中的命运。

张翎是在离开家国之后书写人世间的情与爱，所以她对于爱情的书写，既不是西方式的浪漫想象，也不是关于中国国族的宏大叙事，而是新移民在新语境中努力重建自己文化身份过程中的感情描写，是在历史与现实之间、东方与西方之间找寻联系的桥梁和对话的路径。

---

① 参见张翎《〈邮购新娘〉的艺术构想》，《邮购新娘》前言（扉页），作家出版社2004年版。

② 参见张翎《关于〈邮购新娘〉的一番闲话》，《邮购新娘》后记，作家出版社2004年版，第414页。

二

如果说张翎的小说题材是跨越了历史与现实、东方与西方的边界，其小说的语言和叙事手段则不仅仅体现了“跨越”，而是东西方文学精神的融合，展现出一种独特的艺术魅力。

张翎毕业于复旦大学外语系，获得英语语言文学学士学位，出国后又攻读了英国文学硕士学位，其受西方文学传统的影响是不言而喻的。但令人惊异的是，她的小说语言，不仅没有一丝食洋不化的痕迹，反而“如行云流水，清新、流畅、生动、鲜活”，[①] 试看下面一段出自《交错的彼岸》的对微山湖夜色的景物描写：

> 湖边是块狭窄的低洼地，没出多远湖面便很是开阔起来。四下死了似的安静着。有一只水鸟从湖面掠过，扑棱扑棱地带起一些水来，冷不防吓了众人一跳。湖滩上黑黝黝布满了枯枝，大约是隔年的芦苇。洼地上有一棵极丑的老树，早落完了叶子，光秃秃地立在岸上。老树身上，拴着一只木船。

这俨然是一幅典型的中国水墨山水画，具有元山水那种萧疏而又辽阔深远的意境。热爱中国古典文学的读者，当然不难发现这段描写与中国古诗词的相通之处，其恬淡婉约几近宋代的李清照。这样的写意的笔法，在张翎的小说中多有体现。

但张翎的语言，显然又不是纯中国的，而是一种混杂了异质语言因素的“新的汉语”。下面略举《邮购新娘》中对机要秘书李猛子的一段描写为例，可以见出英语语言的冗长结构用于汉语表达时的奇异效果：

---

① 公仲：《语言的回归历史的沉重》，《邮购新娘》（代序），作家出版社 2004 年版，第 2 页。

进城以后，当他粗粝的体肤被江南细软的梅雨轻风抚摸得渐渐平伏白净起来，当他逐渐学会在周六的晚上买一包被盐和糖腌过的带点酸味甜味和咸味的橄榄，坐在暗朦朦的灯光底下看一场好电影的生活方式时，他开始意识到他履历表里的大片空白渐渐失去了原先的优势。

在这里，英语中常常出现的时间状语从句"当……的时候"的排比使用把城市生活的些许的舒适、些许的慵懒、些许的琐碎和些许的乏味表达得淋漓尽致。这应该是从小当乞丐儿，十几年行军打仗的李猛子对于城市生活最确切的心理感受。这段话，若用英语表达出来，就是一个非常松散的并列复合句。张翎信手拈来这样一个英语长句结构，正好符合了汉语语境的表达需要。如果没有十几年英语语言操练的背景，要写出这样容量大而表现力丰富的长句并不是一件容易的事情。

不仅仅是语言，在小说的叙事模式上，张翎同样借鉴、糅合了东西方的文学传统：

初看张翎的小说叙事，西方现代文学叙事传统的影响是非常明显的。《交错的彼岸》的叙述线条是错综复杂的，几乎每一个章节都不停地变换着叙述者和叙述视角，既有作者的全知叙述，又有不同主人公的第一人称或第三人称的有限视角的叙述，形成了人物与人物之间、人物与读者之间的"复调对话"现象：比如小说一开始的第一句话就是："此刻我正坐在我的办公室里想你"，这个"我"是女警察马姬，"你"就是失踪案的主角黄惠宁，正是这两个人，引起和连接了《交错的彼岸》中立体交叉的叙事线条，成为推动故事发展的动力。后面的章节，有惠宁的母亲飞云对女儿的诉说、惠宁的姐姐萱宁对马姬的诉说，马姬对彼得的内心独白，等等。而最具有对话意义的，莫过于惠宁与青梅竹马的海鲤子对于他们之间没有结果的爱情的感想：惠宁想："……想到自己和海鲤子，从小吃着同一个女人的奶长大，到现在却连手足情分也丢了。大凡男女之事，非此即彼，没有什么可以通融的中间道路。做不成情人的，自然也做不成朋友。做得了朋友的，未必做得成情人。世上诸多男女之情，成了也不是从友情里发展出来的，败了更退不回友情那里去。”而海鲤子却说：“我们之间共同拥有的内容实在太多太多。我们像一对连体婴儿，因着那共同拥有的部分才各自得以成活。若失去了共同拥有的部分，我们也许都会枯萎死亡。我不允许你擅自将我们共有的那段历史藏在你自己的口袋里，沉默前行。请将属于我的那部分还给我。你可以走得很远很远，到天边，到地极，只要你没有走出我的生活……”

这场对话，并没有面对面地发生，而是相隔了八个章节，通过主人公的心理描写和内心独白表现出来。张翎对于西方现代叙事手法的接受由此可见一斑。如果说张翎的叙事方法对于西方传统多有借鉴，其小说的整体叙述框架则有着晚清小说的影子。

张翎的每一部长篇似乎都给人结构繁复、人物关系枝蔓复杂之感。尤其是其新作《邮购新娘》，里面的许多章节几乎都是自成一体的短篇小说，有完整的故事情节，丰满的人物塑造，似乎与故事主线的推进没有太大的关系，对此赵稀方是这样评价的：

> 视野宽则宽矣，但故事之多，其间又常互不相干，却让人有点怀疑小说是否并非一气呵成，而是由平日所写的不同的故事构成。这决定了小说无法进行直线的叙述，作者采用了时时转换的分而述之的结构方法，繁复新巧，但却很容易将读者绕在其中不能自拔。①

这不禁使人想起人们对晚清小说“松散枝蔓”特点的概括。但正如王德威所言，“松散枝蔓是晚清小说的一大特色，但并非为绝对

① 赵稀方：《历史，性别与海派美学——评张翎的〈邮购新娘〉》，美国《中外论坛》2004 年第 2 期，第 34 页。

的缺点”。[①] 而《孽海花》的作者曾朴先生也曾为自己辩解：“我的确把数十年来所见所闻的零星掌故，集中了拉扯着穿在女主人公的一条线上……虽然同是缀联多数短篇成长篇的方式，然组织法……是盘曲回旋着穿着，时收时放，东西交错，不离中心，是一朵珠花。”[②] 如果我们把这一段解释用在张翎叙事框架的形成上，也许可以得到比较合理的答案。

看来，张翎的叙事，试图通过主人公们的感情纠葛、命运沉浮窥探时代背景的变迁，体现历史的厚重。这就是其小说“松散枝蔓”的原因，这与曾朴先生的创作宗旨是暗合的。

与此同时，我们也不可能排除西方的史诗或史诗式小说对于张翎的影响。不过西方的史诗注重的都是英雄人物，19 世纪以来的小说才开始重视普通人物。说起“松散枝蔓”的特点，一些西方小说经典应该不比张翎的作品逊色：如雨果的《悲惨世界》、巴尔扎克的《人间喜剧》。有了这样的参照，我们在论及张翎的叙事框架时，也许会多一些理解，多一些肯定。

三

除了在小说题材、语言和叙事手段方面的“跨越”，张翎在对原乡和异乡的情感体验上也非常具有超越“边界”的意义。与前几代移民作家相比，在张翎的文本中，原乡和异乡的界限并不是那么泾渭分明，而是一系列交错、重叠的意象，可以说是由“此”入“彼”，从“彼”到“此”，二者总是融合在一起的。

---

① 王德威：《想象中国的方法——历史·小说·叙事》，生活·读书·新知三联书店 2003 年版，第 262 页。

② 曾朴：《修改后要说的几句话》，《孽海花》，载王德威《想象中国的方法——历史·小说·叙事》，生活·读书·新知三联书店 2003 年版，第 262 页。

在她的笔下，故乡温州的影子永远挥之不去，以至于《邮购新娘》共八章的正文里，有五章都是关于温州的故事，时时散发着诱人的“乡土”气息。如下面一段《邮购新娘》中对温州乡下一个叫藻溪的地方的描写：

两人一前一后行走了约有两三刻钟，林颉明就有些疲惫不堪了。正想叫住涓涓坐下来歇一歇再走，却看见眼前陡然一亮。原来是一汪溪水，悄无声息地环绕过来，将路猛地堵得很是窄小起来。水虽然不宽，却还算干净，清清的略带了一缕蓝。水边有几块大石头，黑黑厚厚地长了些青苔。溪边有一棵老树，满身疤痕，一半在岸上，一半在水上。低矮处的枝干遭轻风一吹，几乎就探进了水里。隔着树荫隐隐看见一座老木屋，油漆斑驳，露出木头的底色来，很是古旧落魄的样子。

这段文字，几乎把我们带进沈从文《边城》的山水之中，张翎对于原乡温州的情意从字里行间一点一滴地泄露出来。不仅如此，对自己曾经度过了最美好青春年华的上海，张翎也是时时系之念之，如她《交错的彼岸》中对上海公平路码头的描写：秋雨中灰暗的天，被雨伞装饰得很亮丽的地，行人中穿梭来往的小商贩，小商贩箩筐里陈旧的海货，空气里弥漫着的湿重的鱼腥味……可以说，虽然身在海外，张翎的心却没有疏离过养育过她的故乡，所以她对原乡一情一景的描写才会这么真切，这么感人。

对于原乡的怀旧书写，是海外华人写作中的传统母题，张翎在此当然是继承了前辈的路数。但她在继承的基础上有着更大的雄心，那就是要超越原乡与异乡的局限。在她的笔下，不仅温州是那么美丽而难以忘怀，多伦多城的雪景也是美丽的，安大略湖的水是恬静的，还有那难得一见的北极光，还有那些让人难以忘怀的白人黑人。张翎不是多伦多的异乡客，而是多伦多的主人，所以她对多伦多五光十色的一切那么了解，那么熟稔：

亚德莱街的酒吧和咖啡馆虽然五花八门，却从不混乱，什么样的人进什么样的门是一种熟稔的约定俗成的默契——除非你是不谙世面的外乡人。你不要被“蝴蝶夫人”“兰花谷”这样的阴柔名字所诱惑，因为那是男同性恋者的天地。你也不要以为走进“天曲”就可以听到好音乐，那是兜里没有几个钱却又火气十足的青年人的聚首之地。你更不能为了叙旧而进入“过去的好时光”，因为那是一个臭名昭著的摩托飞车手黑窟。

在此，叙述者的主人姿态一望便知，好像在给初到多伦多的异乡客做导游，娓娓道来，如数家珍。由此我们不难推测张翎对于多伦多这座原本被认为是“异乡”的城市作为原乡的认同。她已经把这一片土地当作自己的家园，她就是一个多伦多人，一个加拿大人；当然，她同时也是温州人，华人。

我们可以肯定这种身份认同与张翎在艺术形式上“越界”的密切关联。也许正是这种身份认同的变化引起了她在小说创作中一系列“越界”的尝试?

如果说来自文本的解读只是一种来自艺术的感觉，那么张翎自己的言说则提供了充分的证据：在2002年旧金山举行的“开花结果在海外——海外华人文学国际研讨会”的“作家论坛”上，张翎提出了自己对海外华人写作的看法：

海外作家这个名词越来越多地用于作家居住地域的划分，它与作家选择的题材，描述的手法，都没有太直接的关系……即便是关于海外生活的，作家也把关注点放在超越时空、地域概念的人类的共性上……我努力寻找跨越文化、种族、地域的人类共性，在此前提下，小说中的主人公是中国人还是外国人，小说的场景是发生在中国还是海外，甚至小说的作者是居住在国内还是国外，都已经不重要了。①

早在此之前，澳大利亚的华人作家欧阳昱于1996年在墨尔本创办的《原乡》文学杂志，就故意将刊名英译为“otherland”（异乡），揭示了对于海外华人而言，原乡与异乡的流动性意义：“原乡之于异乡，正如异乡之于原乡，是一正一反的关系，宛如镜中映像。”② 张翎所表达的关于原乡与异乡的看法，正是如此。

张翎的原乡情结，多少带有怀旧的味道。但在异乡想象的原乡，已经不是现在的原乡，而是多年以前的原乡，与现在的原乡是有着一定的差距的。所以她对于原乡的书写是似近实远，既亲也疏。同时，对于身在其中的异乡，张翎也时时表现出眷恋之情，但这种眷恋，是缘于距离产生的美，到近处，也许就有了疏离和抗拒：如《交错的彼岸》中的惠宁为了逃避加拿大冷酷的现实而回到了故乡的飞云江边，对飞云江诉说，“对岸的景致对我来说很是陌生”。在张翎的每一部长篇中，女主人公们最终都回到中国寻找自己的精神力量，但同时又埋下要再返回加拿大去继续奋斗的伏笔，由此可见张翎与原乡、异乡复杂交错、若即若离的情感关系。

在当今的海外华人作家中，有坚守自己的族裔身份和中国根性、倡扬原乡文化者，有完全认同居住国身份和倾向于异乡文化者，也有超越种族、超越原乡与异乡的藩篱、关注人类普遍生存状况的“世界主义”者。张翎，当然应该属于第三类作家，是后殖民理论家霍米·巴巴在其《献身理论》论述的处于“居中的空间”或“第三度

① 引自2002年11月28日—12月1日加州大学伯克利分校在旧金山举办的“开花结果在海外——海外华人文学国际学术研讨会”之“作家论坛”上张翎的发言。

② 引自何舆怀，《“精神难民”的挣扎与进取——试谈澳华小说的认同关切》，引自澳大利亚华人学者何舆怀先生所赠手稿。

空间”的人。[1] 霍米·巴巴认为文化“永远不是自在一统之物，也不是自我和他者的简单二元关系”，[2] 提出坚持文化的固有原创性或“纯洁性”是站不住脚的，因而极力倡扬一种“混杂的”“非此非彼”的文化策略。张翎的创作，无形中成为诠释霍米·巴巴“混杂”理论的最好个案，但不同的是，张翎的文化策略不是“非此非彼”，而是“既此也彼”，其采取的是一种有机的对话与融合方式，是历史与现实的对话，东西方文学、文化传统的融合，是对原乡与异乡的同时确认。

张翎的“越界”写作，预示了海外华人文学未来的发展方向，对我们的海外华人文学研究有着深刻的启示：如果海外华人作家都追求“跨越文化、种族、地域的人类共性”的文学，如果原乡与异乡的边界不再，海外华人作家不再执着于对华裔族性的认同，我们“海外华人文学”或“海外华文文学”的命名必将遭到质疑。

而根据我们的分析，张翎“越界”写作的意义是巨大的。首先，这种越界，标志着海外新移民文学已经告别了“倾诉文学”或“控诉文学”阶段，走向了一种“心平气和”的叙事，体现了海外华人作家的世界视野和开放心态，体现了他们在文学想象中建构新的文化身份的努力；其次，这种写作在语言、叙事手法等审美形式方面的实践刷新了移民文学偏重内容、忽略形式的历史。更重要的是，在当前人人争相言说的“全球化”语境中，在“流散”文学正成为世界主潮、年年受到诺贝尔奖的青睐的当下，研究海外华人作家们的“越界”写作无疑会给我们观照自身、认识他者提供许多崭新的启示。

所以，对于这种“越界”的写作，我们需要的是一种更加宽容和动态的审视眼光和更加科学的分析体系。在这方面，国内外的学者

---

① 霍米·巴巴《献身理论》，《二十世纪西方美学经典文本》（朱立元主编）之第四卷《后现代景观》（包亚明主编），复旦大学出版社。2000 年，第 363 页，第 366 页。

② 同上。

们做出了多种努力：美国学者沃纳·索乐思（Werner Sollors）和薛尔（Marc Shell）所共同主持的"多语言的美国文学计划"（LOWl-NUS Project），试图从多语言的角度重新审视国别文学。这样，海外华人的中文写作就会被纳入其居住国的研究范围。美国多族裔杂志 *MELUS*（*Multi-ethnic Literature of the United States*）呼吁"比较的方法"。[1] 研究澳大利亚华人文学的钱超英则认为"对于海外华人文学的研究除了已有的'国别'维度之外，尚需建立'分期''分群'的维度，才足以有效地透视其内容的实质"。[2] 而加州大学亚裔研究系的王灵智教授从一个史学家的角度强调研究海外华人文学应加强对历史的重视。这些观点和方法的提出，显然有助于更加科学地看待当前海外华人文学的新发展，丰富了我们的研究内容、扩展了我们的研究视野。

① 单德兴：《从多语文的角度重新定义华裔美国文学——以〈扶桑〉和〈旗袍姑娘〉为例》，《铭刻与再现：华裔美国文学与文化论文集》，麦田出版社 2000 年版，第 275 页。

② 钱超英：《灰色地带的冒险旅行——试谈澳大利亚新华人文学的崛起及其研究策略》，《澳大利亚新华人文学及文化研究资料选》，中国美术学院出版社 2002 年版，第 6 页。

蒲若茜学术年表

1970 年 11 月 14 日，生于四川省西充县。

1988 年 9 月，考入西南师范大学（现西南大学）外语系英语语言文学专业，1992 年 6 月毕业，获英语语言文学专业学士学位。毕业论文《〈化身博士〉之双重人格分析》获得优秀等级。

1992 年 9 月，考入西南师范大学（现西南大学）外国语学院英语语言文学专业读硕士研究生，师从江家骏教授。

1994 年 5 月，以硕士研究生身份参加在四川大学（现四川联合大学）举行的全国美国文学研究会第七届年会，发表会议论文《论〈紫颜色〉中西丽与莎格的女性同性爱》，首次接触非洲裔美国文学和拉丁裔美国文学，从此对族裔文学产生了浓厚兴趣。

1995 年 6 月，毕业于西南师范大学（现西南大学）外国语学院英语语言文学专业，获文学硕士学位，毕业论文题目为《一个灵魂的两半——〈呼啸山庄〉中希斯克利夫与凯瑟琳的爱的原型分析》，为以后多年的学术兴趣奠定了基础。

1995 年 7 月，入职暨南大学外语系英语语言文学专业，从事英语语言文学的教学与研究，教授过英语语法、英语写作、英语听说、综合英语、英国文学选读、美国文学选读、西方文论、华裔美国文学、海外华人英语文学专题等本科、硕士、博士课程。

1997 年 5 月，在《暨南学报》1997 年第 2 期发表论文《对〈呼啸山庄〉中希斯克利夫与凯瑟琳的爱的原型分析》，后被中国人民大学报刊资料中心《外国文学研究》专题 1997 年第 6 期全文转载。

1997 年 9 月，参与编写的《'98MBA 联考考前辅导教材》在江苏人民出版社出版。

1997 年 12 月，被评聘为暨南大学讲师。

1998 年，参与编写的《加拿大百科全书》在四川辞书出版社出版。

2001 年 2 月，在《暨南学报》2001 年第 1 期发表《西丽的新生命仪式——〈紫颜色〉中西丽与莎格的情感关系之透视》。

2001 年 5 月，在《暨南学报》2001 年教学专刊发表《折中主义原则在英语教学改革中的应用》。

2001 年 7 月，在《当代外国文学》2001 年第 3 期发表《对性别、种族和文化对立的消解——从解构的视角看汤亭亭的〈女勇士〉》。

2002 年 2 月，在《外国文学评论》2002 年第 1 期发表《〈呼啸山庄〉与哥特传统》。

2002 年 9 月，考入暨南大学文艺学专业攻读博士学位，师从国内著名文艺理论家饶芃子教授，从事海外华人诗学和华裔美国文学研究。

2002 年 11 月至 12 月，应美国加州大学伯克利分校族裔系主任王灵智教授的邀请赴加州大学伯克利分校参加“开花结果在海外——海外华文文学研讨会”并与美东、美西、夏威夷等地华文作家协会进行了广泛交流。

2002 年 12 月，获批主持广东省高校人文社科项目“多元文化语境中的当代华裔美国女作家及其小说文本研究”（项目编号 02SJC750001）。

2003 年至 2010 年，参与暨南大学“211”工程子项目中“海外华文文学”的第一期和第二期研究工作。

2003 年 1 月，获批主持 2003 年度暨南大学人文社科青年项目“关于海外华裔及新移民英语文学的诗学研究”（项目编号 003JXQ016）。

2003 年 1 月，在《华文文学》2003 年第 1 期发表王灵智会议综述《开花结果在海外——海外华文文学研讨会报告》

2003 年 2 月，在《暨南学报》2003 年第 1 期发表《第 12 届世界华文文学国际学术研讨会综述》。

2003 年 5 月，在美国《中外论坛》2003 年第 3 期发表《论当前海外华人作家的文学创作诉求及文化认同策略》。

2003 年 5 月，在《学术研究》2003 年第 5 期发表《论当前海外华人写作及其文化身份》。

2003 年 5 月，在《中国比较文学》2003 年第 3 期发表《海外华人文学发展及研究的新景观》。

2003 年 6 月 2003 年 6 月，发表饶芃子教授学术小传《智心与爱心的交响——饶芃子教授的多彩人生》，《中国女性在追梦》，北京：中国时代经济出版社。

2003 年 11 月，在美国《美华文学》2003 年冬季刊发表《从“多元文化主义”到“世界主义”——从汤亭亭、任碧莲的小说看当代华裔美国女作家的身份追寻》。

2003 年 12 月，发表 *Two Halves of A Single Soul——An Archetypal Analysis of the Love of Heathcliff and Catherine in Wuthing Heights*，Decoding Contemporary Britain：Essays in British Literary and Cultural Studies，Edited by Mao Sihui，Beijing：Peking University Press，

2003.

2003 年 12 月，被评聘为暨南大学副教授，被遴选为硕士研究生导师，核准招收英语语言文学专业硕士研究生。

2004 年 2 月，在《文艺报》2004 年 2 月 3 日第 4 版发表《服从强势文化是危险的选择——析当代华裔美国女作家的文化书写策略》

2004 年 3 月，在美国《中外论坛》2004 年第 2 期发表《异国情爱更何堪——评虹影的〈英国情人〉》。(与饶芃子教授合作，第二作者)

2004 年 5 月，在美国《中外论坛》2004 年第 3 期发表《后现代思潮与当代知识分子的困境》。

2004 年 5 月，博士论文获得暨南大学 2004 年度博士创新基金资助。

2004 年 8 月，在《暨南学报》2004 年第 4 期发表《新移民文学的崭新突破——评华人作家张翎“跨越边界”的小说创作》。(与饶芃子教授合作，第二作者)

2004 年 9 月，在《学位与研究生教育》2004 年第 9 期发表《汗沃南国 爱获丰收——记暨南大学中文系博士生导师饶芃子教授》。

2004 年 9 月，在论文集《多元文化语境中的华文文学》发表论文《新移民女性文本中的异国情爱想象》，山东大学出版社。(与导师饶芃子教授合作，第二作者)

2004 年 11 月，在美国《美华文学》2004 年冬季刊发表《历史、政治与异族情爱——评黄运基的〈狂潮〉》。

2004 年 11 月，获批主持 2004 年度广东省哲学社会科学“十五”规划项目“族裔经验与文化想象：当代华裔美国小说母题研究”(批准号：03/04 H2 - 05)。

2004 年 12 月，在论文集《多重视域中的文艺学》发表论文《论海外华文写作的多元化景观》，暨南大学大学出版社。

2004 年，发表论文 *On the Lesbian Love of Celie and Shug in Alice Walker's the Color Purple*, Re-reading America: Changes and Challenges. Ed. Zhong Weihe. Cheltenham, England: Reardon Publishing, 2004.

2004—2005 年，参与完成 2004 年度国务院侨项目“海外华文文学的诗学研究”(编号：04GQBYB001)(饶芃子教授主持，排名第二)。

2005 年 2 月，在《暨南学报》2005 年第 1 期发表《从本土到离散——当代华裔美国文学研究评述》，被中国人民大学报刊资料中心《文艺理论》2005 年第 4 期专题全文转载，被《新华文摘》2005 年第 10 期要目辑览。

2005 年 6 月，博士研究生毕业于暨南大学中文系文艺学专业，获文学博士学位，被评选为该年度广东省“南粤优秀研究生”和暨南大学“优秀毕业生”。

2005 年 7 月，在《学术研究》2005 年第 7 期发表《后殖民写作中的反本质主义文化立场》。

2005年10月，在《暨南学报》2005年第5期发表《文学行旅与世界想像——第三届国际青年汉学会议综述》。

2005—2007年，参与广东省精品课程“外国文学史”课题（张世君主编），独立承担“华裔美国文学”模块。

2006年2月，在《当代外国文学》2006年第1期发表《论〈唐老鸭〉与〈家乡〉中的“父与子”母题》。

2006年2月，在《广东社会科学》2006年第1期发表《族裔性的追寻与消解：当代华裔美国作家的身份政治》（被《高等学校文科学书文摘》“学术卡片”专栏收录）。

2006年2月，在《暨南高等教育研究》2006年第1期发表《新时期暨南大学英语专业分流教学探析》。

2006年3月，出版专著《族裔经验与文化想象：华裔美国小说典型母题研究》，中国社会科学出版社出版。

2006年3月，在《江汉论坛》2006年第3期发表《华裔美国文学研究的中国视野》。

2006年4月，在《深圳大学学报》2006年第2期发表《华裔美国小说中的“唐人街”叙事》，被中国人民大学报刊资料中心《文艺理论》专题全文转载。

2006年4月，在《中国比较文学》2006年第2期发表《“越界”与“回归”——20世纪末华裔美国文学的主题演变》。

2006年4月，在《外国文学研究》2006年第2期发表《哥特小说中的伦理道德因素——以〈修道士〉为例》。

2006年4月，在《香港作家》2006年第2期发表《他乡的书写——华裔美国文学的界定及内涵演变》。

2006年6月，在《文学评论》2006年第3期发表《世界华文文学发展及研究的新走向》。

2006年6月，在《暨南学报》2006年第3期发表《族裔经验与文化想象：华裔美国小说典型母题研究》。

2006年6月，专著《族裔经验与文化想象：华裔美国小说典型母题研究》获得广东省2005—2007年度哲学社会科学优秀成果奖。

2006年6月，在《中山大学学报论丛》2006年第6期发表《英语专业教学中的人文素质培养》。

2006年9月至2007年3月，先后在美国加州大学伯克莱分校和威斯康星大学奥克莱尔分校作访问学者，在伯克莱分校的合作导师为著名亚裔美国文学专家黄秀玲

(Sauling-Cynthia Wong) 教授。

2006 年 10 月，破格晋升暨南大学正教授。

2006 年 12 月，在《外国文学评论》2006 年第 4 期发表《华裔美国女性的母性谱系追寻与身份建构悖论》(与饶芃子教授合作，第一作者)。

2006 年 12 月，博士论文《族裔经验与文化想象：华裔美国小说典型母题研究》(2005 年 6 月答辩，获优秀等级) 获评广东省优秀博士论文。

2007 年 4 月，参编出版《外国文学史精品课程研究》(张世君主编)，广东人民出版社。

2007 年 5 月，出版译著《从必需到奢侈——解读亚裔美国文学》(黄秀玲著)，中国社会科学出版社出版。(第二译者)

2007 年 10 月，参编出版英文版《中国文化概论》(余惠芬主编)，暨南大学出版社。

2007 年 10 月，在论文集《流散与回望——比较文学视野中的海外华人文学》(饶芃子主编) 发表《华美文化的传承与异变——解读华裔美国小说中的"父与子"母题》。

2007 年 11 月，获批主持 2007 年度广东省"十一五"社科规划项目"亚裔美国文学批评之理论问题探析"(项目编号 07K04)。

2007 年 12 月，被遴选为暨南大学文艺学专业博士研究生导师，核准招收海外华人诗学、比较文学世界文学、海外华人英语文学专业方向的博士研究生。

2008 年 2 月，在《暨南学报》2008 年第 1 期发表《边缘学术领地的拓荒者——饶芃子教授的学术追寻》。

2008 年 3 月，在《香港作家》2008 年第 3 期发表散文《奥克莱尔印象》。

2008 年 6 月至今，被北京外国语大学华裔美国文学研究中心聘为客座研究员。

2008 年 12 月，在《和而不同：第十五届世界华文国际学术研讨会论文集》发表《"他者导向"与"内在导向"的叙事——对读"水仙花"与严歌苓笔下的"唐人街"》，广西人民出版社。

2009 年 3 月，获批主持 2009 年度校级精品课程"美国文学选读"。

2009 年 5 月，在《英美文学研究论丛》第 10 辑发表《解读〈吃碗茶〉中的唐人街"父权制"社会》。

2009 年 6 月，获批主持 2009 年度国家社科基金青年项目"亚裔美国文学批评范式与理论关键词研究"(项目编号 09CWW008)。

2009 年 7 月，在《中外论坛》2009 年第 4 期发表《西方文学传统中的"吸血鬼"形象》。(第二作者，与硕士生张璐合作)

2009年8月，在《暨南学报》2009年第4期发表《华裔美国小说中的历史再现》。

2009年9月，获2009年度广东省“南粤优秀教师”荣誉称号并获广东省人民政府和教育工委颁发的“南粤优秀教师”荣誉证书。

2009年，在 *The Greenwood Encyclopedia Of Asian American Literature* 发表 *Chinese American Short Story*.

2010年4月，在《当代文坛》2010年第4期发表《华裔美国文学研究的新视野》。

2010年4月，被遴选为广东省高校“千百十”工程省级培养对象。

2010年4月至5月，在南非罗德斯大学语言学院作访问教授。

2010年8月，参加加拿大约克大学主办的“首届加拿大华文文学国际会议”并进行学术交流。

2011年1月，获批主持2011年度国务院侨办彭磷基基金会资助“英国文学选读”境外生教材建设项目，获经费2万元（2011.3—2014.3）。

2011年5月，出版译著 *The Studies of Literature of Diaspora*（《华人流散文学论集》，饶芃子著），复旦大学出版社，2011。（第一译者）

2011年6月，在《广东社会科学》发表《亚裔美国批评理论探源》。

2011年8月至2012年6月，在美国加州大学洛杉矶分校亚裔美国文学研究中心作访问学者，合作导师为著名亚裔美国文学专家张敬珏（King-kok Cheung）教授。

2011年9月，在《学术研究》2011年第9期发表《跨文化的语言嬉戏与文化身份书写——论华裔美国英语诗歌中的汉语语码嵌入》。（第一作者，与博士生宋阳合作）

2011年12月，入选教育部“新世纪优秀人才支持计划”并获批主持2011年度教育部“新世纪优秀人才”支持项目“华裔美国文学与华人诗学”（项目编号：NCET－11－0855）。

2011年11月，广东省“高层次优秀人才”支持计划并获批主持2011年度广东省“高层次优秀人才”项目“比较诗学视野下的华裔美国诗歌创作与批评研究”。

2011年11月至2016年12月，参与饶芃子教授主持的国家社科基金重大项目“百年华文文学”之子项目“海外华人文学的跨界研究”并有系列论文发表。

2012年6月，在《华文文学》发表译作《冰心是亚裔美国作家吗？——论冰心〈相片〉之东方主义及种族主义批判》。（张敬珏著，第一译者，与博士生许双如合作）

2012年6月，在《暨南学报》2012年第3期发表《〈金山〉中的时空与文化建构》。（第一作者，与博士生宋阳合作）

2013年5月，在《世界文学评论》第15辑发表《论亚裔美国文学之族裔批评范式的形成——以1970年代为观照》。

2013年6月至2016年6月，参加教育部“来华留学精品课程”《中国文化概论》

的教材建设并作“中国文学”章节主讲人。

2013 年 8 月，在《外国文学研究》2013 年第 4 期发表《“亚裔美国感”溯源》。

2014 年 4 月，在《中国比较文学》2014 年第 2 期发表《华裔美国诗歌与中国古诗之互文关系探微》（第一作者，与硕士生李卉芳合作）；该论文获 2015 年度全国美国文学研究会优秀科研成果之论文类二等奖。

2014 年 4 月，在《当代外国文学》2014 年第 2 期发表《多元·异质·杂糅——论亚裔美国文学之族裔身份批评话语的分化》。

2014 年 8 月，作为总主编，主持出版《新编综合英语（1－4 册）》，暨南大学出版社。

2014 年 8 月，作为总主编，主持出版《新编英语语法》，暨南大学出版社。

2014 年 11 月，在论文集《生命行旅与历史叙述》发表论文《何为亚裔美国人——“亚裔美国文学”之早期族裔批评范式述评》，暨南大学出版社。

2015 年 5 月，翻译出版《钱德勒短篇侦探小说第 2 集——〈找麻烦是我的职业〉》（第一译者），花城出版社。

2015 年 11 月，获批主持广东省优秀教学团队之“美国文学教学团队”项目。

2015 年 12 月，所主持国家社科基金青年项目“亚裔美国文学批评范式与理论关键词研究”结项获评优秀等级。

2016 年 1 月，在 *International Journal of Diaspora & Cultural Criticism* 发表英文论文 *Claiming the Lost Homeland: A Study of the Intersexuality between Marilyn Chin's Poetry and the Classical Chinese Poems*。（第一作者，与硕士生李卉芳合作）

后记

本论文集是作者从事亚/华裔美国文学研究的精选荟萃。近二十年来，我的学术关注点从华裔美国小说文本的个案研究转移到对系列小说文本中典型母题的深度挖掘，并将研究视野从小说文类逐渐拓展到诗歌文类，且从单纯研究文学文本拓展到对亚/华裔美国文学理论问题和诗学建构的探索，实现了从华裔到亚裔，从文学文本研究到批评理论研究的突破——这是对我国学界长期以来专注于华裔美国文学文本研究的自然延伸和重要补足。同时，由于身处暨南大学这一华文文学研究的"大本营"，更由于博士生导师饶芃子教授的熏陶，我虽出身西学，却也对海外华文写作充满关切和兴趣，尤其是对"新移民"作家的当代写作有自己的研究心得和见解。故本论文集依照本人的学术研究路径和研究特色，分为"文本聚焦""诗学寻踪""'新移民'书写探微"三辑。

二十年来对亚/华人文学的探索追寻，丰富了我的学术人生，带给我无穷的快乐与满足。更加难能可贵的是，在共同的学术探索之旅中，我寻到了人生中最弥足珍贵的良师益友和"玫瑰园（Rose Garden）"的学生们！从导师饶芃子对海外华文文学筚路蓝缕的开拓，到我和我的博士研究生、硕士研究生的不懈追寻，我们一路艰辛，但薪火相传的使命不忘，求索上进的脚步未停！这个集子，正是我们求索的见证（此集子包含了我与饶师合作发表的论文3篇，我与我的博士研究生合作发表的论文2篇）。

能与我崇拜尊敬的学界前辈们共同进入"世界华文文学文库"，

我深感荣幸和欣喜！感谢中国世界华文文学学会给我出版这个文集的机会！感谢选我进入文库的前辈专家！感谢辛勤工作的花城出版社编辑团队！

蒲若茜
2016年3月16日于暨南园